程正民著作集

巴赫金的
文化诗学研究

程正民 著

中国社会科学出版社

图书在版编目（CIP）数据

巴赫金的文化诗学研究／程正民著 .—北京：中国社会科学出版社，2017.3

（程正民著作集）

ISBN 978-7-5161-9470-6

Ⅰ.①巴… Ⅱ.①程… Ⅲ.①巴赫金（Bakhtin, Mikhail Mikhailovich 1895-1975）—诗歌理论—研究 Ⅳ.①I512.072

中国版本图书馆 CIP 数据核字（2016）第 308848 号

出 版 人	赵剑英
责任编辑	罗　莉
责任校对	李　林
责任印制	戴　宽

出　　版	中国社会科学出版社
社　　址	北京鼓楼西大街甲 158 号
邮　　编	100720
网　　址	http://www.csspw.cn
发 行 部	010-84083685
门 市 部	010-84029450
经　　销	新华书店及其他书店

印刷装订	北京君升印刷有限公司
版　　次	2017 年 3 月第 1 版
印　　次	2017 年 3 月第 1 次印刷

开　　本	710×1000　1/16
印　　张	21.25
字　　数	341 千字
定　　价	78.00 元

凡购买中国社会科学出版社图书，如有质量问题请与本社营销中心联系调换

电话：010-84083683

版权所有　侵权必究

目 录

我所走过的学术道路 …………………………………… 程正民（1）

第一编 巴赫金的文化诗学

第一章 巴赫金的诗学和巴赫金的文化诗学 ……………………（3）
一 从巴赫金研究到巴赫金诗学研究 ………………………（3）
二 巴赫金的诗学研究 ………………………………………（9）
三 巴赫金为什么关注文化诗学 ……………………………（23）

第二章 巴赫金文化诗学的实证分析 ……………………………（33）
一 陀思妥耶夫斯基的复调小说和民间狂欢化文化 ………（33）
二 拉伯雷的怪诞现实主义小说和民间诙谐文化 …………（77）

第三章 巴赫金文化诗学的理论蕴含 ……………………………（106）
一 狂欢式的世界感受——巴赫金文化诗学的哲学层面 ………（107）
二 多元、互动和开放的整体文化观——巴赫金文化诗学的
文化层面 ………………………………………………（123）
三 狂欢式的思维和艺术思维——巴赫金文化诗学的文艺学
层面之一 ………………………………………………（138）
四 小说体裁和民间狂欢化文化——巴赫金文化诗学的文艺学
层面之二 ………………………………………………（150）

第四章 俄中文化语境中的巴赫金文化诗学 …………… (172)
  一 巴赫金文化诗学的民族特色和大家学术风范 ………… (172)
  二 文化诗学：钟敬文和巴赫金的对话 ………………… (183)

附录 《答〈新世界〉编辑部问》 ………………… 巴赫金 (201)

第二编 巴赫金的诗学

第一章 巴赫金的整体诗学研究和当代文艺学建设 ……… (211)
  一 巴赫金整体诗学研究的历史针对性和理论依据 ……… (212)
  二 巴赫金整体诗学研究的格局和特色 ………………… (214)
  三 巴赫金整体诗学研究对当代文艺学建设的启示 ……… (220)

第二章 巴赫金的语言哲学 ……………………………… (222)
  一 在评述"主观主义"和"客观主义"语言学流派中
     找寻马克思主义语言哲学的方向和基础 …………… (225)
  二 语言是一种独特的意识形态符号 …………………… (228)
  三 建立"超语言学"的理论大厦 ……………………… (233)

第三章 巴赫金的体裁诗学 ……………………………… (236)
  一 文学体裁的特性 ……………………………………… (237)
  二 文学体裁的发展规律 ………………………………… (240)
  三 文学体裁和言语体裁 ………………………………… (243)

第四章 巴赫金论小说的特性 …………………………… (249)
  一 巴赫金为什么对小说情有独钟？ …………………… (250)
  二 小说的特性 …………………………………………… (256)

第五章 巴赫金的历史诗学 ……………………………… (269)
  一 俄罗斯历史诗学的传统——维谢洛夫斯基的历史诗学 …… (271)

二　巴赫金历史诗学的继承和创新 …………………………（277）

第六章　巴赫金论文学的内在社会性 ……………………………（288）
　一　意识形态视野和艺术的结构 …………………………（290）
　二　文学作品内容和形式的关系 …………………………（295）
　三　文学发展外部因素和内部因素的关系 ………………（300）

第七章　巴赫金的对话思想和文论的现代性 ……………………（304）

第八章　巴赫金的对话思想和跨文化研究 ………………………（308）

编后记 ……………………………………………………………（323）

我所走过的学术道路[①]

程正民

一

1955年我从厦门双十中学毕业，到北京师范大学中文系学习，至今已经整整60年了。我的祖籍是惠安，出生地是厦门，18岁以前一直在厦门生活和求学，是家乡的水土养育了我，是家乡的老师培育了我，我对福建、对厦门怀有深深的感情。

1959年，我从北京师范大学中文系毕业，留在文艺理论教研室工作，从此走上文艺理论教学和研究的道路。60年代中期，转入苏联文学研究室和后来的苏联文学研究所，专门从事俄苏文论和俄苏文学的研究工作和教学工作。期间曾任《苏联文学》杂志常务副主编和苏联文学研究所副所长。90年代初，苏联文学研究所解散，叶落归根，我又回到中文系文艺理论教研室，先后担任过教研室主任和中文系系主任。退休以后，我一直在2000成立的教育部人文社会科学重点研究基地北京师范大学文艺学研究中心工作。50多年来，工作单位虽有变化，但我的学术研究和教学工作始终没有离开文学理论，重点也一直是俄苏文学理论。

"文化大革命"前我主要从事文艺理论教学工作，"文化大革命"期间除了"大批判"根本谈不上什么学术研究，我们这一代人的宝贵青春是在政治运动中耗掉的。好在历史是有情的，新的历史时期使我们重新获得学术生命，在科学的春天里开始了真正的科学研究。新时期以来，我的

---

① 本文是为《程正民著作集》写的总序。

研究工作以俄苏文论为中心，先后从事以下几个方面的研究：（1）俄苏文学批评史的研究，俄苏马克思主义文论的研究；（2）文艺心理学的研究，俄国作家创作心理学的研究；（3）巴赫金的研究；（4）20世纪俄罗斯诗学流派的研究。这次出版的这套著作集基本上反映了以上几个方面的研究成果。

在著作集编辑出版的过程中，我的学生王志耕、邱运华、陈太胜和他们的学生在各个方面做出了很大的努力，付出了辛勤的劳动，他们对老师的爱让我深深感动，我谢谢他们。

二

新时期我的学术研究是从俄苏文学批评史研究，从俄苏马克思主义理论批评研究起步的。俄苏文学批评、俄苏马克思主义理论批评，在世界文学理论批评格局中占有重要地位，对中国现代文学理论批评也产生过独特的、深刻的影响，这项研究的意义是不言自明的。1983年，我参加刘宁主持的国家社科"六五"重点项目"俄苏批评史"的研究工作，同他一起给研究生开设"俄苏文学批评史"课程，共同编写出版《俄苏文学批评史》（1992），后来又参加他主持的《俄国文学批评史》（1999）的编写。在宏观研究的基础上，我又抓住列宁和卢那察尔斯基这两个重点人物进行研究，这两个项目先后被列入"八五"和"九五"国家社科基金项目，出版了《列宁文艺思想与当代》（1997）和《卢那察尔斯基文学理论批评的现代阐释》（2006）这两本专著。前者被评论认为是"对列宁文艺思想中的一系列重大理论问题进行了深入的研究，可称建国以来中国学者集中研究列宁文艺思想的突破性和总结性成果"（《文艺理论与批评》1998年第5期）。尽管当下有些人看不上马克思主义文艺理论批评，但我始终认为马克思主义文论是经过实践检验的科学真理，当今西方一些著名的文学理论家都十分看重它，认为马克思主义文艺理论是无法绕过的。问题是马克思主义文艺理论需要随着现实生活的发展，随着当下文学艺术的发展而发展。为了总结20世纪马克思主义文艺理论的新发展、新形态以及多样性、当代性、开放性等一系列新特征，我于2003年申请了国家社科重点项目"20世纪马克思主义文艺理论国别研究"，并邀请我的朋友童庆炳同我一起担任总主编，大家经过多年努力，出版了包括中国、俄国、日本、德国、法国、英国、美国七大卷的《20世纪马克思主义文艺理论国别研究》（2012）。其中，我参加了《20世纪俄国马克思主义文艺理论研究》的编写。国别史的研究引起学界的重视，著名文艺理论家钱中文指出："这套丛书，应该说是对20世纪世界范围的马克思主义文艺理论成就、问题的一个总体性的详尽描述、一个综合性的理论总结，堪称一部20世纪全景式的马克思主义文艺理论发展史。这样全面性的介绍、大规模的综合研究，在中国自然是第一次，在世界范围内也更属首创，这真使我们大开眼界。"（《中国图书评论》2012年第10期）

三

历史地看，马克思主义文论、马克思主义艺术社会学，在20世纪俄罗斯文论中占有主导的地位，但随着材料的发掘和研究的深入，人们发现俄罗斯文论并非只此一家别无分店。20世纪俄罗斯诗学不仅有普列汉诺夫、列宁、沃罗夫斯基和卢那察尔斯基这些光辉的名字，也有什克洛夫斯基、普罗普、维戈茨基、洛特曼和巴赫金这些曾受过批判但具有国际影响的文论大家，不同的诗学流派构成了20世纪俄罗斯诗学多姿多彩的灿烂图景，他们的理论探索和理论贡献开拓了新的文艺理论空间，影响了世界文论的发展。注意到这种新情况，近十几年来，我的俄罗斯文论研究以巴赫金的研究为起点，开始转向更为开阔的俄罗斯诗学流派研究，并于2010年申请了教育部人文社会科学研究基地重大项目"20世纪俄罗斯诗学流派"，同我的年轻朋友一起从事社会学诗学、形式诗学、心理诗学、叙事诗学、历史诗学、结构诗学和文化诗学等七大诗学流派的研究。

20世纪初，俄罗斯诗学产生了重要变化，在出现了马克思主义社会学诗学的同时，也出现了把文艺等同于政治、经济的庸俗社会学（非诗学的社会学），出现了只讲形式结构忽视历史文化语境的形式主义（非社会学的诗学）。面对这种复杂的局面，如何把文学的内容研究和形式研究、历史研究和结构研究、外部研究和内部研究统一起来，成了文艺理论家纠结的大问题。当年俄罗斯各诗学流派的代表人物顶住了被打成"形式主义"的罪名和"离经叛道"的种种压力，进行了长期的、艰难的理论探索。普罗普用了20年时间以故事结构研究为起点，进而把故事的结构研究和历史研究结合起来，他的研究深深影响了西方的叙事学。维戈茨基作为著名的心理学家，专注于作品叙事的结构研究，寻找读者审美反应和文本艺术结构的内在联系。洛特曼的诗歌研究从诗歌结构入手，研究诗歌结构和意义生成的关系，提出应当把文本结构和超文本结构（历史文化语境）结合起来。这些诗学流派代表人物的研究，十分重视艺术形式结构的研究，又努力继承俄罗斯文论的历史主义传统，他们强调形式和内容的结合、结构和历史的融合、内部和外部的贯通，为文学研究闯出了新路。

在20世纪俄罗斯诗学七大流派的研究过程中，除了完成我个人承担的《巴赫金诗学研究》，我也对其他诗学流派做了概略的研究，写出了《历史地看待俄国形式主义》、《普罗普的故事结构研究和历史研究》、《维戈茨基论审美结构和审美反应》、《洛特曼论文本结构和意义生成》等系列论文。同时，应学校研究生院之约为文艺学硕士和博士研究生录了网络专题课"从形式主义到巴赫金——20世纪俄罗斯诗学流派研究"。之后，为了深化这方面的研究，我写出了20万字的《在历史和形式之间——考察19—20世纪俄罗斯文论的一个视角》。我研究的目的是试图把一个重要的理论问题交还给历史，从史论结合的角度，从俄苏文学理论批评史的角度，来探讨内容和形式、历史和结构、外部和内部这个重要的文学理论问题，使得理论的研究有历史感，使历史的研究有方向感和理论深度。其中包括19世纪俄国文学理论批评的两种走向（别林斯基的历史批评及美学批评和皮萨列夫的"美学毁灭论"、德鲁日宁的"纯艺术论"），19世纪末20世纪初俄罗斯学院派文学理论批评的两个派别（佩平的历史文化学派和维谢洛夫斯基的历史比较学派），20世纪初俄罗斯文学理论批评的两个极端（俄国形式主义和庸俗社会学），俄罗斯马克思主义文学理论批评如何对待历史批评和美学批评（普列汉诺夫、列宁、卢那察尔斯基），十月革命后俄罗斯文学理论批评历史和形式相融合的新探索和新趋势。通过历史的研究可以发现，内容与形式、历史与结构、外部与内部的矛盾以及对于两者融合的追求和探索，始终贯穿其中。这个历史过程的展示，也能引发我们对如何达到两者融合的理论思考，并进一步把握理论发展的趋势。

四

在20世纪俄罗斯各种诗学流派中，最重要的也最令我神往的是巴赫金的诗学。巴赫金是20世纪俄罗斯乃至世界范围最伟大的哲学家和文学理论家。20世纪80—90年代，当他进入国内学术界的视野时，人们普遍关注的是他的"对话"、"复调"、"狂欢"理论，在此之外，我更关心他的诗学理论。我认为一部《陀思妥耶夫斯基诗学问题》谈的与其说是陀思妥耶夫斯基的诗学，不如说是巴赫金诗学，巴赫金是通过研究陀思妥耶夫斯基的诗学来表达和阐明自己的诗学观点。巴赫金的诗学研究内容非常丰富、深刻，而且独具特色，其中包括语言诗学、体裁诗学、小说诗学、历史诗学、文化诗学和社会学诗学等。当年我的巴赫金诗学研究是从巴赫金文化诗学研究起步的，是在我的老师、中国民俗学泰斗钟敬文先生的关心和指导下进行的。他在《巴赫金全集》首发式上谈巴赫金的狂欢化思想和中国狂欢文化的关系，给了我很大的启发。当他看到我发表在《文学评论》（2000年第1期）的论文《巴赫金的文化诗学》时，鼓励我将它扩展为一本书。2002年1月，我把刚出版的《巴赫金的文化诗学》送到先生病床前时，他露出了微笑。而由他审阅过的《文化诗学：钟敬文和巴赫金的对话》发表在《文学评论》2002年第2期时，他已离我们而去。巴赫金的文化诗学研究给我最大的启示是不能把文学研究封闭于文本之中，研究文学不能脱离一个时代完整的文化语境，要把文学理论研究同文化史研究紧密结合起来，只有这样做才能揭示文学创作的底蕴。巴赫金在《陀思妥耶夫斯基诗学问题》中，既细致地分析了复调小说在体裁、情节、结构和语言方面的一系列特征，又深入揭示了复调小说的文化历史根源，以及它同民间狂欢文化的联系，狂欢体小说的历史演变等。这样，他把文学的内部研究和外部研究完全融为一体。在从事巴赫金的文化诗学研究之后，我又先后研究了巴赫金的语言诗学、体裁诗学、小说诗学、历史诗学和社会学诗学，写出了30多万字的专著《巴赫金的诗学》。在这些研究中，我感到巴赫金不仅对各种诗学的研究有自己独到的见解和突出的理论建树，其中诸如"超语言学"、"体裁社会学"、"小说性"、"文学的内在社会性"等一系列理论观点，有很强的理论独创性和很高的理论价值，同时，巴赫金又是把诗学研究作为一个整体加以看待，他认为文学是一种复杂而多面的现象，有社会、文化、心理、语言、形式多种层面。文学研究没有什么灵丹妙药，必须从不同的角度和不同的层面进行研究，而不同角度和不同层面的研究又不是互不相干的，它们构成一个统一的整体，这是巴赫金诗学研究最富独创性和最具特色的地方。因此，我把巴赫金的诗学命名为巴赫金的整体诗学。巴赫金的整体诗学研究形成了一个基本的格局：（1）把形式和体裁放在一个重要的突出的地位，主张诗学研究应当从形式和体裁切入，从形式和体裁的创新来把握思想内容的创新，来把握作家创作的真正特质。（2）把文化诗学作为诗学研究的中心，既反对把文学同社会政治经济因素直接联系起来，又反对过分强调文学的特性，把文学同社会历史文化割裂开来，主张在一个时代广阔的整体的文化语境中来理解和把握文学现象。（3）为了深入把握一种艺术形式和艺术体裁的特征，还必须把体裁诗学同历史诗学结合起来，对艺术形式、艺术体裁、艺术手法的演变过程作深入的历史分析，使共时研究和历时研究得到相互印证。

不管是巴赫金也好，普罗普、维戈茨基、洛特曼也好，他们的研究对象虽然各不相同，巴赫金是研究小说的，普罗普是研究故事的，洛特曼是研究诗歌的，但他们都是在克服非社会学的诗学（形式主义）和非诗学的社会学（庸俗社会学）的基础上，积极探索和实践文学研究中形式研究和内容研究相结合、结构研究和历史研究相融合、内部研究和外部研究相贯通的道路。他们的研究既弘扬了俄罗斯文论的历史主义传统并克服其对艺术结构形式的忽视，又吸收西方文论对形式结构的重视并纠正其忽视社会历史文化语境的偏颇，这就为世界文论的发展找到了新的出路，开拓了新的理论空间。

五

文艺心理学研究，特别是俄国作家创作心理研究，也是我新时期文论研究的一个独具特色的方面。新时期的文艺心理学研究在沉寂了半个世纪之后重新活跃起来，许多研究文学理论的同行从文艺社会学的研究转向文艺心理学的研究。这种现象的出现不是偶然的。大而言之，它是同关注人自身、研究人自身的思潮相联系的，是同文艺界对审美主体的重视，对艺术特点和艺术规律的探求相联系的。文艺心理学在洞悉艺术的奥秘方面，比起文艺学的其他分支来就有不可代替的优势。从我个人来说，由文艺社会学转向文艺心理学研究，则是同自己的学术旨趣相关。在文学理论的教学和科研中，我一直对作家的个性和作家创作过程的奥秘感兴趣，但又苦于无法从理论上透彻说明一些问题，传统的文学理论很少涉及这方面的问题，而文艺心理学恰好能为探讨这些问题找到一些出路。我的文艺心理学研究最早得到我的老师黄药眠先生的关心和支持，他热情鼓励我从事文艺心理学研究，并建议利用熟悉俄苏文学文论的优势，先从了解苏联的文艺心理学研究做起。在先生的指导下，我先后翻译了苏联心理学家科瓦廖夫的《文学创作心理学》，苏联文艺学家梅拉赫的《创作过程和艺术接受》，并在《文艺报》上发表了《苏联的文艺心理学研究》（1985年第6期）一文。事物的发展总有必然性也有偶然性，1985年我的朋友童庆炳恰好申请到国家"七五"社科重点项目——"心理美学（文艺心理学研究）"，他诚恳地邀请我参加这项研究，于是我们同他的13位硕士生组成一个充满学术锐气和团结和谐的学术集体，师生平等地展开研究和对话，共同在文艺心理学的世界里遨游，当年的情景至今仍然令人神往。这项研究的最终成果是《现代心理美学》（1993），其中我写了"总论"。作为这一项目的组成部分，我们还出版了一套《心理美学丛书》（13种），其中我写了《俄国作家创作心理学研究》（1990）。

《俄国作家创作心理学研究》是国内第一次从文艺心理学的角度探讨普希金、果戈理、屠格涅夫、陀思妥耶夫斯基、托尔斯泰、契诃夫等俄罗斯著名作家的创作心理，试图从作家个性特征和艺术思维特征的角度，更深入地揭示俄罗斯作家的创作奥秘和底蕴，为俄罗斯文学研究提供新的视角，开拓新的天地。研究的中心是作家的个性心理，其特色是理论研究和个案研究的结合。我力求运用文艺心理学的相关理论来阐明俄罗斯作家的创作心理，同时又借助俄罗斯作家创作心理的丰富内容来思考和深化文艺心理学一些重要的理论内容，其中涉及作家创作个性和作家气质的关系，作家艺术个性和作家艺术思维、艺术思维类型的关系，以及作家童年经验对作家创作的影响等问题。例如在作家创作个性和作家艺术思维关系问题上，指出由于感性、理性等不同的思维组成因素在不同作家身上形成不同的独特联系，作家艺术思维可以划分为主观型、客观型和综合型等不同类型，造成了作家不同的创作个性。普希金的创作个性是同诗人富于创造性的、开放性的和不断变化的艺术思维相联系的，是同思想、感情和形象和谐统一的艺术思维相联系的，而陀思妥耶夫斯基的创作个性则是同作家充满矛盾和充满活力的艺术思维相联系的。陀氏艺术思维中的感情因素和理性因素、形象因素和思维因素，常常处于不平衡和矛盾的状态。当作家从现实生活出发，当他的艺术思维中情感的因素占优势、逻辑的理性的因素被掩盖时，作品就充满艺术力量；当他的艺术思维中脱离现实生活的逻辑的理性的因素占优势，具体的形象的感性的因素只能做一种点缀时，这时作品必然丧失艺术力量。但总的来看，陀思妥耶夫斯基的艺术思维体系是现实主义的，它比作家那些脱离现实生活的偏执理论更有力量，天才作家不朽的力量盖源于此。

随着研究的深入，我也渐渐发现文艺心理学研究也有局限性，作家的创作心理实际上不仅是一种个性心理现象，也是一种社会心理现象。在文艺心理学研究中把文艺心理学和社会心理学结合起来是必然的，于是便有了《托尔斯泰的创作和俄国农民心理》、《俄国文学主人公的演变和社会心理的变化》、《俄苏文学创作和世纪之交的俄国心理学》等文章，并收入多人合作的《文学艺术与社会心理》（1997）之中。在《托尔斯泰的创作和俄国农民心理》中，我在学习列宁论托尔斯泰论文的基础上，试图进一步探讨托尔斯泰创作的矛盾、托尔斯泰创作的艺术独创性、托尔斯泰艺术思维的变化和托尔斯泰美学思想同俄国农民心理的内在联系，指出托尔斯泰把俄国千百万农民的真诚和天真、抗议和绝望，完全融进自己的创作探索和美学探求之中。

六

从中文系文艺理论教研室到苏联文学研究所，又从苏联文学研究所回到文艺理论教研室和文艺学研究中心，回顾50多年所走过的研究和教学的道路，由于历史的原因，我一直在文学理论研究和俄苏文论、文学两界穿行。我的文学理论研究以俄苏文论为中心，又同俄苏文学创作密切联系。这虽然是一种个人无法选择的命运安排，却暗合了理论和实践相结合、理论研究和历史研究相结合的研究路数。我常常告诉自己的学生，做文学理论研究，最好以一个国别的文学和文论的研究，或者以一段文学史或几个作家的研究作为根据地，只有真切地感悟文学作品的艺术魅力，真正深入到历史文化语境中去，这样谈起文学理论问题才不会从理论到理论，从概念到概念，才能避免干巴空疏，才能真正洞悉文学现象的全部历史复杂性，才能真正领略文学现象的无限生动性。理论和创作相结合，使我的文学理论研究获益不少。文学理论的视角给我的俄苏文学研究带来"理论色彩"，而俄苏文学的研究又使得我的文学理论研究有了创作实践的依据，也更富于历史感。比如，我的俄罗斯作家研究，由于从文艺心理学的角度切入，就更能深入作家的内心世界，更能把握作家的创作个性和艺术特色，同时，俄罗斯作家创作心理的个案研究也促使我思考作家的童年经验和创作的关系、作家的艺术思维类型和创作个性的关系等一系列文艺心理学的重要理论问题。又如，文学的内容和形式、历史和结构、外部和内部，一直是让历代文学理论家纠结和苦闷的问题，当我把这个重大的理论问题交给历史，特别是交给20世纪俄罗斯文学理论批评的新进展来进行思考时，我就可以从巴赫金、普罗普、维戈茨基这些理论大家的探索中得到启发，找到解决问题的思路，史论结合的方法使我尝到了甜头。

当然，这种两界穿行由于精力分散和自身学养不足，也存在明显的局限，两方面的研究常常顾此失彼，无法深入，因而两个方面的研究都很难达到比较理想的境界，并留下不少遗憾。随着时间的流逝，年岁的增长，这一切很难再有大的改进，只能留给年轻的一代学者去探索和解决。令我感到欣慰的是，在50多年的学术道路上我始终热爱自己的专业，始终没有懈怠，始终没有放弃自己的追求。让我感到温暖的是，在这条道路上一直有师长、同行和朋友的陪伴和相助，这一切我将永远铭记在心。

第一编

巴赫金的文化诗学

第一篇

專制に走る社會

第一章

巴赫金的诗学和巴赫金的文化诗学

一 从巴赫金研究到巴赫金诗学研究

巴赫金（1895—1975）是 20 世纪最重要的思想家之一，他的思想对 20 世纪的思想文化界有巨大的震撼力。近十年来，巴赫金独到的学术术语"对话"、"复调"、"狂欢"、"杂语"、"双声语"等在我国的学术论文和著作中频频出现，对我国文艺学界、美学界乃至思想文化界来说，巴赫金已经不是一个陌生的名字了。

然而，我们是不是真正了解巴赫金？我们对巴赫金的认识是不是终结了？

"说不尽的莎士比亚"是歌德的一句名言，历史上一切伟大的作家和思想家都是"说不尽的"，其中也包括巴赫金。他们是"说不尽的"，因为这些伟大的作家和思想家本身是博大精深的，他们的创作和思想具有无比丰富的潜能和底蕴，就像一口深井，我们可从中源源不断地取出清澈的井水。他们是"说不尽的"，也因为不同时代的读者总是要根据自己的个性、经历和人生体验来解读他们的作品。拿巴赫金的话来说，这些伟大的作家和思想家既要和自己的同时代人不断展开对话，也要和自己身后不同时代的人不断地展开对话，他们和他们的思想将永远活在"长远时间里"，并且不断激活人类的思想，丰富人类的思想宝库。

几十年来，从俄罗斯本土到西方，到我国，对巴赫金都有一个不断发现和不断认识的过程，而且这个过程是永远不会完结的。

从 19 世纪到 20 世纪，在俄罗斯这块土地上一切有独立人格和独立思想的思想家和作家，总是受到压抑的，他们或者被杀害，或者被流放，或者被驱逐出境。巴赫金的命运也不例外，他一生坎坷，历经磨难，他的学术思想和学术贡献长期被埋没，巴赫金从20世纪20年代起就从事学术活动，写下了一系列有独创性的学术著作。1929年，他的重要著作《陀思妥耶夫斯基创作问题》出版，同年据说因宣扬唯心主义哲学和宗教，被判刑五年，后被流放，从此，巴赫金在俄罗斯这块土地上消失了，整整三十多年，苏联的报刊和论著中看不到他的名字。直到50年代末60年代初，巴赫金的名字才开始在学术讨论会上被人提到，他的学术著作也才开始"出土"。苏联高尔基世界文学研究所的青年研究人员读到了巴赫金20年代的专著《陀思妥耶夫斯基创作问题》，并查到了巴赫金的学位论文《拉伯雷在现实主义历史中的地位》。期间几经周折，经过巴赫金不断认真修改，《陀思妥耶夫斯基创作问题》更名为《陀思妥耶夫斯基诗学问题》于1963年出版，《拉伯雷在现实主义历史中的地位》更名为《拉伯雷的创作与中世纪和文艺复兴时期的民间文化》于1965年出版。这两本专著的出版成了苏联学术界的重大事件，奠定了巴赫金在苏联文艺学界的地位，并使得他获得了世界声誉。70—80年代，巴赫金的文集《文学美学问题》、《语言创作美学》、《文学批评论文集》相继出版，20年代用友人姓名出版的专著《弗洛伊德主义批判》、《文艺学中的形式主义方法》、《马克思主义与语言哲学》也重新出版。到了90年代，七卷本的《巴赫金全集》开始出版，研究巴赫金的专著和传记也大大增多，在白俄罗斯甚至出版了一种专门研究巴赫金思想的刊物《对话、狂欢、时空体》。从60年代到90年代，近三十年时间俄罗斯本土对巴赫金的研究已成规模，对巴赫金的认识和研究已逐步走向深入，研究者在研究作为文艺学家、语言学家的巴赫金的同时，也开始研究作为哲学家、宗教思想家、历史文化学家和人类学家的巴赫金，巴赫金的本来面目正丰富多彩地展示在我们的面前。

　　巴赫金的专著《陀思妥耶夫斯基诗学问题》和《拉伯雷的创作与中世纪和文艺复兴时期的民间文化》在苏联出版，很快引起西方学术界的重视，他的著作迅速在西方传播开来，研究工作也很快展开。据统计，从

60年代下半期至1982年，西方各国学者研究巴赫金的著述就有120多种。① 据俄罗斯学者马赫林统计，1988年至1992年西方出版了40多部研究巴赫金的专著。西方如此对待苏联时期一位哲学社会科学家，在历史上可以说是空前的，其中的原因很值得深思，西方学者为什么看中巴赫金呢？撇开难于回避的政治因素，他们主要看中巴赫金思想的独创性、丰富性和多面性，看中他对人类生存方式、人类思维方式、人类思想文化的深刻见解，他们被巴赫金的对话思想，被巴赫金对欧洲文化的精深研究震撼了。同时，我们看到西方对巴赫金的接受呈现出一种多元化的局面，有人看中他的对话思想，有人看中他的文化理论，有人关注他的哲学人类学思想，有人关注他的语言学符号学思想。正如美国学者克拉克和霍奎斯特合著的专著《米哈伊尔·巴赫金》（1984）所指出的："西方不同的派别如新马克思主义者、结构主义者和符号学家，分别把巴赫金引为同调，这不足为奇。巴赫金为各种派别所接纳的沉重代价是牺牲其思想的多面性。许多人借重巴赫金，但窥其全豹者却寥寥无几。"② 应当看到，西方对巴赫金的接受是同西方多元化的文化语境相联系的，他们对巴赫金的发现和认识也正经历着一种复杂的过程。西方学者中难得有人全面把握巴赫金，然而他们在某个方面深入的研究却能给我们深刻的启示。

比起俄罗斯本土和西方，我国对巴赫金的认识和研究却要晚得多。巴赫金的两本专著虽然在60年代中期已在苏联出版，但限于特殊的政治文化环境，在整个60—70年代，我们竟然对巴赫金一无所知。直到80年代，随着社会的改革开放，国外各种思潮的涌入，我们才开始认识巴赫金。1982年，夏仲翼在《世界文学》第4期评论陀思妥耶夫斯基的小说《地下室手记》时，介绍了巴赫金的专著《陀思妥耶夫斯基诗学问题》，并译了该书第一章。1983年，钱中文在北京召开的第一届中美国际比较文学研讨会上做了《"复调小说"及其理论》的报告。1988年《陀思妥耶夫斯基诗学问题》中译本出版。从此，中国的学术思想界和文艺界开

---

① 据美国学者D.方格尔1983年在北京召开的"第一届中美国际比较文学研讨会"上提供的材料。

② 克拉克、霍奎斯特：《米哈伊尔·巴赫金》，中国人民大学出版社1992年版，第9—10页。

始有更多的人了解和研究巴赫金和他的理论。到了90年代，国内的巴赫金介绍和研究可谓进入高潮，其标志是三件大事：一是有关巴赫金研究的博士论文和专著相继问世，如张杰的《复调小说理论研究》，董小英的《再登巴比伦塔：巴赫金与对话理论》，刘康的《对话的喧声——巴赫金的文化转型理论》，夏忠宪的《巴赫金狂欢化诗学研究》等；二是有关巴赫金的研讨会先后召开，其中有1993年的"巴赫金研究：西方与中国"研讨会，1995年纪念巴赫金诞辰100周年小型座谈会，1998年的巴赫金学术思想国际研讨会；三是1998年钱中文主编的六卷本《巴赫金全集》由河北教育出版社出版。

国内的巴赫金介绍和研究比起俄罗斯和西方来起步虽然要晚一些，但80—90年代以来进展相当快。从对巴赫金的认识来看，文艺界和学术界大致经历了三个阶段，经历了一个不断深化的过程。第一阶段，最早是关注巴赫金的复调理论，并就复调小说中作者与主人公的关系展开讨论，大家更感兴趣的是复调小说所引起的作家艺术思维和叙述方式的变化，而对复调理论的实质则缺乏深入的了解，有些作家甚至把复调简单理解成情节的双线索。第二阶段关注的是巴赫金的狂欢化理论，巴赫金多元的文化理论，尤其感兴趣的是运用巴赫金狂欢化文化理论来阐明我国转型期的文化现象。第三阶段关注的是巴赫金的对话理论。随着研究的不断深入，人们逐渐体悟到复调理论和狂欢化理论的背后是巴赫金毕生追寻并为之付出重大代价的对话精神，认识到不理解对话就谈不上真正理解复调和狂欢。巴赫金认为生活的本质是对话，思维的本质是对话，语言的本质是对话，艺术的本质也是对话。对话精神正是巴赫金哲学思想和美学思想的根基，也是巴赫金思想最有魅力和最有震撼力的精华所在。

抓住了对话，我们总算从整体上掌握了巴赫金思想的核心，但这不等于说我们对巴赫金有了全面深入的把握，因为巴赫金的研究领域涉及哲学、伦理学、人类学、民俗学、语言学、符号学和文艺学、美学各个领域，我们还必须从各个领域、从不同的角度，不断地发现巴赫金和认识巴赫金。如果从我国当代文艺学建设的角度来看，这些年来我更关注巴赫金的诗学研究。目前我们仅仅是分别研究巴赫金的对话理论、复调理论、狂欢化理论和超语言学理论等，实际上还很难窥见巴赫金诗学的全豹，很难了解巴赫金诗学的全部内容和内在体系。一部《陀思妥耶夫斯基诗学问题》讲的是陀思妥耶夫斯基的复调小说问题，在我看来，这部专著与其说是陀思妥耶夫斯基的诗学，不如说是巴赫金的诗学，巴赫金是通过对陀思妥耶夫斯基复调小说的分析来阐明自己的诗学观点的。巴赫金的诗学研究是多方面的，他在自己的著作中提到的就有社会学诗学、体裁诗学和历史诗学，当然还应当包括文化诗学。有别于其他文艺学家的诗学研究，巴赫金的诗学研究是总体性的诗学研究，他不是孤立地研究单一的诗学，而是在各种诗学的相互联系和相互作用中对诗学进行一种综合的、整体的研究。把握这一特征对于研究巴赫金诗学是至关重要的。

在巴赫金的诗学研究中，我为什么要先从文化诗学入手呢？主要有以下三个方面的考虑。

第一，文化诗学是巴赫金诗学研究的核心，在巴赫金诗学研究中占有最重要的和最突出的地位。

巴赫金在考虑文艺学和诗学建设时，始终认为文艺学和诗学的严重缺陷是没有同文化史的研究紧密联系起来，因此无法从文化的角度深刻了解文学现象，深入阐明创作的本质。巴赫金在一生中花了最长的时间，下了最大的功夫研究欧洲民间狂欢化文化同作家创作的内在联系，他的两部代表作《陀思妥耶夫斯基诗学问题》和《拉伯雷的创作与中世纪和文艺复兴时期的民间文化》，其重要贡献就在于阐明陀思妥耶夫斯基的复调小说同民间狂欢化文化的内在联系，拉伯雷怪诞的现实主义同民间笑文化的内在联系。同类似的研究相比，由于视角的独特和材料的扎实，巴赫金这两本专著真正揭示了这两位大家的创作之谜，把对这两位大家的研究推到一个新阶段，同时也对欧洲文化发展的线索作出了新的理论阐述。

第二，巴赫金的文化诗学在20世纪世界文化研究中占有重要的和独特的地位。

西方的马克思主义美学从卢卡契、葛兰西开始就走向文化哲学的美学，葛兰西的"文化霸权主义"思想、本雅明的文化生产思想和阿多尔诺对大众文化的批判都属同样的潮流。从70年代到90年代，西方马克思主义美学发展的一个重要趋势就是从社会批判走向文化批判，他们着重从文化角度来把握社会整体，并用它来分析精神文化现象，这就结束了从60年代开始的由结构主义诗学发动的"语言学转向"，使美学研究向历史文化转轨。其中的代表如威廉斯的文化唯物主义美学、伊格尔顿的文化生产美学、杰姆逊的文化阐释美学等。威廉斯在《马克思主义与文学》（1977）中，就认为文学批评家必须把文学当作一种文化的产物，才有可能认识文学作品的意义和本质。杰姆逊也自称是"文化批评家"。如果拿巴赫金的文化诗学同西方当代的文化研究作个比较，我们可以发现它们有不少共同之处，它们都突出从文化的角度来研究文学现象，但我们也发现巴赫金的文化诗学又不完全等同于西方的文化研究，它更少一些外在的政治色彩和意识形态色彩，更多一些历史感，它强调从文化史角度来阐释作家作品，同时也更注重具体文本的分析。巴赫金的《陀思妥耶夫斯基诗学问题》和《拉伯雷的创作与中世纪和文艺复兴时期的民间文化》可以称得上是20世纪文化诗学研究的经典之作。

第三，巴赫金的文化诗学研究反映了20世纪诗学研究发展的重要趋势。

如果说19世纪的西方文论研究，特别是马克思主义文论研究是以社会历史研究为特色，那么20世纪文论从一开始就从社会历史转向作品文本，其间经历了形式主义、结构主义、新批评，经历了所谓的"语言学转向"。世间万事总是物极必反，到了20世纪末期，非常有意思的是西方文论又回到了历史文化研究，新历史主义、文化批判又成了时髦，这也就是我们常说的文论研究从内部研究又回到了外部研究。而这个历程在巴赫金于20世纪20年代到40年代期间所从事的文化诗学研究中早已完成了。

现在有人认为倡导文化诗学研究，似乎是使文论研究又从内部研究回到了外部研究。这种看法是很难令人同意的。就巴赫金的文化诗学研究而言，它既是一种外部研究，也是一种内部研究，而且是外部研究和内部研究的有机统一。一部《陀思妥耶夫斯基诗学问题》重点研究的是作为体裁形式的复调小说的特点，这就是所谓的内部研究；同时，巴赫金又深入揭示这种复调小说体裁产生的文化历史根源，它同民间狂欢化文化的内在联系，这又是所谓的外部研究。在巴赫金那里，文化诗学研究是同体裁诗学研究、历史诗学研究融为一体的，既有细致入微的文本分析，又有客观的历史文化分析，这种文化诗学研究可以说是反映了20世纪诗学研究发展的重要趋势。这是很值得我们细细揣摸的。

本书是研究巴赫金文化诗学的一次尝试，全书的研究是循着以下思路进行的：

第一，巴赫金的诗学研究是一种总体诗学研究，应当在巴赫金诗学研究的大语境中来研究文化诗学，关注文化诗学同其他诗学的内在联系。

第二，重视巴赫金文化诗学的实证研究，具体看看巴赫金是如何揭示陀思妥耶夫斯基小说、拉伯雷小说同民间狂欢化文化的内在联系的，并且在实证研究的基础上着重揭示巴赫金文化诗学丰富的、多层面的理论蕴含。

第三，巴赫金的文化诗学同俄罗斯诗学传统有密切联系，要揭示巴赫金文化诗学研究的民族特色和研究方法的优势，并阐明巴赫金文化诗学在世界文化诗学研究中的独特地位和独特贡献。

第四，巴赫金的文化诗学思想对处于转型期的我国当代文化和文学有很大的影响，要十分关注巴赫金文化诗学研究对我国当代文化建设和对我国文艺学建设的启示。

二 巴赫金的诗学研究

（一）巴赫金诗学研究在20世纪诗学发展中的地位

巴赫金作为20世纪最重要的思想家之一，他在20世纪思想文化界所占的重要地位和震撼力是毋庸置疑的。

先看看评论：

1963年巴赫金的《陀思妥耶夫斯基诗学问题》在苏联出版，被认为是"苏联和世界文学研究中的一个重大事件"，并说这部专著"为巴赫金作为20世纪罕见的伟大学者和思想家之一的世界声望奠定了基础"。法国文学理论家托多洛夫说："在20世纪中叶的欧洲文化中，米哈依尔·巴赫金是一位非常迷人而又神秘的人物。这种诱惑力不难理解：他那丰富且独具特色的作品，是苏联人文科学方面任何成果所无法媲美的。但是崇敬之余，人们不免感到困惑：巴赫金到底是怎样一个人？他的思想特点又是什么？的确，他的思想如此多姿，人们有时甚至怀疑这一切是否皆出自同一个人的头脑。"[1]

---

[1] 托多洛夫：《批评的批评》，三联书店1988年版，第7页。

美国学者克拉克和霍奎斯特说："作为20世纪主要的思想家之一，巴赫金正在脱颖而出。他的著述涵盖了语言学、精神分析、神学、社会理论、历史诗学、价值论和人的哲学。在西方的人类学家、民俗学家、语言学家和文学批评家的圈子当中，他已获得举足轻重的地位。"[①]

上面的言论阐述了巴赫金作为思想家、哲学家、伦理学家、历史文化学家、人类学家、民俗学家、文艺学家、文学批评家、语言学家、符号学家，其思想的丰富性和多面性，以及他在20世纪思想文化界的重要地位和巨大影响。

就诗学研究而言，巴赫金的诗学研究在20世纪诗学发展中同样占有举足轻重的地位。

第一，巴赫金诗学研究的丰富性和多面性是其他人难以比拟的。

巴赫金的诗学研究不局限于某个方面，它广泛涉及体裁诗学、社会学诗学、历史诗学和文化诗学各个领域，同时各个领域的研究又不是毫不相干的，它们之间有着深刻的内在联系，并形成一个诗学研究的整体，巴赫金的诗学研究是整体诗学研究。对巴赫金诗学研究要从整体上加以全面把握是有相当难度的，对此，克拉克和霍奎斯特颇有感叹："巴赫金为各种派别所接纳的沉重代价是牺牲其思想的多面性。许多人借重于巴赫金，但窥其全豹者却寥寥无几。"[②]

第二，巴赫金的诗学研究具有很强的原创性和整合力，对诗学各个领域的发展都有重大的影响。

巴赫金的诗学研究不是无本之木，它继承了俄罗斯哲学、诗学的传统，也受到了西方哲学、诗学的影响，但又超越了俄罗斯的哲学、诗学和西方的哲学、诗学，他的诗学研究具有很强的整合力和原创性。巴赫金认为生活的本质是对话，思维的本质是对话，语言的本质是对话，艺术的本质是对话，这是对生活、思维、语言和艺术一种崭新的理解，这也是巴赫金诗学的思想基础和理论核心。以对话为基础，他独创地提出了复调理论、狂欢理论和超语言学理论，并建构了自己的体裁诗学、社会学诗学、历史诗学和文化诗学。由于他的诗学思想具有很强的原创性和整合力，因

---

① 克拉克和霍奎斯特：《米哈伊尔·巴赫金》，中国人民大学出版社1992年版，第1页。
② 同上书，第9页。

此对诗学研究的各个领域都有重大的影响。

第三，巴赫金的诗学研究体现了20世纪诗学发展的趋势。

巴赫金的诗学研究是在20世纪苏联诗学研究和世界诗学研究的语境中形成和发展的，但它又是独树一帜的。19世纪末和20世纪初，马克思主义对苏联诗学的发展有重大的影响，同时也出现了众所周知的庸俗社会学倾向和形式主义倾向，这是把马克思主义运用于诗学研究的不成熟的表现，对此巴赫金有清醒的认识。从世界范围看，世界诗学的发展也一度走向只重文本结构不重历史文化语境的结构主义，出现了所谓的"语言学转向"，对此巴赫金已有清醒的认识，他高度评价结构主义，又反对结构主义"封闭于文本之中"。巴赫金的诗学研究正是在克服20世纪诗学发展的种种片面性中，体现了诗学研究的一种清醒的理性和成熟。他的诗学研究十分关注体裁、语言、结构、形式的研究，而这种研究又不脱离社会历史语境，不脱离文化语境，而且二者的研究又是完全融为一体的。就《陀思妥耶夫斯基诗学问题》来说，它既是体裁诗学研究，也是历史诗学和文化诗学的研究。这种诗学研究体现了20世纪诗学发展的趋势。

（二）巴赫金诗学研究的主要内容

巴赫金诗学研究内容十分丰富，下面只介绍三个主要方面。

1. 社会学诗学研究

社会学诗学（或文艺社会学）的研究，从19世纪到20世纪初期，已有一段历史，其中的代表人物如斯达尔夫人、丹纳和普列汉诺夫。巴赫金的社会学诗学研究是在苏联十月革命后一种特殊的文化语境中出现的，它有很强的现实针对性和理论价值。在十月革命后的苏联诗学研究中出现了两种倾向：一种是庸俗社会学，它忽视文艺的特性和规律，直接用经济因素和阶级因素去解释文学作品的内容和形式，把文学作品变成社会学的"形象图解"，这可称之为非诗学的社会学；一种是形式主义，它片面强调文艺的特性和规律，认为文学是完全独立于社会生活的现象，文学作品是纯粹的形式，巴赫金认为形式主义者坚持的是"艺术结构本身的非社会性"，他把形式主义的诗学称为"非社会学的诗学"。显然，巴赫金是在反对苏联诗学研究中的非诗学的社会学（庸俗社会学）和非社会学的诗学（形式主义）的基础上建立自己的社会学诗学的，他认为文学是一种社会审美文化现象，应当从文学的内部结构、语言功能来揭示文学的社会审美特性，建立社会学诗学。在他看来，既"不能把诗学同社会历史的分析割裂开来，但又不可将诗学溶化在这样的分析之中"。①

文学和社会意识形态的关系，文学的内在因素和外在因素的关系，始终是困惑着社会学诗学的核心问题。巴赫金社会学诗学研究正是围绕这个问题展开的，其中有客观的理论概括，也有微观的作品分析。

从文学作品来看，他既反对只从作品人物的宣言中寻找意识形态的直接表现，忽视作品本身的内在结构和形式，也反对只讲结构和形式，忽视作品结构和形式的每一个成分都渗透着生动的社会评价。巴赫金把文学作品的形式看成是体现作品意义的物质实体，认为在文学作品中意义和物质肌体是不可分割的。20 年代，他在《文艺学中的形式主义方法》中指出："在艺术中，意义完全不能脱离体现它的物体的一切细节。文艺作品毫无例外都具有意义。物质、符号的创造本身，在这里具有头等重要的意义。"② 70 年代，他在《答〈新世界〉编辑部问》中，又进一步阐明作品意义和物质肌体的关系。他说："在文化领域中躯体和涵义之间不可能有绝对的界线"，"莎士比亚也像任何艺术家一样，构筑自己的作品，不是利用僵死的成分，不是用砖瓦，而是用充满沉甸甸涵义的形式。其实，即使是砖瓦也具有一定的空间形式，所以在建筑师手里也能表现某种内容"。③

巴赫金关于文学作品中的意义和物质肌体不可分割的思想是辩证的和深刻的，他高度重视作品的物质肌体、作品的结构和形式，认为作品的意义只能通过它显示出来。巴赫金的这种理论阐述在对陀思妥耶夫斯基创作的分析中得到了生动的体现和进一步的深化。在《陀思妥耶夫斯基诗学问题》中，巴赫金从艺术创作、艺术作品和艺术接受三个层面上，深入阐述了他的思想。从创作层面看，他认为艺术家对生活新的发现和对艺术形式的新发现是一致的，作家应当善于把看待世界的原则变成对世界进行

---

① 《陀思妥耶夫斯基诗学问题》，三联书店 1988 年版，第 70 页。
② 《文艺学中的形式主义方法》，漓江出版社 1989 年版，第 15 页。
③ 《巴赫金全集》第 4 卷，河北教育出版社 1998 年版，第 367—369 页。

艺术观察的原则。① 艺术家如果没有创造出新的艺术形式就无法表现他对生活新的发现，也就成不了大的艺术家。在他看来，陀思妥耶夫斯基对小说复调形式的创造是同作家对生活对话性的发现相联系的，作家是通过复调的新形式来表现他对生活新的发现。从作品的层面来看，巴赫金认为艺术视觉、艺术形式的新的变化会给艺术内容带来崭新的面貌。在他看来，陀思妥耶夫斯基复调小说形式的创造是"一场小规模的哥白尼式的变革"。拿陀思妥耶夫斯基的《穷人》和果戈理的《外套》做比较，巴赫金认为两篇小说写的都是小人物，"内容上并没有发生什么变化"，但是作品的艺术视觉和艺术结构的重心变化了，《外套》的主人公是由作者控制的，这是独白小说；而《穷人》是复调小说，作者对主人公采取全新的立场，作者不控制主人公，主人公完全是按照自己的眼光来看待自己和看待世界。这种艺术形式的创新恰恰展示了俄罗斯文学小人物的自我意识的增长，在这里，艺术形式的创新和艺术内容的创新完全是一致的。在巴赫金看来，"整个艺术视觉和艺术结构重心转移了，于是整个世界也变得焕然一新"。② 从艺术接受的层面来看，巴赫金认为只有真正把握艺术的新形式才能深入揭示艺术的新内容。以往对陀思妥耶夫斯基创作的研究，大多数忽视作家艺术形式的创新，只是从内容，从主题、思想观点去寻找作家创作的特点，其结果是无法真正把握作家创作的本质，无法了解作家对生活的新发现。巴赫金正确地指出：

  不理解新的观察形式，也就无法正确理解借助这一形式在生活中所初次看到和发现的东西。如果能正确地理解艺术形式，那它不该是为已经找到的现成内容作包装，而是应能帮助人物首次发现和看到特定的内容。③

  巴赫金在同形式主义的交锋和对话中，在《文艺学中的形式主义方法》一书中，又进一步展开他的社会学诗学思想，深刻阐明文学内在因

---

① 《陀思妥耶夫斯基诗学问题》，三联书店1988年版，第34页。
② 同上书，第85页。
③ 同上书，第80页。

素和外在因素的关系。他认为形式主义的问题在于把文学的独特性同意识形态和社会生活相隔绝,"坚持艺术结构本身的非社会性",因而"不能把独特性与社会历史生活的具体统一体中的生动的相互影响结合起来"。①巴赫金认为文学的内在因素和外在因素是统一的。他指出"每一种文学现象(如同任何意识形态现象一样)同时既是从外部也是从内部被决定。从内部——由文学本身所决定;从外部由社会生活的其它领域所决定"。②同时,他敏锐地发现,文学的外在因素和内在因素不是毫不相干的,外在因素是可以转化为内在因素的。他指出:"任何影响文学的外在因素都会在文学中产生纯文学的影响,而这种影响逐渐地变成文学下一步发展的决定性的内在因素。"③

2. 历史诗学研究

巴赫金在《陀思妥耶夫斯基诗学问题》和《拉伯雷的创作与中世纪和文艺复兴时期的民间文化》这两本专著中都涉及历史诗学研究问题。在前一本书中,巴赫金在阐明陀思妥耶夫斯基复调小说的体裁和情节布局特点之后,明确提出:"现在我们该是从体裁发展史的角度来阐述这一个问题,也就是把问题转到历史诗学方面来。"④巴赫金把陀思妥耶夫斯基的复调小说看成是同独白小说相对应的小说体裁的新形式。为了更深入地了解和把握复调小说的本质和特征,巴赫金不满足于对这种小说的新形式从体裁诗学的角度进行分析,他还力求对这种小说形式是如何形成的做历史的分析。如果说体裁诗学是从共时角度研究文学的体裁和形式,历史诗学就是从历时的角度研究文学的体裁和形式是如何形成和发展的。巴赫金在谈到他从事历史诗学研究的目的时明确指出:"我们所作的历时性分析,印证了共时性分析的结果。确切地说,两种结果相互检验,也相互得到印证。"⑤

从历史诗学研究的角度来看,巴赫金的杰出贡献不仅在于发现复调小说这一长篇小说体裁,还在于阐明复调小说的历史源头,揭示复调小说同

---

① 《文艺学中的形式主义方法》,漓江出版社1989年版,第48—49页。
② 同上书,第38—39页。
③ 同上书,第38页。
④ 《陀思妥耶夫斯基诗学问题》,三联书店1988年版,第155页。
⑤ 同上书,第248页。

古代希腊罗马庄谐体文学和民间狂欢节文化的内在联系。巴赫金认为小说体裁有三个基本来源：史诗、雄辩术和狂欢节。由此形成了欧洲小说发展史上的三条线索：叙事、雄辩和狂欢体。在他看来，陀思妥耶夫斯基对话型的复调小说正是属于狂欢体这条线索，是狂欢体的变体。而对这种变体的形成起决定作用的是古代希腊罗马的庄谐体体裁，其中包括苏格拉底对话和梅尼普的讽刺。巴赫金指出庄谐体有三个共同特点：十分尖锐的时代性；形象是建立在经验和自由虚构的基础上；拒绝单一和统一，充分体现杂体性和多声性。苏格拉底对话，特别是梅尼普体，巴赫金认为它的深刻根源是民间狂欢节文化，是深刻的狂欢式的世界感受，它体现为一种平等对话的精神、交替和变更的精神、死亡和新生的精神。这种狂欢化不仅决定作品的内容，而且还决定作品的体裁基础，具有构成新文体的力量，换句话说，欧洲文学传统中的狂欢化体裁传统是同千百年来人民大众的狂欢节的世界感受紧密相连的。这种狂欢式的体裁传统深刻影响了古代希腊罗马的庄谐体文学、中世纪的诙谐文学和讽刺摹拟文学，到了文艺复兴时期达到了顶峰，它的代表就是拉伯雷和塞万提斯创作所体现的狂欢化体裁传统。巴赫金认为陀思妥耶夫斯基非常熟悉欧洲文学狂欢化的几个基本来源，其中包括古希腊罗马时期和中世纪时期的狂欢化文学，文艺复兴时期的狂欢化文学以及体现在18、19世纪作家身上的狂欢化文学传统，陀思妥耶夫斯基的复调小说正是受到这一传统的深刻影响，是这一文学体裁传统的继承和变体。

我认为巴赫金的历史诗学研究的价值固然在于揭示了陀思妥耶夫斯基复调小说的历史源头，更有意义的是，还在于他力图探讨文学体裁的理论和文学体裁形成和发展的规律。正如他自己所说的，揭示复调小说的历史源头"这个问题对文学体裁的理论和历史，有着更为广泛的意义"。[①] 文学体裁的理论问题是文艺学的一个重要的然而又是非常薄弱的问题。巴赫金在研究历史诗学时虽然来不及充分展开，但提出了不少十分深刻的且有启示性的见解。首先，他指出稳定性是体裁的本质，而文学发展的统一性和连续性正是靠体裁才得以保证。他说："文学体裁就其本质来说，反映着较为稳定的、'经久不衰'的文学发展倾向。""在文学的发展过程当

[①] 《陀思妥耶夫斯基诗学问题》，三联书店1988年版，第156页。

中，体裁是创造性记忆的代表。正因为如此，体裁才可能保证文学发展的统一性和连续性。"[1] 其次，他认为体裁的生命在于更新。一个体裁总是既老又新，在一种体裁的发展过程中，一方面是它总是保留陈旧的成分，"体裁发展得越高级越复杂，它也会越清晰越全面记着自己的过去"；[2] 另一方面是这些陈旧的成分之所以能够保存则靠它的不断更新。第三，在体裁发展过程中，许多作家可能属于同一体裁，但每一个作家又具有深刻的独创性和个人特色，狂欢式体裁虽为文学史上许多作家所继承，但陀思妥耶夫斯基又以复调小说这种新颖独创的形式使其得到重生，获得了新面貌。[3] 他认为体裁传统在每个作家身上"都独自地、亦即别具一格地得到再现，焕然一新，这正是传统的生命之所在"。[4] 总之，在巴赫金看来，体裁的历史发展有其内在的发展规律，在体裁发展过程中，传统与创新的矛盾和统一、共性与个性的辩证统一正是体裁发展的活力所在和生命所在。

巴赫金的历史诗学研究是俄国著名学者维谢洛夫斯基（1838—1906）所开创的历史诗学研究的继承和发展。维谢洛夫斯基的历史诗学研究是运用历史比较的方法，从总体文学的历史研究中揭示文学体裁和形式的形成和演变的规律，进而阐明艺术的本质和各种诗学范畴的内涵。这种研究几十年来在苏联虽经种种挫折，其间经巴赫金等人的坚持和发展，自60年代以来已成为文艺学研究中最重要最有价值的方向。

3. 文化诗学研究

巴赫金在《陀思妥耶夫斯基诗学问题》和《拉伯雷的创作与中世纪和文艺复兴时期的民间文化》这两本著作中，谈到了狂欢化问题。他认为只有从狂欢化的角度，从民间笑文化的角度切入，才能真正把握陀思妥耶夫斯基和拉伯雷创作的本质特征。在他看来，所谓的文学狂欢化问题既是体裁诗学的问题、历史诗学的问题，也是文化诗学的问题。从文化的角度研究文学问题，这是文化诗学；从民间文化的角度研究文学问题，这是

---

[1] 《陀思妥耶夫斯基诗学问题》，三联书店1988年版，第156页。
[2] 同上书，第174页。
[3] 同上书，第248—249页。
[4] 同上书，第223页。

巴赫金文化诗学的特征,也是俄罗斯文化诗学的重要特征。

　　巴赫金的文化诗学思想非常丰富,他在 70 年代针对文艺学研究中存在的种种问题,在谈到文艺学所面临的任务时,首先指出文艺学应与文化史建立更紧密的联系,不能离开时代的整个文化来研究文学。在《答〈新世界〉编辑部问》一文中他就文化和文学关系的问题谈了三个基本观点:第一,文学是文化不可分割的一部分,脱离开时代整个文化语境是无法理解文学的。既不应该把文学同其余的文化割裂开来,也不应该越过文化把文学直接同社会经济联系起来,后者只是通过文化并与文化一起作用于文学。第二,在关注文学特性的同时,要看到,各种文化领域的界限不是绝对的,必须重视各种文化领域之间的相互联系和相互依赖问题,文化所经历的最紧张和最有成效的生活,恰恰出现在各种文化领域的交界处,而不是在各个文化领域的封闭特性之中。第三,要重视民间文化潮流对文学的重大影响。不应当把时代的文学过程归结为文学流派表面的斗争,归结为报刊的喧闹,要揭示强大而深刻的文化潮流,特别是底层民间文化潮流对时代真正宏伟文学的影响,唯有如此,才能深入揭示伟大作品的底蕴。[①]

　　巴赫金的文化诗学具体体现在对陀思妥耶夫斯基和拉伯雷这两位大家的小说研究中,他正是根据自己对文学和文化关系的深刻理解,深入揭示这两位大家的小说同民间文化、同民间狂欢化文化和民间诙谐文化(笑文化)的内在联系。如前所述,巴赫金认为陀思妥耶夫斯基的复调小说作为一种小说体裁是植根于民间狂欢节文化的,是欧洲文学中狂欢化文学体裁的继承和变体。在《拉伯雷的创作与中世纪和文艺复兴时期的民间文化》中,巴赫金认为拉伯雷是最具特殊魅力而又最不被理解的伟大作家,要解开拉伯雷创作之谜,就必须弄清楚拉伯雷同民间诙谐文化,同狂欢式的笑的内在联系。他在书中首先从拉伯雷小说中的广场语言入手,探讨了民间节日形式和形象,以及与此相关的筵席形象、怪诞人体形象及来源、物质—肉体下部形象,研究了拉伯雷笔下的形象与他那个时代现实的关系。巴赫金认为拉伯雷的作品是"一部完整的民间文化的百科全书",它的特色是"怪诞的现实主义",而这种怪诞的现实主义正是民间诙谐文

[①] 《巴赫金全集》第 4 卷,河北教育出版社 1998 年版,第 364—365 页。

化、狂欢式的笑文化的体现。长期以来，民间诙谐文化或者被认为是否定性讽刺性的，或者被认为是娱乐性的，没有思想深度的。而巴赫金认为狂欢式的笑的精髓和特性一是在于"与自由不可分离的和本质的联系"，[①]它显示出人们渴望从种种压抑中获得解放和自由；二是在于它具有深刻的双重性，它既是肯定又是否定，既是欢乐又是讽刺，它强调更替和变化，反对凝固和僵化，因此具有巨大的创造力量。巴赫金在中世纪和文艺复兴的文学中，在拉伯雷的创作中敏锐地感受到民间文化向作家小说体裁的渗透，民间文化向官方文化的挑战。

巴赫金的文化诗学的意义不仅在于它揭示了陀思妥耶夫斯基和拉伯雷这两位伟大作家的创作同民间文化的深刻的内在联系，同时还在于它通过这种实证分析所显示出的哲学层面的、文化层面的和文艺学层面的理论意义和理论价值。

从哲学层面来看，巴赫金认为民间的狂欢化文化、民间的诙谐文化体现了"几千年来全体民众的一种伟大的世界感受"，这种感受为更替演变而欢呼，反对循规蹈矩的官腔，反对把生活现状和社会制度现状绝对对立起来。[②] 在这个基础上，巴赫金还进一步提出，应当把狂欢化所体现的世界感受转移到精神和思想领域中。他说："狂欢化提供了可能性，使人们可以建立一种大型对话的开放的结构，使人们能把人与人在社会上的相互作用，转移到精神和理智的高级领域中去；而精神和理智的高级领域，向来主要就是某个统一和唯一的独白意识所拥有的领域。"[③] 显然，巴赫金认为民间狂欢化文化对高级的精神领域应当有巨大冲击力，在思想意识领域应当反对思想独白，反对教条、封闭和僵化，应当提倡思想的对话，张扬开放、变化和创新。在他看来，只有对话的思想才有活力，而独白的思想只能导致僵化。思想的对话，这是巴赫金文化诗学最高层次的追求。

从文化层面来看，巴赫金的文化诗学提倡一种多元和互动的文化观。他所张扬的狂欢化民间文化向官方主流文化提出挑战，有力地动摇了单一文化的垄断地位。在他看来，民间文化体现了人民大众的世界感受和审美

---

① 《巴赫金全集》第6卷，河北教育出版社1998年版，第103页。
② 同上书，第223页。
③ 《陀思妥耶夫斯基诗学问题》，三联书店1988年版，第247页。

感受，是富有生命力和创造力的，它以新的思想、新的思维方式、新的语言，对官方文化、主流文化、严肃文化产生巨大冲击。于是，民间文化和官方文化、下层文化和上层文化、通俗文化和严肃文化之间的对立就逐渐模糊，同时，在它们之间出现了一种互相对话、互相渗透、互相影响的互动局面。巴赫金的观点是符合文化发展实际的，对于我们正确看待当代文化现象也极富启示意义，事实证明文化和文学正是在这两种文化的对话中获得了发展的动力。

从文艺学层面看，巴赫金认为民间文化、狂欢化文化对文学的发展有巨大的影响。首先，他把民间狂欢化既看成是一种生活存在和生活方式，也看成是一种思维方式，他认为狂欢化的思维对作家的艺术思维、艺术视觉有重要影响。他说："狂欢化——这不是附着于现成内容上的外表的静止的公式，这是艺术视觉的一种异常灵活的形式，是帮助人发现迄今未识的新鲜事物的某种启发式的原则。"[①] 狂欢化把世界"颠倒着看"，正反面一起看，把一切表面稳定、成型、现成的事物给相对化了，体现一种除旧布新的精神，它能帮助作家深入揭示现实生活和人物性格深层的东西，例如资本主义社会现实生活的复杂性和人物性格的两重性，人的思想的两重性。其次，他认为民间狂欢化具有构成新的文学体裁的力量，狂欢体已经成为文学体裁的一种传统。他说："狂欢化具有构筑体裁的作用，亦不仅决定着作品的内容，还决定着作品的体裁基础。"[②] 从宏观角度看，他认为狂欢化影响了欧洲文学狂欢体传统的形成，最早是古希腊罗马的庄谐体（苏格拉底对话、梅尼普体），之后是中世纪诙谐文学、讽刺文学、文艺复兴时期拉伯雷、塞万提斯的小说，直至陀思妥耶夫斯基的复调小说，从这些文学中都可以看到狂欢化的影响，听到它的历史回声。就文学体裁本身而言，巴赫金认为小说体裁是最具有狂欢性的体裁，它同民间狂欢化有着深刻的内在联系。从传统眼光来看，史诗是高贵体裁，小说是低俗体裁。巴赫金看重小说体裁，就在于小说体裁由民间文化带来生命活力。他认为小说是唯一未完成的体裁，"小说不仅是诸多体裁中的一个体裁。这

---

① 《陀思妥耶夫斯基诗学问题》，三联书店1988年版，第233页。
② 同上书，第186页。

是早已形成和部分地已死亡的诸多体裁中间唯一一个处于形成阶段的体裁"。① 在他看来，小说的本质就是反规范性，"小说从本质上说就不可用范式来约束。它本身便是个可塑的东西。这一体裁永远在寻找，在探索自己，并不断改变自己已形成的一切形式"。② 而小说体裁另一个重要特点则是杂语性，它可以包容社会的杂语，不同的体裁，在小说文本内部，在小说文本和其他文本之间隐含着对话，使小说文本永远成为开放的文本。总之，小说体裁所固有的未完成性、反规范性、易变性、多样性、杂语性，都是同民间狂欢化体现的对话精神、更新精神紧密相连的。

上面我们分别介绍了巴赫金诗学研究的主要内容，从这些介绍中可以发现巴赫金的社会学诗学、历史诗学、体裁诗学、文化诗学的内容是相互渗透的，它是一个有机的整体。例如他在谈到狂欢化时就指出："我们认为，文学狂欢化问题，是历史诗学，主要是体裁诗学的非常重要的课题之一。"③ 我认为巴赫金的诗学研究有两个鲜明的特色：第一，巴赫金的诗学是整体诗学研究。他不是孤立地研究单一诗学，而是在各种诗学的联系中对诗学进行综合的、整体的研究。在诗学研究中，他既注重文学的社会历史、文化根源的研究，更注重文学内部结构、形式的研究，而且将二者有机地结合起来。一部《陀思妥耶夫斯基诗学问题》，既是体裁诗学研究——他极力主张"诗学恰恰应从体裁出发"，④ 同时又是历史诗学和文化诗学，他又竭力揭示复调小说产生的历史文化根源，巴赫金通过对陀思妥耶夫斯基诗学的分析来表明自己的诗学观点，"陀思妥耶夫斯基的诗学"实际上就是巴赫金的诗学。第二，巴赫金的诗学研究是植根于民间文化的，具有强烈的民众意识。作为俄罗斯知识分子，他始终同俄罗斯人民同甘苦共命运，他热爱俄罗斯人民，关注民间文化，深入探索民间文化所渗透的和所体现的民众的世界观、生活理想和思维方式，并揭示它们对作家创作的深刻影响。正是有了这种独特的立场和视角，他才有可能与众不同地深刻地揭示出拉伯雷创作和陀思妥耶夫斯基创作的奥秘和本质。从

---

① 《巴赫金全集》第3卷，河北教育出版社1998年版，第505页。
② 同上书，第544页。
③ 《陀思妥耶夫斯基诗学问题》，三联书店1988年版，第157页。
④ 《文艺学中的形式主义方法》，漓江出版社1989年版，第174页。

这个意义上讲，巴赫金的诗学研究不是贵族式的、学院式的，它在世界诗学研究中是独树一帜的，也是俄罗斯诗学人民性传统的发扬光大。

（三）巴赫金诗学研究的大家风范对当代文论建设的启示

自巴赫金的著作在国内出版、国内学者开始介绍巴赫金以来，巴赫金的诗学理论对当代文艺学产生了很大冲击，一时间"复调"、"对话"、"狂欢"、"杂语"这些名词四处可见。巴赫金的冲击力来自他的理论的原创性，同时也来自他的理论著作所体现的大家学术风范，而这种风范是一切诗学大家所共有的。中国当代文论既要吸收外国文论的理论精华，更要学习文论大家的学术风范，学习大家的人格、大家的胸襟、大家的气度、大家的眼力。这方面对于中国当代文论的建设来说更为根本，也更有实际意义。

巴赫金诗学研究的大家学术风范主要体现在以下几个方面：

第一，学术精神和人文精神的高度结合。

巴赫金一生坎坷，历经磨难，但对学术研究孜孜以求，痴心不改。我们在他的学术活动和学术著作中不仅感受到一种学术魅力，更感受到一种人格魅力。他的著作谈的是学术问题、理论问题，是对话、复调、狂欢，但在这些问题背后我们觉得巴赫金虽然不好直说，但他总是有话要说，我们总能从中感受到一种深厚的人文精神。这种人文精神表现为对人的关怀，对人的价值的确认，他反对无视人的个性和价值，要求尊重每个人的个性和价值，认为每个人都可以发出自己的声音，而这种思想正是对话理论和复调理论的基础。这种人文精神还表现为对人的生存状态的关心，他反对等级和专制，主张人与人的关系应当是平等对话的关系，热切向往人与人可以自由交往和平等对话的乌托邦，而他的狂欢化理论也正是同这种思想相联系的。

我们不主张把诗学当作思想斗争的工具，但诗学既然是人文科学，它就理应充满人文精神。就俄罗斯而论，别林斯基的人民性理论、现实主义理论，高尔基的"文学是人学"的命题，都充满了对俄罗斯现实和俄罗斯人民命运的深切关怀。就我国而论，古代文论也充满对人的生命的重视、对人格的推崇和艺道合一的追求。巴赫金的人文精神正是世界一切优秀的诗学大师所共有的品格。一个时期以来我们被文艺学的政治化弄坏了胃口，于是又产生一种为学术而学术的倾向，从一个极端走向另一个极端，学习文论大家的学术风范对我们的文论应当有一种警示作用。

第二，源于理论和实践相结合的原创精神。

一种文论的震撼力量源于它的原创性。巴赫金诗学研究提出的一系列命题和理论（对话、复调、狂欢、超语言学等）是具有原创性的。从某种意义上讲，巴赫金诗学的生命力正在于它的原创性。

文论的原创性、巴赫金的原创性从何而来呢？首先，它受哲学思想的影响，其中有德国哲学（新康德主义），也有俄国哲学和宗教。其次，它是对本国现实的反应和挑战，也是对本国文论（庸俗社会学、形式主义）的反应和挑战。最后，更重要的是对作家创作的总结。从某种意义上讲，如果没有对陀思妥耶夫斯基创作系统的精细的研究，如果没有对拉伯雷创作系统的精细的研究，就不可能有巴赫金的复调理论和狂欢理论。

文论史证实，一切有原创性的文论大都是源于作家的创作。别林斯基的现实主义理论是对普希金和果戈理创作的总结。对 20 世纪文论有重大影响的俄国形式主义虽然受到索绪尔语言学理论的启发，但归根到底是"对本土挑战的本土反应"（厄利希语），也是对俄国象征主义和未来主义诗歌创作的总结。在我国文论建设中有些人急于建构自己的理论和体系，过了十几年，结果是理论和体系没能建构起来，作家们也不买他的账。其中的经验教训值得我们认真总结。

第三，在对话中建立开放的诗学的恢宏气度。

如果说原创精神是巴赫金诗学研究的生命，那么在对话中建立开放的诗学的追求便是巴赫金诗学研究不断发展的强大动力，这种精神充分体现了一个国际诗学大师的恢宏气度。在早年，巴赫金就不像同时代的一些理论家对形式主义采取一棍子打死的做法，而采取一种对话的态度，一种细致分析的态度。直到晚年，他在《答〈新世界〉编辑部问》中，特别强调诗学研究要有学术勇气，要克服"陈陈相因、千篇一律"，克服封闭和僵化，要"展开学派之间真正健康的斗争"，展开学派之间真正的交流和对话。

巴赫金诗学研究的开放精神和对话精神体现在以下几个方面：第一，他的诗学研究是向其他学科开放，向社会学、历史学、文化学、语言学开放，并在学科的渗透和交叉中形成新的诗学研究方向。第二，他的诗学研究是向不同学派开放的,并通过同不同学派的交流、对话,使自己的研究得到充实和发展。他批评形式主义的"片面、极端",又认为它有"积极意义(艺术新问题和新侧面)"。他反对结构主义"封闭于文本之中",又"高度评价结构主义"。① 第三,他的诗学研究既向本民族诗学优秀传统开放,又向外国诗学的优秀传统开放。他反对把传统的文化和文论看成是"封闭的圆圈",而主张把它看成"开放的统一体",提出要发挥俄苏文论"巨大的潜力"。他反对在吸收外来文化和文论时只强调融于其中而摒弃自己,他提倡"创造性的理解",保持"外位性"。他认为不同文化应当展开"对话的交锋",在这一过程中,"它们不会相互融合,不会彼此混淆;每一种文化仍保持着自己的统一性和开放的完整性。然而它们却相互得到丰富和充实"(见《答〈新世界〉编辑部问》)。在巴赫金看来,开放不是目的,开放是为了创造和建设,为了达到这一目的,在开放过程中一要保持自身的统一性和完整性,二要进行对话和交锋。

三 巴赫金为什么关注文化诗学

在巴赫金的诗学研究中,文化诗学研究占有最重要和最突出的地位,早在20世纪初期他就下大功夫进行文化诗学的研究,而西方文论界直到20世纪后期才开始关注文化诗学研究,转向文化研究和文化批判。

巴赫金为什么很早就关注文化诗学研究,这是一个很值得深思的问题。作为20世纪的文论大家,巴赫金对文化诗学的关注既有对文学本质的理论思考,也有对文艺学发展的历史反思。在他看来,文学现象是复杂的和多侧面的,而文艺学的研究本身却存在极大的片面性。在20世纪文艺学的发展中,各种研究方法,各种研究角度,都曾经大显身手,都充分显示了自己的优势,但历史的经验告诉我们,单一的研究方法无法深入地阐释复杂的文学现象,也不可能揭示出一切文学大师的艺术创新。

要弄清楚巴赫金为什么关注文化诗学研究,必须回到20世纪初苏联的文论语境。俄罗斯的文论有着深厚的传统和昔日的辉煌,19世纪末20世纪初马克思主义传入俄国后,马克思主义文论开始崛起。十月革命后,

---

① 《巴赫金全集》第4卷,河北教育出版社1998年版,第391页。

马克思主义文论在官方倡导下逐渐取得主流的地位，但各种文艺思潮，各种文论主张依然十分活跃，文艺界和文论界充满活力，马克思主义文论在发展的过程中不断受到挑战。20年代，当巴赫金在文论界出场时，他面对的是庸俗社会学和形式主义两种重要的思潮，正是在同它们的对话中，巴赫金开始了文化诗学的思考。

巴赫金首先面对的是庸俗社会学。庸俗社会学作为一种理论体系，是学术界把马克思主义运用于学术领域的不成熟阶段的产物。它在学术研究中对马克思主义关于存在决定意识、经济基础和上层建筑的关系，以及意识形态的阶级性等根本问题作了简单化和庸俗化的阐述。苏联文论中庸俗社会学倾向的产生是有深刻的社会历史原因的。第一次是在20世纪初，马克思主义文艺科学在苏联刚刚形成，当时的一些文艺学家开始运用普列汉诺夫等人的马克思主义文艺观点批判俄国资产阶级文艺学，肯定文艺同经济基础和阶级斗争的关系、作家世界观的作用等，然而在运用这些观点时出现简单化的毛病，结果陷入庸俗社会学。第二次就是在巴赫金走上文坛的20年代，它的出现也是同20年代对文艺学中的资产阶级观点的批判相联系的，如批判形式主义。其代表人物弗里契和彼列维尔泽夫自称是普列汉诺夫的学生，是代表"普列汉诺夫正统"的马克思主义者，其实他们并没有准确把握普列汉诺夫的文艺观点，而更多的是继承和发展了普列汉诺夫文艺思想中某些错误的成分。20年代庸俗社会学文论的观点归纳起来有以下几个方面：（1）认为作家的创作直接依从经济关系和作家的阶级属性，甚至用经济因素和阶级因素去直接解释文学作品的内容和形式；（2）不是把文学艺术作品看成是作家对客观现实的能动反映，而看做是作家对客观现实的消极记录；（3）把文学艺术的目的和内容同社会学的目的和内容完全等同起来，把文学艺术作品变成是社会学的"形象图解"。自以为是在宣传和捍卫马克思主义的庸俗社会学者，结果却站到反马克思主义的一边去了。

文学艺术同社会经济基础的关系是个复杂的理论问题。马克思早就注意到经济发展与艺术发展的不平衡规律。恩格斯在自己的晚年特别强调经济生产只是上层建筑和意识形态归根到底的决定因素而不是唯一的决定因素，他认为像文学艺术这样一些"更高地悬浮于空中的思想领域"，[①] 并不直接同经济状况发生关系。普列汉诺夫更明确指出："应该记住，并不是一切'上层建筑'都是直接从经济基础中成长起来：艺术同经济基础发生关系只是间接的。因此在探求艺术的时候必须考虑到中间环节。"[②] 后来他又提出了著名的社会结构"五个环节"的学说，指出社会的经济和社会的政治往往通过社会心理这个中介因素对文学艺术产生影响。

从马克思、恩格斯和普列汉诺夫的论述来看，庸俗社会学文论的主要问题就是直接寻找文艺与经济的关系，不考虑中间环节。巴赫金正是在同庸俗社会学的对话中，提出了要在一个时代的整体文化语境中来理解文学现象，把文化看做是文学艺术和社会经济政治产生联系的中介环节，从而避免了庸俗社会学文论的失误。

巴赫金当年面对的另一种思潮是形式主义。在十月革命前夕出现的形式主义是20年代巴赫金走上文坛时重要的、有影响的文学理论流派。它由两个组织构成，一个是以罗曼·雅科勃松（1896—1984）为代表的莫斯科语言学小组（成立于1915年）；一个是以什克洛夫斯基（1893—1984）为代表的彼得堡诗歌语言理论研究会（成立于1916年）。形式主义文论于20世纪初在俄国出现不是偶然的现象，它有深刻的社会思想背景。从国外讲，它同索绪尔的语言学（从外部语言学转到内部语言学）有直接渊源关系，同时也受到19世纪末20世纪初西方实证主义的影响。从国内讲，它是"对本土挑战的本土反应"（厄利希语），它既是对俄国传统文艺学（提倡形象论，把艺术只当成是认识的工具）的反驳，也是对当时庸俗社会学的挑战。同时，它又是对象征主义诗歌创作实践和未来主义诗歌创作实践的理论概括。

形式主义文论对文学有整套系统的看法，它力图从文学自身的形式结构因素来理解文学，尖锐地提出文学的自主性问题。首先是对文学研究对象的看法，他们赋予阐明文学科学的专门对象以重要的意义，把自己看成文学特性专家。雅科勃松认为："文学的研究对象不是笼统的文学，而是

[①] 《马克思恩格斯选集》第4卷，人民出版社1972年版，第484页。
[②] 《世界文学》1961年第1期，第106页。

'文学性',也就是使一部作品成其为文学作品的东西。"① 在他们看来,所谓的"文学性"就是文学的形式,第一是语言,它是任何一部作品的基础;第二是作品之所以成为作品的手法,或者是构造原则。杰姆逊认为形式主义强调"文学性"其目的在于"分离出内在的东西,使自己特有的研究对象同其他领域的研究对象彻底分家"。其次,在文学和生活关系的问题上,他们强调文学不等于生活,文学是独立于社会生活的现象。艾亨巴乌姆认为形式主义研究文学艺术的特殊性,至于文学与生活、经济、个人心理等的联系,他们是"有意回避的"。② 什克洛夫斯基有句名言:"艺术是永远脱离生活而自由的,艺术的颜色永远不反映飘扬在城堡上空的那面旗帜的颜色。"③ 40 年后,他承认,"当时我在旗子的颜色上抬了杠,不懂得这旗子就决定了艺术"。④ 第三,在内容与形式关系的问题上,他们反对内容与形式二元论,把形式提到首要地位,认为艺术与其他意识形态的区别不在于内容,而在于形式,形式不仅是内容的表现形式,形式本身是有含义的,是具有本体意义的。什克洛夫斯基在《散文理论》一书的序言中说:"我在文学理论中研究的是词的内部规律。如果拿工厂相类比,那么,我感兴趣的不是世界棉纱市场的情况,不是托拉斯政策,而是棉纱的号码及其织造方法。"⑤ 第四,在艺术发展问题上,他们反对他律性文学史,主张自律性文学史,认为文学史是文学形式辩证自生的历史,他们认为文学史是旧形式被新形式取代的历史,文学发展的功用不是社会历史文化的变化,而是文学形式的自我调节,自我转化。什克洛夫斯基说:"所谓艺术史,不过是没有内容的形式的交替和更迭,就像一把刻有不同标志的骨牌,每撒一次都能形成不同的组合。"⑥

形式主义从方法论角度来看有其片面性和偏激之处,但它富有独创性地提出新问题,它针对以往文艺学的弊病,试图以语言为基础,以文本形式为依据,建立本体论的文艺学。形式主义的出现标志着文论研究从社会

---

① 《俄苏形式主义文论选》,中国社会科学出版社 1989 年版,第 24 页。
② 《报刊与革命》1924 年第 5 期。
③ 《公社艺术》1919 年 3 月 10 日,第 17 期。
④ 《小说管见》,莫斯科,1959 年,第 83 页。
⑤ 《散文理论》,1925 年,第 5 页。
⑥ 《小说管见》,莫斯科,1959 年,第 84 页。

历史转向作品文本，它对20世纪文论的发展产生了重大影响。伊格尔顿就认为20世纪文学理论的重大变化始于俄国形式主义。他说："如果人们想为本世纪文学理论的重大变化确定一个开始的时间，最好是定在1917年，这一年，年轻的俄国形式主义者维克托·什克洛夫斯基发表了他的拓荒性的论文《艺术即手法》。"①

那么巴赫金是如何看待形式主义并同它展开对话的？形式主义当年在文坛出现时便遭到猛烈的毁灭性的批判，从此在苏联文艺界形式主义成了骂人的名词。而巴赫金却采取相反的态度，他通过《文艺学中的形式主义方法》（1928）一书，也通过《陀思妥耶夫斯基创作问题》（1929）一书，同形式主义展开积极的对话。他认为，形式主义总的来说起过有益的作用。它把文学科学的极其重要的问题提上日程，而且提得十分尖锐，以至于现在无法回避和忽视它们，马克思主义不应当"从背后打击形式主义"，而要同它"正面交锋"，展开对话。②巴赫金认为形式主义的根本弱点在于："他们把特点、独特性设想为对一切别的事物的保守的和敌视的力量，也就是说，他们不是辩证地理解独特性的，因而不能把独特性与社会历史生活的具体统一体中的生动的相互影响结合起来。"他指出形式主义坚持的是"艺术结构本身的非社会性"，他们企图建立的是"彻底的非社会学的诗学"。③

通过同庸俗社会学和形式主义的对话，巴赫金对诗学研究进行深入的思考。他坚持文学的社会性，又不同意庸俗社会学直接用社会经济政治来解释文学现象，认为那是非诗学的社会学，他力求寻求两者之间的中介，把文化提到重要地位。他肯定形式主义对艺术内在形式和结构的关注，又不同意形式主义坚持艺术形式和艺术结构的非社会性，认为那是非社会学的诗学。正是在这种对话中，巴赫金提出了他的文化诗学见解，认为文学是一种社会审美文化现象，主张诗学研究应当从文学内部结构入手，从文学的形式和体裁切入，但不能脱离社会历史语境和文化语境。也就是要把结构和形式的研究同社会历史文化的研究完全融为一体，一部《陀思妥

---

① 《当代西方文学理论》，中国社会科学出版社1988年版，第12页。
② 《文艺学中的形式主义方法》，漓江出版社1989年版，第234页。
③ 同上书，第48—49页。

耶夫斯基诗学问题》就十分深刻而生动地体现了巴赫金文化诗学的思想。20世纪西方文学理论经历了形式主义、结构主义、新批评、语言学转向，现在又回到了新历史主义、文化研究、文化批判，也就是我们常说的从内部研究又回到了外部研究。非常有意思的是，西方文论一个世纪走过的道路，巴赫金在20世纪20年代就早已走完了。巴赫金对诗学的思考和对文化诗学的关注，确实值得我们深长思之。

下面我们历史地考察一下巴赫金的文化诗学的思想是如何形成和深化的。

巴赫金对文学与文化关系的探讨，对文化诗学的关注，是同他对文艺学建设的思考紧密相连的。他始终认为文艺学和诗学的一大不足是没有同文化史的研究紧密联系起来，没有"力求在一个时代整个文化的有区分的统一体中来理解文学现象"，也就是没有充分注意到文化，特别是民间文化对文学的重大影响。因此，传统和当代的文艺学就有很大局限性，只根据官方化了的上层文学得出的理论概括，是无法深刻阐明像拉伯雷和陀思妥耶夫斯基这样一些渗透了民间狂欢文化的作家的创作本质的。

巴赫金对文学和文化的思考，对文艺学和文化史的理论思考，是从他的关于陀思妥耶夫斯基和拉伯雷的两部专著开始的，从20年代、40年代，到他的晚年——70年代——一直没有中断，而且不断深化，最后终于提出了关于文学和文化关系、文艺学和文化史关系的系统理论见解，完成了他的文化诗学思考。巴赫金在《陀思妥耶夫斯基诗学问题》中，敏锐指出以往的文艺学没有能够揭示出作家创作的本质，其原因就在于没有看到作家创造了复调小说这种全新的艺术形式，体现了全新的艺术思维类型，而这种全新的艺术形式和艺术思维又源于民间狂欢化文化。在《拉伯雷的创作与中世纪和文艺复兴时期的民间文化》中，巴赫金也指出以往的文艺学没有能够猜透拉伯雷创作之谜，原因就在于没有能够看出拉伯雷小说的怪诞的现实主义同民间笑文化的内在联系，而企图将拉伯雷的创作置于官方文化的框架里。这两部专著的特色和贡献，就在于力图在民间文化潮流中理解拉伯雷和陀思妥耶夫斯基的创作。同时，巴赫金也通过对这两位作家创作和民间文化关系的研究，引发出对文艺学不足的反思。在《拉伯雷的创作与中世纪和文艺复兴时期的民间文化》（1940）的导言中，巴赫金指出民间笑文化"始终没有成为稍许认真和深刻的文化史研究、民间创作研究和文艺学研究的对象"。尤其糟糕的是，"民间诙谐的独特本性完全被曲解"，人们仅仅运用与其完全格格不入的近代美学概念套用于它。①

在《拉伯雷与果戈理》(1940)一文中，巴赫金明确指出："现代文艺学的一个主要不足，在于它企图把包括文艺复兴时期在内的整个文学全纳入到官方文化的框架内。其实，拉伯雷的作品只有放到民间文化的巨流中才能真正地理解，民间文化在其发展的所有阶段上，都是同官方文化相对立的，并形成了自己看待世界的独特观点和形象反映世界的独特形式。"②

在《〈拉伯雷〉的补充与修改》(1944)一文中，巴赫金更是尖锐地批评"欧洲的文学理论（诗学），是在很狭窄、很有限的文学材料上产生和发展起来的"。第一，因为"它形成于文学样式和民族标准语逐渐稳定的时代；这时，文学和语言生活中的重大事件——震撼、危机、斗争和风暴——早已逝去，相关的回忆已经淡漠，一切都已得到解决，一切都已稳定下来，当然只是积淀在官方化了的文学和语言之上层"，而像希腊化、文艺复兴晚期这样一些时代的文学生活却"没有能反映到文学理论中"。第二，"欧洲文学理论，形成于诗歌占优势的时代（在官方化了的文学上层）"，在被奉为经典的文学和体裁之外，许多体裁是无处栖身的。③ 在巴赫金看来，欧洲文学理论（诗学）的偏窄主要在于只反映社会稳定时期的官方化了的上层文学现象，没有能反映社会变革和转折时期的渗透了民间文化的文学现象。巴赫金这种见解是十分尖锐和深刻的，它是对欧洲传统文艺学（诗学）的大胆挑战，它对于文艺学研究和欧洲文化研究都有重大理论价值。

到了晚年，巴赫金对文学和文化的关系，文艺学和文化史研究的关系，作了更深入和更系统的思考，提出了带总结性的看法。1970年，巴赫金应《新世界》编辑部的邀请，对当代文艺学的现状及其面临的任务

---

① 《巴赫金全集》第6卷，河北教育出版社1998年版，第4页。
② 《巴赫金全集》第4卷，河北教育出版社1998年版，第6页。
③ 《巴赫金全集》第6卷，河北教育出版社1998年版，第578—579页。

谈了自己的看法，后来以《答〈新世界〉编辑部问》①为题发表。他首先肯定俄罗斯的文学理论有高水平的学术传统，有一大批严肃认真又才华出众的文艺学家，它的发展具有巨大的潜力。但又指出当代文艺学未能充分发挥这些潜力，并没有达到应有的要求，主要原因是缺乏流派的斗争和大胆的开拓，"不敢大胆提出基本问题，在广阔的文学世界中没有开拓出新的领域或发现一些重大的问题"，因此必然导致陈陈相因和千篇一律。巴赫金认为"文艺学实际上还是一门年轻的科学，它不具备自然科学那种多次实验检验过的方法"，而文学又是"一种极其复杂和多面的现象"，因此文艺学的研究不存在什么类似灵丹妙药的方法，对文艺学的研究只能"采取各种不同的方法"，只有这样做，才能深化对文学现象的理解，揭示出文学现象的新东西。

巴赫金正是从文学现象的复杂性和多面性的观点出发，从文艺学研究方法的多样性的观点出发，强调要在文艺学研究领域大胆开拓，勇于探索，强调要从文化的角度来研究文学，提出"文艺学应与文化史建立更紧密的联系"的重要理论观点，实际上也就是他的文化诗学的观点。在文学与文化的关系问题上，在文艺学与文化史的关系问题上，巴赫金对《新世界》编辑部发表了一系列具有理论创见和理论价值的观点，归纳起来有以下三个方面。

第一，文学是文化不可分割的一部分，研究文学不能脱离开一个时代整个文化的完整语境。在这一点上，巴赫金反对两种倾向，一是反对过分强调文学特性，"把文学同其余的文化割裂开来"。他认为在一个相当时期文论界特别关注文学特性问题，这是必须的和有益的，但文学科学狭隘的专业化是不利于文学研究的，也是同俄罗斯文艺学优秀的学术传统格格不入的，俄罗斯著名的文艺学家的著作都是有广阔的文化视野的。二是反对"越过文化把文学直接与社会经济因素联系起来"。在他看来，文化是社会经济因素影响文学的中介，他认为社会经济因素作用于整个文化，"只是通过文化并与文化一起作用于文学"，在文学和社会经济之间，以往的文论家都在寻找中介，有政治中介说，有社会心理中介说，巴赫金提出文化中介说，这对于我们理解文学的复杂性和多面性是具有理论意

---

① 《巴赫金全集》第4卷，河北教育出版社1998年版，第363—366页。

义的。

第二，各种文化之间是相互联系、相互依赖和相互作用的。不仅文学与文化之间没有绝对的界限，各种文化领域之间也没有绝对的界限，它们之间的界限在不同时代也有着不同的划分。在巴赫金看来，一个时代的各种文化之间的关系不是毫不相干的、对立的、封闭的，而是相互联系的、对话的、开放的。各种文化的对话和交融，各种文化之间的相互联系和相互作用，正是一个时代文化本身发展的动力。他特别指出："文化所经历的最紧张、最富有成效的生活，恰恰出现在这些文化领域的交界处，而不是在这些文化领域的封闭的特性中。"巴赫金这一观点指出了文化发展的一条重要规律。在以往的文化现象中，在当代的文化现象中，在各种文学体裁之间，在各种艺术体裁之间，我们常常可以见到在不同文化领域的交界处所出现的新的文学品种和艺术品种：诗歌和小说的交融出现了诗体小说，散文和诗歌的交融出现了散文诗，音乐和戏剧的交融出现了音乐剧，舞蹈和戏剧的交融出现了舞剧。这样一些现象历史上发生过，现在也正在发生，正是这种不同文化的对话促进了时代文化的发展。

第三，要"在一个时代整个文化有区分的统一体中来理解文学现象"，深入揭示"那些真正决定作家创作的强大而深刻的文化潮流（特别是底层的民间潮流）"。在巴赫金看来，一个时代的文化是一个相互联系和相互作用的统一的整体。同时，一个时代的文化又是有区分的、多元的、多层面的，有上层文化，有下层文化，有官方文化，有民间文化，有雅文化，有俗文化。因此在分析一个时代的文学现象时，就需要把握一个时代既有区别又是统一的文化现象，如果只从单一的文化现象出发，或者不从整体文化现象出发，都无法深入阐明时代文学的本质。在这个问题上巴赫金强调两个重要的方面。其一，他指出离开文化分析对一个时代文学的理解是肤浅的。他指出以往文学史对时代特征的描述多数同通史的描写毫无差别，没有专门分析文化领域及其与文学的相互作用，由于缺乏对时代文化的深刻分析，往往把一个时代的文学只归结为文学流派的表面斗争，只归结为报刊的喧闹，也就是说只从文学流派的斗争和报刊的评论去寻找文学发展的动因，这样做就无法揭示一个时代的文化对一个时代的真正宏伟文学的重大影响。巴赫金这种见解是很深刻的，它击中了一些肤浅的文学评论和文学史的要害，试想离开俄罗斯强大而深刻的文化潮流，我们能深入把握俄罗斯文学吗？离开"五四"强大而深刻的文化潮流，我们能深入把握"五四"文学吗？其二，他进一步指出在时代文化潮流对文学的影响中又要特别重视底层的民间文化潮流对文学进程的重大影响。巴赫金关于拉伯雷和陀思妥耶夫斯基小说同民间文化关系的研究，就为这方面的研究提供了范例。他谈到许多研究者恰恰对强大而深刻的民间文化一无所知。在这种情况下，他们的文学分析就难以深入到伟大作品的底蕴，文学就让人觉得是一种委琐的而不是严肃的事。在巴赫金看来，文学研究者只有具备广阔的文化视野才可能有深刻的文学分析。

从以上三方面来看，巴赫金对文学和文化关系的理解，对文艺学和文化史关系的理解是相当深刻和系统的。他倡导的是一种多元、互动和整体的文化观，认为不仅要重视文化对文学的影响，而且要重视文化作为"有区分的统一体"对文学的影响，其中特别要重视民间文化对文学的影响。他的这些观点构成了巴赫金文化诗学的理论基础，而且在20世纪世界文化诗学研究中是独树一帜的。

第 二 章

巴赫金文化诗学的实证分析

　　诗学研究、文艺学研究是一种理论研究，它源于作家创作的实践，任何具有原创性的诗学理论都是对作家创作实践的理论概括。来自作家创作实践的诗学理论总是深刻的、厚重的和充满活力的，而脱离创作实践的所谓诗学理论永远是肤浅的、单薄的和没有生命力的，前者总是受到作家的欢迎，后者常常受到作家的冷落。巴赫金的文化诗学研究固然是一种理论研究，但它不是纯思辨的，而是通过作家研究进行的，他的文化诗学研究具体体现在对陀思妥耶夫斯基和拉伯雷两位大家的小说研究中。在他的两部专著中，他是根据自己对文学和文化，特别是文学和民间文化的深刻理解，深入揭示这两位作家的小说同民间文化，同民间狂欢化文化和民间笑文化的内在联系。我们在阅读巴赫金的著作时既为它的理论深度和力量所震撼，也被它的实践品格，被它的实证分析和魅力所征服。基于对巴赫金文化诗学这种特征的认识，我们对巴赫金文化诗学的研究就从他的实证分析开始。

一 陀思妥耶夫斯基的复调小说和民间狂欢化文化

（一） 陀思妥耶夫斯基的复调小说

　　陀思妥耶夫斯基是俄罗斯伟大的作家，他的创作对俄罗斯文学的发展，乃至对欧洲文学的发展都有着深刻和巨大的影响。但由于其小说内容的复杂性，在苏联很长时间陀思妥耶夫斯基的创作成了难于猜透的谜，正统的文学评论对他评价不高，文学史甚至也不设专章。巴赫金在其专著《陀思妥耶夫斯基诗学问题》中指出，以往的陀思妥耶夫斯基研究存在两大问题：一是只关注他的作品的思想方面，由于思想问题的复杂性和尖锐性，研究者忽视了他的艺术创新，人们往往把他看成是一个思想家、哲学家和政论家，而没有首先把他看成是一个属于特殊类型的艺术家，一个创造了新艺术思维和新艺术形式的艺术家，不理解作家"艺术创新之根本所在"。二是用欧洲传统的已经定型的小说模式——独白型小说的模式来套陀思妥耶夫斯基的小说，不了解作家已经创造了一种复调的小说，一种全新的艺术思维模式和全新的小说艺术形式。当他们用传统的独白型小说模式来看待陀思妥耶夫斯基的小说时，就会觉得作家的艺术世界一片混乱，他的小说结构驳杂不一。巴赫金认为，要猜透陀思妥耶夫斯基创作之谜，首先必须从小说体裁入手，揭示作家在小说体裁方面原则性的艺术创新，唯有如此才能理解他的诗学深刻的必然性、一贯性和完整性，才能真正理解作家的艺术世界。

1. 复调小说和独白小说

复调是音乐的概念，源于希腊语，指由几个各自独立的音调或声部组成的乐曲。巴赫金借用这个概念来说明陀思妥耶夫斯基小说的特点，并强调这只是一种比喻。

巴赫金认为欧洲的小说有两种体裁类型：一种是传统的独白小说，小说的人物是受作者支配的；一种是复调小说，复调小说展示多声部的世界，小说的作者不支配一切，作品中的人物与作者都作为具有同等价值的一方参加对话。

巴赫金在《陀思妥耶夫斯基诗学问题》中有两处对复调小说作了集中的说明：

> 有着众多的各自独立而不相融合的声音和意识，由具有充分价值和不同声音组成的真正的复调——这确实是陀思妥耶夫斯基长篇小说的基本特点。在他的作品里，不是众多性格和命运构成一个统一的客观世界，在作者统一的意识支配下层层展开；这里恰是众多的地位平等的意识连同它们各自的世界，结合在某个统一的事件中，而且相互间不发生融合。[①]

[①] 《陀思妥耶夫斯基诗学问题》，三联书店1988年版，第29页。

复调的实质恰恰在于：不同声音在这里仍保持各自的独立，作为独立的声音结合在一个统一体中，这已是比单声结构高出一层的统一体。

如果非说个人意志不可，那么复调结构中恰恰是几个人的意志结合起来，从原则上便超出了某一人意志的范围。可以这么说，复调结构的艺术意志，在于把众多意识结合起来，在于形成事件。①

巴赫金在上述定义中，强调了复调小说的四个方面：第一，复调小说的人物不仅是作者描写的客体，同时也是表现自己意识的主体；第二，复调小说不只是展开情节、表现人物性格，更重要的是展现具有同等价值的各不相同的独立意识；第三，复调小说的作者不支配一切，作品的人物与作者都作为具有同等价值的一方参加对话；第四，复调小说虽是由各自独立的声部构成的，但它仍然是个统一体，而且是比单声结构高出一层的统一体。

为了阐明复调小说的特点，巴赫金采用对比的方法，他拿复调小说同独白小说加以比较；拿列夫·托尔斯泰的小说《三死》进行比较。在他看来，《三死》是一篇有别于复调小说的典型的独白小说，小说写了三种死：有钱的地主太太、马车夫和大树的死。巴赫金依据以下三个方面断定它是独白小说，而不是复调小说。第一，小说的三个角色、三个生命、三种死亡只有表面的外在的联系，它们之间没有内在的联系，没有展开对话。在小说当中，马车夫给一个生病的地主太太赶马车，他的靴子破了，只好从驿站里另一个快要死的马车夫那里拿走一双靴子。马车夫死后，他在林子里砍了一棵树，在坟前立了一个十字架。三个角色的生与死只是在表面上联系起来。在小说中，马车夫和大树没有进入地主太太的视野，老太太和大树也没有进入马车夫的意识。三者相互隔绝，没有任何对话关系。第二，三个角色以及他们的意识是由作者统一的视野和意识连结起来的，他对三者的生与死进行比较、对照和评价。每个角色对自己的生与死的认识和理解是狭窄的和有限的，他们每个人生与死的总体的最终的意义，只有通过作者高于他们的广阔的视野，才能得到充分的揭示。第三，

---

① 《陀思妥耶夫斯基诗学问题》，三联书店1988年版，第50页。

作者对自己小说的角色不采取对话的态度，作者对人物只进行背靠背的评论，从不询问主人公，也不等待主人公回答，他不是同他们交谈、对话，而是谈论和评价他们。

如果《三死》由陀思妥耶夫斯基来写，如果以复调的手法来结构这篇小说，巴赫金认为应当用对话关系把三个角色，三种生与死联系起来，让马车夫和大树的生死引入地主太太的视野和意识中，再把地主太太的生死引入马车夫的视野和意识中。这样，就可以让地主太太的真理和马车夫的真理面对面展开交锋和对话，作者只对他们采取平等对话的立场，他只是对话的组织者和参加者。在这种小说中，既可以听到三个角色的不同声音，也可以听到作者的声音，作品是多声部的。

巴赫金在专著中充分阐明了复调小说有别于独白小说的创新性，并且指出复调小说的产生是长篇小说发展的长足进步，对复调小说给予充分的肯定和热情的赞扬。由此有些人误以为巴赫金在肯定复调小说的同时否定了独白小说，其实这是不符合实际的。巴赫金始终认为欧洲小说的发展有两条路线，一条是独白的路线，一条是复调的路线，以往人们更多的是关注独白小说，现在发现了复调小说并不意味着要摒弃独白小说，"因为每一种体裁都有自己主要的生存领域，在这个领域中它是无可替代的。所以复调小说的出现，并不能取消也丝毫不会限制独白小说（包括自传体小说、历史小说、风习小说及史诗小说等等）进一步的卓有成效的发展"。在他看来，在人们的一些生存领域，需要有"一种面向客体的和完成论定的艺术认识形式，独白形式正是适应这种需要而产生的，只要有这种生存领域和这种需要，独白形式将会继续存在，并且不断扩大。而复调小说所适应的生活领域，则是思考着的人的意识以及这一意识赖以生存的人们生活中的对话领域，而复调小说的这种艺术视角是独白小说所无法企及的"。[①] 巴赫金通过区分两种小说类型、两种小说体裁所适应的生存领域，进一步阐明了复调小说和独白小说的区别以及各自的优势。

2. 复调小说的基础是对话

通过复调小说和独白小说的对比，我们发现对话对于复调小说来说是至关重要的，离开对话就谈不上复调小说。一段时间有些人就复调谈复

---

① 《陀思妥耶夫斯基诗学问题》，三联书店1988年版，第364页。

调，不了解复调的背后是对话，因此对复调小说的认识就流于片面，就不可能有深刻的理解。要深入了解复调小说就必须从对话入手。

对话是复调小说的基础，对话思想也是巴赫金哲学美学思想的基础。在巴赫金看来，生活的本质是对话，思想的本质是对话，艺术的本质是对话，语言的本质也是对话，他通过对话的思考来探讨人的本质和人的存在方式。

生活的本质是对话。

这是巴赫金对人和人的存在方式的根本理解。巴赫金在《关于陀思妥耶夫斯基一书的修订》中指出："人实际存在于我和他人两种形式之中……生活就其本质说是对话的：提问、聆听、应答、赞同等等。人是整个地以其全部生活参与到这一对话之中的，包括眼睛、嘴巴、双手、心灵、整个躯体、行为。他以整个身心投入话语之中，这个话语则进到人类生活的对话网络里，参与到国际的研讨中。"[1]

在《陀思妥耶夫斯基诗学问题》中巴赫金也指出："生活中一切全是对话，也就是对话性的对立。"[2] "单一的声音，什么也结束不了，什么也解决不了。两个声音才是生命的最低条件，生存的最低条件。"[3]

巴赫金的对话思想是对现实的人的存在的深刻思考。在他看来，人的存在应当受到重视和关怀，每个人都是独立的存在，都有独立的价值，有了这个前提才有人与人之间的平等对话关系；反之，如果认为人是微不足道的，一些人是高贵的，有独立价值，另外一些人是低贱的，没有独立价值，这当然就不存在人与人之间的平等对话关系。比如农奴主和农奴的关系，在农奴主看来，农奴是他的工具，他的所有物，农奴不是人，农奴不是独立的存在，一切只能听农奴主的，因此农奴主和农奴之间根本不可能存在对话关系。从这个意义上讲，巴赫金的对话思想是对等级和专制的挑战，它体现了一种对人的关怀，一种深厚的人文精神。

思想的本质是对话。

巴赫金在《陀思妥耶夫斯基诗学问题》中指出："思想就其本质来说

---

[1] 《巴赫金全集》第5卷，河北教育出版社1998年版，第387页。
[2] 《陀思妥耶夫斯基诗学问题》，三联书店1988年版，第79页。
[3] 同上书，第344页。

是对话性……陀思妥耶夫斯基恰恰把思想看做是不同意识不同声音间演出的生动事件,这样来进行观察和艺术描绘。思想、意识、一切受到意识光照的人的生活(因而是与思想多少有些关联的生活),本质上都是对话性的——这一艺术发现使他成了伟大的思想艺术家。"①

为什么说思想的本质是对话?这涉及对思想的理解。巴赫金认为思想不是一种主观的个人心理的产物,不是生活在孤立的个人意识之中;思想的真正生存领域是在同别的思想发生重要对话关系之中,人的想法要成为真正的思想必须是在同他人另一种思想的积极交往之中。思想正是在不同意识的相遇和对话中演出生动的事件。在他看来,思想只有在对话中才能获得活力,才能获得不断的生成和发展,思想如果只生活在个人意识之中,拒绝同别的思想交往、对话,思想一旦被独白化了,那思想就会退化,甚至死亡。现实生活告诉我们,一种新的思想总是在同旧的思想的对话和交锋中产生,当它既能向别的思想挑战,也能接受别的思想挑战时,这种思想就总是生气勃勃的和充满活力的。一种思想如果一旦把自己树为绝对的权威,把自己凝固起来,不容许有别的思想,不容许有别的声音,拒绝同别的思想交锋和对话,那么这种思想肯定会走向僵化和消亡。

艺术的本质是对话。

艺术是生活的反映,生活的本质是对话。巴赫金认为艺术的本质也是对话,他认为现实生活中"我"与"他人"的关系在艺术中就成了作者与主人公的关系。在《审美活动中的作者和主人公》中,巴赫金提出审美活动是一种"审美事件",而审美事件是由作者和主人公构成的,而二者在审美活动中既是不可分割、缺一不可的,又是相互联系、相互影响的,它们之间的关系是一种对话关系。他认为审美事件只有当存在两个参与者的情况下才能实现,它要求有两个各不相同的意识。这也就是说,作者和主人公有着各自不同的意识,他们都是各自独立的思想者。在巴赫金看来,审美事件之不同于伦理事件、认识事件和宗教事件,其根本点就在于作者与主人公都是独立的存在,都有独立的意识,主人公的意识同作者的意识处于一种平等、对位的位置。当作者与主人公对位,当意识与意识对位,就构成了人的行为,构成存在的事件,就形成一种交往。实际上,

---

① 《陀思妥耶夫斯基诗学问题》,三联书店1988年版,第133页。

审美事件的构成除了作者和主人公,还应当包括读者,审美事件应当是作者、主人公和读者三者的对话关系,作者要同作品中的主人公对话,同时还要同读者对话,读者要同主人公对话,也要同作者对话。1926年,巴赫金的志同道合者沃洛申诺夫就指出,审美事件是作者、主人公、听众"三者相互作用的产物"。所谓审美事件所体现的对话,按照巴赫金的意见,又可以有三种对话关系:第一,作家同前辈作家对话,作家在写某类题材或某类人物时,总是要考虑他的前辈作家在同类人物和同类题材方面已经说过什么,是如何表现的,他们之间实际上已经展开对话。第二,作家同其作品同时代的接受者展开对话,作家的作品一经发表,总要接受读者和批评家的评论,他们或者赞同,或者反对,这也是一种对话。第三,作家通过作品同后代人展开对话。按照巴赫金的看法,一部作品除了有现实内容,还有丰富的潜在内容,它的潜在内容可以被后代读者接受、发现和创造,它是向后代人开放的。他反对把作品封闭在创造它的那个时代里,他说:"文学作品要打破自己时代的界线而生活到世世代代之中,即生活在长远时间里(大时代里),而且往往是(伟大的作品则永远是)比在自己当代更活跃更充实。"①

语言的本质是对话。

巴赫金把对话思想运用到语言领域,也使得他对语言本质有自己独特的理解。在《马克思主义与语言哲学》(1928)中,巴赫金从社会学观点出发,批判了语言学中的两个派别:一派是以洪堡为代表的"个人主义的主观主义"的语言学,它把语言完全局限于个人心理范畴,认为个人心理是语言创造的源泉,语言的发展规律就是心理的发展规律。另一派是以索绪尔为代表的"抽象的客观主义"的语言学,它把语言看成是一个稳定不变的体系,关注的是符号系统本身的内部逻辑,认为语言先于个人意识而独立存在,既与意识形态价值无关,也与历史没有任何联系。显然,前者是抹杀了语言的社会交际功能,而后者则是把活生生的语言概念化了。

有别于上述两种派别,巴赫金强调语言的社会性,强调语言在交往活动中的"内在社会性",认为语言属于社会活动,话语是双方的行为,它

---

① 《巴赫金全集》第4卷,河北教育出版社1998年版,第366页。

取决于两个方面：一是谁说的，二是对谁说的。在《陀思妥耶夫斯基诗学问题》中，他明确指出："语言只能存在于使用者之间的对话交际之中。对话交际才是语言的生命真正所在之处。语言的整个生命，不论是在哪一个运用领域里（日常生活、公事交往、科学、文艺等等），无不渗透着对话关系。……这种对话关系存在于话语领域之中，因为话语就其本质来说便具有对话性质。"①

上面分析了巴赫金的对话思想以及它在生活、思想、艺术、语言各个领域的具体体现。但我们还需要看到巴赫金对话思想的产生有着深刻的社会思想根源。19世纪末20世纪初，由于实证主义在哲学中的蔓延和科技发展中机械论的影响，不少哲学家、思想家和作家都为哲学中失去人，美学中排除伦理、价值要求，为文学作品审美因素增强而伦理因素削弱感到担忧。这时巴赫金也就对人、人的存在和人的存在方式进行思考。受到新康德主义作为人的学说的伦理哲学的影响，巴赫金在《艺术与责任》（1919）中提出应当把艺术和生活统一在我的责任身上。后来他又写了《论行为哲学》（1920—1924），他认为传统的认识理论只讲客观存在，只讲认识世界，排除了我参与的事实。他认为存在不仅指客体的存在，而且是指个人行为的产物，个人参与存在，人也就有了责任，这就提出了人的问题。如果说《论行为哲学》确定了人及其人在存在中的位置，那么他在后来的《审美活动中的作者和主人公》、《陀思妥耶夫斯基诗学问题》中，特别是在后一部专著中，又进一步探讨了人的本质、人的存在方式问题，提出对话理论，认为在现实生活中，人与人是以对话而存在，"存在就意味着进行对话的交际。对话结束之时，也是一切终结之日"。②

巴赫金的对话思想既是针对19世纪末20世纪初随着战争和科技发展带来的对人的漠视，同时也是针对他所生存的年代苏联现存制度对人的压制。巴赫金虽然不置身于苏联知识分子为真理而战斗的行列，不公开发表与专制相对抗的言论，而主要从事学术研究和理论研究，但我们从他的学术著作中，从他的对话思想中，能强烈感受到一种对人的价值的尊重和对人与人之间平等的追求，一种对专制的无声的抗议和深沉的人文关怀。

---

① 《陀思妥耶夫斯基诗学问题》，三联书店1988年版，第152页。
② 同上书，第343页。

在介绍了巴赫金的对话思想之后，需要进一步分析以对话思想为基础的复调小说具有哪些重要特征，也就是说对话思想在复调小说中是如何体现的。

巴赫金在《关于陀思妥耶夫斯基一书的修订》（1961）中，谈到陀思妥耶夫斯基复调小说的特征，谈到陀思妥耶夫斯基的三大发现：

> 作者像普罗米修斯一样，创造着（确切说是"再造"）独立于自身之外的有生命的东西，他与这些再造的东西处于平等的地位。作者无力完成它们，因为他揭示了是什么使个人区别于一切非个人的东西。对于这一个人，存在是无能为力的。这就是陀思妥耶夫斯基这位艺术家的第一个发现。
>
> 第二个发现是如何描绘（确切说是"再现"）自我发展的思想（与个人不可分割的思想）。思想成了艺术描绘的对象，思想不是从体系方面（哲学体系、科学体系），而是从人间事件方面揭示出来。
>
> 艺术家的第三个发现是：在地位平等、价值相当的不同意识之间，对话性是它们相互作用的一种特殊形式。
>
> 所有这三项发现本质上是统一的：这是同一现象的三个侧面。[①]

根据巴赫金关于陀思妥耶夫斯基复调小说三大发现的论述，以对话为基础的复调小说的基本特征可以归纳为主体性、对话性和未完成性三个方面。

主体性。

陀思妥耶夫斯基作品中的主人公是同作者处于平等地位的独立的人物。他们之所以能同作者平起平坐，关键在于他们是思想式的人物，有自己的独立价值，有强烈的自我意识，也就是有很强的主体性。在小说中，主人公不是作者描写的客体，而是表现自己独立思想的主体。主人公不是根据作者的思想和观点来评价自己和世界，而是根据自己的思想和观点来评价自己和世界。"对陀思妥耶夫斯基来说，重要的不是主人公在世界是

[①] 《巴赫金全集》第5卷，河北教育出版社1998年版，第374页。

什么，而首先是世界在主人公心目中是什么，他在自己心目中是什么。"①

主人公主体性的突出，自我意识的突出，主人公的地位和功能的变化，这就导致作品艺术描写对象的变化。在作品中，主人公不是描写的客体，而是主人公的思想、主人公的自我意识成了描写的主要对象。

文学作品不能赤裸裸地表现思想，人物不能成为思想的传声筒，那么是哪些条件决定陀思妥耶夫斯基有可能对思想进行艺术描绘呢？

第一，作品中思想是同人分不开的，作家是表现思想的人。巴赫金指出，"思想的形象同这一思想载体的人的形象是分不开的"，换句话说，"主人公的形象是同思想的形象紧密联系着，主人公的形象离不开思想的形象的。我们是在思想中并通过思想看到主人公，又在主人公身上并通过主人公看到思想的"。② 思想是同人联系在一起的，作家归根到底是表现他自己所说的"人身上的人"，并借此揭示人的意识的深刻本质的。

第二，让思想进入对话，进入不同声音演出的生动事件。在巴赫金看来，思想的本质是对话性的，当不同的思想、不同的声音进入对话和交锋时就会演出生动的事件，而思想一旦纳入生动的事件，它就获得"情感的思想"的独特品格。如果思想从不同意识交锋的情节中抽取出来，再塞到独白体系的上下文中，思想就会变成蹩脚的哲理议论。③

第三，思想是来自全部现实生活的。巴赫金认为陀思妥耶夫斯基有一种天赋的才能，他可以听到自己时代的"伟大对话"，既能听到占统治地位的强大的声音，也能听到非官方的微弱的潜藏的声音，听到刚刚萌芽的思想。因此，作家在作品中所表现的思想"是他在现实生活当中发现的、听到的，有时是猜测到的；也就是说这是已经存在或正进入生活的富有力量的思想"。④

对话性。

复调小说的主人公具有强烈的主体性，具有强烈的自我意识，它的描写对象是思想。那么复调小说中人物的思想和意识是如何展开的呢？巴赫

---

① 《陀思妥耶夫斯基诗学问题》，三联书店1988年版，第82页。
② 同上书，第131—132页。
③ 同上书，第33页。
④ 同上书，第135页。

金认为思想是通过对话展开的，这就使得复调小说具有对话性的重要特征。

巴赫金认为陀思妥耶夫斯基小说的主人公的自我意识"是完全对话化了的"，作品中的人都是"交谈的主体"，不能谈论这个主体，只能同他交谈。作家提出把揭示"人类心灵的隐秘"，揭示"人身上的人"当做自己主要的任务，而只有通过对话才能"迫使他自我揭示"，才能揭示"人身上的人"。因此，巴赫金认为："陀思妥耶夫斯基长篇小说中，一切莫不都归结于对话，归结于对话式的对立，这是一切的中心。一切都是手段，对话才是目的。单一的声音，什么也结束不了，什么也解决不了。两个声音才是生命的最低条件，生存的最低条件。"①

这种"新的艺术立场"使作品发生变化，它使得作者必须改变全知全能的视角。在独白小说中，作者借着全知全能的视角，使主人公失去自主的地位，主人公的一切受作者支配，一切都由作者来论定。在复调小说中，在对话的世界中，主人公具有"独立性、内在的自由、未完成性和未论定性"，② 对话承认世界的多元化，承认多中心和多意识的相互联系，它避免了独白描写中的"背后议论"，使小说失去"第三者"。

未完成性。

同主体性和对话性相联系，复调小说另一个重要特征是未完成性。在巴赫金看来，对话是开放的，未完成的。他说："存在就意味着进行对话的交际。对话结束之时，也是一切终结之日。因此，实际上对话是不可能、也不应该结束"，"在长篇小说里，这表现为对话的不可完成性"。③巴赫金十分欣赏什克洛夫斯基对陀思妥耶夫斯基复调小说的"未完成性"的分析。什克洛夫斯基指出陀思妥耶夫斯基"喜欢给作品拟提纲；他更爱发挥这些构思提纲，反复琢磨，增添复杂的内容，可却不喜欢给作品手稿收尾……"他认为作家不是因为签订了过多的合同而拖延自己小说的结尾，归根到底是因为"只要作品仍是多元的多声部的小说，只要小说里人们还在争论，就不会因为没有结果而不胜苦恼。小说的结尾对陀思妥

---

① 《陀思妥耶夫斯基诗学问题》，三联书店1988年版，第344页。
② 同上书，第103页。
③ 同上书，第343—344页。

耶夫斯基来说，意味着一座新的巴比伦塔的倒塌"。① 巴赫金认为什克洛夫斯基的这个分析十分中肯，因为它道出了陀思妥耶夫斯基复调小说的一个根本特点。他说："什克洛夫斯基涉及到一个复杂的问题——复调小说具有根本上的不可完成性。在陀思妥耶夫斯基的小说创作中，我们确实看到一种特别的矛盾，即主人公和对话内在的未完成性，与每部小说外表的完整性（多数情况下是情节结构的完整性）相互发生冲突。"② 主人公和对话内在的未完成性从何而来呢，归根到底来自主人公是有思想的人，是爱思考的人，每个人都有种"伟大而没有解决的思想"，他们全都首先要弄明白思想。巴赫金指出："他们真正的整个生活和自己的未完成性，恰恰就在于需要弄明白思想。"③ 在长篇小说《卡拉马佐夫兄弟》中，神父佐西马给伊万·卡拉马佐夫的个性下的断语就适合于作家的所有人物。伊万不相信灵魂不朽，他认为"没有善心就没有不朽"。神父指出在他的内心并没有真正解决信仰问题，认为他有"一颗高尚的心，能为这种痛苦煎熬的心，能去冥思苦想，探索崇高的东西"。阿廖沙在同拉基京谈话时也认为伊万"内心有种伟大的却没有解决的思想。他是那种不要百万家产，可要弄明白思想的人"。④

3. 复调小说对话的表现形式

巴赫金认为复调小说的对话是全面的，是渗透到整个小说的各个方面的。他说："的确如此，陀思妥耶夫斯基的至关重要的对话性，绝不只是指他的主人公说出的那些表面的、在结构上反映出来的对话。复调小说整个渗透着对话性。小说结构的所有成分之间，都存在着对话关系，也就是说如同对位旋律一样相互对立着。要知道，对话关系这一现象，比起结构上反映出来的对话中人物对话之间的关系，含义要广泛得多；这几乎是无所不在的现象，浸透了整个人类的语言，渗透了人类生活的一切关系和一切表现形式，总之是浸透了一切蕴含着意义的事物。"⑤ 在这段话里巴赫金指出复调小说对话表现形式的两个重要特征：一是复调小说中对话是全

---

① 《陀思妥耶夫斯基诗学问题》，三联书店 1988 年版，第 74—75 页。
② 同上书，第 76 页。
③ 同上书，第 131 页。
④ 同上。
⑤ 同上书，第 76—77 页。

面的，是无所不在的现象，它渗透到小说的方方面面；二是复调小说的对话不只是表面的、在结构上反映出来的对话，它有更多的是深层的和潜在的对话。这两点，特别是后一点，对于我们理解复调小说的对话形式是至关重要的。

就复调小说对话的具体形式而言，巴赫金把复调小说的对话分为两大类：一是大型对话，他认为作家是把整个小说当做一个"大型对话"来结构，其中包括人物对话和情节结构对话；二是微型对话，他认为对话还向内部深入，渗透进小说的语言当中，使得小说语言具有双重指向，变成了双声语。下面对人物对话、情节结构对话、语言对话进行具体分析。

人物对话。

巴赫金把复调小说的人物对话分为三种类型：人物与人物之间的对话、人物内心的对话以及作者与人物的对话。

关于人物之间的对话，巴赫金谈得很少，因为这种类型比较好理解。

关于人物内心的对话，这部分巴赫金结合陀思妥耶夫斯基的作品做了详尽的分析。他认为作家小说中的人物因为是有思想的人、爱思考的人，在他们的内心总是充满矛盾、充满不同意识和思想的交锋，因而构成紧张的内心对话。

巴赫金谈到了《罪与罚》主人公拉斯柯尔尼科夫的一段内心对话。拉斯柯尔尼科夫是个穷大学生，因贫困已休学，他母亲早年守寡，靠极少的养老金生活，不可能供他上学，妹妹杜尼雅为了保证他的学业，决心作出牺牲，答应嫁给虽很有钱但是很自私的小人卢任。主人公在收到家里来信后内心有一段独白：

> 决不会成功？不让这件婚事成功，你有什么办法呢？你去阻止吗？你有什么权力？要获得这样的权力，你自己又能应许她们什么呢？等到你从大学毕业，有了工作，把自己的整个命运和整个前途都献给她们吗？这话我们都听到过了，这不过是一句空话，可是目前怎么办？目前应该想些办法，这你明白吗？你现在是干什么呢？你不是在剥削她们吗！①

---

① 转引自《陀思妥耶夫斯基诗学问题》，三联书店 1988 年版，第 325 页。

在主人公的内心独白中，我们可以听到两种声音的对话：一种声音是反对妹妹出嫁，等自己大学毕业有了工作就好办了；一种声音是如果妹妹不出嫁家里生活如何维持，自己如何完成学业。这两种声音在他的内心进行生动、激烈的对话。透过这两种声音，我们可以看出主人公的善良和无奈，也可以看出现实生活中两种解决办法、两种思想立场的尖锐对话。

关于作者和主人公的对话，这种对话形式是最有争议的，也是我们重点要分析的类型。这里涉及两个问题：一是作者同主人公平等对话，作者的作用何在？二是作者同主人公的对话是用什么形式进行的？

先说第一个问题。巴赫金认为作者同主人公平等对话，并不等于作者就不起作用。首先，他认为作者与主人公平等对话是仅就艺术视觉而言，"我们确认的主人公的自由，是在艺术构思范围内的自由，从这个意义上讲，他的自由如同客体性的主人公的不自由一样，也是被创造出来的"。[1] 这也就是说主人公的独立和自由"恰恰在作者的立意之中。这一构想似乎预先便许给了主人公以自由（自然是相对的自由），同时本身也是作品整体严整构思的一部分"。[2] 其次，巴赫金认为作者与主人公平等对话不等于说作者没有立场，而是作者的立场产生了变化，作者采取一种新立场，一种对话的立场。这种新的立场不是消极的，不是消除作者的主观性，而是"具有高度积极性"，这表现在"作者意识不把他人意识（即主人公意识）变为客体，并且不在他们背后给他们作最后的定论"，[3] 同时也表现在作者"并不是否定自己和自己的意识，而是极大地扩展、深化和改造自己的意识（当然是在特定的方向上），以及使它能包容具有同等价值的他人意识"。[4] 这也就是说作者的意识和作者的立场具有更大的开放性和更强的包容性。事实上也只有作者采取这种新的对话立场，才能把交锋和争论中每一方的观点和思想发挥到最大的高度和深度，才能真正深入人们永无终结的内心奥秘，真正深入生活的底蕴。

---

[1] 《陀思妥耶夫斯基诗学问题》，三联书店 1988 年版，第 105 页。
[2] 同上书，第 38 页。
[3] 同上书，第 108 页。
[4] 同上书，第 109 页。

再谈第二个问题。在复调小说中，主人公之间的对话，主人公内心的对话，都是用显在形式展开，用文字体现出来，而那些不形诸文字的作者和主人公的对话是如何展开的，人们往往觉得很难理解。我认为复调小说中作者和主人公的对话是创作主体和主人公的对话，它是超出文本的，它虽然蕴藏于文本之中，但不用文字体现出来，这种对话可以说是一种内在的对话，潜在的对话。这种对话体现为作者不要求主人公的思想同他一致，允许主人公表现不同于自己的声音，可以同意作者也可以不同意作者；也表现在作者不断探求，主人公也在不断探求，他们之间是平等的，他们之间的对话是永不完结的。

情节结构对话。

复调小说的大型对话除人物关系对话，还涉及情节结构对话。

巴赫金认为复调小说结构的不同成分之间存在一种对话关系，这关系有如音乐中的"对位法"。俄国音乐家格林卡曾说过："生活中的一切都是对位，也就是对立现象。"① 陀思妥耶夫斯基对此十分欣赏，这种对位在作家的小说中就成了复调。

在陀思妥耶夫斯基的小说中，我们看到它的情节结构的对话关系表现为两种情况：一是运用不同调子来结构小说，一是表现为结构的平行性。

先说用不同调子来结构小说。

典型的例子是作家的中篇小说《地下室手记》（1864）。这是一部社会哲理小说，是陀思妥耶夫斯基小说中最难懂的一部。小说的无名主人公是个40岁的八品文官，他智力发达，善于思考，常常分析自己的内心世界。在40岁的时候得了一小笔遗产，就退休了，从此在地下室生活了整整20年。他的一生坎坷，充满痛苦、屈辱和怨恨，但又无法改变现实。他为自己的软弱苦恼，力图确立自己的个性，但又找不到正确的途径，结果变成一个自我中心主义者，彻底否定社会理想，宣扬个人完全自由。小说主人公实质上是时代精神蜕化的一种典型，它反映了60年代反动年月一部分社会阶层的心理变化。

《地下室手记》的结构很值得注意，它体现了复调小说结构的对话现象。

---

① 《陀思妥耶夫斯基诗学问题》，三联书店1988年版，第79页。

苏联学者格罗斯曼就敏锐地发现小说结构的对话现象。他指出："那时他在写一部由三章组成的中篇小说，三章的内容各不相同，但内在地联系在一起。第一章是一番争辩性的哲理性自白，第二章是一段戏剧性的情节，它为第三章准备了一个灾难性的结局。作者这样发问：难道几章能分开来发表吗？要知道它们是内在相互呼应的，情节虽然不同却又是不可分割的；这样的情节允许不同情调的自然交替，可是不允许把章节机械地割裂开来。"[1] 陀思妥耶夫斯基就小说将在《时代》杂志发表一事，在给哥哥的信中是这样说的："中篇小说分三章……第一章可能有一个半印张……难道可以把它单独发表吗？人们会讥笑它的，再说离开其余两章（那是主要的）它就要变得兴味索然。你知道音乐中的'变调'是怎么回事吗？这里也是如此。第一章看起来是一堆闲话，可是到了后两章这堆闲话竟转换为突如其来的灾难。"[2] 从小说的结构来看确实是一种对话关系，第一章主人公的哲理性独白，同第二章主人公的遭遇以及第三章悲惨的结尾形成对立和对话。作者旨在说明虚伪的"崇高理想"以及"崇高的行为"未必能改变现实悲惨的现状。主人公对丽莎作了许多美好的说教，结果只是让本来浑浑噩噩过着肮脏生活的丽莎要在清醒的状态中去体味痛苦和耻辱。作家给自己提出一个问题："是廉价的幸福，还是崇高的苦难——两者哪一个更好些？"这就涉及了作品的主题。这是从整个作品结构大的对话关系而言，再具体点说，巴赫金认为："第二章里堕落女郎内心的痛苦，是同第一章里折磨她的人所受凌辱相呼应的；可同时，由于女郎只会顺从，她心理上的痛苦，同他自尊心受到伤害而无比愤怒的感受，又是相互对立的。"[3]

再说复调表现为结构上的平行性。

陀思妥耶夫斯基在谈到《白痴》时写道："总的来说，故事和情节……应该选定并在整部小说中整齐地平行进行。"[4] 在小说中，男主人公梅思金公爵善良、纯洁，同情人，向往友爱，主张宽恕，自我克制，忍

---

[1] 《陀思妥耶夫斯基诗学问题》，三联书店1988年版，第78页。
[2] 同上书，第78—79页。
[3] 同上书，第79页。
[4] 同上书，第13页。

受痛苦，在他身上汇合着各种情节线索，但他超然一切，始终不能真正卷入矛盾冲突的核心。女主人公菲里波夫娜受侮辱受损害，她聪明、美丽、高傲，憎恨上流社会，向往美好生活，又觉得自己不配有好命，于是向周围报复，折磨自己，扭曲自己的灵魂。她是真正卷入矛盾冲突的，是情节真正的核心。这两个人物一个代表虚幻的理想，一个代表严酷的现实，两条线索平行发展并产生对话，形成复调。

语言对话。

巴赫金认为复调小说的对话不仅体现在人物对话、情节结构的对话，而且向内部深入，渗透到语言当中，这就使语言具有双重指向，形成双声语，也就是说双声语是语言对话的形式和体现。

巴赫金认为语言的本质是对话，语言的生命是对话，离开人与人的交往和对话就不存在语言，而一般的语言学只研究语言逻辑关系、语义关系，不研究语言的对话。因此，他提出要建立超语言学，研究语言的对话关系。他说："对话关系（其中包括说话人对自己语言所采取的态度），是超语言学的研究对象。正是这种关系，这种决定了陀思妥耶夫斯基作品中的语言结构特点的对话关系，在这里引起了我们的注意。"①

语言的对话关系在陀思妥耶夫斯基小说中的具体体现，巴赫金认为就是小说的双声语。这种语言的特点是具有双重的语义指向，含有两种声音，巴赫金指出："这里的语言具有双重的指向——既针对言语的内容而发（这一点同一般的语言是一致的），又针对另一个语言（即他人的话语）而发。"② 而这种具有双重指向的话语的一个重要因素，"就是对他人语言的态度"，没有两种声音，没有两个相互争论的声音，就无法形成双声语。具体来说，双声语在小说里有三种类型：仿格体（模仿风格体），这是借别人的语言说话，使别人指物述事的意旨服从于自己；讽拟体（讽刺性模拟体），这也是借他人语言说话，但要同他人的意向完全相反，两种声音发生冲突、对立，并且迫使他人的语言服从于完全相反的目的；暗辩体，不借用他人语言，他人语言留在作者语言之外，但作者考虑他人的语言，并且针对他人的语言而发，这就是平常所说的旁敲侧击，话里有

---

① 《陀思妥耶夫斯基诗学问题》，三联书店1988年版，第251页。
② 同上书，第255页。

话，话里带刺，"说话听声，锣鼓听音"。

巴赫金认为陀思妥耶夫斯基小说的语言异常纷繁多样，其中占明显优势的是具有不同指向的双声语，其中尤其是暗辩体、带辩论色彩的自白体和隐蔽的对话体，它们突出地反映了主人公内心的对话关系。

下面以陀思妥耶夫斯基的小说《穷人》主人公杰符什金的语言为例，说明作家语言的双声语现象。巴赫金认为杰符什金是个穷人，但是个"有自尊心"的人，于是他的语言形成一种独特的风格，他的语言既是怯懦的、惶愧的、察言观色的、左顾右盼的，同时又带有极力克制的挑战性，带有争辩性。这种风格就表现为语言的阻塞、中断和扭曲。看下面一段话：

前两天在私人谈话中，叶夫斯塔菲·伊万诺维奇发表意见说，公民最重要的美德就是会赚钱。他开玩笑说（我知道他是开玩笑），一个人不应成为任何人的累赘——这就是道德。我没有成为任何人的累赘！我这口面包是我自己的，它虽然只是块普通的面包，有时候甚至又干又硬，但总还是有吃的，它是我劳动挣来的，是合法的，我吃它无可指摘。是啊，这也是出于无奈嘛！我自己也知道，我不得不干点抄抄写写的事，可我还是以此自豪，因为我在工作，我在流汗嘛。我抄抄写写到底有什么不对呢！怎么，难道抄写有罪，还是怎么的！他们说："他在抄写！"可是这有什么不体面呢？①

从这一段话来看，主人公的自我意识是以社会上他人对他的看法为背景展开的，听来像是无休止地同他人暗中辩论，与他人进行对话。这种对话本来应当是一句接一句，由两张不同的嘴说出来的；现在却完全重叠起来，由一张嘴融合在一个人的话语里。这样一来，就形成互相对立的声音极度紧张和极其尖锐的交锋。巴赫金把这段内心独白展开设计成为一段对话：

他人：应该会挣钱，不应成为任何人的累赘。可是你成了别人的

---

① 转引自《陀思妥耶夫斯基诗学问题》，三联书店1988年版，第285页。

累赘。

穷人：我没有成为任何人的累赘！我这口面包是我自己的。

他人：这算什么有饭吃呀?！今天有面包，明天就会没有面包。再说是块又干又硬的面包！

穷人：它虽然只是块普通的面包，有时候甚至又干又硬，但总还是有吃的，它是我劳动挣来的，是合法的，我吃它无可指摘。

他人：那算什么劳动！不就是抄抄写写吗？你还有什么别的本事。

穷人：这也是出于无奈嘛！我自己也知道，我不得不干点抄抄写写的事，可是我还是以此自豪！

他人：有什么值得骄傲的！抄抄写写！这可是丢人的事！

穷人：我抄抄写写到底有什么不好呢？

这段话虽然十分简单，但展示了主人公的语言风格，表现了他的自我意识。在俄罗斯文学中，从普希金的《驿站长》、果戈理的《外套》，再到陀思妥耶夫斯基的《穷人》，形成了小人物形象的画廊。如果说前面两位作家笔下的小人物形象只是善良的，受侮辱和受损害的，那么到了《穷人》，小人物形象就进入了一个新的阶段，它的标志就是小人物形象中自我意识的增长。他们不再只是善良的和受侮辱、受损害的，他们也是有自尊心的。陀思妥耶夫斯基小说中小人物的语言风格，人物的双声语，正好表现了小人物性格的变化，小人物的性格两个主要的方面，他们既是怯懦的，又是自尊的。巴赫金对双声语的分析是同对人物性格的分析紧紧结合在一起的。

4. 复调小说引起的艺术视觉的变化

复调小说是一种新的小说类型，新小说体裁，同时也是一种新的艺术思维，新的艺术模式，它必然引起艺术视觉和艺术表现形式的变化，在小说中必然会出现独特的艺术表现。因此在研究复调小说时，不能仅停留在小说对话的研究、小说中思想型人物的研究，而应当深入到小说的艺术视觉和小说艺术形式的研究，这种研究对于艺术创作可能具有更重要的启示和更直接的作用。

艺术叙述视角的变化。

在独白小说中，客观现实生活和作品的人物形象都纳入作者的视野之中，对现实的描写，对环境的描写，对人物的描写，也都是由作者来完成的，作者的意识渗透于整个作品之中，作者牢牢地控制着作品的一切。在复调小说中，这一切都产生了变化，复调小说表现的是有独立思想的主人公，主要是表现主人公的自我意识，因此它着重表现的不是作者如何看待世界和作者如何看待主人公，而是作品的主人公如何看待世界和主人公如何看待自己。这是小说叙述视角的重大变化。巴赫金指出："陀思妥耶夫斯基对主人公的兴趣，在于他对世界及对自己的一种特殊看法，在于他对自己和周围现实的一种思想与评价的立场。对陀思妥耶夫斯基来说，重要的不是主人公在世界上是什么，而首先是世界在主人公心目中是什么，他在自己心目中是什么。"① 就拿果戈理的《外套》和陀思妥耶夫斯基的《穷人》作个比较。两者都是写小人物的命运，都写"贫困的官吏"。在果戈理笔下，展示了主人公社会面貌和性格面貌的全部客观特征，而到了陀思妥耶夫斯基笔下，一切仅纳入主人公的视野，作者并没有告诉我们主人公是谁，而是展示他是如何认识自己、如何认识世界的，甚至连主人公的外貌也是让主人公在镜子里自己看到和自我观赏的。当杰符什金到将军家里时，是在镜子里照见了自己："（我）惊惶失措，嘴唇和双腿嗦嗦发抖。原因可多着哩，亲爱的。第一，我觉得难为情，我打右边朝镜子里一瞅，我所看见的模样简直可以叫人发疯……将军大人注意看了看我的模样和衣服。我记起来镜子里的模样了，我赶紧去找扣子。"②

艺术视觉和叙述视觉的变化自然引起作品艺术描写的变化，这就是在作品的艺术描写中主体意识和主观色彩增强了，而客观特征的描写相对弱化了，这既表现在人物的刻画中，也表现在对环境的描写中。

先说人物描写。

在复调小说中，作者对主人公没有详细的肖像描写，也没有专门的身世介绍，小说侧重表现主人公的自我意识，表现他对自己的认识和对世界的认识，而这一切不是由作者来描写的，而是通过主人公内心对话和主人

---

① 《陀思妥耶夫斯基诗学问题》，三联书店1988年版，第82页。
② 同上书，第84页。

公与主人公的对话来表现的。这种视觉的变化使得作品的艺术世界变得焕然一新,不仅是主人公本身的现实,还有主人公周围的外部世界,都由作者的视野转入主人公的视野。这种变化导致人物的客观性特征被弱化了,例如作者对主人公的客观描写,对主人公生活环境的描写,对主人公性格变化历史的描写,对主人公与其他人物关系的描写,这一切都减少了。同时,主人公的主体意识,主人公的思考和议论却大大加强了。这种主人公自我意识的加强也给主人公带来一系列特征,主要是开放性和未完成性。在独白小说中,主人公是封闭的,他的思想和行为都受作者限制,因此是不自由的。在复调小说中,主人公和作者之间是一种平等关系,开放关系,因此他是自由的,他完全不按作者规定好的思想去行动。这种主人公反对第三者的背后议论,认为背后的缺席议论是对人的不尊重,是贬低人的个性。难怪陀思妥耶夫斯基在小说《穷人》中让主人公去读果戈理的《外套》,让他在读的时候感觉到如果是以背后议论的方式描写自己就是对自己的"诽谤"。

再谈环境描写。

复调小说对环境的描写也是独具一格的,它带有主人公强烈的主观色彩。在独白小说中,人物所处的环境大都是通过作者的视觉来描绘的,它强调的是环境描绘的客观真实性。在复调小说中,它描写的不是纯客观的现实环境,而是通过人物的视角来描绘现实环境,它描写的是主人公眼里的客观环境,它着重描绘的是主人公对环境的感受,环境往往是主人公意识的外化,主人公心理的外化,是主人公内心世界的具象化。《罪与罚》的主人公从棺材似的斗室走到街上,看到的是污秽的街道,肮脏的小酒店,卖身的妓女,卧倒的醉汉;听到的是吉他声,妇女的尖叫声和疯狂的鞋跟踏地声;闻到的是小酒馆桌上粗糙的马铃薯煎牛排散发出的腐臭的腥味。这时,时钟响着"被锁紧了咽喉似的嘎嘎声",街灯也像"鬼火似地"闪耀着,甚至连"风也像求施的讨厌的乞丐似地呻吟着"。这幅破败、零乱、阴暗的街景,正是主人公焦躁不安、心烦意乱情绪的外化。反过来,正是出于主人公矛盾、紊乱的心理,才把街景看成是破败、零乱和阴暗的。在这里,街景的描写不是纯客观的,而是主人公心理的体现,它带有强烈的主观色彩。同样,在作家笔下的时间也是主人公感受的时间,而不是日常生活的时间,作品中的时间是被高度浓缩的,常常不是按照日常生活的时间流程循序发展，而是跳跃的、突变的，主要服从于主人公的自我意识和心理。《罪与罚》中的主人公拉斯柯尔尼科夫在杀死老太婆和丽扎韦塔之后病了一场，五天后他又无意识地来到她们所住的房间：

  这套房间也在装修；有几个工匠正在里边干活，这仿佛使他猛吃一惊。他不知为什么有了这样的想法：他将要看到的一切东西都同他离开它们时一模一样，连那两具尸体也许还躺在地板上原来的地方呢。可是现在四壁萧条，一件家具也没有，好奇怪！①

  这段描写确实十分奇特。实际情况是主人公在五天之前来到这个房间，而且杀了人。五天之后这个房间已经面目全非，然而主人公全然没有想到时间已经过了五天，全然没有看到房间发生的变化，他脑子里的兴奋中心还是杀人的那一天，还是那一天的那个房间的那个现场。实际上作品描写的不是客观存在的房间，而是主人公想要看到的房间。在主人公意识和心理的作用下，作品的时间描写完全超越了现实的时间和空间，完全是主人公的心理时间和空间。

  共时性的艺术描写。

  巴赫金认为复调小说引起的艺术视觉的另一个变化，是陀思妥耶夫斯基特别重视共时性的艺术描写。他指出："陀思妥耶夫斯基艺术观察中的一个基本范畴，不是形成过程，而是同时共存和相互作用。他观察和思考自己的世界，主要是在空间的存在里，而不是在时间的流程中。由此便产生了对戏剧形式的深刻爱好。"② 这种强调共存和相互作用同作家对世界多元化的理解相联系，他认为在多元的世界里一切都是同时并存和相互作用的。从这种艺术视觉出发，陀思妥耶夫斯基的小说一般不写事件的缘起，不写人物的传记生平。在艺术描写方面，作家相应地强调瞬间性的描写和横剖面的描写。巴赫金指出，陀思妥耶夫斯基的小说是在同一平面展开的，或者是相伴而行，或者是虽然和谐但不融合，或者是矛盾和争论到底，其结果是"陀思妥耶夫斯基的视觉，封闭于这一多样展开的一瞬间，

---

① 《罪与罚》，上海译文出版社 1979 年版，第 197 页。
② 《陀思妥耶夫斯基诗学问题》，三联书店 1988 年版，第 59 页。

并且停留在这一瞬间之中,使这个瞬间的横剖面上纷繁多样的事物,各显特色而穷形尽相"。①

陀思妥耶夫斯基把能否同时共处,能否并排平列或分立对峙,当作选材区分主次的标准。他认为只有经过思考能纳入同一时刻的东西,能在同一时刻相互发生联系的东西,才能纳入自己的艺术世界。而这一切又是永恒的,因为作家认为在永恒之中一切都是同时,一切都在共处之中。因此,在他的小说中,没有原因,不写渊源,不通过过去,不通过环境影响和所受的教育来说明问题。巴赫金认为这是陀思妥耶夫斯基"艺术地感知世界的特点:他只善于从同时共处这一角度来观察和描绘世界"。同时也指出这种艺术感知世界的特点也反映了作家抽象的世界观,这主要表现在:在他的思维中看不到渊源因果方面的范畴;他几乎不诉诸历史本身,任何问题都从当代现实的角度来处理;明显的世界末日论,要加速"结局"的到来,认为在同时共存的不同力量的搏斗中已经有未来的存在。

在共时性描写和历时性描写的问题上,巴赫金还特别拿陀思妥耶夫斯基同歌德比较。他认为歌德"本能地倾向于描绘处于形成过程的事物。他力图把所有共存于一时的矛盾看成为某个统一发展过程中的不同阶段"。这样做的结果是,他的作品没有什么东西散在一个平面上,他的描绘是历时性的,具有深邃的历史感。反之,陀思妥耶夫斯基"力图把不同的阶段看做是同时的进程,把不同阶段按照戏剧方式加以对比映照",力求探索出它们在某一时刻的横剖面上的相互关系。② 这种描写是共时性的,它有强烈的戏剧性和感染力。历时性的描写和共时性的描写,这是两种艺术视觉,它们有各自的优势,也有各自的不足。就复调小说的共时性描写而言,它虽然缺乏历史感,但它有强烈的当代性,强烈的时代气息,而且从艺术表现的角度看,它在敏锐地深入事件的本质和增强作品的戏剧性和感染力方面,有明显的优势。

先谈敏锐地深入事物的本质方面。陀思妥耶夫斯基小说的主人公多是爱思考的人,具有强烈自我意识的人,他们是被资本主义扭曲的人,他们的意识具有明显的矛盾和双重性。作家把他们放在特定瞬间的横剖面上进

---

① 《陀思妥耶夫斯基诗学问题》,三联书店1988年版,第63页。
② 同上书,第59—60页。

行共时性的描写,就能敏锐地捕捉他们性格的矛盾。正如巴赫金所说的,作家共时性描绘的艺术才能"使他对此刻的世界有异常敏锐的感受;在别人只看到一种或千篇一律事物的地方,他却能看到众多而且丰富多彩的事物,别人只看到一种思想的地方,他却能发现,能感触到两种思想——一分为二。别人只看到一种品格的地方,他却能揭示出另一种相反品格的存在。一切看来平常的东西,在他的世界里变得复杂了,有了多种成分。在每一个声音里,他能听出两个相互争论的声音;在每一个表情里,他能看出消沉的神情,并立刻准备变为另一种相反的表情。在每一个手势里,他同时能觉察到十足的信心和疑虑不决;在每一个现象上,他能感知存在着深刻的双重性和多种含义"。① 巴赫金这段生动的描述说明了复调小说的共时性描写最能展示小说主人公主体意识的矛盾和双重性,最能深入主人公意识的本质,同时具有强大的艺术感染力。

再谈增强作品的戏剧性。陀思妥耶夫斯基作品的重要特点就是具有很强的戏剧性,而这种戏剧性正是源于作品不同意识的对话和冲突,源于共时性描写的艺术表现形式。在他的作品中,常常在同一瞬间,同一场合展示不同意识的交锋,展开不同人物的矛盾和冲突,于是形成紧张的戏剧冲突,出现巴赫金所说的"令人瞠目的情节剧变,'旋风般的运动',陀思妥耶夫斯基的流动感",② 从而显示出共时艺术极强的艺术表现力和艺术感染力。

让我们看看《白痴》中娜斯塔西娅·菲里波芙娜生日拍卖自己时那惊心动魄的一幕。她"当众用一种发高烧似的"口气喊道:"这是十万卢布!"它"就在这龌龊的纸包内"。原来这是商人罗果静买她的十万卢布,也是给她的所谓"生日礼物"。她指着罗果静说:"今天上午他像疯子一样喊叫,说到晚上给我送来十万卢布,所以我老是等候他。他把我拍卖了:从一万八千起,忽然增加到四万,以后又加到十万。他总算没有失约!你们瞧他的脸色多么惨白!"随后,她又一一揭露老将军叶潘钦、他的秘书甘尼亚·伊伏尔金和托兹基,并拒绝了自己所爱的梅思金公爵。最后,她把十万卢布扔进熊熊燃烧的壁炉,并要甘尼亚光着手去取,对他说

---

① 《陀思妥耶夫斯基诗学问题》,三联书店 1988 年版,第 62 页。

② 同上书,第 60 页。

要"最后一次看看你的灵魂",这时气氛简直到了白热化的程度:"周围传出一阵喊声,许多人甚至画起十字来","她发疯了!她发疯了!"人们失去理智地喊叫着。再看甘尼亚·伊伏尔金,"一丝惨笑掠过他那苍白得像张纸似的面孔——他两眼死死盯着那个就要变成灰烬的纸包",他一动也不动,最后终于支持不住晕倒过去了。这时娜斯塔西娅从火中钳出纸包,宣布它归甘尼亚所有。此刻,她报了仇,得到了满足。①

这是一个富有戏剧性的场面,作家把每个人物身上意识的矛盾和双重性,把不同人物之间的矛盾、纠葛和交锋,在一个瞬间,在一个横剖面上展开,使矛盾在一个画面上爆发出来,使冲突达到一种白热化的程度。在这个横剖面上,在这一瞬间,可以说使各色各样的人物各显特色而穷形尽相,把他们各自的灵魂、各自的矛盾和痛苦都展示在世人的面前,同时,这种强烈的戏剧冲突也造成一种揪心的艺术力量。这就是复调小说共时性描写的艺术手段的高超之处和复调小说的艺术魅力之所在。

(二) 复调小说的历史源头——复调小说与狂欢化文化

1. 从体裁诗学到历史诗学

巴赫金在阐明陀思妥耶夫斯基复调小说的体裁和情节布局特点之后,明确提出:"现在我们该是从体裁发展史的角度来阐述这一问题了,也就是说把问题转到历史诗学方面来。"② 巴赫金把陀思妥耶夫斯基的复调小说看成是同独白小说相对应的小说体裁的新形式,为了更深入地理解和把握复调小说的本质和特征,巴赫金并不满足于对这种小说的新形式从体裁诗学的角度进行文本分析,他还力求对这种小说形式是如何形成的做深入的历史分析,试图进一步追寻复调小说的历史源头。

巴赫金在追寻复调小说的历史源头时,有三点很值得我们重视,它具有诗学研究的普遍意义和理论价值。

第一,巴赫金认为任何艺术体裁和艺术形式都有一个历史形成的过程,必须把体裁诗学的研究同历史诗学的研究结合起来。

巴赫金指出陀思妥耶夫斯基在欧洲小说史上的贡献在于创造了全新的

---

① 参见《白痴》,上海译文出版社 1986 年版,第 195—211 页。
② 《陀思妥耶夫斯基诗学问题》,三联书店 1988 年版,第 155 页。

复调小说,"突破了基本上属于独白型(单旋律)的已经定型的欧洲小说模式"。同时,又认为陀思妥耶夫斯基在欧洲小说史上并不是"孑然独立",他所创造的复调小说不是从天上掉下来的,不是没有先例的,必须从历史诗学的角度对其进行广阔的历史探索。① 就一种新的艺术体裁和新的艺术形式而言,它的产生除了时代条件之外,还必须有长时间的积累,必须有个历史过程。巴赫金指出:"艺术观察的新形式,是经过若干世纪缓慢形成的,而某一时代只是为这新形式的最后成熟和实现,创造出最适宜的条件。揭示复调小说的这一艺术积累过程,是历史诗学的一项任务。"② 所谓的历史诗学,看来就是从历史的角度,从历时的角度研究一种艺术体裁和艺术形式的形成和发展过程,巴赫金认为欧洲小说体裁有三个基本来源,这就是史诗、雄辩术和狂欢节,随着哪个来源占据了主导地位,就形成了欧洲小说史上的三条线索:叙事、雄辩和狂欢体,当然它们之间存在着许多过渡形态。③ 在他看来,陀思妥耶夫斯基对话型的复调小说正是属于狂欢体这条线索,是狂欢体的变体。他不是简单重复古代的狂欢体,而是加以新的创造,翻出新意,并且把它发展到顶峰。我们只有了解狂欢体的历史演变过程,才能更深入地把握复调小说的本质和特点。巴赫金说,历史的回顾"可以帮助我们更深入更准确地理解陀思妥耶夫斯基的体裁和情节的布局特点",同时,"这个问题对于文学体裁的理论和历史,有着更为广泛的意义"。④ 也就是说把体裁诗学同历史诗学结合起来研究,不仅能帮助我们更深入更准确地把握复调小说的本质和特征,同时还可以帮助我们研究文学体裁的理论和文学体裁形成、发展的规律。

　　第二,巴赫金认为在研究复调小说的历史渊源时,必须高度重视狂欢体的形成和发展同民间文化的密切联系。以往的文艺学也研究艺术体裁和艺术形式的形成和发展,也研究历史诗学,但这种研究大都是侧重于这个时代的文人所创造的艺术体裁和艺术形式同历史上文人所创造的艺术体裁和艺术形式的内在联系,较少研究民间文化对一种艺术体裁和艺术形式形

---

① 《陀思妥耶夫斯基诗学问题》,三联书店 1988 年版,第 30—31 页。
② 同上书,第 70 页。
③ 同上书,第 159 页。
④ 同上书,第 156 页。

成和发展的重大影响。巴赫金向来主张要把文艺学研究同文化史研究结合起来，因此他在研究复调小说的历史渊源时，不仅强调体裁诗学同历史诗学的结合，而且特别重视体裁诗学同文化诗学的结合，提出要深入研究民间文化、民间狂欢化文化对狂欢体体裁形成和发展的影响，以及它同复调小说深刻的内在联系。

巴赫金认为民间狂欢节以及它所体现的精神，可以追溯到人类原始制度和原始思维的深刻根源，同时在阶级社会仍然有异常的生命力和不衰的魅力，它是文化史上一个非常重要而又复杂的问题，也是一个很有趣的问题。他指出从古到今，一切属于狂欢体的文学体裁尽管外表纷繁多样，都同狂欢节民间文化有着深刻的内在联系，或多或少都渗透着狂欢节的世界感受，而这种感受具有强大的蓬勃的改造力量，具有无法摧毁的生命力，它不仅决定着作品的内容，而且还决定着作品的体裁基础，它对狂欢体文学体裁的形成有决定性的影响。直到今天，那些多少同狂欢体传统有联系的体裁，都还保持着狂欢节的格调，带有一种特殊的印记。尽管陀思妥耶夫斯基的小说离开古代希腊罗马狂欢体文学已经有久远的历史，但在作为狂欢体变体的陀思妥耶夫斯基复调小说那里，我们仍然可以听出狂欢节世界感受的历史回声，尽管它是十分遥远的回声。正是从这个意义上讲，巴赫金认为"文学狂欢化问题，是历史诗学问题，主要是体裁诗学的非常重要的课题之一"。[①]

第三，巴赫金认为文学研究必须把共时性的研究和历时性的研究结合起来。一个时期以来，我们的文艺学研究更多侧重于共时性的分析，缺乏历时性的分析，因此不少理论问题的研究只能停留在共时的层面，缺少一种历史感和理论深度。当然，历时性的分析是相当艰难的，但它可以帮助我们印证共时性研究所得出的结论，并且深化这种结果。巴赫金在对复调小说分别进行共时性研究和历时性研究之后，得出了一个重要的结论："我们觉得，我们所作的历时性分析，印证了共时性分析的结果。确切些说，两种分析的结果相互检验，也相互得到印证。"[②]

巴赫金对陀思妥耶夫斯基复调小说的研究基本上是分两步走，首先进

[①] 《陀思妥耶夫斯基诗学问题》，三联书店1988年版，第157页。
[②] 同上书，第248页。

行共时性研究，然后进行历时性研究，而且把两者紧密结合起来。

首先是共时性研究，这是揭示复调小说的特点，给陀思妥耶夫斯基定位。他认为，为了正确地在历史上给作家定位，并发掘作家和与先行者及同时代人之间的本质联系，首先必须揭示作家的特点，揭示复调小说的特点，必须"在陀思妥耶夫斯基身上展示出陀思妥耶夫斯基来"。如果这个共时性分析做得好，将有助于探索和观察陀思妥耶夫斯基继承的体裁传统，直至追溯到古希腊罗马的渊源。如果没有共时性的分析，没有初步的定向，所谓历史的研究，所谓历时性的分析，将会流于一连串无联系的偶然对比。①

其次是历时性分析，这是追溯复调小说的历史渊源，它同源于民间狂欢文化的狂欢体体裁的历史联系。进行历时性的分析，是为了帮助我们更深入和更准确地理解陀思妥耶夫斯基创作的特点和复调小说的特点。巴赫金认为每一种体裁的发展都有自己的逻辑，不过体裁的逻辑不是一种抽象的逻辑，体裁的每一种新变体总是要以某些因素充实丰富这一体裁，因此为了理解一种体裁就必须了解体裁的来源。他指出："我们越是全面而具体地了解艺术家的体裁渊源，就可以越发深入地把握他的体裁特点，越发正确地理解在他的体裁方面传统和创新的相互关系。"②

2. 狂欢式的世界感受

巴赫金明确指出，从古代的庄谐体直到陀思妥耶夫斯基的复调小说，一切狂欢体的文学，一切狂欢化的文学，尽管它们的外表纷繁多样，却有一个共同的特点，这就是同民间狂欢节有深刻的联系，同狂欢节所特有的世界感受有深刻的联系。其中有些就是狂欢节口头民间文学体裁的翻版，有些则是通过一些中介环节受到狂欢节民间文学的影响。

在这个问题上，巴赫金首先提出并区分了狂欢节、狂欢式和狂欢化三个重要概念。

所谓狂欢节是民间的一种庆典活动，如古希腊的酒神节，古罗马的农神节，在这种节日里停止劳作，同平日不同，奴隶和奴隶主可以一起狂欢，庆祝丰收。在当代社会，狂欢节虽不如古代那么突出，但在社会生活

---

① 《陀思妥耶夫斯基诗学问题》，三联书店1988年版，第31页。
② 同上书，第220页。

中,特别是民间,依然存在。如西方的狂欢节、愚人节、万圣节,中国民间的民间社火和迎神赛会,中国少数民族的泼水节,等等。

所谓狂欢式,巴赫金认为指的是一切狂欢节式的庆贺、仪礼形式的总和,是指狂欢节式的庆贺活动的总和,而狂欢节固有的一切形式无不体现出一种狂欢节的世界观,无不渗透着狂欢节所特有的那种世界感受。

所谓的狂欢化,巴赫金认为是把狂欢节的一整套形式以及它所体现的世界感受转化为文学的语言,他说:"狂欢式转为文学语言,这就是我们所谓的狂欢化",① 而受狂欢节民间文学影响的文学就是狂欢化文学。

狂欢是人类生活中具有一定世界性和普遍性的特殊的文化现象。从巴赫金对狂欢节、狂欢式和狂欢化的界定来看,狂欢应有两个层次的内涵,它既是指人类社会生活的狂欢现象,又指狂欢化的文学现象。前者是人类学、民俗学和社会学的研究对象,后者是文艺学研究的对象。巴赫金作为一个文艺学家和文艺批评家,他是透过文学作品中狂欢化的描写,通过文学中狂欢体裁的研究,看到了隐藏在作品背后的和文学体裁背后的人类的狂欢精神,人类对生活的一种独特的世界感受。这种研究就不同于传统的文艺学研究,就作品论作品,就文学论文学,而是把文学研究同文化研究结合起来,把文艺学研究同文化史研究结合起来。把握这点是至关重要的,只有了解这点,我们才能理解巴赫金研究狂欢现象对于研究复调小说的重要意义;同时,也才不至于把文学狂欢化现象等同于人类生活的狂欢现象,而是努力去寻找狂欢在文学中的独特表现,研究狂欢体文学的特征,以及这种文学发展的历史。

在对狂欢节、狂欢式和狂欢化做了界定之后,为了弄清楚狂欢式对狂欢体文学、对复调小说的重要影响,巴赫金对狂欢式外在特征以及它所体现的内在精神做了具体深入的分析。

首先是狂欢式的外在特征。巴赫金认为狂欢式有全民性和仪式性两大特征。

全民性。

狂欢节是全民参加的。狂欢节期间人们不是旁观式地静观狂欢节,而是人人参与其中。在狂欢的时间,所有阶级、政治、宗教都被搁置一边,

---

① 《陀思妥耶夫斯基诗学问题》,三联书店1988年版,第175页。

人与人之间不存在任何距离,人与人之间的关系是一种随便而又亲昵的关系,一种平等与自由的关系。狂欢节的生活是脱离了常规的生活,人们不像平日那么严肃、紧皱眉头、充满畏惧、虔诚,而是过着一种不受任何束缚的自由自在的生活,人们欢歌笑语,打打闹闹,充满着心灵的快乐和生命的激情,这种生活是一种"翻了个的生活",是"第二种生活"。巴赫金对狂欢节的全民性特征是这样说的:

> 在狂欢节上,人们不是袖手旁观,而是生活在其中,而且是所有的人都生活在其中,因为从其观念上说,它是全民的。在狂欢节进行当中,除了狂欢节的生活以外谁也没有另一种生活。人们无从躲避它,因为狂欢节没有空间界限。在狂欢节期间,人们只能按照它的规律,即按照狂欢节自由的规律生活。狂欢节具有宇宙的性质,这是世界的一种特殊状态,这是人人参加的世界的再生和更新。①

仪式性。

狂欢节是充满节日气氛的庆典,它总是有一定的仪式和礼仪,具有一种庆典性。

狂欢节最主要的仪式是"笑谑地给国王加冕和随后脱冕",这种仪式以各种不同的形式出现在狂欢式的庆典中。在西方狂欢节中,国王被脱冕,脱下帝王服装,摘下王冠,夺走其他的权力象征物,而且还要讥笑他,殴打他。而受加冕者,却是同国王有天壤之别的人,或是奴隶或是小丑。这种情况在中国的民间节日里也存在,如华北某些地方在民间社火期间要"闹春官",他们选一个老百姓来当官,这位要穿上官服,由他来充当县长,施展官方权威,受理百姓的上诉。

狂欢节的仪式除了加冕脱冕仪式,还有更换着装,戴上面具以象征改变地位和命运,通过交换礼品实现拥有财富的美梦,以及不流血的打斗,等等。

其次是狂欢式的内在精神。巴赫金在分析了狂欢式的外在特征之后,更重视透过狂欢的外在形式和一系列范畴所体现出来的内在精神,他把这

---

① 《巴赫金全集》第6卷,河北教育出版社1998年版,第8页。

种内在精神称之为狂欢式的世界感受，正是这种狂欢式的世界感受对狂欢体文学的产生和发展产生重大的和深刻的影响。什么是狂欢式的世界感受呢？巴赫金认为不能把狂欢式简单地理解为类似现在的假面狂欢，或理解为名士的浪漫生活，也就是不能从表面形式来理解狂欢式，而要透过狂欢式来了解广大民众千百年来对世界的独特感受和独特见解，现实的生活对他们来说可能是不如意的、痛苦的，他们要通过狂欢节来表达他们对理想生活的向往。巴赫金深刻地指出："狂欢式——这是几千年来全体民众的一种伟大的世界感受。这种世界感知使人解除了恐惧，使世界接近了人，也使人接近了人（一切全卷入自由而亲昵的交往）；它为更替演变而欢呼，为一切变得相对而愉快，并以此反对那种片面的严厉的循规蹈矩的官腔；而后者起因于恐惧，起因于仇视新生与更替的教条，总企图把生活现状和社会制度现状绝对化起来。狂欢式世界感受正是从这种郑重其事的官腔中把人们解放出来。"① 在这段话里，巴赫金指出狂欢式所体现的民众的世界感受包括自由平等的对话精神和交替与变更的精神。

自由平等的对话精神。

在巴赫金看来，狂欢节期间，取消一切等级关系具有特别重要的意义。在平日，由于不可逾越的等级、财产、职位、家庭和年龄差异的限制，人是不自由的，人与人之间也是不平等的，即使在官方的节日，也必须按照相应的级别各就各位。而在民间狂欢节就大不一样了，在狂欢节上不分等级，不分老小，人们从森严的等级制度下解放出来，因此大家是自由的和平等的。巴赫金认为人的自由和人与人之间的平等"成为整个狂欢节世界感受的本质部分"。这一方面是在狂欢中人成为人，他不再受等级制度的压抑，"人回归到了自己，并在人们之中感觉到自己是人"。② 另一方面是在狂欢中"人与人之间形成了一种新型的相互关系……这种关系同非狂欢式生活中强大的等级关系恰恰相反"。③

更有意思的是，巴赫金指出这种对于人和对于人与人关系富有真正人性的理解"不只是想象和抽象思考的对象，而是为现实所实现，并在活

---

① 《陀思妥耶夫斯基诗学问题》，三联书店1988年版，第223—224页。
② 《巴赫金全集》第6卷，河北教育出版社1998年版，第12页。
③ 《陀思妥耶夫斯基诗学问题》，三联书店1988年版，第176页。

生生的感性物质接触中体验到。乌托邦理想的东西与现实的东西,在这种绝无仅有的狂欢节世界感受中暂时融为一体"。① 这也就是说在狂欢节上,这种自由平等的世界感受是通过一系列形式和范畴表现出来,是能让人具体感受到的,比如说"人们之间随便而亲昵的接触"、"插科打诨"、"俯就"、"粗鄙",等等。

交替和变更的精神。

巴赫金指出在现实社会中,一切等级、特权、规范、制度都是绝对固定的、不变的、永恒的和僵化的,将现有制度和秩序神圣化、固定化和合法化,皇帝永远是皇帝,他的权威是不可动摇的。而在狂欢节中,一切都具有相对性和两重性,一切都是绝对变化的,未完成的,都是不断交替和更新的。

一个是两重性。巴赫金指出:"狂欢式所有的形象都是合二而一的,它们身上结合了嬗变和危机两个极端:诞生与死亡(妊娠死亡的形象),祝福与诅咒(狂欢节上祝福性的诅咒语,其中同时含有对死亡和新生的祝愿),夸奖和责骂,青年与老年,上与下,当面与背后,愚蠢与聪明。"② 例如,狂欢节上的火的形象就具有双重性,它同时既是毁灭世界又是更新世界的火焰,狂欢节上的笑也有深刻的两重性,它有死亡和再生的结合,有否定(讥笑)和肯定(欢呼之笑)的结合。

一个是相对性。巴赫金指出:"狂欢节不妨说是一种功用,而不是一种实体,它不把任何东西看成是绝对的,却主张一切都具有令人发笑的相对性。"③ 狂欢节上的国王加冕和脱冕仪式就具有典型的相对性,加冕本身从一开始就透着脱冕的意味,加冕和脱冕是不可分离的,是相互转化的。

两重性和相对性是一致的,它们都体现一种交替和变更的精神,人民大众就是用这种精神向现存的固定的和僵化的制度、秩序和思想发出挑战,他们不希望等级制度是永恒的、不可动摇的,他们不希望统治阶级的思想是神圣的、不可侵犯的,是永恒的真理。正是从这个意义上讲,巴赫

---

① 《巴赫金全集》第6卷,河北教育出版社1998年版,第12页。
② 《陀思妥耶夫斯基诗学问题》,三联书店1988年版,第180页。
③ 同上书,第178页。

金深刻指出:"国王加冕和脱冕仪式的基础,是狂欢式世界感受的核心所在,这个核心便是交替和变更的精神、死亡和新生的精神。"①

3. 狂欢体文学的历史传统

巴赫金从共时的角度阐明狂欢节和狂欢式的世界感受的特征和精神之后,又从历时的角度研究了受狂欢节影响、受狂欢化文化影响的狂欢化文学、狂欢体文学在欧洲的历史发展过程,力求寻找狂欢文化和狂欢文学之间的内在联系。

巴赫金认为,"狂欢化的渊源,就是狂欢节本身",同时,"狂欢化有构筑体裁的作用,亦即不仅决定着作品的内容,还决定着作品的体裁基础"。② 在他看来,狂欢化文学、狂欢体文学在欧洲的发展分为两个阶段:第一阶段是17世纪下半期以前,这时狂欢节是狂欢化文学的直接来源;第二阶段是17世纪下半期以后,这时狂欢节已不再是狂欢化文学的直接来源,狂欢化文学已经变成文学体裁的一种传统。狂欢节这时对文学虽然仍有影响,但只限于内容,它已不具有构成新文体的力量。

在古代希腊罗马,狂欢节在人民大众生活中占有重要地位。这个时期,狂欢节对狂欢化文学有直接的影响,属于狂欢体的文学有风雅喜剧、讽刺作品,其中狂欢化程度最高的当属庄谐体。巴赫金指出:"如果文学直接地或通过一些中介环节间接地受到这种或那种狂欢节民间文学(古希腊罗马时期或中世纪的民间文学)的影响,那么这种文学我们拟称为狂欢化的文学。"③

巴赫金指出狂欢化程度最高的庄谐体有三个特点:一是有十分鲜明的时代性,它不是回到神话传说般的遥远的过去,而是反映现实,同当代人展开对话;二是完全摆脱古老传说的形象,依靠经验和自由虚构建立新的形象;三是叙事、文体和语言的杂体性和多声性,拒绝史诗和悲剧文体和语言的统一性,显然,源于民间狂欢节文化的庄谐体正是以其鲜明的时代性、虚构性和杂多性,区别于传统的史诗和悲剧。

在庄谐体中,巴赫金认为对后来狂欢体文学影响最大的是苏格拉底对

---

① 《陀思妥耶夫斯基诗学问题》,三联书店1988年版,第178页。
② 同上书,第186页。
③ 同上书,第157页。

话和梅尼普体。

苏格拉底对话这种体裁形成的基础，是苏格拉底关于真理及人们对真理的思考都具有对话本质这一见解。他把通过对话寻求真理同郑重的独白对立起来，认为真理不是产生和存在于某个人的头脑里，而是在寻找真理的人们的对话中产生。同时，苏格拉底对话的主人公都是些思想家，它在欧洲文学史上第一次塑造了思想家式的主人公。苏格拉底对话的基本手法是把对同一事物的不同意见加以对比的对照法，是以对话激活引发对方发表意见的引发法。总之，苏格拉底对话不是一般的雄辩演说的体裁，它是在民间狂欢节的基础上成长起来的，因此深刻地渗透着狂欢节的世界感受，"民间狂欢节上关于死与生、黑暗与光明、冬与夏等等之类的'争辩'，即不让思想停滞，不让思想陷入片面的严肃之中，呆板和单调之中。就是这种'争辩'构成'苏格拉底对话'这一体裁的核心基础"。[①]

"苏格拉底对话"作为一种体裁存在的时间并不长，在它解体后又出现了几种对话体，其中最重要的、影响最大的当推"梅尼普讽刺体"，简称"梅尼普体"，这种体裁植根于狂欢体的民间文学，它对古希腊文学、古罗马文学、拜占庭文学有决定性的影响。这个被狂欢化了的体裁由于它的灵活善变，还善于渗透到其他体裁之中，因此对欧洲文学的发展曾有过巨大的影响。

巴赫金给梅尼普体罗列了14个特点。在我看来，除了庄谐体所共有的现实性、虚构性和杂多性外，主要有以下几个新的特点。

一是增加了笑的比重，同时出现了完全不容于古典史诗和悲剧体裁的闹剧和插科打诨这样一些新艺术范畴，一些不得体的场面和话语完全打破了史诗和悲剧那种完整的世界。

二是虚构和幻想更为大胆和充分，而且这种自由而大胆的虚构和幻想，既同哲理探索、真理探索和真理考验相联系，又同极端而又粗俗的贫民窟自然主义有机结合在一起。"哲理的对话，崇高的象征，惊险的幻想，贫民窟的自然主义——它们的有机结合，是梅尼普体难能可贵的特点。"[②]

三是进行精神心理实验，描写人们不寻常的、不正常的精神心理状

---

① 《陀思妥耶夫斯基诗学问题》，三联书店1988年版，第187页。
② 同上书，第167页。

态，如各种类型的精神错乱、个性分裂、耽于幻想、异常的梦境、近乎发狂的欲念、自杀，等等。这种梦境、幻想和癫狂使人失去了自己的完整性和单一性，他越出自己的命运和性格，变得不像自己了。梅尼普体出现的人物对自己本身的对话态度，其结果是个性的分裂，使人物失去了整体性和完成性。

四是杂多性有进一步发展。首先是文体的混杂，广泛插入如故事、书信、演说、筵席交谈等各种文体，还有散文语言和诗歌语言的混合。有了插入的体裁，梅尼普体就产生了多体式、多情调、多风格的特征。

巴赫金在分析梅尼普体一系列特点的基础上，特别指出"所有这些看来各自十分不同的特点，是一个有机的整体；这一体裁有其深刻的内在的完整性"。① 他认为这种体裁的内在完整性源于时代的特点，这种体裁是形成于民族传说解体的时代，古希腊罗马理想和规范遭到破坏的时代。在这样一个时代，各种不同的宗教派别、哲学派别、思想派别展开激烈的争论，整个时代失去史诗式和悲剧性的整体性，人和人的命运也失去了史诗式和悲剧式的整体性，"在这里，生活的内容铸进了稳定的体裁形式里；这个体裁凭着自己的内在逻辑，把一切因素不可分地联结在一起"。巴赫金指出梅尼普体具有内在完整性的同时，还具有很大的外在可塑性，它极善于纳进性质相近的各种小体裁，也善于渗透到其他大体裁中去充作一个组成部分。正是这种内在的完整性和外在的可塑性，使得梅尼普体在欧洲小说发展史上产生巨大的影响。

在中世纪，巴赫金认为用各种民间语言和拉丁语写的大量的诙谐文学和讽刺性摹拟文学，各种宗教警世剧、宗教神秘剧、讽刺闹剧等，都同"愚人节"、"复活节之笑"、"主身节"、"斗牛节"等狂欢庆典有密切的联系。在他看来，中世纪的人似乎过着两种生活，一种是常规的、严肃的生活，它是服从于严格的等级秩序，充满恐惧、教条和虔诚；另一种生活是狂欢广场式的自由自在的生活，它充满两重性的笑，充满对神圣事物的不敬，充满人与人之间随意不拘的交往。巴赫金认为："如果不考虑两种生活和思维体系（常规的体系和狂欢的体系）的相互更替和相互排斥，就不可能正确理解中世纪人们文化意识的特色，也不可能弄清楚中世纪文

---

① 《陀思妥耶夫斯基诗学问题》，三联书店1988年版，第171页。

学的许多现象。"①

在文艺复兴时期,巴赫金认为狂欢节的潮流席卷了正宗文学的几乎一切体裁,并给它们带来重要的变化。整个文学都实现了十分深刻而又几乎无所不包的狂欢化,狂欢式的世界感受及其特有的范畴和形式,狂欢式的笑和狂欢式的语言,这一切都深深渗透到所有文学体裁之中。在狂欢式世界感受的基础上,还逐渐形成各种复杂形式的文艺复兴的世界观,而这正是"狂欢的古希腊罗马精神的复兴"。这个时期狂欢化文学的代表是拉伯雷、莎士比亚和塞万提斯,他们的作品有力地并且是直接地表现了狂欢化文化的巨大影响。正是从这个意义上讲,巴赫金认为"文艺复兴是狂欢生活的顶峰",实际上文艺复兴也正是狂欢化文学最为繁荣的时期。

从17世纪下半期起,民间狂欢生活趋于没落,它失去全民性质,它的表现形式变得贫乏、浅显和简单了。一些宫廷节日的假面文化或者是一些非宫廷的庆贺和游艺,虽然也还保留着一些狂欢的痕迹,但狂欢的全民精神连影子也不见了,那是一种退化了的庸俗化的狂欢式世界感受。如果说17世纪下半期以前人们是直接参与狂欢节演出和狂欢节世界感受的,狂欢节是狂欢化文学的直接源泉,狂欢化有构筑体裁的作用,它形成一种狂欢体体裁,那么在17世纪后半期之后,狂欢节几乎已经不再是狂欢化文学的直接来源,早先已狂欢化的文学的影响取代了狂欢节的影响。这样一来,狂欢化就纯粹成为一种文学传统。从这以后狂欢体文学的发展来看,它主要不是受狂欢节的影响,而是受狂欢化文学的影响。

17世纪下半期以后的狂欢化文学继续往前发展,如18世纪的伏尔泰和狄德罗的小说,歌德的《浮士德》,19世纪霍夫曼和爱伦·坡的小说,苏里耶·弗列德里克和欧仁·苏的社会惊险小说,以及俄国普希金和果戈理的一些狂欢化程度很高的小说。

从狂欢化文学的历史发展来看,巴赫金不仅清晰地展示了狂欢化文学历史发展的脉络,他还力求探求狂欢化文学历史发展的一些带规律性的东西,并且从理论上加以阐述。

第一,狂欢化文学早先直接源于狂欢节,随后逐渐与狂欢节脱钩,慢慢形成一种狂欢化的文学传统,而且世代相传,生生不息。如果说古代希

---

① 《陀思妥耶夫斯基诗学问题》,三联书店1988年版,第184页。

腊罗马时期是它的发源，文艺复兴时期就是它的高峰。它已经成为欧洲文化和欧洲文学中与史诗、悲剧并列的文化传统和文学传统，如果不了解狂欢节和狂欢化文化，则很难对欧洲文学和欧洲文化有全面和深刻的理解。

第二，从古希腊罗马到近代，狂欢化文学有个艺术积累的过程，在历史发展过程中，在各个不同时代，狂欢化文学出现了各种各样的变体，"这一体裁的每种新的变体、每一部新的作品，总是以某些因素充实丰富这一体裁，帮助这个体裁完善自己的语言"。① 巴赫金认为："一种体裁在文学发展的阶段上，在这一体裁的每一部作品中，都得到重生和更新。体裁的生命就在这里。"②

第三，狂欢化文学作为一种体裁传统，它形成了从诗学观点看至为重要的共性，但在每个作家身上狂欢化的传统都得到别具一格的再现，而且"可以为各种不同的流派和创作方法所采用，不可把它只当做是浪漫主义所独有的特点。不过每一种流派和每一种创作方法，总是独特地理解和更新狂欢化的手法"。③

4. 陀思妥耶夫斯基对狂欢化传统的接受

前面我们指出，为了正确和深入理解复调小说这一体裁，必须上溯它的源头，于是我们用了比较多的篇幅分析狂欢文化的特征，回顾了狂欢化文学传统发展的历程。下面我们必须进一步阐明陀思妥耶夫斯基是如何接受狂欢化文学传统的，狂欢化文学传统的哪些基本环节直接或间接同复调小说有关，陀思妥耶夫斯基的复调小说在狂欢化文学传统中处于什么地位，它继承了什么，又有什么创新。

巴赫金认为陀思妥耶夫斯基的复调小说是狂欢体文学传统发展的高峰，但它又是同狂欢体文学传统的起源，以及这一体裁发展的各个环节、各个阶段的变体密切相连的。

首先是古希腊罗马的庄谐体，特别是其中的梅尼普体，这是狂欢化文学传统的起源。巴赫金指出："陀思妥耶夫斯基对梅尼普体的所有体裁特点，有非常透彻精细的了解。他对于这种体裁具有特别深刻的感受力和分

---

① 《陀思妥耶夫斯基诗学问题》，三联书店1988年版，第220页。
② 同上书，第156页。
③ 同上书，第222页。

析力。"① 他认为陀思妥耶夫斯基与在古希腊罗马梅尼普体的各种变体之间最直接的联系是通过古基督教文学，即通过《福音书》、《默示录》、《言行录》等实现的。他也熟悉古希腊罗马梅尼普体的经典作品，如非常可能读过卢奇安的梅尼普体作品《梅尼普，或阴间游记》、《死人国度里的谈话》，塞涅卡的《Отыквление》，其他还有《萨基里康》、《金驴》等。

　　巴赫金认为："梅尼普体的所有特点（当然带有相应的错综变化），我们都能在陀思妥耶夫斯基那里找到。"② 事实正是如此，例如陀思妥耶夫斯基作品中崇高与怪诞的结合，异常与平常的结合，双重人格和分裂人格的描写，"边沿上的对话"情节特点，以及文体和修辞的矛盾性，我们都可以在古希腊罗马的梅尼普体作品中找到基始和渊源。不过，巴赫金特别强调，陀思妥耶夫斯基的复调小说决不是古希腊罗马梅尼普体作品的简单再现，而是它的变体和顶峰，作家继承这种狂欢体体裁，但"翻出了新意"，而且比之前者是远胜一筹的。他认为，同"苏格拉底对话"一样，梅尼普体所能做的只是为复调小说的产生准备了某些体裁上的条件。

　　除了古希腊罗马的狂欢化文学，对陀思妥耶夫斯基的复调小说影响最大的当推文艺复兴时期的狂欢化文学，其中的代表是卜伽丘、拉伯雷、莎士比亚、塞万提斯和格里美尔豪生。格里美尔豪生虽然已经超出文艺复兴范围，但他创作中反映出来的狂欢节的直接而深刻的影响，并不亚于莎士比亚和塞万提斯的作品。巴赫金指出："说到文艺复兴时期的文学，那它对陀思妥耶夫斯基的直接影响是巨大的（特别是莎士比亚和塞万提斯）。我们这里指的，并非个别题材、思想或形象的影响，而是狂欢节世界感受本身的更为深刻的影响，亦即观察世界观察人的种种形式本身给予的影响，对待世界和人的那种确乎神圣的自由给予的影响。这种神圣的自由，不是表现在个别的思想、个别的形象和外在的结构手段上，而是体现在上述那些作家的创作之中。"③ 这段话是对陀思妥耶夫斯基创作同文艺复兴时期狂欢化文学内在联系的最好说明，看来，除了题材、思想、形象以及形式因素的影响外，巴赫金更看重狂欢化内在精神的影响，更重视狂欢化

---

　　① 《陀思妥耶夫斯基诗学问题》，三联书店1988年版，第200页。
　　② 同上书，第174页。
　　③ 同上书，第221页。

文学传统所体现的自由民主精神和它的思想魅力。

在文艺复兴时期之后，巴赫金认为，对陀思妥耶夫斯基掌握的狂欢体传统具有重大意义的，是18世纪的文学，其中首先是伏尔泰和狄德罗。对于陀思妥耶夫斯基的创作来说，伏尔泰和狄德罗有两大影响：一是两位作家源于古希腊罗马"苏格拉底对话"和梅尼普体的对话文化，它是狂欢化同师法古希腊罗马以及文艺复兴时代对话的高度对话技巧的结合。二是狂欢化同理性的哲理思想，部分地还同社会题材之间的有机结合。

19世纪文学中狂欢化文学传统对陀思妥耶夫斯基创作的影响。巴赫金指出以下作家狂欢化文学传统对复调小说的影响：

在19世纪社会惊险小说中，主要是苏里耶·弗列德里克和欧仁·苏（部分还有小仲马和保尔·德·科克），陀思妥耶夫斯基找到的是狂欢化同惊险情节，同尖锐的现实社会题材的结合。这类小说狂欢化更多具有外在表现而缺乏狂欢式那种深刻而自由的世界感受，但它运用狂欢化来描绘当代日常生活，并且把普通的、稳定的东西同特殊的易变的东西结合到一起。

在爱伦·坡和霍夫曼的作品中，陀思妥耶夫斯基找到的是狂欢化同浪漫主义类型的主题思想的结合。在陀思妥耶夫斯基创作的初期，霍夫曼给了他重大影响。爱伦·坡那些本质上接近梅尼普体的小说，也吸引了作家的注意。陀思妥耶夫斯基在题为《爱伦·坡的三篇小说》的文章中就谈到这位作家接近自己的一些特点："他几乎总是选取最为奇特的现实，把自己的主人公置于最不寻常的外在的和心理的处境中。他又是以怎样的洞察力，怎样惊人的准确性，来讲述这个人的心境。"

在斯特恩和狄更斯的作品中，陀思妥耶夫斯基发现了狂欢化同感伤型人生观的结合。

在巴尔扎克、乔治·桑、雨果的作品中，陀思妥耶夫斯基找到对狂欢式传统更为深刻的把握和运用。这主要表现在狂欢化渗透到重大而有力的人物性格塑造之中，渗透到人的欲念的发展之中。欲念的狂欢化则表现为欲念的两重性上：爱情和仇视相结合，吝啬与无私相结合，权欲与自卑相结合等。

巴赫金特别注意到，19世纪俄罗斯文学狂欢化的传统对陀思妥耶夫斯基创作的影响占有特殊的地位。首先是果戈理的创作，他的创作同乌克兰民间文化,同乌克兰民间节庆和集市生活有密切的联系,在他的早期浪漫主义小说集《狄康卡近乡夜话》中,狂欢化同他的怪诞现实主义结合在一起。巴赫金指出,除果戈理外,普希金一些狂欢化程度很深的作品对陀思妥耶夫斯基也产生了巨大的影响,其中如《鲍里斯·戈杜诺夫》、《别尔金小说集》、《黑桃皇后》等。

巴赫金在回顾陀思妥耶夫斯基对狂欢化文学的接受后,探讨了作家创作同狂欢化文学传统之间的复杂关系,提出一系列值得思考的问题。

第一,考虑狂欢化文学传统对陀思妥耶夫斯基创作的影响是从总体而言的,不能只局限于个别的作家和个别的作品,而应当着眼于世代相传的体裁传统本身。

第二,陀思妥耶夫斯基同狂欢化文学传统的关系并不意味着直接地有意识地师法狂欢体的作家,他是通过一些中介环节间接地接受狂欢化文学的影响的。以作家同梅尼普体的关系为例,虽然作家对古希腊罗马的梅尼普体是熟悉的,但他不是直接地接受梅尼普体。巴赫金认为梅尼普体是狂欢体的初始,而陀思妥耶夫斯基的复调小说则是狂欢体的顶峰。尽管如此,体裁的本源在体裁发展的高峰期仍然会保留下来。因此,他说:"讲得奇怪一点,可以说不是陀思妥耶夫斯基的主观记忆,而是他所采用的这一体裁本身的客观记忆,保存了古希腊罗马梅尼普体的特点。"①

第三,陀思妥耶夫斯基对狂欢化文学传统的接受不是简单地摹拟和再现,而是别具一格地复现,是这种体裁的一种创新和一种变体,因此他的复调小说才能达到狂欢体文学传统的高峰。巴赫金深刻指出:"在陀思妥耶夫斯基的创作中,狂欢体传统当然也是别具一格地复现出来:传统在这里获得了新的理解,同其他艺术因素结合起来,服务于作家特殊的艺术目的。"② 例如作家运用狂欢化的惊险情节时,是同提出尖锐而深刻的主题结合在一起的,作家在运用狂欢化的梦境、幻想和癫狂的情节时,是同揭示资本主义社会人的异化、人的性格的分裂、人的性格的双重性结合在一起的。

关于陀思妥耶夫斯基对狂欢化文学传统的接受和两者之间的关系,巴

---

① 《陀思妥耶夫斯基诗学问题》,三联书店1988年版,第174页。
② 同上书,第223页。

赫金有一段精彩的总结："尽管我们把陀思妥耶夫斯基同一定的传统联系起来，不言而喻，我们却丝毫没有损害他的创作的深刻的独创性和个人特色。陀思妥耶夫斯基是真正复调的创建者；这种复调在'苏格拉底对话'、古希腊罗马的'梅尼普讽刺'、中世纪的宗教神秘剧，以至莎士比亚、塞万提斯、伏尔泰、狄德罗、巴尔扎克、雨果的作品中，都不曾有过，也是不可能有的。但是欧洲文学中的这一个发展脉络，却为复调作了重要的准备。整个这一传统，从'苏格拉底对话'和梅尼普体开始，在陀思妥耶夫斯基的创作中，以复调小说的新颖独创的形式得到重生，获得了新的面貌。"[1]

5. 狂欢化在陀思妥耶夫斯基作品中的体现

巴赫金在谈到狂欢式时指出它的核心、它的内在精神，是一种狂欢式的世界感受，是一种平等对话的精神和更替更新的精神，不过他又强调这种精神在狂欢节中决不是抽象的理性的思想，而是一种无比生动具体的生活感受，它是通过狂欢节的一系列形式和范畴体现出来的，是通过活生生的物质接触体验到的。同样，当狂欢式转为文学的语言时，文学作品中的狂欢化也是通过一系列生动具体的形式体现出来的。离开这些生动具体的形式，狂欢化文学的内在精神是无从表现的。巴赫金认为陀思妥耶夫斯基作品中的狂欢化有个发展过程。晚期的两篇"幻想小说"——《豆粒》(1873) 和《一个荒唐人的梦》(1877)，清晰而充分地体现了古希腊罗马梅尼普体的典型特征，而他创作第二时期的两部作品《舅舅的梦》和《斯捷潘奇科沃村和它的居民》，也带有十分醒目的狂欢化的外在性质，在此后的作品中，特别是在几部成熟的中长篇小说中，狂欢化向深层发展，形式也更加复杂和深入了。

巴赫金具体谈到了狂欢式如何在陀思妥耶夫斯基的作品中转化为文学的语言，使得他的作品具有高度和深刻的狂欢化。他首先关心的是狂欢体如何在陀思妥耶夫斯基的作品中表现出自己的体裁实质，因此他侧重于狂欢精神在作品中的形式体现，从而深入揭示作家创作的狂欢体体裁本质。主要有以下三个方面。

第一，把狂欢节上的礼仪形式移植到文学中。

---

[1]《陀思妥耶夫斯基诗学问题》，三联书店 1988 年版，第 248—249 页。

在狂欢节上往往通过加冕和脱冕这样的礼仪形式赋予事物深刻的象征意义和两重性,赋予它们令人发笑的相对性。这种形式转化到文学作品中,就用来表现人物命运的急剧变化,使他们一夜间、一瞬间回旋于高低之间、升降之间,造成一种狂欢的气氛,从而表现事物的相对性和两重性,如沦为奴隶的帝王,高尚的强盗,一会儿是百万富翁,一会儿是穷光蛋,等等。

在陀思妥耶夫斯基的《舅舅的梦》中,作品的中心是一场灾难性的闹剧,带有两次脱冕,一次是莫斯卡列娃,一次是公爵。公爵(狂欢之王或确切些说是狂欢节的未婚夫)被戏谑地脱了冕,让人把身体的各部分历数了取笑了一遍,表现得形同一场磨难,而女主人公玛丽亚·亚历山德罗夫娜·莫斯卡列娃同样被写成被脱冕的狂欢节之王的角色。

> 客人们连叫带骂向四面八方飞驰而去。
> 最后,只剩了玛丽亚·亚历山德罗夫娜一个人,落入昔日荣耀的废墟和瓦砾之中。好么!势力、荣华、意趣,这些一个晚上全烟消云散了!①

第二,狂欢广场的含义在文学中得到扩大。

狂欢节的地点是广场,广场是狂欢节全民性的象征,广场上人们之间随便而亲昵的接触,取消了等级的界限,造成一种自由平等的狂欢气氛,也只有在这种狂欢气氛中人的本性才得以显露。后来狂欢又扩大为集市广场、大街上、大路上、小酒馆、澡堂、船甲板上等,只要能成为形形色色人们相聚和交际的地方,都会增添一种狂欢广场的意味。

狂欢广场在陀思妥耶夫斯基作品中转化为一种狂欢场面,诸如闹剧和灾难场面,这些场面在他的作品中有举足轻重的地位。这种场面一般总是出现在客厅,可是它又不同于诸如屠格涅夫和托尔斯泰小说里的客厅,它不只是上流社会的客厅,它像是一个广场,具有狂欢广场所具有的特征和逻辑。在这种客厅的狂欢场面中,充满狂欢式的极其古怪的事情、极不谐调的结合、意义重要的脱冕和加冕。在这种狂欢场面中现实生活中的一切

---

① 转引自《陀思妥耶夫斯基诗学问题》,三联书店1988年版,第227页。

都挣脱了,人们显露出自己的心灵,生活中的一切在更深刻的意义上被揭示出来。

例如《白痴》中纳斯塔西娅·菲利波夫娜命名日的著名场面。在这个场面中费尔德先科建议大家各讲一件自己一生中干的最坏的事,因为大家都讲也就没有什么顾忌,不怕什么羞耻了,这样就造成一种狂欢广场的气氛,平日被隐藏起来的各种坏事都暴露出来了,各种寡廉鲜耻的计算被揭发出来,这样,人的面目和人的命运就发生剧烈的狂欢式的变化,正是在这种狂欢式的场面中,人的真实本质,人与人关系的真实本质被生动地揭示出来。其他的例子还有《罪与罚》中祭奠马尔梅拉多夫的场面,《群魔》中瓦尔瓦拉·彼得罗夫娜家上流客厅的场面。在后一个场面中,有发狂的"瘸女人"参加,有她哥哥大尉列比亚德金的表演,有"魔鬼"彼得·韦尔霍文斯基的初次露面,有瓦尔瓦拉·彼得罗夫娜出于兴奋的古怪,有对斯捷潘·特罗菲莫维奇的揭露和驱逐,有丽莎歇斯底里的发作和昏厥,有沙托夫赏给斯塔夫罗金的耳光,等等,这一切在正常生活中是突然的、荒诞的,但它却符合狂欢广场生活本身特有的逻辑。

对于陀思妥耶夫斯基小说中的狂欢场面,有人认为缺乏生活真实,缺乏艺术上的根据。巴赫金不这样看,他认为这些狂欢场面同陀思妥耶夫斯基全部创作的精神和风格是一致的,而且有其深刻的必然性,因为不论从整体上讲还是从细节上讲,这些狂欢场面都是受狂欢式的各种活动和范畴一贯的艺术逻辑所决定的。他说:"这些场面得以成立的基础,是深刻的狂欢式的世界感受;后者对一切看来荒诞无稽的而出人意料的东西,赋予新的理解,并把它们组织到这些场面中来,创造出了它们的艺术真实。"①

第三,越出常规生活的狂欢时空。

狂欢节的生活是不同于日常生活的"第二种生活",狂欢的世界是"翻了个的世界",狂欢节这种越出常规生活的特点转化到文学中,除了狂欢的场面,便是狂欢的时间和空间。

在巴赫金看来,陀思妥耶夫斯基的作品并不遵循现实的和历史的时间和空间,不是悲剧和叙事史诗的时间和空间,而是对现实和历史的时

---

① 《陀思妥耶夫斯基诗学问题》,三联书店1988年版,第206页。

间和空间的超越,是一种狂欢化的时间和空间。他超越时间,把情节集中到危机、转折、灾祸诸点上。此时的时间,一年等于百年,甚至一瞬间就其内在含义而言就相当于数年、数十年,甚至"亿万年"。同时,他超越空间,他把情节集中在两点上,一是在边沿上,指大门、入口、楼梯、走廊等,一是在广场上,通常又用客厅、大厅、饭厅来代替广场,因为这里正在发生灾祸或闹剧。巴赫金说:"这就是他的时空艺术观。超越在他来讲是常事,而且是超越起码的经验上的真实,是超越表面的理智的逻辑。"①

巴赫金以陀思妥耶夫斯基的中篇小说《赌徒》为例,说明了作家的狂欢时空。在他看来,轮盘赌像是狂欢节,生活中不同地位和等级的人聚到轮盘赌桌的周围,一切全凭运气和机会,因此就变得一律平等了。他们在赌场的举动也完全不同于普通生活中扮演的角色。"赌博的气氛,是命运急速剧变的气氛,是忽升忽降的气氛,亦即加冕脱冕的气氛。赌注好比是危机,因为人这时感到自己是站在门坎上。赌博的时间,也是一种特殊的时间,因为这里一分钟同样能等于好多年。"②再如《白痴》,上卷始于清晨终于晚间,巴赫金认为这里的时间不是悲剧的时间,不是叙事史诗的时间,也不是传记体的时间,而是一种特殊的狂欢体时间里的一天,"狂欢体时间仿佛是从历史时间中剔除的时间,它的进程遵循着狂欢体的特殊规律,包含着无数彻底的更替和根本的变化"。③

巴赫金认为陀思妥耶夫斯基表现狂欢化的时空,他的时空观,是完全同他的复调小说的特殊的艺术任务相一致的,只有狂欢化的时空,只有把作品的人物放在狂欢化的时空里加以表现,才能更好地揭示事件内在的深刻含义,更好地揭示人物复杂的性格,同时也才能更好地表现不同意识和思想之间的相互作用和对话,而这一切是常规时空描写所无法揭示出来的。

---

① 《陀思妥耶夫斯基诗学问题》,三联书店 1988 年版,第 210 页。
② 同上书,第 239 页。
③ 同上书,第 245 页。

二 拉伯雷的怪诞现实主义小说和民间诙谐文化

(一) 拉伯雷创作之谜

如果说巴赫金创作《陀思妥耶夫斯基诗学问题》是为了猜透陀思妥耶夫斯基创作之谜，揭示复调小说的艺术创新同民间狂欢文化的内在联系，还陀思妥耶夫斯基的本来面貌，那么，巴赫金在《拉伯雷的创作与中世纪和文艺复兴时期的民间文化》中，则是为了猜透拉伯雷的创作之谜，他认为要解开拉伯雷创作之谜，就必须深入研究拉伯雷创作的民间源头，在民间文化潮流中理解拉伯雷，也"只有从民间文化角度来看，才能够揭示真正的拉伯雷，即通过拉伯雷来表现拉伯雷"。[①] 在他看来，拉伯雷创作的主要特征是怪诞的现实主义，这种特征"是由过去民间笑文化决定的，而这种文化的雄伟轮廓是由拉伯雷的全部艺术形象勾画出来的"。[②]

1. 拉伯雷的历史评价

弗朗索瓦·拉伯雷（约1494—1553）是欧洲文艺复兴时期法国重要人文主义作家。他具有渊博的学识，特别是在医学上很有建树，他是当时的名医，也写过医学专著。不过他的名字能流传至今主要靠他的著名小说《巨人传》。生活在文艺复兴时代的拉伯雷称得上是恩格斯所说的"多才多艺和学识渊博的巨人时代的巨人"。

拉伯雷是欧洲文学史上别具一格的伟大作家，他的作品具有巨大的思想力量和独特的艺术魅力，然而又是欧洲文学史上最不被理解、最不符合规范的作家。巴赫金指出：在欧洲文学的伟大创建者行列之中，拉伯雷"名列前茅"。"人们一般认为他不只是一个一般意义的伟大作家，而且是一个智者和先知。"他认为："拉伯雷在近代欧洲文学的这些创建者，即但丁、卜迦丘、莎士比亚、塞万提斯之列的历史地位，——至少是毋庸置疑的。"同时，巴赫金也指出，拉伯雷在其身后的几百年间一直不被理解，"一直处于一种特殊的孤立状态"。他是世界文学所有经典作家中

[①] 《巴赫金全集》第6卷，河北教育出版社1998年版，第68—69页。
[②] 同上书，第550页。

"最难研究的一个"。①

那么,拉伯雷受到了哪些误解和指责呢?一曰粗野鄙俗,如小说中抛掷粪便和浇尿的情节,赌咒、发誓和骂人话一类不拘形迹的粗话;二曰荒诞不经,如小说中极度夸张的筵席形象、怪诞人体形象和物质——下部形象;三曰猥亵不洁,如小说中新鲜的擦屁股方法的罗列,毫不掩饰的狎昵行为的描写,等等。

下面看看一些具体的评论。

在 17 世纪,拉布吕耶尔在《本世纪的特征和风尚》(1690)中,把拉伯雷小说的一些因素称为"恶棍的欢乐"、"肮脏的堕落"。他认为拉伯雷是有天赋才能的,但他"犯下了不可饶恕的罪行,用污秽败坏了自己的作品"。"不管人们在那儿说什么,他的作品都是不解之谜。它类似于狮头羊身蛇尾的妖怪,生有漂亮面孔、长足、蛇尾的女妖或者更丑陋的动物:这是崇高、精巧的道义与下流堕落的荒谬绝伦的相互交错。在拉伯雷粗俗之处,他粗俗过头,这是贱民们享用的某种令人憎恶的食物;在拉伯雷高尚之处,他完美、卓越,他变成了可能有的菜肴中最精美的菜肴"。②巴赫金认为拉布吕耶尔把拉伯雷的创作看成是双重的。肯定的方面,所谓"崇高、精巧的道义",是拉伯雷创作中纯文学的人道主义的方面。否定的方面,指的是拉伯雷创作中肉欲的和粗俗的污秽、责骂和诅咒、话语的双关性和低级的滑稽话语等。问题在于拉布吕耶尔找不到开启连接拉伯雷创作这两种异质方面的钥匙,无法提示拉伯雷创作中的"粗俗"因素同民间文化传统(诙谐与物质——肉体下部)的内在联系,因此他也就无法把拉伯雷的创作看成是一个统一的艺术思想整体。

在 18 世纪,由于启蒙主义固有的非历史性、纯理性主义、对物质机械性的理解,他们完全不能正确理解和评价拉伯雷,拉伯雷的创作在这个世纪是最不被人理解和最得不到应有评价的。对于启蒙主义者而言,拉伯雷是"粗野和野蛮的 16 世纪"的鲜明的代表。伏尔泰的看法就体现了 18 世纪对待拉伯雷的观点。他在《哲学文集》(第 2 卷)中说:"拉伯雷在其乖张古怪、令人不解的书中,恣意发挥极端的愉悦和极度的粗野;他滥

---

① 《巴赫金全集》第 6 卷,河北教育出版社 1998 年版,第 1—3 页。
② 转引自《巴赫金全集》第 6 卷,河北教育出版社 1998 年版,第 124 页。

用博学、龌龊和无聊；以通篇蠢话的代价换取两页好故事。有几个具有刁钻趣味的人热衷于对他的创作的所有方面加以理解和评价，但其余的民族嘲笑拉伯雷的玩笑并蔑视他的书。人们把他当做头号小丑加以颂扬，并为这么聪明的人这么不成体统地滥用智慧而深表遗憾。这是一位醉醺醺的哲学家，他只有在大醉时才写作。"① 伏尔泰比拉布吕耶尔走得更远，他把拉伯雷的小说看成是博学、龌龊和无聊的混杂。同时，他认为大家不仅嘲笑小说，而且蔑视诙谐，把16世纪令人开心的诙谐看成低级的东西。这是18世纪对待诙谐态度的根本变化，其原因在于启蒙主义的纯理性主义、反历史主义以及对事物抽象的非辩证的理解，这种观念使得他们不能理解民间诙谐文化的双重性。

到了19世纪，对拉伯雷的评价有了变化。法国浪漫派从他们的观点出发来评价拉伯雷以及他的怪诞风格。不同于启蒙主义，浪漫派更关注历史性，他们试图在作品中寻找未来的和萌芽的东西。夏多布里昂认为天才的作家都有自己的创造，他们是天才一母亲，他们的创作不仅有属于现代的东西，还有属于未来的东西，因此他们生养和哺育本民族其他天才的伟大作家，在整个世界只有荷马、莎士比亚、但丁和拉伯雷称得上这样的作家。雨果正确地理解了拉伯雷作品中的怪诞形象，并从历史主义角度掌握了拉伯雷诙谐式对待生与死的主要态度。雨果认为天才应当是从本质上深刻反映历史重大转折的作家，他们的作品有属于未来的东西，具有未完成性。正因为这些作品饱含客观的尚未说出的未来，由此就产生它们特殊的多义性、含混性，以及虚幻的怪异性，而这一切是与传统的规范不相容的。浪漫派是从他们固有的天才观和历史观来理解拉伯雷的，但还是没有能够深入理解拉伯雷创作与民间诙谐文化的深刻的内在联系。

对拉伯雷评价的这种状态从19世纪一直延续到20世纪，在巴赫金专著出现以前，没人能从民间诙谐文化的角度来理解拉伯雷。中国的情况，"文化大革命"以前不谈，新时期以来的外国文学史基本上对拉伯雷持这样的看法：肯定他反封建的人文主义思想，但又批评他不少地方写得过于粗鄙，流于庸俗，认为这是反映了资产阶级世界观固有的庸俗和腐朽。

---

① 《巴赫金全集》第6卷，河北教育出版社1998年版，第124页。

2. 评价作品的不同标准和规范

拉伯雷的创作为什么在其身后几百年间得不到正确的理解和应有的评价呢？巴赫金认为主要是拉伯雷创作独具的特色不符合几百年来的文学性标准和规范，其特色体现如下：

首先是民间性。拉伯雷的创作是源于民间的。"他与民间源头的联系比其他人更紧密、更本质……这些源头决定了他整个形象体系及其艺术世界观。"[①] 拉伯雷小说中的形象体系，他的巨人形象，怪诞形象，筵席形象以及物质——下部形象是来自民间的，由这些形象体系所体现的狂欢式的世界感受，对反封建的人文精神的张扬，平等对话精神的张扬，事物双重性和更新交替精神的张扬，都是来自民间的，而这一切又是同官方性相对抗的。正如巴赫金所说的："拉伯雷形象固有的某种特殊的原则性的和无法遏止的'非官方性'：任何教条主义、任何专横性、任何片面的严肃性都不可能与拉伯雷的形象共融，这些形象与一切完成性和稳定性、一切狭隘的严肃性，与思想和世界观领域里的一切现成性和确定性都是相敌对的。"[②]

其次是非文学性。正是拉伯雷小说固有的激进的民间性，必然带来它的特殊的非文学性。也就是说，拉伯雷小说中的形象和形式是不符合自16世纪末至今一切占统治地位的文学标准和规范的，比如形象的怪诞，泼辣的讽刺，过分的夸张以及语言的粗俗，各种方言、土语进入作品，等等。巴赫金认为欧洲传统的占统治地位的文学理论是在很狭窄、很有限的文学现象材料上产生和发展起来的，比如它更关注的是史诗和悲剧而忽视小说，它更关注的是文人的文学而忽视民间的文学，在形成于诗歌占优势时代的文学理论看来，莎士比亚是野蛮人，拉伯雷和塞万提斯的作品只是大众消遣的读物。显然，源于民间的拉伯雷创作是同官方化了的上层文学标准和规范完全不相容的。

3. 开启拉伯雷创作宝库的钥匙

巴赫金指出，几百年来对拉伯雷的不理解，关键在于评价作品有不同的标准和规范，因此他指出，要解开拉伯雷创作之谜，就必须改变艺术观

[①] 《巴赫金全集》第6卷，河北教育出版社1998年版，第2页。

[②] 同上书，第2—3页。

念，摒弃许多根深蒂固的文学趣味，对许多文学概念加以全新审视，其中最重要的是深入研究拉伯雷的民间源头，揭示拉伯雷创作同中世纪和文艺复兴时期民间诙谐文化的内在联系。他认为，如果把拉伯雷放在四个世纪的"正宗文学"中，他就显得形单影只，显得与正统的文学标准和规范格格不入；如果从民间文化的角度来看，拉伯雷的那些形象就像是如鱼得水。因此，巴赫金认为认真和深入地研究拉伯雷的民间源头，是开启拉伯雷创作宝库的钥匙。从另一个角度讲，拉伯雷的小说也是开启民间诙谐文化巨大宝库的一把钥匙，因为拉伯雷是"民间诙谐文化在文学领域里最伟大的代表"，[①] 只要他的作品能得到正确的揭示，人们就能从中窥见民间诙谐文化数千年的发展。

（二）拉伯雷的怪诞现实主义

1. 拉伯雷小说产生的历史背景

巴赫金把拉伯雷小说称为"怪诞的现实主义"，为把握怪诞现实主义的审美特征，我们需要先了解拉伯雷《巨人传》产生的时代背景，把握《巨人传》所展示的狂欢世界，以及小说所描写的种种怪诞形象。

拉伯雷是法国 16 世纪最重要的作家，也是欧洲文艺复兴时期重要的人文主义作家。因此只有抓住文艺复兴时期的时代背景和时代精神特征，我们才能把握拉伯雷小说的特色。

巴赫金指出："在伟大转折时代，在对真理重新评价和更替的时代，整个生活在一定意义上都具有了狂欢性：官方世界的边界在缩小，它自己失去严厉和信心，而广场的边界却得以扩展，广场的气氛开始四处弥漫。"[②] 欧洲 14—16 世纪的文艺复兴时代就是欧洲历史上一个伟大的转折的时代。也正是这种伟大转折时代的生活所具有的狂欢性，造成了拉伯雷小说的狂欢世界和怪诞现实主义的特征。

文艺复兴指的是重新发现古希腊罗马文化并在这个基础上实现文化的复兴，它实质上是要冲破中世纪的思想束缚，用资产阶级的新文化来取代封建的文化。文艺复兴既是文化领域的，又是政治思想领域的一场伟大变

---

① 《巴赫金全集》第 6 卷，河北教育出版社 1998 年版，第 4 页。
② 同上书，第 588 页。

革，它标志着时代的伟大转折。这种人类从来没有经历过的伟大变革和伟大转折，必然带来现实生活中新旧事物的剧烈斗争，以及对真理的重新评价。

　　法国的文艺复兴运动产生于意大利文艺复兴运动之后，到了16世纪30年代终于形成了不可抗拒的历史潮流，对此，拉伯雷在给朋友的信中说："摆脱了峨特时期黑沉沉的夜晚，我们的眼睛迎着太阳的明亮火炬展开了。"① 恩格斯说：文艺复兴"是一个需要巨人而且产生了巨人——在思维能力、热情和性格方面、在多才多艺和学识渊博方面的巨人的时代"。② 拉伯雷就是法国文艺复兴时代这种巨人的代表。

　　文艺复兴所张扬的思想是一种人文主义的思想，或称人本主义和人道主义的思想。这种思潮针对中世纪一切以神为本的观念，主张"人乃万物之本"。中世纪的神学把教会和君王说成是至高无上的，民众只有服从才能得救。人文主义者以人权向神权挑战，体现了代表人民大众的新兴阶级的世界观。人文主义的思想在文艺复兴时期的作家作品中得到了具体和鲜明的体现。他们从人性论观点出发，肯定现世生活，歌颂世俗的享受和欢乐，反对教会的来世思想和禁欲主义；他们鼓吹个性解放，要求人的自由，提倡关心人，提倡人与人之间平等对话，反对等级制度和经院教条；他们崇尚知识和科学，崇尚人的力量、才能和智慧，反对蒙昧主义、神秘主义和各种教条。拉伯雷在他的《巨人传》中，首先揭露和批判封建专制统治的黑暗，猛烈抨击神学。在他的笔下，贵族和上层僧侣过着奢侈无度的生活，农民被像"榨葡萄汁"似地榨干最后一滴血汗，法官徇私舞弊，草菅人命，竟用掷骰子的办法断案，而教会的一套神学教育使人变得目滞神昏，口嗫舌钝，"毁坏了善良高贵的心灵"，"摧残了青春花朵"，拉伯雷在批判封建教会的同时，热情歌颂世俗的生活，张扬个性的自由和解放。教会主张缩食、禁欲，他提倡大吃、大喝，尽情享受生活的乐趣。教会立下许多清规戒律，他主张人想干什么就干什么，要喝酒就喝酒，要散步就散步；书中体现作家人文主义思想的德廉美修道院只有一条规章制度："做你所愿做的事"。

---

① 转引自《法国文学史》上册，人民文学出版社1979年版，第90页。
② 《马克思恩格斯选集》第3卷，人民出版社1972年版，第44页。

法国文艺复兴时期的人文主义作家有共同的特点，他们都反对封建和神权，反对禁欲主义，肯定人的生活，肯定个性自由和解放的要求。但是他们中间存在两种不同倾向，具有贵族倾向的七星诗社的诗人，大都出身贵族，他们更多地以古希腊罗马文学为榜样进行创作，而轻视民间文学和民间语言，同时更关注法国民族语言的统一和法国民族诗歌的建立。而具有民主倾向的作家，如拉伯雷，则和人民比较接近。他虽然也认真研读古希腊文学和哲学，从古希腊罗马文化吸收营养，但同时他更重视民间文学和民间语言。他非常熟悉民间传统和民间故事，非常熟悉民间语言，在《巨人传》中，他穿插不少民间故事，运用了各行各业的语言和多种方言土语。因此，拉伯雷的创作所体现的思想精神和艺术特色不仅是源于古希腊罗马文学，更是源于中世纪和文艺复兴时期的民间文化，了解这一特点对于理解拉伯雷的创作是至关重要的。

2. 《巨人传》的狂欢世界

巴赫金认为，文艺复兴时代的作家和思想家在同中世纪官方文化作斗争时，主要的支持是来自上千年里形成的民间诙谐文化，也就是民间狂欢节所体现的民间狂欢化文化。他说：

> 在文学发展的所有时代，狂欢节，在这个字眼的最广泛意义上的影响都是巨大的。但是这个影响在多数情况下却是潜藏着的、间接的、难以把握的，只有在文艺复兴时代它才不仅格外强烈，甚至直接而清晰地表现在外在形式上。文艺复兴，可以说，这是对意识、世界观和文学的直接狂欢化。[1]

在文艺复兴时期的作家中，在莎士比亚、塞万提斯、拉伯雷的作品中，我们都能感受到格外强烈的狂欢化氛围，这不仅体现在作品的结构中，也体现在作品的形象中。以莎士比亚为例，巴赫金认为他的作品的狂欢化因素，不只是作品中次要的诙谐层面，同时也体现在戏剧结构中，其中狂欢节的脱冕和加冕的狂欢化逻辑也以直接或隐蔽的形式组织起他的戏剧的严肃层面。但更重要的是莎士比亚戏剧所表现的摆脱现存生活秩序的

---

[1] 《巴赫金全集》第6卷，河北教育出版社1998年版，第317页。

坚定信念，无畏和清醒的现实主义，急剧更替和更新的狂欢化激情。

如果拿拉伯雷同莎士比亚、塞万提斯相比，巴赫金认为拉伯雷小说狂欢化除了具有强烈的狂欢精神，同时更具有外在的直观性和清晰度。如果拿拉伯雷的狂欢世界同陀思妥耶夫斯基的狂欢世界相比，风格上是完全不同的，后者所描绘的是阴暗和呓语的世界，更多的是意识的狂欢，而前者描绘的是欢快酣畅的狂欢世界，是真正的平民大众的狂欢节。

下面我们来看看《巨人传》所展示的狂欢世界。

《巨人传》的故事情节是十分神奇和有趣的，主要写的是三个巨人（格朗古杰、高康大和庞大固埃）祖孙三代的传奇故事。第一部写巨人国国王格朗古杰的儿子高康大不凡的出生，他先受中古经院教育，后来人文主义教育把他解救出来，并在游学巴黎的过程中得到锻炼。当他的国家受到邻国入侵时，他在约翰修士的协助下勇敢地击败敌人，为报答约翰修士，为他建造了德廉美修道院。第二部的主人公是高康大的儿子庞大固埃。他到巴黎求学，一代比一代受到更好的教育。他遇到巴汝奇，并帮助他征服了迪普索德国。第三部写巴汝奇的婚姻问题。他访遍女巫、诗人、神学家、哲学家、医生和疯子，结果一无所获，作者对宗教迷信加以揭露和嘲笑。第四部和第五部写庞大固埃、约翰修士和巴汝奇一同远渡重洋，到世界各地寻找"神瓶"，旅途中遇到许多骇人听闻的事。他们一路上智斗羊商，途中经"联姻岛"、"香肠国"、"钟鸣岛"、"胖子国"、"无粮岛"、"五元素国"和"灯国"等地，可谓阅尽教会和官吏的种种罪恶，最后终于找到知识和智慧源泉——"神瓶"，"神瓶"给他们的答复是："喝呀"。透过狂欢化的情节，《巨人传》还是塑造了一系列狂欢化的形象，这主要体现在三个巨人身上，国王格朗古杰的儿子高康大生下来便会说话，他食量惊人，生下来一天要喝一万七千多头母牛的奶。他身材巨大，做衣服要用掉一万两千多尺布。他力大无比，当敌人来犯时，他拔起一棵大树当武器就把敌人打得丢盔弃甲。而庞大固埃形同父亲，他领兵出征，军队遇暴雨受阻，他便伸出半个舌头让士兵在他舌下躲雨。拉伯雷如此夸张地表现巨大的形象，目的是要向封建教会对人的蔑视相对抗，歌颂人的力量。在通过狂欢化的形象来展示人的力量的同时，拉伯雷也通过狂欢化的形象来揭露和讽刺教会和官吏。在第五部中"穿皮袍的猫"是对法官最尖锐的讽刺。这只猫有三个连在一起的头：一个奉承拍马的狗头，一个是向老百姓怒号的狮头，一个是用来打哈欠的狼头。它身上还有一个大口袋，专门用来收取贿赂。在它的统治下，是非完全颠倒："把弊病叫道德，把邪恶当善良，把叛逆名为忠贞，把偷窃称为慷慨"。

拉伯雷笔下的狂欢世界是一个用民间语言描绘的奇特和怪诞的世界，他把神圣和卑俗倒置，把各种因素混杂交融，把各种语言和文体融为一体，通过狂欢的情节和狂欢的人物极力反抗官方和教会的道德规范，张扬自由平等和更替更新的狂欢精神，表现了几千年来植根于人民大众身上的一种狂欢意识，一种世界感受，而巴赫金把拉伯雷这种充满狂欢精神的创作称之为怪诞的现实主义。

3. 怪诞现实主义的审美品格

巴赫金充分注意到在拉伯雷的作品中，生活的物质—肉体的因素，如身体、饮食、排泄和性生活的形象占了压倒优势的地位，而且这些形象又是以极度夸张的方式出现的。因此，他把拉伯雷创作中的这种现实主义称之为怪诞现实主义。

如何看待和理解拉伯雷的怪诞现实主义？巴赫金认为应当把它看成是一种特殊的形象观念，特殊的审美观念，而这种审美观念则源于民间诙谐文化。他强调不能用现代的观念来解读拉伯雷的怪诞现实主义，把拉伯雷的物质—肉体形象现代化，在现代观念中物质、身体、肉体生活这样一些概念已经改变了意义，已经狭隘化，一些怪诞的形式已经退化为静止的特征和狭隘的体裁形式。巴赫金强调必须用文艺复兴时期民间诙谐文化的观念来解读怪诞现实主义，在他看来，"在怪诞现实主义中（即在民间诙谐文化的形象体系中）物质—肉体因素是从它的全民性、节庆性和乌托邦性的角度展现出来的。在这里，宇宙、社会和肉体在不可分割的统一体中展现出来作为一个不可分割的活生生的整体。而这个整体是一个欢乐和安乐的整体"。[①] 如果拿文艺复兴时期和拉伯雷创作的怪诞现实主义的物质—肉体形象，它的怪异和夸张同现代观念影响下的物质—肉体形象和怪异夸张作个比较，巴赫金指出前者总的具有积极、肯定的性质。一是它的全民性，它不是自我隔绝和自我封闭的，它还没有彻底个体化。在拉伯雷怪诞现实主义中，身体和肉体不是现代意义的身体和肉体，既不是孤立的

---

① 《巴赫金全集》第 6 卷，河北教育出版社 1998 年版，第 23 页。

生物学个体,也不是利己主义的个体,而是同社会整体相联系的,是同生生不息的人民大众相联系的。因此,一切物质—肉体的形象都硕大无比,不可估量。二是它的节庆性,由于物质—肉体形象的全民性,由于它是同普天同庆相联系的,因此也就具有有别于日常生活的特别欢乐和节庆的性质,在这些形象中,主导的因素不是干瘪、停滞和阴暗冷漠,而是丰腴、生长和情感洋溢。

那么拉伯雷的怪诞的现实主义,它有哪些审美品格和特征呢?

首先是极度的夸张。巴赫金指出:"夸张、夸张主义、过分性和过度性,一般公认是怪诞风格最主要的特征之一。"① 拉伯雷笔下的各种形象都有强烈的夸张性。例如在《巨人传》中,约翰修士断言:"甚至就连修道院钟楼的影子也能使人怀孕";还说什么道士的袈裟能使母马已然丧失的生育力重新恢复;以及巴日奴想用生殖器官修筑巴黎城墙的规划,等等。巴赫金承认极度夸张的确是怪诞的重要特征之一,其中也包括拉伯雷的形象体系,但他同时认为它毕竟不是最主要的特征。他不同意一种流行的观点,以为怪诞形象是一种纯粹的讽刺,认为不应当"忽视了怪诞深刻的、本质的双重性,而仅仅将其视为一种与以讽刺为目的的否定性夸张"。②

其次是降格,也就是贬低化和世俗化。巴赫金指出:"怪诞现实主义的主要特点是降格,即把一切高级的、精神性的、理想的和抽象的东西转移到整个不可分割的物质—肉体层面、大地层面和身体层面。"③ 在中世纪和文艺复兴时期的一些作品中都有贬低化和世俗化的特点。比如说,塞万提斯的《堂·吉诃德》就对骑士阶层的思想和礼仪作了许多贬低化和世俗化的处理,这些都是怪诞现实主义的传统。怪诞现实主义与中世纪上层文学艺术一切形式的区别,也就在于贬低化和世俗化。怪诞现实主义是源于民间诙谐文化的,民间诙谐历来都与物质—肉体下部相联系,诙谐就是贬低化和物质化。

怪诞现实主义的降格和贬低化具有什么性质呢?巴赫金认为怪诞现实

---

① 《巴赫金全集》第 6 卷,河北教育出版社 1998 年版,第 351—352 页。
② 同上书,第 351—352 页。
③ 同上书,第 24 页。

主义对崇高事物的降格和贬低，绝不只具有形式上的、相对的性质，上和下具有绝对的和严格的"地形学"的意义。在他看来，"贬低化，在这里就意味着世俗化，就是靠拢作为吸纳因素而同时又是生育因素的大地：贬低化同时既是埋葬，又是播种，置于死地，就是为了更好更多地重新生育"。因此，贬低化不仅具有毁灭、否定的意义，而且也具有肯定和再生的意义。怪诞现实主义指向下部，而"下部——就是孕育生命的大地和人体的怀抱，下部永远是生命的起点"。[①]

第三是双重性。巴赫金认为怪诞现实主义最重要的特征是"深刻的、本质的双重性"，[②] 在他看来，怪诞形象所表现的是在死亡和诞生、成长和形成阶段，处于变化、尚未完成的变形状态的现象特征，因此它的另一个与此相关的特征必然是双重性：怪诞形象以这种或那种形式体现或显现变化的两极，即旧与新、垂死与新生、变形的始与末。就怪诞人体形象而言，它的基本倾向是要一个人身上表现两个身体，一个是生育和萎死的身体，另一个是受孕、成胎、待生的身体。例如在独特的怀孕老妇形象中，强调了丑陋的老态和怀孕的状态，它是具有双重性的，这是正在怀孕的死、即将分娩的死，这是濒于老朽、已经变形的身体与另一个已经受孕而尚未长成的新生命的结合。这种独特的人体观念在拉伯雷小说中得到最充分和最全面的体现。而从近代的标准来看，怪诞现实主义的人体则是畸形的、丑陋和不成体统的东西。巴赫金对拉伯雷怪诞现实主义的美学特征作了深入的分析之后，特别强调拉伯雷怪诞现实主义的基础是民间诙谐文化，是狂欢式的世界感受。他说："作为怪诞风格基础的诙谐因素和狂欢节世界感受，打破有限的严肃性和一切对超时间价值以及对必然性观念的无条件的追求，为了新的可能性而解放人的意识、思想和想象。"出于这种看法，他深刻地指出："关于怪诞风格及其审美本质问题，只有依靠中世纪民间文化和文艺复兴时期文学的材料，才可能正确地提出和解决，而且，在这方面，拉伯雷的启发意义特别巨大。只有在民间文化和狂欢节世界感受的统一性中，才能理解某些怪诞母题真正的深刻性、多义性和力量；如果脱离这种统一性，这些母题就会成为单义的、平淡无味和贫乏的

[①] 《巴赫金全集》第6卷，河北教育出版社1998年版，第25—26页。
[②] 同上书，第352页。

母题。"① 正是从这种观点出发,为了深入了解拉伯雷的怪诞现实主义,了解拉伯雷创作的本质,就必须研究民间诙谐文化的形式、特征和深层本质。

(三) 民间诙谐文化的形式、特征和深层本质

1. 民间诙谐文化的基本形式

巴赫金认为民间诙谐文化有多种多样的表现,按其性质可分为三种基本形式。

第一种是各种仪式—演出形式(各种狂欢节类型的节庆活动,各种诙谐的广场表现,等等)。狂欢节类型的节庆活动和与之相关的诙谐表演,在中世纪人们生活中占有巨大位置,其中有愚人节、驴节、复活节游戏,以及与农事有关的葡萄节,等等。

这种民间的节庆活动和诙谐活动既不同于官方的庆典活动,也不同于宗教的祭祀,也不是任何劳动的休息和间歇,它具有重要的和深刻的思想内涵和世界观内涵。狂欢节是全民的节日,在狂欢节上,人们不是袖手旁观,所有人都生活在其中,一切都按照狂欢节本身固有的规律活动,人们好像过着第二种生活。狂欢节具有明显的、具体可感的性质并含有强烈的游戏成分,从这个意义上讲它接近于艺术形式,但它又不是艺术形式。在狂欢节上,实际上只是生活本身在演出。例如狂欢节和诙谐活动中的小丑和傻瓜,他们体现着一种特殊的生活方式,一种既是现实的,同时又是理想的生活,他们处于生活和艺术的交界线上,他既不是日常生活意义上的怪人或傻子,也不是喜剧演员。巴赫金说:"在狂欢节上是生活本身在表演,而表演又暂时变成了生活本身。狂欢节的特殊本性,其特殊的存在性质就在于此。"②

狂欢节庆活动和诙谐活动的另一个特点是它的节庆性。巴赫金认为节庆活动是人类文化极其重要的第一性形式,它具有深刻的思想内涵。他说:"节庆活动永远与时间有着本质性的关系……节庆活动在其历史发展的所有阶段上,都与自然、社会和人生的危机、转折关头相联系,死亡和

---

① 《巴赫金全集》第6卷,河北教育出版社1998年版,第61页。
② 同上书,第9页。

再生、交替和更新因素永远是节庆世界感受的主导因素。正是这些因素通过一定节日的具体形式,形成了节日特有的节庆性。"① 拿民间节庆活动同官方和教会的节日活动作比较,巴赫金指出民间节庆性的两大特点:一是民间节庆活动张扬再生和更新的精神,它与人类生存的最高目的相联系,而官方和教会的节日活动旨在使现有制度神圣化、合法化和固定化,节日活动形成了现成的、获胜的、占统治地位的真理的庆功式,而这种真理是以永恒的、不变的和无可争议的真理姿态出现的。这样一来,官方和教会的节日只能是刻板的和严肃的,它是容不得诙谐的,它是与节庆性的真正本性相违背的。二是民间节庆活动张扬平等自由的精神,节庆性成为民众暂时进入全民共享、自由、平等和富足的乌托邦王国的第二种生活方式。巴赫金说:"与官方节日相对立,狂欢节仿佛暂时摆脱占统治地位的真理和现有的制度,庆贺暂时取消一切等级关系、特权、规范和禁令。这是真正的时间节日,不断生成、交替和更新的节日。它与一切永存、完成和终结相敌对。它面向未完成的将来。"②

第二种是诙谐性的语言作品,包括拉丁语和各民族语言的作品。这种诙谐性的语言作品已经不是民间创作,但渗透着狂欢节式的世界感受,广泛地运用狂欢节的形式和语言,多数与狂欢节类型的庆典活动相联系,有时还成为这种节庆活动的文学部分。这种文学作品中的诙谐是节庆的诙谐,是双重性的诙谐。这种诙谐文学作品是由有一定学识的僧侣、教士、学者来创作的。以中世纪为例,大城市每年狂欢节时间达三个月之久,狂欢节和狂欢节的世界感受对各阶层的人都是无法抗拒的,不仅是学生和小教士,即使是上层教会人士和神学家也会准许自己暂时摆脱神学严肃性,开开"僧侣玩笑",娱乐消遣一番,同时他们也会摆脱自己的身份,从狂欢节诙谐的角度,从狂欢式世界感受的角度去看世界和表现世界。正是从这个意义讲,巴赫金认为诙谐文学作品"是广场狂欢的笑声在修道院、大学和学校院墙内的回响和余韵"。③

第三种是广场言语体裁。这指的是中世纪和文艺复兴时期某些独特现

---

① 《巴赫金全集》第6卷,河北教育出版社1998年版,第10—11页。
② 同上书,第11—12页。
③ 同上书,第17—18页。

象和不拘形迹的广场言语体裁。在狂欢节的广场上，暂时取消了人们之间的等级差别和隔阂，取消了日常生活的一些规范和禁令，这样就形成了日常生活中不可能有的一种特殊的既理想又现实的人与人之间的交往，人与人变得亲昵起来，不拘形迹地在广场上自由接触。这种新的交往形式就产生新的言语生活形式，新的言语体裁，有骂人话、指天赌咒和发誓，其中最典型的不拘形迹的广场言语是骂人话，即脏字和成套的骂法。在巴赫金看来，"这种骂人脏话具有双重性：既有贬低和扼杀之意，又有再生和更新之意。正是这些具有双重性的脏话决定了狂欢节广场交往中骂人话这一言语的性质"。① 也就是说，这种骂人话已经失去了原始社会骂人话那种巫术、诅咒性的实用功能，而充满了诙谐因素，具有了否定和更新的双重性。其他言语现象命运也大抵相同，在官方和教会语言交往中遭到禁止和被排斥出来的各种言语都集中到不拘形迹的广场言语中，它们都改变自己的语言功能，融入狂欢式的语言之中。

2. 民间诙谐文化的特征和深层本质

在分析民间诙谐文化的多种表现形式之后，巴赫金着重研究民间诙谐文化的特征和深层本质，他认为民间诙谐文化、狂欢式的笑是一个极为重要而又极为复杂的问题。

关键是回到民间诙谐文化的本来面貌，揭示其深刻的内在精神，还是把诙谐和笑文化粗暴地现代化，这种粗暴的现代化倾向就是按照近代诙谐文化的精神来解释民间诙谐和民间狂欢式的笑。这种倾向有两种表现：一是把诙谐和笑说成是纯否定性的讽刺，因此拉伯雷就被称之为纯讽刺作家；一是把诙谐和笑说成是纯消遣性的、无所用心的，只不过供人开心而已，没有任何世界观性质的深度和力度。

关于诙谐文化和笑文化，巴赫金首先指出它是狂欢节的诙谐和笑，它不是某一单独的和个别可笑现象的个体反应，因此它有两大特征：一是全民性的，一是包罗万象的。

第一，它是全民的。这是大众的笑，大家都笑。狂欢节中人人都生活其中，除了狂欢节谁也没有另一种生活。狂欢节具有宇宙性质，这是人人参与的第二种生活，这是人人参与的再生和更新。这种民间狂欢节的诙谐

---

① 《巴赫金全集》第6卷，河北教育出版社1998年版，第20页。

和笑是同现代的诙谐和笑完全不同的。从17世纪下半期以后，狂欢节的诙谐和笑逐步被狭隘化、庸俗化和贫乏化。它一方面被国家化，变成歌舞升平的手段；另一方面被日常化，退居到个人，完全不是人民大众的第二种生活。而在19世纪浪漫主义那里，古代那种对神灵的全民性的、仪式性的嘲笑，中世纪在寺院里欢度愚人节的嬉笑，就变成一个孤零零的怪人在教堂里的怪笑，那完全是一种个人的行为，而不是全民的行为。

第二，它是包罗万象的。它针对一切人和事，包括狂欢节的参加者，整个世界看起来都是可笑的，都可以从笑的角度，从它可笑相对性的角度来感受和理解。这是同近代纯讽刺性的诙谐和笑的本质区别之一。纯讽刺的作品知道否定性的诙谐和笑，把自身置身于嘲笑的现象之外，以自身与之对立，这就破坏了从诙谐和笑的方面看待世界的角度的整体性，被否定的可笑的东西完全成了局部的现象。就拿中世纪的戏仿文学来说，它完全不针对某种否定的事物，不针对宗教仪式、宗教体制、学校的学问中某些应当受到嘲笑和否定的个别不完善之处。对于它来说，一切都是毫无例外的可笑，诙谐就像严肃性一样，是包罗万象的，它针对世界的整体、针对历史、针对全部社会、针对全部世界观。正如巴赫金所指出的：

> 中世纪的诙谐和中世纪的严肃性针对的对象一样。对于上层，诙谐不仅没有任何例外，而且相反，主要是针对这个上层。其次，它所针对的并非个别性的和一部分，而是针对整体，针对普遍性，针对一切。它仿佛建立了一个自己的反官方世界的世界，自己的反官方教会的教会，自己的反官方国家的国家。[①]

巴赫金在指出民间诙谐文化、笑文化的特征之后，又进一步深入分析民间诙谐文化、笑文化的深层本质，这主要指的是它的双重性以及同自由不可分割的联系。

首先是狂欢式笑的双重性。

巴赫金明确指出："这种笑是双重的：既是欢乐的、兴奋的，同时也是讥笑的、冷嘲热讽的，它既否定又肯定，既埋葬又再生。这就是狂欢式

---

① 《巴赫金全集》第6卷，河北教育出版社1998年版，第102页。

的笑。"①

从来源来看,巴赫金认为笑的这种双重性是同远古宗教仪式上笑的形式有联系的。当时宗教仪式上的笑是针对崇高的事物,针对最高的天神——太阳和其他天神,针对人间最高的权力,通过羞辱和讥笑,迫使他们洗心革面,宗教仪式上的笑都是同死亡和复活联系着,同生产现象联系着。宗教仪式上的笑是针对太阳活动的危机、天神生活中的危机,人们生活中的危机。这种笑融合了讥讽和欢欣。

在古希腊罗马和中世纪,笑同样是针对崇高的事物,它获得了特权的地位,许多不能见之于严肃形式的东西,可以通过笑的形式出现。在中世纪,随意的笑是合法的,于是在笑的掩护下,便有了出于讽刺目的摹仿圣经的文字和仪式。

巴赫金认为,民间的诙谐、狂欢节的笑,同样是针对崇高事物的,即指向权力和真理的交替,世界上不同秩序的交替。他指出:"笑涉及了交替的双方,笑针对交替的过程,针对危机本身。在狂欢节的笑声里,有死亡和再生的结合,否定(讥笑)与肯定(欢呼之笑)的结合。这是深刻反映着世界观的笑,是无所不包的笑。"②

其次是同自由有不可分割的联系。

巴赫金认为民间诙谐和笑的深层本质是同自由有不可分割和重要的联系。

在中世纪诙谐和笑是非官方的,但它却是合法的。这种自由虽然是相对的,但从来没有被根本废除过。这种自由是同节日相联系的,在狂欢节上,一切官方的等级和禁令,一切宗教的束缚,都暂时消失,人们可以短时间脱离法定和传统的常轨,在笑声里获得身心的自由和解放,回到人自身,进入乌托邦的自由王国。在这里,巴赫金把诙谐文化的深层本质同人的本性的回归,同人的自由和解放联系在一起。正是在诙谐和笑声中,"人回归到自己,并且在人们之中感觉到自己是人"。③

诙谐和笑是对自由的追求,同时也是对官方和教会的专制禁忌和恐吓

---

① 《巴赫金全集》第6卷,河北教育出版社1998年版,第14页。
② 《陀思妥耶夫斯基诗学问题》,三联书店1988年版,第181页。
③ 《巴赫金全集》第6卷,河北教育出版社1998年版,第12页。

的挑战。在阶级文化中，诙谐和笑是同自由联系在一起的，而严肃性则是同官方的、专横的，同暴力、禁令、限制结合在一起的。在这种官方和教会的严肃性中总有恐惧和恐吓的成分。权力和暴力永远不会用诙谐的语言说话，而诙谐必须以克服恐惧为前提。巴赫金指出："中世纪的人在诙谐中特别尖锐地感受到的正是对恐惧的胜利。"① 这种胜利既是对神的恐惧、对大自然的恐惧的胜利，更是对束缚人的道德和意识的胜利。尽管这种胜利是暂时的，昙花一现的，节日之后又是日常生活的压迫和恐惧，但巴赫金指出："诙谐战胜这种恐惧，使人的意识清醒，并为他提示了一个新的世界……透过人的这些节庆意识的一线光明形成了另一种关于世界和人的非官方的真理，它酝酿着新的文艺复兴的自我意识。"②

巴赫金认为拉伯雷的怪诞现实主义是源于民间诙谐文化，而了解了民间诙谐文化的形式和特征，尤其是它的深层本质，我们对拉伯雷的创作，对他的怪诞现实主义就会有更深一层的认识。

（四）民间诙谐文化在拉伯雷小说中的艺术体现

我们先是分析了拉伯雷创作的独创性，他的作品的狂欢世界和怪诞现实主义，后又分析了民间诙谐文化的形式、特征和深层本质，指出拉伯雷的创作和民间诙谐文化有深刻的内在联系，下面的问题就是民间诙谐文化的内在精神如何通过独特的艺术形式和艺术形象在拉伯雷的创作中得到艺术体现的。关于这个问题，巴赫金首先从拉伯雷小说的广场语言入手，具体分析了民间节日形式和形象，以及与此相关的筵席形象、怪诞人体形象和物质—肉体下部形象，使我们获得了具体感性的认识。

1. 拉伯雷小说的广场语言

巴赫金在他的专著中提出了广场语言或广场因素的概念。他先谈到了拉伯雷小说中诸如抛掷粪便、浇尿这类广场狂欢节的动作和形象。他认为所有这类动作和形象都是贯穿着统一的、生动的逻辑的狂欢节整体的一部分，都具有深刻的双重性。因此，在尿和粪便这两个形象中保持着与分娩、多产、更新、吉祥本质上的联系。例如在《巨人传》的第二部中，

---

① 《巴赫金全集》第6卷，河北教育出版社1998年版，第105页。
② 同上。

法国和意大利的全部有药效的温泉场都是病中的庞大固埃的热尿形成的。在《巨人传》第4部中有段叫"巴奴日的羊群"的情节，其中生意人丹德诺大肆吹嘘他的羊，说它们的尿就像上帝的尿一样有奇效，能提高土地的肥力。法国的老百姓认为凡是上帝撒过尿或排泄过其他诸如唾液一类自然物的土地都是人间福地。这说明在那个时代，在民间的观念中，排泄是与肥沃分不开的，因此，巴赫金认为不能从现代意义和标准去理解广场狂欢节的动作和形象，把它们看成是粗鄙和粗俗的。而要把它们同整个狂欢活动联系起来，从中捕捉这些广场狂欢节动作和形象深层的双重性。

那么，什么是广场语言或广场因素呢？巴赫金明确加以说明："我们便把'广场'因素人为地突出。用广场因素来指一切与广场生活有直接联系的东西，一切带有广场非官方性和广场自由烙印，但同时严格地说来却无法归入民间节日文学形式的那些东西。"[①] 从这段话来看，广场语言或广场因素从表面看需要同广场狂欢活动有直接联系，往深层看需要体现广场狂欢深刻的内在联系，也就是自由的精神和交替、更新的精神。巴赫金认为："恐怕世界文学史中还没有哪部作品能像拉伯雷的小说那样如此全面、深刻地反映民间广场生活的全貌。在他的小说里我们听见广场的各种声音压倒一切。"[②] 具体说，巴赫金又谈到两种广场语言或广场因素，一是不拘形迹的言语现象，如骂人话、指神赌咒、发誓、诅咒；一是指广场语言体裁，如"巴黎的吆喝"，集市上的骗子和药贩的吹嘘，等等。

下面我们看看广场语言在拉伯雷《巨人传》中的具体体现。

巴赫金认为广场的特殊气氛和广场话语结构在拉伯雷小说的开头，在著名的"前言"中就能遇到，从头几页开始，我们就陷入广场语言的气氛之中。

《庞大固埃》的前言，一开始就充满对《巨人高康大不可思议的传记》的赞美与对醉心于这类"传记"人们的赞扬。而这种赞美和颂扬保持着戏谑的商人和小贩吹嘘的习性：不仅吹嘘兜售的货物，而且吹捧"最可敬的观众"。这篇前言的开头就体现了广场吆喝的口吻和风格，同时它又充满民间的诙谐，作者认为《传记》的读者不仅应当得到"尊敬

[①] 《巴赫金全集》第6卷，河北教育出版社1998年版，第173页。
[②] 同上书，第175页。

和赞扬",而且值得"永世怀念"。于是在这种诙谐语言中,那种充满自由、欢快的广场特殊气氛出现了,在这种气氛当中崇高和卑贱、神圣与亵渎拥有平等的权利,并且融入同一友好的词语环境中。前言接着吆喝和吹嘘《传记》的特殊功效,说它能治牙疼,治风湿病和花柳病。最后前言的结尾是连篇累牍的广场咒骂和骂人话,既针对如果在书中说了哪怕一句谎言的作者本人,又针对那些不相信作者之言的读者,什么"如果我在故事里说过一句瞎话,我情愿把灵魂、肉身、五脏、六腑全部交给十万篮子小魔鬼",什么如果不信他说的话"就叫圣安东尼的火烧你们,羊痫风折磨你们,闪电劈你们,腿上生疮瘸着走,拉痢疾拉得骨瘦如柴……"①巴赫金认为,这一连串的诅咒和骂人话是典型的广场语言,它从过分赞扬转到过于损人的诅咒,恰似镍币的两面,是一种反讽,是正反同体,这种不拘形迹的广场语言的两个方面,似乎是属于某个统一的一体双身,它夸中带骂,骂中带夸,而这种骂人话的两面恰好体现了事物的双重性,把世界看成是变化的,是更新的,而在非民间和非广场的官方语言中,赞美和辱骂是大相径庭的,一成不变的,因为官方文化的基础是刻板的、死硬的等级原则,上层和下层永远也不会打成一片。

2. 拉伯雷小说中民间节日的形式和形象

巴赫金认为拉伯雷的小说是整个世界文学中最节日化的作品,它本身体现了民间节庆活动的本质。因此,从非节日化的世界观上是不可能理解拉伯雷的。

具体来说,他分析了一系列民间节日的形式和形象对拉伯雷小说的决定性影响,其中主要有混战、殴打、脱冕;直接渗透着确定节日主题的一系列情节;游戏形象;预言;占卜等。

先说殴打。拉伯雷在《巨人传》的第 4 部描写了庞大固埃和他的伙伴来到了"诉讼国",这个国家的居民,即执达吏们是以甘心挨打来赚钱谋生的。约翰修士花二十块金币选了一个"酒糟鼻子",把他痛打一顿。小说是这样描写的:"约翰修士抡起棍子对准红鼻子的脊梁、肚子、胳膊、腿、头,浑身上下打了一个不亦乐乎,我以为打死了。可是把二十块

---

① 《巴赫金全集》第 6 卷,河北教育出版社 1998 年版,第 187 页。

金币给了他，我看见他马上站了起来，乐得跟一个国王或者双倍国王那样。"① 巴赫金认为在这段描写中体现了民间节日的形式和形象，充满民间狂欢化的精神。在这里，执达吏不就是一个狂欢化的国王吗？国王的形象实质上是同欢乐辱骂和欢乐挨打联系在一起的，是与酒糟鼻子的假死和复活联系在一起的。其中，殴打和辱骂已不再具有日常的、个人的性质，而是民间节日的形式和形象，是一种象征的行为，它直接指向最上层的国王。在这里辱骂和殴打是对皇帝的脱冕。辱骂和脱冕，作为关于旧权力、关于垂死世界的真理，有机地融进了拉伯雷的形象里，并且在其中跟狂欢化的殴打结合起来。在这里，辱骂和殴打又是具有双重性的，人们殴打和辱骂它，然而这种殴打和辱骂是创造性的，因为这些殴打有助于新世界诞生，殴打和辱骂本身就成为欢乐的、悦耳的和节日般的行为。

　　再说同节日主题相联系的情节。在《高康大》开头的第四、五、六章，拉伯雷把主人公高康大奇迹般的诞生放在"宰牲节"里，以愉快和欢乐的笔触加以描写，这对于拉伯雷小说的情节来说是有典型意义的。宰牲节需要宰三十六万七千零十四头肥牛，高康大的母亲嘉佳美丽因为多吃了牛肠而在饭后脱了大肠，一开头嘉佳美丽"分娩"所引入的生产和生产的主题就在节日丰裕和充实的物质享受中得到展开。小说情节发展的顺序是这样的：在宰牲节里，宰了三十六万七千零十四头肥牛，因为这么多牛的内脏无法贮藏，格朗古杰就请乡邻来赴宴，这宴会就具有狂欢的、普天同庆的性质。在宴会上，格朗古杰的妻子嘉佳美丽不听丈夫的劝说吃下了十六木宜再加两桶零六大盆肠子。饭后是"草地狂欢"，"酒客醉话"，接着就是女主人的分娩，她因为多吃了牛肠也脱了肠，最后孩子高康大奇迹般地从左边耳朵钻出来，一出生不是哇哇乱哭，而是高声喊叫："喝呀！喝呀！喝呀！"完全带有狂欢宴饮的性质。巴赫金认为，拉伯雷把分娩放在节日里加以描写，透过嘉佳美丽吞食的和生育的肚子，我们可以看到吞食和诞生万物的大地之腹，看到永恒再生的人民的身躯。在这里，我们看到小说的情节是同民间节日的形式和形象联系在一起的，是同民间节日欢愉的、丰裕的和战无不胜的肉体性联系在一起的，是同中世纪的恐惧和压抑相对立的。

---

① 转引自《巴赫金全集》第 6 卷，河北教育出版社 1998 年版，第 25 页。

在分析完民间节日形式和形象对拉伯雷创作的影响之后，巴赫金提出了民间节日的狂欢形式的基本世界观意义以及这些形式在拉伯雷小说中的特殊功能问题。

先说世界观意义。巴赫金认为民间狂欢节日的人群不是简单的人群，而是人民的整体，是自发的、以民间方式组织起来的违背现存制度的整体。在这个时间里，人民有一种特殊的感觉，感觉到自身是巨大和统一的，是具体和感性的存在。而这种对自身统一的感受是由民间节日所有的形式和形象所产生出来的。在狂欢节广场上，人民肉体首先感受到自身在时间中的统一，感受到自身在其中不可分割的延续性、自身相对的历史不朽。正如巴赫金所说："狂欢节以其所有的形象、场景、猥亵、肯定性诅咒，表露了人民的这种不朽和不可毁灭性。在狂欢化世界里，对人民不朽的感受是跟对现存权力和占统治地位的真理的相对性感受结合在一起的。"① 同时，各民间节日形式和形象展望的是未来，并表演着未来对过去的胜利，而未来的这种胜利正是人民不朽的保证。

再说特殊功能问题。巴赫金认为民间节日形式和形象的特殊功能主要在于"它们给予作者表现非官方观点的权利；尤其是给予他对世界持一种非官方观点的权利"。② 在他们的笔下，世界显得更加物质化、肉体化、人性化和欢乐化，他们可以没有恐惧也没有敬畏地去看世界，整个世界都是从欢乐和自由的方面表现出来的。拉伯雷正是利用民间节日形式和形象及其公认的、世代神圣的自由放肆权利，去攻击神圣的中世纪世界观的基本教义。但巴赫金认为，不能把利用民间节日的形式和形象理解为一种对付书报检查的外在手段，一种"伊索式的语言"。千百年来人民一直利用着诙谐形象的权利与自由，去表达自己对官方真理的不信任和自己美好的意愿。自由与其说是这些形式和形象的外在权利，不如说是它们的内在内容。事实上，中世纪官方文化以其全部形式、形象及其抽象的思维体系暗示着现存世界秩序和现存真理不可动摇和不可改变的信念，而民间狂欢节日文化却以其全部形式和形象，表明世界是变化的，是更新的，新的事物是不可战胜的，人民是不朽的。

---

① 《巴赫金全集》第 6 卷，河北教育出版社 1998 年版，第 296 页。
② 同上书，第 304 页。

3. 拉伯雷小说中的筵席形象

拉伯雷小说中的筵席形象，指的是吃、喝、吸纳的形象，它是同民间节庆仪式紧密相连的。巴赫金十分强调筵席形象的全民性，认为它决不是个别人的日常生活的吃吃喝喝，而是民间节庆仪式上的饮食，是普天同庆。它的每个形象都体现着强烈的丰富性和全民性，同时它的基调是正面而夸张的、隆重而欢乐的。

巴赫金指出，拉伯雷小说中筵席形象的作用很大，几乎没有一页，这些形象是不出现的。庞大固埃最初的吃食功绩是在摇篮里完成的。小说中许多国王打仗的情节都贯穿着筵席形象，主要是一些纵情狂欢的形象，他们几乎成了战争的主要工具。我们可以看到，在毕可罗寿战争初期和修道院葡萄园鏖战的故事情节中面包和葡萄酒起着怎样的作用。而在香肠大战的狂欢化情节中筵席形象占有主导地位。最后，这部书是以轮船会餐结束的，庞大固埃和他的旅伴借助这次会餐使天气变好，它的最后一句话是："让我们干杯！"

那么，筵席形象在拉伯雷小说中具有什么功能呢？巴赫金指出以下几个方面：

首先是筵席形象同离奇怪诞的肉体形象密不可分，饮食是离奇怪诞肉体生命的重要表现形式之一。

巴赫金认为肉体的特征是指它的裸露性、未完成性以及它同客观世界的相互关系，而这些特征在同食物的关系中十分明显而具体地表现出来。人的肉体来到世界，依靠吞咽、吮吸，把世界上的食物吸纳到自己身上，使自己充实和成长起来。这种人与世界在食物中相逢是令人高兴和愉快的，在远古的一系列形象中食物是同劳动密不可分的，劳动的胜利是通过食物来体现的，人与自然在劳动中的斗争都是通过食物来完成的，即吞食从自然界争夺来的食物。巴赫金特别指出，无论是劳动还是饮食，都是身体性的，都是全社会参加的。他说："劳动人民通过劳动斗争获得生存和食物，他们吞食的只是争取到的自然界的一部分。在劳动人民这一系列的形象中，筵席形象含有重要的意义，具有多方面性以及它与生、死、斗争、胜利、喜庆、更新的本质相联系。因此这些形象以其多层含义继续活跃在民间创作的一切领域。"①

第二，筵席同富有智慧的谈话，同令人发笑的至理名言有不可分割的联系。

巴赫金认为话语同筵席自古以来就有联系，到人类语言最早的发源地去寻找饮食和话语的联系的起源是很诱人的。饭桌上的谈话是戏谑的无拘无束的谈话，正是通过这种形式，人们在民间节日期间开怀自由说笑的权利得到了扩大。巴赫金指出："拉伯雷坚信，只有在酒宴的氛围中和吃饭时的交谈中才能说出自由和坦诚的真理。因为只有这种氛围，才能排除任何谨小慎微的想法，也只有这种交谈的语词才符合真理的本质。正如拉伯雷所理解的那样，真理就内质而言，都是自由的、愉悦的和唯物的。"②实际上是在筵席中，人们驱散了任何恐惧和顾虑，使话语获得了自由。我们可以看到在描写筵席形象的作品中，词语获得了解放，作品充满一种豪放、自由、快乐的基调。同时，值得注意的是筵席上的话语同未来和褒贬含义有特殊的关系。在筵席中，人们把现在的不幸忘得一干二净，把幸福寄于未来，这一点现在还常常出现在宴会的举杯祝酒词中。

巴赫金在分析拉伯雷小说的筵席形象时，特别强调要把它同个人生活中的饮食严格区分开，同早期资本主义文学中的暴食和酗酒严格区分开，而要从它同民间节日相联系的角度去揭示这些形象的非凡魅力，它的全民性，它的多层次的深刻含义，它同生活更新的联系，同自由、清新的真理的联系，同智慧语言的联系，同美好未来的联系。

4. 拉伯雷作品中的怪诞人体形象

巴赫金认为拉伯雷小说中的人体形象具有强烈的夸张性，而夸张和过度的夸张被公认为怪诞风格最主要的特征。

巴赫金指出，在拉伯雷的小说中，"怪诞人体元素的强大洪流流过整部小说"，其中被肢解的人体、孤立的怪诞器官、肠子和内脏、张开的嘴巴、贪吃、吞咽、饮食和饮料、排泄活动、屎尿、死亡、分娩活动、幼年和老年，等等，随处可见，在这部小说的全部细节和个别形象中，大家看到的就只是怪诞人体。

---

① 《巴赫金全集》第 6 卷，河北教育出版社 1998 年版，第 326 页。
② 同上书，第 329—330 页。

下面看看小说第二部（原为第一部）前四章对怪诞人体形象的描写。

小说开卷第一章，怪诞人体形象便以其全部鲜明特征出场了。该章讲述庞大固埃所属的巨人族的来历。亚伯被他哥哥该隐杀死不久，大地浸染了正义者的鲜血，以至于土地变得极其肥沃丰饶，有一年所有的果实都特别丰收，尤其是山楂。巴赫金认为，从这一章起，死亡、革新、丰饶多产的母题，便成为拉伯雷这部不朽名著开篇的第一个母题。

第二章也以同一母题开始："高康大在他四百八十再加四十四岁的那一年，他的妻子，乌托邦亚马乌罗提国王的公主巴德贝克，生下他的儿子庞大固埃。巴德贝克因生产送命，原因是孩子长得惊人的肥大，如果不把母亲憋死，就没法生下来。"主人公庞大固埃的诞生过程也是怪诞的：从他母亲那张开的肚子里，先跑出整整一队骡子，背上驮着能够引起焦渴的、浸透了海盐的小吃，而"毛茸茸像头小熊"的庞大固埃本人在这之后才出现。

第三章，死亡—诞生的双重母题得到发展，庞大固埃的父亲高康大不知是为妻子的死痛哭好呢，还是为儿子的诞生而高兴大笑好呢，于是他时而"像一头牛犊"似地大笑，时而"像一头母牛"似地嚎啕大哭。

第四章讲述庞大固埃在摇篮里建立的吃喝功勋：他每次进食能喝光四千六百头母牛所产的奶，他能把走近他的一头熊像抓小鸡一样抓起来撕碎吞食了。

拉伯雷作品中的怪诞人体形象如何理解？它有什么深刻的含义呢？巴赫金在分析拉伯雷小说中的怪诞人体形象时特别强调不能运用现代的观念、现代的标准，而应当运用中世纪和文艺复兴时期民间文化的观念和标准。

从现代观念来看看怪诞人体形象，巴赫金认为有两个问题：一是把怪诞人体形象的全部本质归结于夸张，认为怪诞人体形象是一种讽刺，将其视为一种以讽刺为目的的否定性夸张，完全忽视怪诞人体形象深刻的双重性，它既是否定的，又是肯定的。二是把怪诞人体形象看成是"一种完全现成的、完结的、有严格界限的、封闭的、由内而外展开的、不可混淆的和个体表现的人体"。[①]

[①]《巴赫金全集》第 6 卷，河北教育出版社 1998 年版，第 371 页。

在巴赫金看来，拉伯雷小说中的怪诞人体形象所体现的观念是同现代人体观念格格不入的，它深刻体现了民间文化的世界感受。具体来讲，有以下三个重要特征：

第一，怪诞人体是形成中的人体。

巴赫金认为拉伯雷笔下的怪诞人体形象永远都处在建构中和形成中，并且总是在建构和形成着别的人体，它永远都不会完成。从这种观点出发，在怪诞人体中发挥最重要作用的部位是其生长业已超过自身界限，预示新的个体开始发端的部位，如肚子和男根；其次是嘴和臀部，这些凸起和孔洞部位的特点是两个人体间和人体与世界间的界限被打破，而人体生命的重要事件（饮食、交媾、分娩）都是在人体之间和人体与世界的交界处进行的，生命的开端和终结密不可分地交织在一起。显然，怪诞人体形象的艺术逻辑蔑视将人体视为个别的、已完结的现象加以封闭和限定的毫无生气的平面。

第二，怪诞人体具有一体双身性。

现代规范下的人体是单一的人体，它独立自存，它身上所发生的一切只关涉它自己，只关涉到这一个体的和封闭的人体，因此在它身上所发出的一切只带有单一性。死亡就是死亡，从不与诞生吻合，同一个人体本身的个体性的诞生和死亡之间是封闭的，是绝对的开端和绝对的终结。与此相反在无穷的肉体生命链条中，怪诞形象所定格的，是一个环节介入另一个环节，一个个体生命从另一旧的人体生命的死亡中诞生的那些部分。巴赫金指出："怪诞人体事件总是在一个人体与另一个人体之间的交界处，即似乎是在两个人体的交叉点上进行的：一个人体交出自己的死亡，另一个让出自己的诞生，但它们都融合在同一个一体双身（界限内）的形象中。"[1] 这种怪诞人体的一体双身性，深刻地体现了前面论及的怪诞的双重性本质。

第三，怪诞人体具有宇宙性和包罗万象性。

在巴赫金看来，拉伯雷的怪诞人体形象体现着宇宙的各种元素和力量，它与太阳、星辰直接相关，同时这一人体可以同各类自然现象，如山岳、河流、海洋、岛屿、大陆融合在一起，它可以充塞整个世界。在

---

[1] 同上书，第373页。

这种怪诞人体形象身上体现了两种重要的倾向：一是力求在人身上发现整个宇宙，包括宇宙的所有元素和力量；二是力求在人身上体现人和宇宙的联系，在自己身上把宇宙的现象和力量统一到一起。拉伯雷笔下这种怪诞人体形象在诙谐的层面上，通过形象的语言，表现了一种人对宇宙的新感觉，即宇宙是人不必为之害怕的亲爱的家园。正如巴赫金所说的："这一全民性的，生成中的和永远得意洋洋的人体在宇宙中如在自己家里那么自在。它从血到肉都属于宇宙，它身上同样蕴含着宇宙的元素和力量。但这些元素和力量在它身上更具有组织性。人体，是宇宙最后也是最好的话语，也是一种居主导地位的宇宙力量；它不会对宇宙及其所有元素心存畏惧。它也不怕死亡：个体的死亡，只是人民和人类庄严生活的一个部分，但也是人民和人类革新和完善所必不可少的一个成分。"[1]

5. 拉伯雷小说中的物质—肉体下部形象

巴赫金认为物质—肉体下部形象是拉伯雷作品中的重要形象。他说："一股强大的向下、向地球深处、向人体深处的运动从始至终贯穿了整个拉伯雷世界。他的所有形象、所有情节、所有隐喻和所有比较，都被这股向下运动所包容，整个拉伯雷世界，无论是整体还是细节，都急速向下，集中到地球和人体的下部去了。"[2]

巴赫金认为指向下部是民间节庆活动和怪诞现实主义一切形式所固有的，这些形式包括向下、反常、翻转、颠倒这样一些运动形式，包括打架斗殴（把人推倒、打翻在地），包括诅咒、辱骂，包括降格（把一切神圣和崇高的东西都从物质下部的角度重新理解）。在拉伯雷的作品中，这些分散在民间节庆活动和怪诞现实主义各种形式和形象中的这些向下的运动，被拉伯雷重新收集起来，给予新的认识和理解，结合成为艺术的形象，指向地球和人体深处所蕴藏着的新奇事物和深刻含义。

为了揭示拉伯雷小说中物质—肉体下部形象的含义，巴赫金详尽分析了小说中的两个情节，一个是小说第一部（第十三章）高康大擦屁股的

---

[1] 《巴赫金全集》第6卷，河北教育出版社1998年版，第395页。

[2] 同上书，第429页

情节和第二部（第三十章）爱比斯德蒙复活的情节以及他讲的阴曹地府的故事。

先谈谈高康大擦屁股的情节。

小高康大给他父亲讲了经他长期试验才找到的新鲜而又最好的擦屁股方法，这些方法开列起来是一个长长的单子。请看它的开头："有一次我拿一位宫女的丝绒护面擦屁股，觉得很好，因为丝绒柔软，使我肛门非常舒服；还有一次，用了她们的帽子，也同样舒服；另外有一次，用的是一条围脖；还有一次，用的是紫红色缎子的耳帽，但是那上边的一大堆粪球似的金饰物件把我整个屁股都刮破了。巴不得圣安东尼的神火把造首饰的银匠和戴首饰的宫女的大肠都烂掉！"后面又开列用各种花草、植物和蔬菜擦屁股的方法。巴赫金认为用这种物品来擦屁股首先是对它的降格、脱冕和侮慢，同时也包含革新，在拉伯雷笔下，"所有这些用来擦屁股的各式各样的物体，都为了新生而脱冕，它们的陈腐形象从新的角度得以革新"。[①] 一件件物品由于派不上适合于它的，甚至完全相反的用场，便会引起笑声，充满活力，使它在新的生死范围得到革新。同时，擦屁股的情节也是向下的运动，它是指向物质—肉体下部的。擦屁股的快感不是产生在上部，而是产生在下部，产生快感的路径是从大肠经小肠通往心脏和大脑。巴赫金认为："物质—肉体下部是有生产效能的部位。下部生育着，并以此保证着人类相对的、历史的生生不息。一切腐朽的事物空泛的幻觉都是在那里死亡，而实实在在的未来的东西又在那里诞生。"[②] 擦屁股是一个传统的、诙谐的狎昵—贬抑的主题，巴赫金指出拉伯雷阐释这个主题很有特色，特色不仅在于它的双重性，而且在于肯定再生的一极占有明显的优势。这既是一场欢快而自由的戏弄物品的游戏，又是一场具有深远目标的游戏，"它的目标是驱散包围着世界及其一切现象的阴沉、虚伪的严肃气氛，使世界有另一种外观，更加物质性，更加贴近人和人们的肉体，更具有肉体的合理性，更容易接近，更轻松，而且，描述世界的语言也会是另一个样子，是狎昵—欢快的和大无畏的。可见，这段情节的目标是已

---

① 《巴赫金全集》第 6 卷，河北教育出版社 1998 年版，第 432 页。
② 同上书，第 439 页。

为我们熟知的世界、思维和语言的狂欢化"。①

再谈爱比斯德蒙复活和他讲的阴曹地府的故事的情节。

巴赫金认为爱比斯德蒙复活是小说里最大胆的情节。在小说中，先是巴奴日把爱比斯德蒙的头放在自己的裤裆里焐暖，接着把他的尸体抬到吃酒的地方把他治活。书里是这样描写他的复活的："爱比斯德蒙忽然有了气了，接着就睁开了眼睛，再接着是打呵欠，打嚏喷，最后又放了一个大响屁。巴奴日说道：'现在可以保证好了。'"巴赫金认为一连串复活的标志都明显指向下部，先是呼吸、睁眼，马上开始降格，打嚏喷，打呵欠（生命的低级标志），最后是放屁。在这里下部摆到了上部位置：不是呼吸，而是放屁，成了生命的真正象征和复活的标志。

复活之后，爱比斯德蒙回忆了阴曹地府的景象，他在那里和鬼魂见面，参加盛宴，生活像一次纯粹的狂欢节，阴间的世界和人的世界完全相反，所有高贵的事物都被脱冕，所有低级的东西都被加冕，世上的大人物都在那边受罪，世上的穷人都在那边当上了大人物，穷学者第欧根尼阔绰、神气，穿着国王的服装，而马其顿王亚历山大在给他补裤子，活没干好，拉起来就是几棍子。

巴赫金认为必须从民间文化的角度，从时代任务的角度来理解拉伯雷这种阴曹地府形象的意义。

从民间文化的角度来看，阴曹地府形象一直是民间和官方两种文化交叉对立的主要课题。在这个课题上最尖锐最明显地暴露出两种文化、两种世界观的分野。在官方和教会的文化中，阴曹地府形象充满"恐惧和恫吓的阴暗严肃性"。而在民间文化中，却力求以笑声战胜阴暗的严肃性。巴赫金深刻地指出："民间文化以自己的方式构造阴曹地府的形象，把有孕育和生产能力的死亡同无生育能力的永恒相对照，把由垂死的过往事物生产出来的更好的未来的新事物同过往腐朽事物的万世长存相对照。如果说基督教的阴曹地府贬低大地，掠夺大地，那么狂欢节的阴曹地府就把大地和地下作为生产果实的怀抱加以肯定，在这怀抱里死亡与初生打照面，由于腐朽者的死亡而诞生出新的生命。因之，物质—肉体下部形象贯穿了

---

① 《巴赫金全集》第 6 卷，河北教育出版社 1998 年版，第 441 页。

狂欢节的阴曹地府。"①

　　从时代的角度看，巴赫金认为文艺复兴时代所有向下的形象，从下流的辱骂到阴曹地府形象，"都充满深刻的历史时代感，充满世界历史交替时代的感受和自觉"。② 具体来说，拉伯雷全部物质—肉体下部形象，充满着时代和历史交替的因素，他的双重肉体性直接成为历史的双重世界性，成为一个人死亡另一个人诞生的统一活动中的过去与未来的融合性。

---

① 《巴赫金全集》第6卷，河北教育出版社1998年版，第459页。
② 同上书，第506页。

第三章

巴赫金文化诗学的理论蕴含

　　巴赫金的文化诗学研究不仅富有浓烈的实证精神，而且有很强的理论性。巴赫金文化诗学研究的意义不仅在于它揭示了陀思妥耶夫斯基和拉伯雷这两位伟大作家的创作同民间文化深刻的内在联系，同时还在于通过这种文化诗学的实证分析所显示出的哲学层面、文化层面和文艺学层面的理论蕴含和理论价值，而这一切充分体现出一位诗学大师的理论激情和理论震撼力。

　　巴赫金文化诗学的理论蕴含是丰富的和多层面的，很值得我们深入挖掘。从哲学层面看，巴赫金认为民间狂欢化是有别于现实生活的"第二种生活"，也是一种世界观，它体现了"几千年来全体民众的一种伟大的世界感受"。这种感受张扬平等对话的精神、更替和更新的精神，同时体现了全体民众的一种乌托邦，洋溢着一种快乐的哲学。从文化层面看，巴赫金的诗学体现了一种整体的文化观，一种多元和互动的文化观，他认为一个时代的文化是"有区分的统一体"，它不是一元的而是多元的，同时官方文化和民间文化、上层文化和下层文化、雅文化和俗文化之间的影响不是单方面的，它们之间的关系是一种相互对话、相互渗透和相互作用的互动关系。从文学层面看，巴赫金认为民间狂欢化文化对文学的发展有重大的影响，而这种影响又是多方面的，既有内容方面，又有形式方面。其中最有理论价值的是他论及狂欢化对作家艺术思维形式的影响和狂欢化对文学体裁形成的影响，他认为小说体裁固有的未完成性、易变性、反规范性、多样性和杂语性，都是同民间狂欢文化所体现的对话精神和更新精神有着深刻的内在联系。

　　从理论蕴含的多层面性来看，巴赫金的文化诗学的内容是十分丰富的，也是别具一格的。总的来讲，巴赫金的文化诗学是反对就文学论文学，是注重在更加广阔的文化背景上，特别是注重在民间文化背景上来理解文学和研究文学。他的文化诗学研究既不是纯粹的文学内部研究，也不是回到文学的外部研究，而是二者紧密的和有机的结合。从所研究的内容和所蕴含的理论层面来看，它不像西方的文化诗学和文化批判，泛泛地谈论文学与文化，与社会政治、社会意识形态的关系，把文学本身的特征搞得模糊不清，它十分注重研究文化是如何具体影响文学的体裁、文学的语言，完全钻到了文学的内部，作了十分精细的艺术分析。同时，它又不是纯粹的文学研究，又把文学诗学研究上升到哲学层面，着重研究民间文化所体现的民众的世界感受，以及这种民众的世界观对高层的思想精神领域的巨大冲击，极力张扬平等对话精神和更替、更新的精神，提倡思想的对话，反对思想的独白，充满人文关怀和人文精神。

一　狂欢式的世界感受——巴赫金文化诗学的哲学层面

巴赫金在阐明陀思妥耶夫斯基的复调小说、拉伯雷的怪诞现实主义同民间狂欢化文化深刻的内在联系时，特别强调民众狂欢式的世界感受对这两位作家创作的影响，并且把这种狂欢式的世界感受当作一种民众的世界观来看待，把它提到哲学的高度来认识。什么是狂欢式的世界感受？这种世界感受主要的哲学蕴含是什么？这种世界感受对于所谓高级的思想精神领域有什么冲击？这是我们要深入探讨的问题，也是巴赫金文化诗学哲学层面所涉及的主要问题。

（一）作为世界观的狂欢式世界感受

1. 两种生活和两种世界感受

根据存在决定意识、社会存在决定社会意识的原理，巴赫金在研究狂欢化文化时提出了一个重要观点，认为人们在现实社会生活中，特别是在阶级社会生活中，过着两种生活，一种是日常的生活，一种是狂欢式的生活，而这两种不同的生活必然产生两种不同的世界感受，也就是两种不同的世界观。他把狂欢节中所产生的民众的世界感受明确当作一种民众的世界观来看待，并拿它同官方和教会的世界观相对立。

　　巴赫金在谈到中世纪的狂欢节和狂欢化文化时，指出中世纪晚期欧洲各大城市（如罗马、拿波里、威尼斯、巴黎、里昂、纽伦堡、科隆等），每年合计起来有大约三个月（有时更多些）的时间，过着全面的狂欢节的生活。他说："不妨说（当然是在一定前提下这么说），中世纪的人似乎过着两种生活：一种常规的、十分严肃而紧蹙眉头的生活，服从于严格的等级秩序的生活，充满了恐惧、教条、崇敬、虔诚的生活；另一种是狂欢广场式的自由自在的生活，充满了两重性的笑，充满了对一切神圣物的亵渎和歪曲，充满了同一切人一切事的随意不拘的交往。这两种生活都得到认可，但相互间有严格的时间界限。"他特别强调："如果不考虑这两种生活和思维体系（常规的体系和狂欢的体系）的相互更替和相互排斥，就不可能正确理解中世纪人们文化意识的特点，也不可能弄清中世纪文学的许多现象。"①

　　首先，巴赫金提出了存在两种生活的概念。一种是所谓日常的生活、正规的生活、常规的生活。这种生活的特点一是服从于官方和教会严格的等级和秩序，服从于权力和权威；二是充满教条、崇敬、虔诚和恐惧，是十分严肃的；三是相对稳定和长久的。另一种生活是所谓狂欢式的生活，即狂欢节的生活。巴赫金把这种生活称之为第二种生活，他说："狂欢式的生活，是脱离了常轨的生活，在某种程度上是'翻了个的生活'，是'反面的生活'。"②在狂欢节中，人人都生活在狂欢式的生活当中，按照狂欢节的规律生活。这种狂欢式生活的特点一是取消日常生活的等级、权力和禁令，人与人之间的关系是平等的，是随便和亲昵的，不管你是国王还是平民，是长辈还是晚辈，彼此不分高低贵贱；二是摆脱了等级制度带来的虔诚、严肃和恐惧，过着自由、欢乐的生活，处处充满狂欢节的笑声，人人得到彻底的自由和解放；三是相对多变和比较短暂，狂欢节虽好，但总不能天天狂欢，人们过后还得回到日常生活中去。

　　日常的生活和狂欢式的生活贯穿于人类历史长河之中，特别是阶级社会的历史长河之中，这两种生活都得到认可，它构成人类生活的两个方

---

① 《陀思妥耶夫斯基诗学问题》，三联书店1988年版，第184页。
② 同上书，第176页。

面。不过，在不同历史时期，它们之间的界限的严格程度是不同的。这两种生活在中世纪是有严格界限的，而在古希腊罗马，特别是在希腊，则没有中世纪那种严格的界限。文艺复兴时期是狂欢生活的顶峰，自17世纪起民间狂欢生活便趋于没落。

其次，巴赫金指出由两种生活所产生的两种世界感受和两种世界观是相互排斥和相互对抗的。

常规生活严格的等级和秩序所造成的世界感受和世界观是官方的世界感受和世界观，它把人与人的关系看成是不平等的关系，把人看成是不自由的，把现实世界和现存秩序看成是凝固的、不变的，把官方的权威看成是绝对的权威，是不可动摇的。

狂欢式的生活所造成的世界感受和世界观则完全相反，它把人与人的关系看成是平等对话的关系，把人看成是自由的，把现实世界和现存秩序看成是可以变化的，它对一切僵化的教条提出挑战。

狂欢式的世界感受和世界观对官方的世界感受和世界观具有很大的挑战性和很强的摧毁力量。巴赫金指出："狂欢节的世界感受，是有强大的蓬勃的改造力量，是有无法摧毁的生命力。"[①] 在中世纪，狂欢式的世界感受和世界观对官方和教会的世界观提出挑战，对官方和教会的权威充满不敬。在文艺复兴时期，"狂欢节的潮流可以说是打破了许多壁垒而闯入了常规生活常规世界的许多领域……在狂欢式的世界感受的基础上，还逐渐形成了各种复杂形式的文艺复兴的世界观。透过狂欢式的世界感受，在一定程度上反映出那一代人道主义者所理解的古希腊罗马文化"[②]。在当代世界，尽管狂欢节已失去真正的广场的全民性质，狂欢式的世界感受也退化了，然而我们依然能听到狂欢式世界感受的历史回声，狂欢式的世界感受对僵化和凝固的制度和思想仍然有很强的解构作用。这也说明了巴赫金为什么那么钟情于狂欢化文化的研究。

2. 狂欢式世界感受的哲学蕴含

巴赫金把狂欢式的世界感受当作通过具体感性的形式体现出来的民众的世界观。他说："狂欢节上形成了整整一套表示象征意义的具体感性形

---

① 《陀思妥耶夫斯基诗学问题》，三联书店1988年版，第157页。
② 同上书，第185页。

式的语言,从大型复杂的群众性戏剧到个别狂欢节表演。这一语言分别地,可以说是分解地(任何语言都如此)表现了统一的(但复杂的)狂欢节的世界观,这一世界观渗透了狂欢节的所有形式。"① 这里涉及两个问题,一是狂欢式的世界感受是一种世界观,更准确地说是一种民众的世界观;二是强调这种世界观不是一种抽象的观念,而是通过狂欢节一些具体感性的形式表现出来的。具体说,这些具体感性的形式包括狂欢节特有的范畴(随便而又亲昵的接触,插科打诨,俯就,粗鄙等),狂欢节上的笑,狂欢节上加冕和脱冕的仪式,以及狂欢节自由不拘的语言(亲昵的、露骨下作的、插科打诨的、夸奖责骂的语言)。

那么,狂欢式的世界感受具体的哲学蕴含是什么呢?巴赫金对此作了明确的回答:"狂欢式——这是几千年来全体民众的一种伟大的世界感受。这种世界感知使人解除了恐惧,使世界接近了人,也使人接近了人(一切人全卷入自由而亲昵的交往);它为更替和演变而欢呼,为一切变得相对而愉快,并以此反对那种片面的严厉的循规蹈矩的官腔;而后者起因于恐惧,起因于仇视新生与更替的教条,总企图把生活现状和社会制度现状绝对化起来。狂欢式世界感受正是从这种郑重其事的官腔中把人们解放出来。"② 在这段话里,巴赫金谈到了狂欢式的世界感受基本的哲学蕴含。

作为世界观的狂欢式的世界感受的哲学蕴含可以包括以下三个方面:

第一是对人的价值的尊重,是平等自由的精神。

在现实生活中,等级制、不平等的社会地位决定着人们的行为、姿态和语言,不同等级的和不同地位的人们之间有一道不可逾越的屏障,而狂欢式的生活则把人们从左右着他们的种种等级地位(阶级、阶层、官衔、年龄、财产状况)中完全解放出来,使他们获得平等和自由。但这一切在狂欢节上是通过一系列特殊的范畴和一系列具体感性的形式体现出来的。

随便而亲昵的接触。这是狂欢式世界感受最重要的一点。不同等级、不同地位的人们在广场上发生随便而亲昵的接触,这就打破了不可逾越的

---

① 《陀思妥耶夫斯基诗学问题》,三联书店 1988 年版,第 175 页。
② 同上书,第 223—224 页。

等级屏障,消除了各种形态的畏惧、恭敬、仰慕、礼貌,等等,这就造成了狂欢节所固有的平等、自由、欢乐和坦率的气氛和特征。

插科打诨。这是狂欢节又一个特殊的范畴,它与亲昵接触这一范畴是相联系的,在现实生活中插科打诨是不得体的,而在狂欢节上则是十分正常的。

俯就,在狂欢节中,一切被等级世界观所禁锢、所分割和所抛弃的东西又产生接触,又相互结合起来,如神圣同粗鄙、崇高同卑下、伟大同渺小、聪明同愚蠢,等等。在狂欢节上,我们看到"聪明"的皇帝往往是最愚蠢的,而"愚蠢"的平民则常常是十分聪明的。

粗鄙。这指的是狂欢式的冒渎不敬,一整套降低格调、转向平实的做法,不洁的秽语和对神圣文字及箴言的仿讽,等等。这也是巴赫金所指出的世俗化、贬低化,其目的也在于拉近人与人的距离。

狂欢节正是通过亲昵接触、插科打诨、俯就和粗鄙这一系列狂欢式的特殊范畴和形式,体现了几千年来全体民众关于平等和自由的伟大的世界感受。而这种平等自由精神的背后是一种对人的价值的尊重。在等级制中人是不被尊重的,是不自由的,过的是充满痛苦和恐惧的生活;而在狂欢节上,人是被尊重的,是平等和自由的,过的是欢乐和愉快的生活。显然,只有在狂欢节上人的本性才能得到真正显露。巴赫金在谈到插科打诨这一范畴时,就深刻指出,"怪僻的范畴,使人的本质的潜在方面,得以通过具体感性的形式揭示并表现出来"。[①] 尽管是短暂的,人只有在狂欢节上才能回归到人本身。这也可以说是一种乌托邦理想,但它深刻地体现了人民的世界感受,人民的生活理想,这也正是狂欢文化最宝贵之处。

第二是更新和更替的精神。

狂欢节上有一种重要的仪式和形式,就是笑谑地给国王加冕和脱冕。加冕者不是真正的国王,可以是奴隶和小丑,在加冕仪式上给加冕者穿上国王的服饰,戴上皇冠,递给权力的象征物,不过这种加冕是暂时的,本身便包含着后来的脱冕。脱冕仪式和加冕仪式恰恰相反,要扒下他身上国王的服装,摘下皇冠,夺走权力的象征物,还要讥笑他,殴打他。

透过狂欢节上笑谑地给国王加冕和脱冕的仪式,巴赫金敏锐地捕捉到

[①] 《陀思妥耶夫斯基诗学问题》,三联书店1988年版,第176页。

狂欢的世界感受的重要内容——更替和更新的精神。他指出："国王加冕和脱冕仪式的基础，是狂欢式的世界感受的核心所在，这个核心便是交替和变更的精神，死亡和新生的精神。狂欢节是毁坏一切和更新一切的时代才有的节日，这样可以说已经表达了狂欢式的基本思想。"[①] 他对狂欢节上的加冕和脱冕仪式有深刻的认识，认为这种仪式是合二而一的双重仪式，也就是说加冕和脱冕二者是不可分离的，它们合二而一，相互转化，如果把它们割裂开，那就完全丧失了狂欢式的意义。所以，巴赫金把这种仪式所渗透的狂欢式的世界感受归结为更替和更新的精神，这种精神表现为新旧更替的不可避免，新旧更替的创造意义，同时也表明任何事物都具有相对性和双重性。

在现实生活中，特别是在阶级社会中，任何统治者总是企图把生活现状和社会制度绝对化和稳固化，把权势和地位绝对化稳固化起来，把思想和观念绝对化和稳固化起来，这是官方和教会的世界观，也是统治者的世界观。而狂欢节的仪式和形式所显示的狂欢式的世界感受和世界观正是同它相对抗的，它所要破坏的，所要解构的正是这种凝固的、僵化的和教条的世界观。笑谑地给国王加冕和脱冕的仪式向我们昭示的，正是一切事物都是处于变化之中，处于更替和更新之中，一切事物总是包含着相对性和双重性，在狂欢式的世界感受中，没有绝对的否定，也没有绝对的肯定，诞生孕育着死亡，死亡孕育着新生，世界正是在不断地更替和更新中得到发展，任何事物和思想如果一旦凝固了，僵化了，那就意味着停滞和消亡。

除了国王加冕和脱冕的仪式，狂欢节上狂欢式的形象，如火的形象，如狂欢节的笑，都深刻体现了事物双重性的本质。巴赫金指出："狂欢式所有的形象都是合二而一的，它们身上结合了嬗变和危机两个极端：诞生和死亡（妊娠死亡的形象），祝福与诅咒（狂欢节上祝福性的诅咒语，其中同时含有对死亡和新生的祝愿），夸奖与责骂，青年与老年，上与下，当面与背后，愚蠢与聪明。"[②] 拿狂欢节上火的形象来说，就带有深刻的双重性，它既是毁灭世界的火焰，又是更新世界的火焰。狂欢节上的笑，

---

① 《陀思妥耶夫斯基诗学问题》，三联书店1988年版，第178页。
② 同上书，第180页。

本身也具有双重意义，它针对崇高的事物，指向权力和真理的交替，秩序的交替。笑涉及交替的双方，在狂欢节的笑声里，有死亡和再生的结合，有否定（讥笑）和肯定（欢呼）的结合。

第三是快乐的哲学和理想的精神。

巴赫金指出，狂欢节是人民大众的节庆生活，是他们以诙谐的因素组成的第二种生活，民间狂欢节同官方的节日是完全不同的。官方节日的目的是使现有的制度神圣化、合法化和固定化，因此它是向后看，而不是向前看的。官方的节日肯定现有的制度、秩序和等级，因此在官方节日等级差别突出显示出来，参加节日活动的人们必须严格按照自己的称号、官衔和功勋穿戴整齐，按照相应的级别和地位各就各位，官方节日本身就是为了使不平等神圣化。由此而来的，官方节日的音调和气氛必然是严肃和死板的，是没有生气的，一切诙谐的因素与它的本性是格格不入的。与官方的节日不同，民间的狂欢节才能真正体现人类节庆性的真正本性。在民间的狂欢节上，暂时摆脱了占统治地位的现有的制度和秩序，取消一切等级、特权、规范和禁令，它同一切永存、完成和终结相对抗，面向未完成的将来。由此而来的，民间狂欢节充满诙谐、快乐、坦率和生气勃勃的格调和气氛，狂欢节上，由于摆脱了等级，取消了禁锢，人与人可以随便而亲昵地交往和接触，在诙谐的笑声中，人们的心灵得到解脱，心情非常愉快，人好像又回到自身，在人们亲昵而快乐的交往中感觉到自己也是人。正是从这个意义上讲，狂欢的精神是一种快乐的精神，自由的精神，狂欢式的世界感受张扬的是一种快乐的哲学。

狂欢的精神同样也是一种理想的精神。巴赫金认为狂欢节是在现实生活的彼岸，在官方世界的彼岸建立的第二种生活。人们在第一种生活中得不到满足的东西在第二种生活中得到满足，在第一种生活实现不了的东西在第二种生活中得到实现；在第一种生活中他是奴隶，在第二种生活中他是人；在第一种生活中他充满恐惧，在第二种生活中他是快乐的。正因为狂欢节体现了民众的理想，巴赫金认为狂欢节的节庆生活"应该从人类生存的最高目的，即从理想方面获得认可"。[①] 这就是说离开了神，就根本谈不上什么狂欢精神。同时，巴赫金又认为狂欢节所体现的理想精神又

---

① 《巴赫金全集》第6卷，河北教育出版社1998年版，第10页。

不同于一般的理想精神，因为狂欢节的生活，狂欢节上的平等、自由、欢乐是每个人都能真切地、活生生地感受到的。狂欢节不是艺术演出的形式，而是生活本身的现实形式，人们不只是表演这种形式，而实际上几乎就是那样生活。因此，巴赫金指出，"在这里，现实的生活形式同时也就是它的再生的理想形式"，"在狂欢节上是生活本身在表演，而表演又暂时变成了生活本身。狂欢节的特殊本性，其特殊的存在性质就在于此。"①

3. 狂欢式的世界感受的特征

作为哲学范畴的世界观，通常被认为是一种抽象的观念，而巴赫金认为作为世界观的狂欢式的世界感受不是抽象的观念，具体感性和生动活泼的思想，是通过狂欢节种种范畴和形式能让人活生生感受到的，这正是狂欢式的世界感受的重要特点。在谈到狂欢节上诸如亲昵接触、插科打诨、俯就、粗鄙等范畴时，他指出这些"都不是关于平等与自由的抽象观念，不是关于普遍联系和矛盾统一等的抽象观念。相反这是具体感性的'思想'，是以生活形式加以体验的，表现为游艺仪式的'思想'。这种思想几千年来一直形成并流传于欧洲最广泛的人民群众之中"。② 在谈到国王加冕和脱冕仪式所体现的更替和更新精神时，他再次强调，"这个思想在这里不是抽象的思想，而是体现在具体感性的仪式之中的生动的世界感受"。③

上面谈的是狂欢式的世界感受在表现形式方面的特征，狂欢式的世界感受就其蕴含的思想而言，也有鲜明的特征。正是这一点上一直存在许多片面的认识，如西方的评论就仅仅从解构和颠覆的角度来理解狂欢化，因此对狂欢式的世界感受的内在特征有必要作深入的探讨。巴赫金在谈到狂欢式的世界感受时，明确指出："狂欢式的世界感知中，没有丝毫的虚无主义，自然也没有丝毫的不着边际的轻浮，和庸俗的名士浪漫型的个人主义。"④ 这段话深刻地道出了狂欢式的世界感受的内在特征，具体来说，可以从以下两方面加以说明。

---

① 《巴赫金全集》第 6 卷，河北教育出版社 1998 年版，第 9 页。
② 《陀思妥耶夫斯基诗学问题》，三联书店 1988 年版，第 177 页。
③ 同上书，第 178 页。
④ 同上书，第 224 页。

第一，狂欢式的世界感受不是个人的，而是全民的。

巴赫金多次指出狂欢节是全民性的，认为"全民性是狂欢节的本质特征"。① 在狂欢节上，既没有演员，也没有观众，人们不是在一边看热闹，而是参与其中，生活其中，而且是所有的人都生活其中，因此，就其观念而言狂欢节是全民性的。巴赫金说："在狂欢节期间，人们只能按照它的规律，即按照狂欢节自由的规律生活。狂欢节具有宇宙的性质，这是整个世界的特殊状态，这是人人参与的世界的再生和更新。就其观念和本质而言，这就是狂欢节，其本质是所有参加者都能活生生地感觉到的。"② 这段话说明了狂欢节世界感受的全民性。也正因为狂欢式的世界感受不是个人而是全民的，所以它必然具有无比的力量。巴赫金在谈到中世纪民间的诙谐所具有的战胜对官方的恐惧的力量时，特别指出"中世纪的诙谐不是主观的个体的感受，不是对生命的连续性的生理感受，这是一种社会性的、全民的感受"。正因为是全民的感受，"因此，民间节庆诙谐包含着不仅是战胜对彼岸的恐惧，对神圣事物、对死亡的恐惧的因素，而且还有战胜对任何权力、人世间的皇帝、人世间的社会上层、对压迫人和限制人的一切恐惧因素"。③

第二，狂欢式的世界感受是解构也是建构，是感性也是理性。

在西方一些研究者看来，狂欢节的意义仅在于颠覆和解构，这种看法是不全面的。狂欢式的世界感受固然要颠覆等级制，要解构一切凝固和僵化的秩序、规范和思想，但它也要创造，也要建构，正如巴赫金所说，"狂欢式里如同没有绝对肯定一样，也没有绝对的否定"。④ 狂欢式的世界感受的生命力就在于它的创造精神和建构力量。民间狂欢节尽管是短暂的，但它力图建构人与人之间平等自由的关系，建构交替和更新的创造精神，张扬生动活泼的思维方式。因此，狂欢式的世界感受不是否定一切的虚无主义，不是消极的世界观，而是富有创造精神和理想精神的积极的世界观。

---

① 《巴赫金全集》第 6 卷，河北教育出版社 1998 年版，第 14 页。
② 同上书，第 8 页。
③ 同上书，第 106 页。
④ 《陀思妥耶夫斯基诗学问题》，三联书店 1988 年版，第 179 页。

在有些人看来，狂欢节尽是插科打诨，尽是嬉笑和打闹，尽是情感的宣泄和放纵，充满不着实际的轻浮和浪漫，缺乏一种深刻的理性精神。其实不然，尽管狂欢式的世界感受是一种具体感性的生活体验，而不是一种抽象的观念，但这决不意味着它是肤浅的，是没有深刻的哲学思想内涵的。事实上狂欢节正是通过具体感性的形式，让人们活生生地体验到充满理性的狂欢精神，感受到更替和更新的精神，感受到事物的相对性和双重性。正如巴赫金所说，"正是狂欢式的世界感受，让我们'给哲学穿上艺妓的五光十色的衣服'"。[①] 因此，在狂欢式的世界感受中感性和理性是统一的，它反映的是几千年来全体民众伟大的世界感受，是具有丰富哲学内涵和深刻理性精神的。也正因为如此，狂欢式的世界感受才具有作用于高级思想精神领域的力量，作用于伟大作家创作的力量。巴赫金曾经谈道："狂欢式的世界感受，帮助陀思妥耶夫斯基既克服伦理上的唯我论，又克服认识上的唯我论。一个人如果落得孤寂一身，即使在自己精神生活最深邃最隐秘之处，也是难于应付裕如的，也是离不开别人的点识的。一个人永远也不可能仅仅在自身就找到自己完全的体现。"[②]

（二）把狂欢式的世界感受转移到思想精神领域

1. 狂欢式的世界感受对思想精神领域的冲击

狂欢式的世界感受是源于狂欢节的民众的世界观，但巴赫金认为狂欢式的世界感受所体现的平等对话精神、更替更新精神对高级的和上层的思想精神领域有很大的冲击量，主张将狂欢式的世界感受转移到高级的思想精神领域。他说："狂欢化提供了可能性，使人们可以建立一种大型对话的开放性结构，使人们能把人与人在社会上的相作用转移到精神和理智的高级领域中去；而精神和理智的高级领域，向来主要是某个统一的和唯一的独白意识所拥有的领域，是某个统一而不可分割的自身内向发展的精神所拥有的领域（如在浪漫主义中）。"[③] 在巴赫金看来，高级的思想精神领域常常是统一的和独白的意识占统治地位，往往是封闭在个人的精神领域

---

① 《陀思妥耶夫斯基诗学问题》，三联书店1988年版，第190页。
② 同上书，第247—248页。
③ 同上书，第247页。

之中，各种意识和思想之间缺乏交锋和对话，久而久之就会走上思想的停滞和僵化，失去思想的活力。因此，他主张将狂欢式的世界感受，将人与人平等对话的关系转移到高级的思想精神领域，让思想的对话取代思想的独白，让思想在交锋和对话中得到不断发展，永远充满生机和活力。如果说狂欢化可以分为社会生活层面的狂欢（狂欢节）、文化层面的狂欢和意识形态层面的狂欢，那么巴赫金在这里所说的就是意识形态层面的狂欢，他主张将狂欢从生活层面转移意识形态层面，让狂欢精神对意识形态领域产生巨大的冲击力。

巴赫金以民间诙谐文化对中世纪官方文化的冲击，直到最后形成文艺复兴的自我意识为例，生动地阐述了民间狂欢化对高级思想精神领域的巨大冲击力。中世纪官方文化是在很长的时间内建立起来的，笼罩着整个世界和人的意识的每一个角落，并且受到教会的维护和支持。尽管到了文艺复兴时期，封建发展阶段已经结束，中世纪官方文化对意识形态的思想控制仍然十分严密。巴赫金说："中世纪官方文化以其全部形式、形象及其抽象的思想体系，暗示着一种直接相反的信念，即现存世界秩序和现存真理是不可动摇和不可改变的信念，总之整个现存世界是永恒的，不可改变的。"[①] 他认为这种暗示和信念直到文艺复兴时期还很强大，文艺复兴时代的思想家们在同中世纪官方文化作斗争时，固然可以依靠希腊罗马古典文化的人道主义精神，但为了揭示和接受希腊罗马这份古典文化遗产，首先应该使自己的意识从中世纪长达千年的思想控制中摆脱出来，应该去占领官方文化对面的阵地。在这场斗争中，文艺复兴时期的思想家们应当依靠什么呢？巴赫金认为不能只靠通过个体思维的探索或者对古代文献书斋式的研究，而要依靠中世纪和文艺复兴时期民间诙谐文化的支持，他说："真正的支持只能来自民间文化。"[②] 狂欢节及其蕴含着的狂欢式世界感受，对各个时代思想的发展和文化发展的影响都是巨大的，不过这种影响在大多数情况下是潜藏的、间接的、较难以把握的，只有在文艺复兴时代它才格外强烈，甚至直接而清晰地表现在外在形式上。正是从这个意义上讲，巴赫金认为，"文艺复兴，可以说，这是对意识、世界观和文学的直

---

① 《巴赫金全集》第6卷，河北教育出版社1998年版，第319页。
② 同上。

接狂欢化"。① 他谈到，文艺复兴时期进步的文化思想活动家们都直接参加民间狂欢节文化活动，他把民间狂欢节及其蕴含的狂欢式世界感受对中世纪官方文化的巨大冲击作了以下概括："狂欢节（再强调一次，在这个字眼的最广泛意义上）将意识从官方世界观的控制下解放出来，使得有可能按照新的方式去看世界；没有恐惧，没有虔诚，彻底批判地，同时也没有虚无主义，而积极的，因为它揭示了世界丰富的物质开端、形成和交替，新事物的不可战胜及其永远的胜利，人民的不朽。要向哥特时代发起猛攻并形成新世界观的基础，这是强大的支持。这就是我们所谓的意识形态狂欢化，完全摆脱哥特式的严肃性，以便开辟出一条通向新的、自由的和清醒的严肃性之道路。"② 那么，狂欢节及其蕴含的狂欢式世界感受给文艺复兴带来的新的世界观的基础是什么呢？这就是战胜对神和对人的权力的恐惧，坚信人的价值和人与人的平等，坚信现存世界是必须而且可以急剧地更替和更新。

2. 官方的真理和非官方的民间真理

巴赫金在谈到狂欢节所蕴含的狂欢式的世界感受对高级的思想精神领域的冲击时，提到了非官方的民间真理和官方的民间真理这两个概念。在他看来，前者对后者的冲击就表现为狂欢节所体现的非官方的民间真理对官方真理的冲击。巴赫金在这里所说的真理，就是世界和人的看法，官方的真理就是官方对世界和人的看法，它源于现存的等级制度和秩序；非官方的民间真理就是民众对世界和人的看法，它源于民间狂欢节，源于所谓的"第二种生活"。

官方的真理就是官方的世界观，就是阶级社会中占统治地位的官方文化，它有以下几个重要特点：

其一是一元化。

在阶级社会中，官方的真理是唯一的真理，在意识形态领域是一元化的，只允许有一种权威，一种声音，不允许有第二种权威，第二种声音，因此官方的真理是绝对排他的。官方的真理永远是以绝对权威的姿态和无可争议的姿态出现，其目的就是力图使现有的制度和秩序神圣化和稳

---

① 《巴赫金全集》第 6 卷，河北教育出版社 1998 年版，第 318 页。
② 同上。

固化。

其二是凝固化。

官方真理使思想陷入单调、停滞和僵化之中,"它肯定整个现有的世界秩序,即现有的等级、现有的宗教、政治和道德价值、规范、禁令的固定性和永恒性"。① 官方的真理反对事物的相对性和双重性,认为任何事物都是绝对的和极端的,黑的就是黑的,白的就是白的,肯定就是肯定,否定就是否定,上就是上,下就是下,皇帝永远是皇帝,奴隶永远是奴隶。官方真理这种循规蹈矩的官腔,这种仇视更替和更新的教条,归根到底也是为了维护现存制度和秩序的合法性。

其三是严肃性。

巴赫金指出:"在阶级文化中严肃性是官方的、专横的,是与暴力、禁令、限制结合在一起的。在这种严肃性中,总是有恐惧和恐吓的成分。在中世纪的严肃性中这种成分明显占主要地位。"② 在中世纪,诙谐被排除在一切官方意识形态之外,一切宗教的意识形态之外。中世纪的意识形态充斥着禁欲主义,忧郁的天命论,以及诸如罪孽、赎罪、苦难这样一些范畴。反映着封建制度的压制和恐怖的意识形态的内容本身,决定了中世纪意识形态音调"特殊的片面性及其冰冷的严肃性",而"恐惧、景仰、顺从等等,就是这种严肃性的音调和特色"。③

非官方的民间真理是民众的世界观,它是同官方的真理格格不入的,是与其对抗的。巴赫金认为官方真理和官方文化是小岛,而非官方的民间真理和民间文化则是包围小岛的大洋。④ 在他看来,民间真理具有同官方真理相对立的以下特征:

其一是多元性。

在阶级社会中,官方真理是一元的,是绝对的权威,不允许有多种声音。而在民间狂欢节上,仿佛摆脱了占统治地位的制度和真理,暂时取消了一切等级、特权、规范和禁令。这样一来,由不平等地位和绝对权威所

---

① 《巴赫金全集》第6卷,河北教育出版社1998年版,第11页。
② 同上书,第105页。
③ 同上书,第85页。
④ 同上书,第554页。

造成的畏惧、恭敬和仰慕等现象不再存在，人与人之间是平等和亲昵的，每个人都有自己存在的价值，每个人都受到尊重，每个人都可以发表自己的见解，发出自己的声音。从这个意义上讲，民间的真理不存在绝对的权威，它是可以争议的，是多元的。

其二是相对性。

官方的真理把一切事物看成是凝固的和绝对的，民间的真理却主张一切都是可以变化的，一切事物都具有相对性和双重性，国王可以加冕也可脱冕，火可以毁灭世界也可以更新世界。这种民间的真理充满民间狂欢节更替和更新的精神，它总是在现象中找出不断更替和更新的两极：在加冕中预见脱冕，在脱冕中预见加冕，在新生中预见死亡，在死亡中预见新生，不让这种更替中的任何一方片面地成为严肃的对象而绝对化和凝固化。巴赫金指出这种民众的世界感受，这种民间的真理"与一切现成的、完成的东西相敌对，与一切妄想具有不可动摇性和永恒性的东西相敌对"，它"洋溢着交替和更新的激情，充溢着对占统治地位的真理和权力的可笑的相对性的意识"。[①]

其三是愉悦性。

巴赫金指出："真理就其内质而言，都是自由的、愉悦的和唯物的。"[②] 与包含着令人恐惧的官方真理相对立，他认为民间真理的品格应当是自由的、愉悦的、坦率的和清新的。

民间真理的愉悦性从何而来呢？

首先源于对官方真理的严肃性所含有的恐惧的战胜。巴赫金说："'欢快的无所畏惧'，在一定程度上同义反复，因为完全的无所畏惧，不可不是欢快的（恐惧是严肃的基本要素），而真正的欢乐与恐惧是互不相容的。"[③] 在中世纪，人们在民间诙谐中，在民众笑声中，特别尖锐地感受到的正是对恐惧的胜利。中世纪的诙谐使人们从数千年来所养成的对神圣事物、对专横的禁令、对权力的恐惧心理中解放出来，准许人们说出"人民大众的真理"，使人们"从极度快活、极度的角度，以新的方式揭

---

① 《巴赫金全集》第6卷，河北教育出版社1998年版，第13页。
② 同上书，第330页。
③ 同上书，第553页。

示了世界"。① "民间狂欢节上关于生与死、黑暗与光明、冬与夏等等之类的'争辩',充满除旧布新的精神,具有轻松愉快的相对性,即不让思想停滞,不让思想陷入片面的严肃性之中,呆板和单调之中"。②

3. 思想的对话和思想的独白

巴赫金在谈到狂欢式的世界感受对高级的思想精神领域的冲击时,特别指出前者张扬的是人与人之间的亲昵、平等和对话,而不是人与人之间的等级、压制和隔绝,而这一切反映到思想精神领域就是要提倡思想的对话,反对思想的独白。官方真理是独白式的,最后只能导致思想的停滞和僵化,而民间真理则是对话式的,只有对话才能带来思想活力和生机。他说:"有了这种真理对话的性质,思想才能获得处于形成发展中的生活本身那种轻松愉快的相对性,从而不陷入抽象教条(独白型)的僵化之中。"③

巴赫金认为思想有两种类型,一类是独白型的思想,或者叫思想的独白,一类是对话型的思想,或者叫思想的对话。独白型的思想是一元论的、凝固化的和排他性的,以为自己最正确、最权威,不同别人对话,不承认第二种声音、第二种意见。独白型思想的存在,在相当程度上是同等级和权力的存在相联系的,同时它也是一种思维定势和思维模式。对话型的思想则是多元论的,相对性和争辩性的,这种思想类型不是绝对化的,教条的,而是变化的和发展的,它承认不同意见和不同声音的存在,认为必须同他人交流和对话才能接受真理,只有在不同意见的交锋和对话中才能使自己具有轻松愉快的相对性,使自己不断得到发展,永远保持生机和活力。这种对话型思想的存在,在很大程度上是同人与人之间平等自由关系的存在相联系的,是同对人的压制、同绝对的权威不相容的,同时它也是一种思维定势和思维模式。独白型的思想和对话型的思想在以下几点上是有原则区别的,这就是思想究竟是个人的还是依靠别人形成的,人对真理的认识究竟是靠个人的思索还是靠同他人的交锋和对话,人对客观世界的认识是凝固的还是未完成的。

---

① 《巴赫金全集》第 6 卷,河北教育出版社 1998 年版,第 108 页。
② 《陀思妥耶夫斯基诗学问题》,三联书店 1988 年版,第 187 页。
③ 同上书,第 230 页。

巴赫金提出把民间狂欢节所蕴含的狂欢式的世界感受转到高级的思想精神领域，主要就是要在思想精神领域张扬思想的对话，反对思想的独白。人的思想虽然可以分为独白型和对话型两种类型，但从根本上讲，思想的本质是对话，而这种思想的对话性则是由生活的对话性决定的。巴赫金认为生活中存在的一切都是矛盾的，都是对位的，"生活中的一切全是对话，也就是对话性的对立"。① 在他看来，人的思想的多元性和矛盾性"不是在人的精神世界里，而是在社会的客观世界中"，② 事实上正是现实生活的多元性和矛盾性决定了人的思想的多元性和矛盾性，正是现实生活的对话性决定了思想的对话性。

在说明了生活的对话性和思想的对话性之后，巴赫金又进一步说明了思想的对话本质，说明了思想只有通过对话才能得到发展，才不会陷于教条和僵化。在他看来，思想不是生活在孤立的个人意识之中，不完全是主观的个人心理的产物，如果是这样的话，思想就会退化乃至死亡。他认为思想是超个人主观的，它的生存领域不是个人的意识，而是不同意识之间的交流和对话。他说："思想只有同他人别的思想发生重要的对话关系之后，才能开始自己的生活，亦即才能形成、发展、寻找和更新自己的语言表现形式、衍生新的思想。人的想法要成为真正的思想，即成为思想观点，必须是在同他人另一个思想的积极交往之中。这他人的另一个思想，体现在他人的声音中，就是体现在通过语言表现出来的他人意识中。恰是在不同声音、不同意识互相交往的联接点上，思想才得以产生并开始生活。"③ 正是从这个意义上讲，巴赫金坚持认为"思想就本质来说是对话性的"。④ 巴赫金提出把狂欢式的世界感受转移到高级的思想精神领域，其针对性是显而易见的，其意义是十分重大的。思想的本质是对话，然而思想精神领域往往却是被独白的原则控制着。一种思想当它开始产生的时候可能是生气勃勃的，充满活力的，可是后来人们往往脱离现实生活的发展而把它凝固起来，把它树为绝对的权威，排斥来自生

---

① 《陀思妥耶夫斯基诗学问题》，三联书店1988年版，第79页。
② 同上书，第58页。
③ 同上书，第132页。
④ 同上书，第133页。

活实践的其他声音,从而使它丧失了生机和活力,慢慢地走向衰亡。这种情况我们在人类社会发展的历史上常常可以看到,而且不断重演,其危害也是众所周知的。巴赫金所张扬的思想对话告诉我们,无论是一种政治思想、学术思想,还是一种文化思想、文学思想,要永远保持鲜活,要不断得到发展,就必须在思想领域坚持思想的对话,反对思想的独白。

二 多元、互动和开放的整体文化观——巴赫金文化诗学的文化层面

巴赫金文化诗学的重要特点是强调从文化史的角度研究文学,特别是强调从民间文化的角度研究文学,提出"文艺学应与文化史建立更紧密的联系"。如果说这个任务在他的两部专著中,在他对民间文化同拉伯雷创作和陀思妥耶夫斯基创作关系的研究中得到了圆满的解决,那么晚年他又在实证研究的基础上对文学和文化的关系,对文化本身的特点和发展规律,从理论上做了深入的阐释和研究,形成了相当系统的文化观。他认为一个时代的文化是"有区分的统一体",既是多元的又是统一的;在时代的多种文化中,民间文化占有特别重要的地位,它是对作家创作真正产生强大而深刻影响的文化潮流;一个时代的各种文化是相互联系和相互作用的,它们之间的作用不是单向的,而是双向的和互动的,各种文化的对话和交融正是文化发展的动力。这一切看法构成了巴赫金多元、互动和开放的整体文化观,也构成了巴赫金文化诗学的基础。巴赫金的文化观对于我们了解文化的本质和规律,对于我们了解文化发展的历史,对于我们认识当代文化的复杂现象和未来的发展趋势,有重要的理论意义和实践意义,很值得我们深入探讨。

(一) 一个时代的文化是有区分的统一体

巴赫金在谈到文学和文化的关系时,特别强调不能脱离开一个时代完整的文化语境来研究文学,不应该把文学同其余的文化割裂开来,他明确指出,"不把文学同文化隔离开来,而是力求在一个时代整个文化的有区

分统一体中来理解文学现象"。① 在这里，巴赫金提出了一个重要的观点，他认为一个时代的文化是有区分的统一体，也就是说一个时代的文化既是可以分割的也是完整的，既是多元的也是统一的，它是又分又合的。只讲区分不讲统一是片面的，只讲统一不讲区分也是片面的。巴赫金对文化的这种看法是符合文化现象的实际情况的，也是很有辩证精神的。

一个时代的文化具有完整性，是一个统一体，那么如何理解这种完整性和统一性呢？我认为一个时代文化的完整性和统一性是从两个意义上讲的：一是一个时代的文化有统一的精神和特色，一是一个时代的各种文化是相互联系和相互影响的。

先讲统一的精神和特色。每个时代文化都有统一的精神和特色，这样才能构成时代文化的完整性。一个时代尽管可以有各种各样的文化，如官方文化和民间文化，雅文化和俗文化，上层文化、中层文化和下层文化，但它都具有统一的时代精神和文化特色。就欧洲文化来说，古代希腊罗马文化、中世纪文化和文艺复兴文化等都具有自己的完整性和统一性。以文艺复兴时期文化为例，它虽然遍及意大利、德国、法国、西班牙和英国等国家，同时在各国之中又有上层文化和下层文化之分，但它们都体现了统一的文艺复兴文化的精神和风貌，这就是主张以人为本、反对神权的人文主义精神，这就是满怀信心的乐观精神和巨大的创造精神，这就是一反呆板、虚幻的生动活泼的写真精神。再以 19 世纪的俄罗斯文化为例，我们不仅从普希金、果戈理、陀思妥耶夫斯基和托尔斯泰的作品中，从列宾的绘画中，从柴可夫斯基的交响乐中，而且从俄罗斯的民间故事和民歌中（如《伏尔加河船夫曲》），都可感受到反农奴制的人道主义精神，感受到一种"销魂而广漠的哀愁"。中国情况上也是如此，唐代的文化就体现出一种统一的"盛唐气象"，一种开阔的胸怀和恢宏的气度，一种进取、昂扬的精神风貌，而"五四"时期的文化则体现出一种反对封建和蒙昧的人道主义精神和科学民主精神。

一个时代文化的统一性还表现在一个时代的不同文化的相互联系、相互依赖和相互作用，各种文化之间没有绝对的界限。在巴赫金看来，各种文化之间的关系不是封闭的和对立的，而是开放和对话的，正是在各种文

---

① 《巴赫金全集》第 4 卷，河北教育出版社 1998 年版，第 365 页。

化的相互联系和相互作用中构成一个时代文化的统一性。

　　巴赫金在指出一个时代文化具有统一性的同时，又特别强调一个时代的文化是有区分的，是多元的而不是一元的。

　　谈到一个时代文化的区分，我们首先想到了列宁的两种文化学说。列宁在《关于民族问题的批评意见》中，反对把一个民族的文化看成是没有区分的整体，认为"民族文化"的口号是资产阶级的口号。列宁两种文化学说的核心是主张"从阶级斗争的观点"来看待文化问题、看待民族文化问题。他认为从来不存在统一的超阶级的文化，不能"把乌克兰的文化当整体，把俄罗斯的文化也当作整体对立起来"，明确指出，"每种民族文化中，都有两种文化，有普利什凯维奇、古契柯夫和司徒卢威之流的大俄罗斯文化。但是也有以车尔尼雪夫斯基和普列汉诺夫为代表的大俄罗斯文化。乌克兰也有这样两种文化，正如德国、法国、英国和犹太人有这样两种文化一样"。① 列宁所说的每一个民族都有两种文化，指的是每个民族都有剥削阶级的文化和被剥削阶级的文化。两种文化就现代资本主义社会而言，就是"资产阶级文化"和民主主义的、社会主义的文化。如果就封建社会而言，就是毛泽东所说的"民主性的精华"和"封建性的糟粕"。

　　巴赫金对一个时代文化的区分，有两个层面。一个层面是同列宁一样，用阶级斗争观点看待文化的问题，把一个时代、一个民族的文化区分为官方文化和民间文化。如指出中世纪有教会和官方的文化，它宣扬禁欲主义、宣扬世俗生活的罪恶，妄图使现有制度和现有秩序神圣化、合法化和固定化。同时指出中世纪也有民间的文化，它反对禁欲主义，反对等级观念，张扬自由和平等，充满快乐的精神。巴赫金认为前者是宣扬官方的真理，而后者宣扬非官方的民间真理。巴赫金在对文化进行阶级区分的基础上，又把一个时代的文化区分为上层文化和下层文化。他在谈到文艺复兴时期的民间诙谐文化时，说它"从民间深处带着民众的（'粗俗的'）语言闯入正宗文学和高级意识形态领域"，"上升到文学和意识形态的最上层"。② 这里所说的民间诙谐文化就是下层的文化，而所谓正宗文学就

---

① 《列宁论文学与艺术》，人民文学出版社1983年版，第87页。
② 《巴赫金全集》第6卷，河北教育出版社1998年版，第83—84页。

是上层的文学，后者就是例如卜伽丘的《十日谈》、拉伯雷的小说、塞万提斯的小说、莎士比亚的戏剧，等等。

一个时代、一个民族为什么会有多种文化的存在呢？列宁从社会存在决定社会意识、阶级存在决定阶级意识的历史唯物主义基本观点出发，认为在阶级对抗的社会既然存在不同的阶级，那么不同的生活条件就必然产生不同的思想体系和不同的文化。他说："每个民族的文化里面，都有一些哪怕是不大发达的民主主义和社会主义文化成分，因为每个民族里面都有劳动群众和被压迫群众，他们的生活条件必然会产生民主主义和社会主义的思想体系。"① 同样，在当代社会因为每个民族都有资产阶级，都存在他们的生活条件，也因此还必然会产生资产阶级的文化。巴赫金在谈到中世纪文化时，也深刻指出正是中世纪两种生活的存在产生了中世纪的两种思维体系和中世纪的两种文化。他说："不妨说（当然是在一定前提条件下这么说），中世纪的人似乎过着两种生活：一种是常规的、十分严肃而紧蹙眉头的生活，服从于严格的等级秩序的生活，充满了恐惧、教条、崇敬和虔诚的生活，另一种是狂欢广场式的自由自在的生活，充满了两重性的笑，充满了对一切神圣物的亵渎和歪曲，充满了不敬和猥亵，充满了同一切人一切事的随意不拘的交往。"② 在巴赫金看来，正是中世纪官方和教会的生活，正是一切官方的严格的生活和交际形式，一切教会活动和宗教仪式决定了官方文化冰冷僵化的严肃性，决定了官方文化恐惧、景仰和服从的特色。而民众在广场上，在节日期间，在狂欢节中的无拘无束的自由生活，决定了民间诙谐文化自由平等的精神和交替更新的创造精神，决定了民间诙谐文化自由和欢乐的音调。

在一个时代、一个民族的多种文化中，各种文化占有什么地位？因为各个阶级在社会生产中所占的地位不同，他们的文化所占有的地位也不同。马克思恩格斯指出："统治阶级的思想在每一个时代都是占统治地位的思想。这就是说，一个阶级是社会占统治地位的物质力量，同时也是社会上占统治地位的精神力量。支配着物质生产资料的阶级，同时也支配着精神生产的资料……占统治地位的思想不过是占统治地位的物质关系在观

---

① 《列宁论文学与艺术》，人民文学出版社1983年版，第84页。
② 《陀思妥耶夫斯基诗学问题》，三联书店1988年版，第184页。

念上的表现,不过是以思想的方式表现出来的占统治地位的物质关系。"①列宁在两种文化学说中根据马克思恩格斯的思想,也明确指出,统治阶级的文化是占统治地位的文化。他在谈到当代资本主义社会存在哪怕是不大发达的民主主义和社会主义文化时,也指出:"但是每个民族里面也都有资产阶级文化(大多数民族里还有黑帮和教权派的文化),而且这不仅是一些'成分',而是占统治地位的文化。因此,'民族文化'一般说来是地主、神甫、资产阶级的文化。"② 文化史告诉我们,统治阶级的文化和被统治的文化,官方的文化和民间的文化不可能是和平共处、相安无事的。统治阶级的文化总是要压制和摧残被统治阶级的文化,官方的文化总是要压制和摧残民间文化,但是被统治阶级的文化、民间的文化也会在对抗统治阶级的文化、官方的文化斗争中,不断生长壮大。正是从这个意义上讲,巴赫金在一个时代、一个民族的多种文化中,给民间文化的地位和作用予以高度的评价,他认为民间文化给文学的发展带来了深刻重大的影响,不了解民间诙谐文化就无法理解拉伯雷的小说,不了解民间的狂欢文化就无法理解陀思妥耶夫斯基的复调小说,进而言之,他甚至认为不了解欧洲民间狂欢文化发展的历史,那么对欧洲文化的发展的了解也将是片面的。他在谈到狂欢节文化时,尖锐地指出:"狂欢型庆典在其发展的所有阶段上,对整个文化的发展,其中包括文学的发展,给予了巨大的影响;这种影响至今没有得到足够的评价和研究。"③ 而在谈到中世纪的狂欢节生活对中世纪文化和文学的影响时,他更具体地指出:"如果不考虑这两种生活和两种思维体系(常规体系和狂欢体系)的相互更替和相互排斥,就不可能正确理解中世纪人们文化意识的特色,也不可能弄清中世纪文学的许多现象。"④ 到了晚年,巴赫金更是大声疾呼,要人们重视强大而深刻的文化潮流,特别是底层的民间文化潮流对作家创作的影响,他认为不能把一个时代的文学过程仅仅归结为文学诸流派的表面斗争,仅仅归结为报刊的喧闹,而要去揭示"那些真正决定作家创作的强大而深刻的文化

---

① 《马克思恩格斯选集》第1卷,人民出版社1972年版,第25页。
② 《列宁论文学与艺术》,人民文学出版社1983年版,第84页。
③ 《陀思妥耶夫斯基诗学问题》,三联书店1988年版,第183页。
④ 同上书,第184页。

潮流（特别是底层的民间潮流）"。唯有如此，才能"深入到伟大作品的底蕴"，才能使人觉得文学本身不是委琐的，而是严肃的事业。①

（二）一个时代的文化是相互联系和相互作用的统一体

巴赫金不仅把一个时代的文化看成是有区分的统一体，而且把一个时代的文化看成是各种文化相互联系和相互作用的统一体。以往人们在谈到一个时代、一个民族的文化时，更多是强调分的一面，巴赫金在重视分的一面的同时，更多的是关注一个时代、一个民族各种文化合的一面，更多的是研究各种文化之间的相互联系和相互作用，把它们之间的关系看成是互动关系，是对话关系，其中特别关注民间文化和上层文化的互动的关系。我认为这是巴赫金文化观最重要和最精彩的部分。巴赫金关于各种文化互动关系的看法包括以下三个内容：第一，各种文化之间的相互联系和相互作用不是单向的，而是双向的，不仅是民间文化影响上层的文化，上层的文化也影响民间文化；第二，各种文化之间的相互影响不仅是内容层面的，同时也是形式层面的，民间文化对于文学体裁的形成有重要的作用，它有一种形成文体的力量；第三，各种文化之间的互动是文化发展的动力，最富有创造力和最有活力的文化不是产生于各种文化的封闭之中，而是产生于各种文化的交界处，产生于各种文化的互动之中。下面从这三个方面分别予以论述。

首先是巴赫金关于各种文化之间互动的观点。

以往我们在谈到各种文化的相互关系时，往往只注意单向的作用和影响，重点是研究民间文学、民间文化对上层文学和上层文化的影响，比如说，民歌对诗人诗歌的影响、民间故事传说对作家小说的影响，等等，很少涉及上层的文化、上层的文学对民间文学和民间文化的影响。在巴赫金看来，这种影响不应当是单向的，而是双向的，它们之间的关系是互动的。从一方面说，民间文学和民间文化为文人的文学提供了养分，促进了文人文学的发展；反过来说，集中了时代的智慧和民族智慧（其中包括民间的智慧）的文人文学的出现，对整个民族的文化是一个大的提升，对一个时代和一个民族的民间文化也是一个大的提升。巴赫金是以欧洲文

---

① 《巴赫金全集》第 4 卷，河北教育出版社 1998 年版，第 365 页。

艺复兴时期民间诙谐文化和正宗文学互动关系的事实，深刻说明了这个问题。

巴赫金指出，民间诙谐文化的规模和意义在中世纪和文艺复兴时期都是巨大的，它同教会和官方严肃文化相抗衡。具体来说，中世纪和文艺复兴时期还有所不同，在中世纪，民间诙谐文化同教会和官方的文化并存。狂欢节在大城市每年达三个月之久，狂欢式的世界感受对人们的影响是无法抗拒的，这种影响迫使人们仿佛摆脱自己的正式身份（如僧侣、教士和学者），从狂欢式诙谐的角度来看待世界，即便是上层的教会人士和神学家也都准许自己娱乐和消遣一番，暂时摆脱一下神学的严肃性。在中世纪早期，民间诙谐文化不仅渗透于中层，甚至渗透到宗教界的上层，民间诙谐的魅力是十分强大的。到了后来这个传统虽然还继续存在，但受到越来越多的限制，巴赫金说："在中世纪，所有最丰富的民间诙谐文化，都在官方高级意识形态和文学领域之外存在和发展……中世纪不允许诙谐进入任何一个官方的生活和意识形态领域，但却使它在这些领域之外：在广场上、在节日期间、在消遣的节庆文学中，享有自由和不受惩罚的特权。"①

到了文艺复兴时期，情况就起了变化。巴赫金指出，"文艺复兴是狂欢生活的顶峰"，②民间诙谐文化传统"进入自身存在的全新的高级阶段"。③这个新阶段，是从两方面加以理解的：一方面是民间诙谐文化闯入正宗文学和高级意识形态领域，而不像中世纪那样被排除于正宗文学和高级意识形态领域之外；另一方面是民间诙谐文化受到文艺复兴时期高扬的人文主义的提升，本身也发生重要的变化。

先讲第一个方面。在文艺复兴时期，整整一千年积淀起来的非官方的民间诙谐文化闯入了正宗文学和高级的意识形态领域之中，上升到文学和意识形态的最上层，并使之充满新的创造力。巴赫金说："在文艺复兴时期，诙谐在其最激进、包罗万象，可以说，包容世界的形式中，同时也在其最欢快的形式中，历史上差不多五六十年才出现一次（在不同的国家

---

① 《巴赫金全集》第 6 卷，河北教育出版社 1998 年版，第 83 页。
② 《陀思妥耶夫斯基诗学问题》，三联书店 1988 年版，第 1S5 页。
③ 《巴赫金全集》第 6 卷，河北教育出版社 1998 年版，第 83 页。

不同的时期），从民间深处带着民众（'粗俗的'）语言闯入正宗文学和高级意识形态领域，在创作诸如卜伽丘的《十日谈》、拉伯雷的小说、塞万提斯的小说、莎士比亚的正剧和喜剧等世界名著的过程中起着重要的作用。"① 这种重要作用，主要指的是民间狂欢文学、民间诙谐文化席卷了正宗文学的一切体裁，"整个文学都实现了十分深刻而又几乎无所不包的狂欢化"。② 狂欢节的仪式（加冕脱冕）、狂欢节的范畴（亲昵、插科打诨、俯就、粗鄙）、狂欢节的笑、狂欢节自由不拘的语言，以及这一切所体现的狂欢式世界感受（自由平等的精神、更替更新的精神），都深深渗透到所有文学体裁中。更重要的是，"在狂欢式世界感受的基础上，还逐渐形成了各种复杂形式的文艺复兴的世界观，透过狂欢式的世界感受，在一定程度上反映出那一时代人道主义者所理解的古希腊罗马文化"。③ 巴赫金在这里所指出的狂欢式的世界感受对文艺复兴世界观的影响，它们之间相通之处，重要在于"使人回到人自身"，在于对人的尊重，在于弘扬一种人道主义的精神和生气勃勃的创造精神。

再讲第二个方面。千年积淀起来的民间文化、民间诙谐文化受到文艺复兴时期人文主义精神的影响，本身也得到提升，也产生重要的变化。在文艺复兴时期，民间诙谐文化不仅使正宗文学获得了创作力，而且民间诙谐文化本身也因正宗文学而获得了创作力。这是由民间诙谐文化同文艺复兴时代最先进的思想体系、人文主义知识和高超的文学技巧相结合的结果。这种新的组合使民间诙谐文化的发展进入了一个新的阶段，并产生重要变化。这种变化，巴赫金认为表现在"它的全民性、激进性、自由不羁、清醒和物质性已从自身近乎自发的存在阶段，转向艺术的自觉和具有坚定性的阶段，换言之，中世纪的诙谐在其发展的文艺复兴阶段已成为新时代的自由的、批判的历史意识的表现"。④ 这就是说，中世纪的民间诙谐文化，民间狂欢文化所体现的民众的狂欢式的世界感受原本是处于感性的自发的状态，而在文艺复兴时期先进思想、人文主义精神的光照下，它

---

① 《巴赫金全集》第 6 卷，河北教育出版社 1998 年版，第 83—84 页。
② 《陀思妥耶夫斯基诗学问题》，三联书店 1988 年版，第 185 页。
③ 同上。
④ 《巴赫金全集》第 6 卷，河北教育出版社 1998 年版，第 84—85 页。

逐渐上升为一种自觉的状态，成为文艺复兴时代精神和历史意识的一种表现形式。

巴赫金所阐述的下层文化和上层文化之间存在的相互联系和相互作用的互动关系，应当说是揭示了文化发展的重要现象和重要规律。各种文化之间的互动关系我们在各个时代和各个民族的文学中都可以见到。以数千年灿烂辉煌的中国文学而论，就处处充满上层文化和下层文化之间相互联系和相互作用的互动关系。魏晋南北朝的民歌为随后的唐诗、宋词带来活力，而民间故事、民间说书，如"水浒"故事、"三国"故事、"唐僧取经"故事也被施耐庵、罗贯中、吴承恩等文人作家加工成为《水浒传》、《三国演义》和《西游记》。这是民间文化、民间文学对上层文化、上层文学的作用和影响。反过来说，从屈原的《离骚》，司马迁的《史记》，李白、杜甫的诗歌，到曹雪芹的《红楼梦》，多少文人作家的"阳春白雪"之作，多少"正宗文学"也走进民间，成为"下里巴人"所欣赏的名著，这些作品的出现和流传，对整个民族的文化、对民间文化不也是极大的提升？

巴赫金关于文化之间互动关系方面，还有两个观点很值得注意。

一是巴赫金认为不同文化的相互影响和相互作用不仅是内容层面，而且涉及形式和体裁。就民间狂欢文化对文学的影响和作用而言，不仅是狂欢节所体现的狂欢式世界感受影响正宗文学的发展，同时，"狂欢化有构筑体裁的作用，亦即不仅决定着作品的内容，还决定着作品的体裁基础"。① 也就是说，在狂欢化的影响下，在欧洲形成了狂欢体文学，并且成为一种文学传统。

二是巴赫金认为不同文化的相互影响和相互作用，它们之间的互动关系，是文化发展的动力。如前所述，民间诙谐文化促进了文艺复兴时期"正宗文学"的发展，反过来"正宗文学"又提升了民间诙谐文化，正是在这两种文化的互动中带来了文艺复兴时期文化的大繁荣和大发展。以上是就下层文学和上层文学互动关系所带来文化的发展而言，就是在不同的文化领域之间，巴赫金也认为不同的文化领域之间不应当是封闭的、对立的，而应当是开放的、对话的，新的文化正是出现于不同文化领域的交界

---

① 《陀思妥耶夫斯基诗学问题》，三联书店1988年版，第186页。

处。巴赫金早年在《文学作品的内容、材料与形式问题》中就指出:"不应把文化领域看成既有边界又有内域疆土的某种空间整体。文化领域没有内域的疆土,因为它整个儿都分布在边界上,边界纵横交错,遍于各处,穿过文化的每一要素。文化具有系统的整体性,渗入到每个原子之中,就像阳光反映在每一滴文化的水珠上一样。每一起文化行为都是在边界上显出充实的生命,因为这里才体现出文化行为的严肃性和重要性,离开了边界,它便丧失了生存的土壤,就要变得空洞傲慢,就要退化乃至死亡。"①到了70年代,他又进一步阐明这个问题,他说:"由于迷恋于专业化的结果,人们忽略了各种不同文化领域间的相互联系和相互依赖问题,往往忘记了这些领域的界限不是绝对的,在不同的时代有着不同的划分;没有注意到文化所经历的最紧张、最富成效的生活,恰恰出现在这些文化领域的交界处,而不是在这些文化领域的封闭的特性中。"② 巴赫金这种看法是完全符合文化发展的实际和客观规律的。就拿我国唐代文化和文学的繁荣来说,一方面是唐人对待外来文化有恢宏的气度和兼容的心态,广泛接受外来文化的影响。开放的文化氛围,中外文化的交融,推动了文学题材的拓展和文学风格的多样化。另一方面各种艺术门类,各种艺术文化之间的交融也带来了唐代文化和唐代文学整体的繁荣和发展。例如,唐代绘画、书法、雕塑、音乐、舞蹈的繁荣影响到文学:唐代张旭和怀素的草书自由纵恣的气象与盛唐诗人精神面貌极为相似;唐代的画论和诗论也相互交融渗透,相互影响;唐代燕乐的发展产生了一种诗歌的新形式:词。古代文化和文学是在各种文化的渗透和交融中得到繁荣和发展的,当代文化和当代文学也同样是在各种文化的渗透和交融中得到发展的。电影是文学、戏剧、音乐、绘画和现代技术的融合。电视连续剧是电影、戏剧、文学和现代技术的融合,MTV是音乐和影视的融合,小品是戏剧和相声的融合,可以说当代一切最富有活力和最富有成效的文化现象,都是出现在各种艺术文化的交界处,而不是在这些文化领域的封闭的特性中。

---

① 《巴赫金全集》第1卷,河北教育出版社1998年版,第323—324页。
② 《巴赫金全集》第4卷,河北教育出版社1998年版,第365页。

（三）一个时代的文化是开放的统一体

巴赫金在提出一个时代文化是有区分的统一体，揭示一个时代各种文化的互动关系之后，又指出既不能把文化封闭在一个时代之中，不能把文化封闭在本国和本民族的文化之中，把文化看成是一个封闭的圆圈，而是要把文化看成是一个开放的统一体。从历时的角度看，要把文化放在历史发展过程中，放在"长远时间"里，在同未来时代的对话中，揭示其蕴藏着的巨大潜能；从共时角度看，要在同别人文化的对话和交锋中，显示出自己文化的深层底蕴，并且使双方的文化都得到丰富和充实。巴赫金这种开放的文化观有深刻的理论意义和实践意义，他试图在文化的时空对话中，激活文化本身的潜在意义，并使其不断得到丰富和充实。

巴赫金首先提出要把文学作品，要把文化放在长远时间里，在同未来时代的对话中，不断揭示其蕴藏着的巨大潜能。巴赫金反对施本格勒关于文化世界是封闭和完成的思想，反对他把一个时代的文化看成是一个封闭的圆圈。巴赫金指出，传统的研究方法只依据现实和不久前的过去来阐释文学作品和文化现象，而文学作品则是若干世纪乃至上千年积淀而成的，只依据现在和以往的历史是无法揭示文学作品和文化现象的深刻含义的。既然任何文学作品和文化现象都已进入人类文化统一形成的过程中，就应当把它放在长远时间里，才能揭示其深刻的含义。巴赫金说："文学作品要打破自己时代的界线而生活在世世代代之中，即生活在长远时间里（大时代里），而且往往是（伟大作品则永远是）比自己当代文学更活跃更充实。"[①] 这就是说，这些作品仿佛超越自己的时代，它们在自己身后的生存过程中，不断充实新的意义和新的涵义。我们经常提到"说不尽的莎士比亚"指的就是这种现象。别林斯基就曾经谈到，每一个时代总能在过去的伟大作品中发现某种新的东西，他在《1841年的俄国文学》一文中曾经指出："普希金不是随生命的消失而停留在原有的水平上，而是要在社会的自觉中继续发展下去的那些永远活着和运动着的现象之一。每一个时代要对这些现象发表自己的见解，不管这个时代把这些现象理解得多么正确，总是要留给下一代说一些什么新的、更正确的话，并且任何

---

① 《巴赫金全集》第4卷，河北教育出版社1998年版，第365页。

一个时代都不会把一切话都说完……"① 普希金是如此，莎士比亚是如此，托尔斯泰也是如此。托尔斯泰作品的意义决不会随着俄国农奴制和资本主义的消亡而消亡。列宁曾经深刻指出，托尔斯泰"创造了可供群众在推翻了地主和资本家的压迫后而为自己建立了人的生活条件的时候永远珍视和阅读的艺术品"。②"在他的遗产里，却有着没有成为过去而是属于未来的东西"。③

对于文学作品和文化现象的生命力和潜能的问题，巴赫金是把它作为一种文学和文化的对话现象来加以理解的。在他看来，任何一部文学作品，任何一种文化现象都存在一种对话关系，它要同前代对话，要同本时代对话，同时还要同后代对话。一部文学作品和一种文化现象能够同后代对话，能活在长久的时间里，除了它有现实的内容，还在于它有潜在的内容。前者是已经被同时代人理解和关注的内容，后者是潜藏其中的尚未被同时代人揭示的内容，它要随着时代的推移，不断被激活，不断被揭示。巴赫金说："古典作品的历史现实，就其实质而言，是它们的社会思想被反复强调的一个连续的过程。它们借助于寓于其中的潜在可能性，在每个时代，在新的对话背景上都可能被揭示出新的思想因素来。它们的这种意义成分确实在继续发展、创造。"④

那么，文学作品和文化现象为什么可能存在被后代不断加以激活和揭示的潜能呢？

首先，巴赫金认为能在未来生存的作品，具有潜能的作品，"是在某种程度上也汲取了以往世纪的东西"，如果它只是今天诞生的，没有继承过去，与过去没有重要的联系，那么它就不可能在未来生活，只属于现在的作品也必然同现在一起消失。莎士比亚融入作品中的宝贵的涵义是若干世纪乃至上千年间的创造和积淀。莎士比亚不是靠后人给他的作品添加某些东西或者把它现代化而变得强大，莎士比亚变得强大靠的是作品中过去和现在实际存在的东西，只是这些东西在他那个时代还不能被自觉认识

---

① 《别林斯基选集》第 3 卷，上海译文出版社 1990 年版，第 276 页。
② 《列宁论文学与艺术》，人民文学出版社 1983 年版，第 210 页。
③ 同上书，第 214 页。
④ 《文学与美学问题》，俄文版，1975 年，第 231—235 页。

到。巴赫金认为文学作品的涵义是以隐蔽的形式潜藏着，只有在后代有利的文化语境中才能得到揭示。他特别强调这些宝贵的涵义是隐藏在作品语言中、体裁中，也隐藏在作品的思维形式中。其中，他认为"体裁有特别重要的意义"。在体裁中，在它若干世纪存在的过程中，形成了观察和思考世界的特定形式，作家如果是工匠，那只能把体裁当成外在的固定形式；如果是大作家，则能激活藏在体裁中的潜在涵义。

其次，巴赫金认为作品能生存在未来世纪还因为文学作品存在内在对话性。这种内在的对话性首先表现在作品的内容层面上、作品的思想主题层面上，也就是作品本身存在内在的矛盾性和多义性。例如创作于17世纪的俄罗斯作品《阿库瓦姆大司祭行传》，作者本人是俄国教会分裂派领袖，对当时宗教和社会生活的许多问题，持保守立场。作者同时又是一个满怀激情、为捍卫自己的信念不惜付出任何牺牲的人。他在作品中表达了对专制制度和压制思想的激烈反抗和对自由的热爱。作者这种人格力量和人格追求为后代进步的思想家和批评家所肯定。正是作品本身存在的对话性，作品内部的矛盾性和多义性，使得在几个世纪中不同时代、不同阶层的读者对它的理解迥然各异。

巴赫金认为作品内在对话性还表现在作品语言的对话性中，特别是在小说语言的对话性中。他认为诗歌语言的特点在于转移性（形象即譬喻）和严格的韵律，小说语言的特点在于对话性。他说："任何非艺术性的散文语言（生活语言、雄辩演说语言、科学语言），都不能不顾及到'已有之言'、'已知之见'、'尽人皆知之理'等等。言语的对话意向，当然是任何言语所无不具有的现象。这是活语言的一种自然目标。在接近自己对象的所有道路上，所有方向上，言语总得遇上他人的言语，而且不能不与之产生深刻而积极的相互作用。"[①] 这里说的人类言语活动中存在着"内在的对话性"，就小说语言来讲，这种"内在对话性"就更突出了。巴赫金说："话语处于他人话语（不管这话语在多大程度上属于他人）中间而含有对话意向——这一点为话语增添了新的重要的艺术潜力，造就了话语的特殊的散文艺术性；而这一散文艺术性最全面最深刻的表现，就在长篇

---

① 《巴赫金全集》第3卷，河北教育出版社1998年版，第58页。

小说中。"① 在他看来，这种语言的"内在对话性"表现在两个方面：一是"在对象身上同他人话语产生对话性相互作用"，也就是作家的话语通过同一题材和同一形象和别的作家、前辈作家的话语展开对话；二是"话语以得到回答为目标"，"话语在已有之言的氛围中形成，同时又受到未发待发、已在意料之中的答话的决定"。② 这就是说作家的话语是以回答为目标，他考虑着读者的回答，并以此来组织自己的话语，这就产生作家同后代的对话。他认为文学作品的潜能、文学作品的生命力，正是产生于这种"话语内在对话性"之中，正是这种"话语的内在对话性"构成作品潜在的内容。

巴赫金从纵向的角度提出要把文学作品放在"长远的时间"里，在同未来时代的对话中揭示其巨大潜能的同时，还从横向的角度，提出要在同别人文化的对话和交锋中，显示出自己文化的底蕴，并使双方的文化都得到充实和发展的观点。

在这个问题上，巴赫金提出了文化的外位性观点，而这一观点又源于审美活动的外位性观点。巴赫金认为审美活动中移情是十分重要的，我应当去体验他人所体验过的事物，深入他人的内心，深入他人的情感世界，好像同他融为一体。但他又认为仅有移情是不够的，对审美活动来说，"不论在任何情况下，在移情之后都必须回归到自我，回到自己的外位于痛苦者的位置上。只有从这一位置出发，移情的材料方能从伦理上、认识上或审美上加以把握"。所以，"审美活动的真正开始，是在我们回归自身并占据了外位于痛苦者的自己位置之时，在组织并完成移情材料之时"。③ 这就是中国古代文论所说的"入乎其内"和"出乎其外"。外位性从根本上讲是一种超视，也是一种对话，我能在他人身上看到他人看不到的东西，他人能在我身上看到我看不到的东西，而这一切都不是孤立进行的，都是必须依赖他人，都是必须在对话中进行。

巴赫金把审美活动的外位性观点运用到文化领域时，对文化的横向对话提出了一系列精彩的见解。

---

① 《巴赫金全集》第 3 卷，河北教育出版社 1998 年版，第 54 页。
② 同上书，第 59 页。
③ 《巴赫金全集》第 1 卷，河北教育出版社 1998 年版，第 122—123 页。

巴赫金首先批评一种错误的观点，以为为了更好地理解别人的文化，似乎应该融于其中。他认为这种观念是片面的，要理解别人的文化固然需要"在一定程度上融入到别人文化之中，可以用别人文化的眼睛观察世界"，但是这种做法只能是简单重复，不会有任何新意，不会起到丰富的作用。他指出："创造性的理解不排斥自身，不排斥自己在时间中所占的位置，不摒弃自己的文化，也不忘记任何东西。理解者针对他想创造性地加以理解的东西而保持外位性，时间上、空间上、文化上的外位性，对理解来说是件了不起的事。"① 这就是说，理解别人的文化，要保持自己文化的主体性，要创造性地加以理解，而不是丢掉自己。

巴赫金指出："在文化领域中，外位性是理解的最强大的推动力。"② 也可以说，不同文化的交锋和对话，是文化发展最强大的推动力。这个观点可以从以下两方面加以理解。

第一，外位性和对话消除了文化的封闭性和片面性，并能显现出文化深层的"底蕴"。巴赫金指出，"别人的文化只有在他人文化的眼中才能较为充分和深刻地揭示自己"，③ 同时，不同文化、不同涵义只有在交锋和对话中，才能显现出自己深层的底蕴。当局者迷，旁观者清，在西方人的眼里，东方文化的特色和底蕴显露得更清楚，反之，在东方人的眼里，西方文化的特色和底蕴也显露得更清楚。比如，西方人很欣赏东方的群体性，而西方的个体性在东方人看来就较为扎眼。

第二，外位性和对话使不同文化相互得到丰富和充实。一种文化如果没有自己的价值，自己的底蕴，自己的眼光，自己的问题，是无法创造性地理解他人的文化，也无法在对话中丰富和充实自己。巴赫金说："我们给别人文化提出它自己提不出的新问题，我们在别人文化中寻求对我们这些问题的答案；于是别人文化给我们以回答，在我们面前展现出自己的新层面、新的深层涵义。"④ 这就是说，在文化的交流和对话中，要使自己的文化得到丰富和充实，就必须保持自己文化的立场，保持自己的统一性

---

① 《巴赫金全集》第 4 卷，河北教育出版社 1998 年版，第 370 页。
② 同上。
③ 同上。
④ 同上书，第 370—371 页。

和开放的完整性。① 在这里，文化的完整和开放，是辩证统一的。通过对别人文化的开放，同别人文化的对话，是为了充实和丰富自己的文化，而不是溶化掉自己的文化。

以上分三个方面阐述了巴赫金的文化观，指出了巴赫金认为文化是有区分的统一体，是相互联系的和相互作用的统一体，是开放的统一体。总的来说，巴赫金的文化观是多元、互动、开放的整体文化观，而就其实质而言是一种对话的文化观。巴赫金反对把文化看成是一元的、孤立的和封闭的，而主张把文化看成是多元的、互动的和开放的，认为正是上层文化和下层文化的对话，本民族文化和外民族文化的对话，推动了文化的发展。

巴赫金的文化观的理论意义在于打破单一文化的垄断地位，扩大提高了民间文化的地位，并且揭示了各种文化在交锋和对话中得到发展的客观规律。巴赫金的文化观对于我们了解和研究文化和文学发展的历史，对于我们了解和研究当代文化的特征和未来的发展趋势，都有重要的意义。

三 狂欢式的思维和艺术思维——巴赫金文化诗学的文艺学层面之一

巴赫金认为狂欢节和狂欢节所形成的狂欢化文化对文学的发展有重大的影响，而这种影响涉及文学的内容和形式各个方面，其中值得注意的是他特别提到了对艺术思维的影响。他把民间狂欢节看成是民众的一种生活方式，称之为"第二种生活"，这种民众独特的生活方式有独特的世界感受——狂欢式的世界感受，与此相联系的也有独特的思维方式，所谓的"狂欢式的思维"。② 他进一步指出狂欢化文化"对文学艺术思维产生异常巨大的影响"，③ 民间诙谐文化"对整个文学，对人类的形象思维产生强大的影响"，而这种影响"几乎完全未得到揭示"。④ 具体来说，陀思妥耶

---

① 《巴赫金全集》第 4 卷，河北教育出版社 1998 年版，第 371 页。
② 《陀思妥耶夫斯基诗学问题》，三联书店 1988 年版，第 180 页。
③ 同上书，第 179 页。
④ 《巴赫金全集》第 6 卷，河北教育出版社 1998 年版，第 64 页。

夫斯基的复调小说正是在民间狂欢文化，在狂欢式思维的影响下形成的，这种复调小说不仅创立一种全新的艺术体裁，而且创立了一种"全新的艺术思维类型"，即"复调艺术思维"。①

艺术思维是文学创作和文学理论的一个十分重要的问题，也是一个十分复杂的问题，在这个问题上有许多不同看法，也没有得到深入研究。为了深入研究这个问题，人们十分关注艺术思维和原始思维、神话思维的关系。巴赫金提出艺术思维同狂欢式的思维，同民间文化的思维的关系问题，虽然是一个有相当难度的课题，但有重要的理论价值，他为我们深入思考艺术思维问题提供了新的思路。

巴赫金所指出的狂欢式的思维是如何形成的，是在什么生活实践活动中形成的；狂欢式的思维具有什么特点，它同艺术思维有什么关系；狂欢式的思维对陀思妥耶夫斯基的复调艺术思维的形成有什么影响，这是本节所要探讨的问题。

（一）两种生活和两种思维体系

思维是一种心理活动，也是一种认识活动，思维是在人的生活实践活动中，在感性认识，特别是在表象的基础上，借助于词、语言，以知识经验为中介而实现的，从这里可以看出人的生活实践活动是思维的基础。

巴赫金在谈到狂欢式的思维时，特别谈到了思维和生活实践活动的关系。如前所述，他认为中世纪的人似乎过着两种生活，一种是常规的日常生活，它服从于等级，充满恐惧、教条、崇敬和虔诚，另一种是狂欢节的生活，它自由自在，快乐无比，充满对神圣之物的亵渎和不敬。他由此得出一个很有意思的结论：常规的生活产生常规的思维体系，狂欢节的生活产生狂欢式的思维体系。②

巴赫金的结论给我们一个重要的启示：不同的思维方式源于不同的生活实践活动，它是在不同的生活实践活动中形成的，因此要了解狂欢式的思维的特征以及狂欢式的思维和艺术思维的联系，首先要了解作为狂欢式思维基础的狂欢节生活活动同作为艺术思维基础的艺术创作活动之间有何

---

① 《陀思妥耶夫斯基诗学问题》，三联书店 1988 年版，第 363 页。
② 同上书，第 184 页。

相似之处，有何内在的联系。

如果我们仔细比较一下民间狂欢节的生活和艺术创作活动，两者之间确有不少相似之处，这两种活动所产生的狂欢精神和艺术精神也有内在的联系。

首先，狂欢式的生活和艺术活动都是"第二种生活"。

巴赫金明确指出："狂欢节，这是人民大众以诙谐因素组成的第二种生活。"① 狂欢节是没有舞台，不分演员和观众的游艺活动。在狂欢节上，演员是观众，观众也是演员，全民都参加狂欢节，人们完全按照狂欢节的规律在生活。从这个意义上讲，狂欢节并不是艺术活动，而是生活本身，但它被赋予一种特殊的游戏方式，它"处于生活和艺术的交界线上"，"在狂欢节上是生活本身在表演，而表演又暂时变成了生活本身"，② 同时，狂欢节、狂欢式的生活作为一种特殊的生活方式，它本身又是对日常生活的超越，它体现着一种理想的生活方式，一种既是现实又是理想的生活方式，这就是"第二种生活"。这种第二种生活"是脱离了常轨的生活，在某种程度上是'翻了个的生活'，是反面的生活"。③ 在狂欢节上，决定着日常生活的一切等级、秩序、法令和禁令被取消了。一切官衔、职位、家庭和年龄的差异被打破了，人们之间没有距离，没有隔阂，大家相互亲昵，自由接触，人与人之间形成一种新型的相互关系。在日常生活中不可能出现的事在狂欢节出现了，日常生活中办不到的事在狂欢节办到了。在西方狂欢节国王加冕和脱冕的仪式上，在日常生活中威风凛凛、不可一世的国王不仅要被人摘下皇冠、扒下皇袍，而且还要遭人讥笑和殴打。反过来，普通小百姓在狂欢节也可以过一把国王瘾，也可以当当官。老百姓在这个特殊的空间和时间里过着"第二种生活"，把原来的社会生活秩序翻了个，来个上下颠倒，从中表达自己的生活愿望和社会理想。

狂欢式的生活是第二种生活，艺术活动从根本上讲表现的也是第二种生活。艺术源于生活，但它又不同于生活，它是对生活的超越，它所表现的是渗透了艺术家审美理想的生活。在对日常生活的超越和表现理想方

---

① 《巴赫金全集》第6卷，河北教育出版社1998年版，第60页。
② 同上书，第9页。
③ 《陀思妥耶夫斯基诗学问题》，三联书店1988年版，第176页。

面，狂欢和艺术是完全一致的，不过艺术和狂欢相比是一种高级形态的"第二种生活"，它有艺术家更自觉的意识和更多的艺术加工。就拿托尔斯泰小说《复活》中著名的法庭审判场面来说，在现实生活中玛丝洛娃是犯人，是被审判者，而法院的检查官和法官是威严的审判者，聂赫留多夫是老爷，是陪审员；而在托尔斯泰的笔下，检查官和法官个个外表道貌岸然，内心却十分龌龊，有的昨晚去逛妓院还来不及看卷宗就胡说什么"犯罪是下层阶级的天性"，有的想着同妻子吵架午饭没有着落，有的想着治胃病的药方是否灵验，有的惦着赶紧收庭好去会红头发情妇。正由于这伙人草营人命，玛丝洛娃被无辜判了四年苦役。我们看得很清楚，现实生活中的被审判者却成了审判者，拿巴赫金的话说，"这其实是对审判的审判"。① 在艺术当中，同在狂欢化生活中一样，生活被颠倒过来了，在这种颠倒中渗透了托尔斯泰的批判激情，也体现了托尔斯泰的艺术力量。

其次，狂欢式的生活和艺术活动都是对心灵自由的追求。

人们在日常的生活、常规的生活之外为什么过狂欢节、过狂欢式的生活呢？从根本上讲，就是在日常生活中他们是受压抑的，是不自由的，因此他们向往一种自由的、理想的生活，也就是第二种生活。在日常生活中是等级森严的，在狂欢式的生活中人们在相互亲昵和自由接触中感到人与人是平等的；在日常生活中人是受压抑、不自由的，在狂欢式的生活中人们获得了完全的自由，他们是"按照狂欢节自由的规律生活"，他们"在人们之中感到自己是人"；② 在日常生活中人是严肃的、刻板的和恐惧的，在狂欢式的生活中他们的心灵完全获得了解放，情感完全得到解放，他们充满快乐和笑声，洋溢着心灵的快乐和生命激情。总之，受等级制度制约的日常生活压抑了人的本性，狂欢式的生活使人获得了自由，"人回归到了自身"。正是从这个意义上讲，巴赫金认为狂欢节是人们"展示自己存在的另一种自由（任意）的形式"，是"民众暂时进入全民共享、自由、平等和富足的乌托邦王国的第二种生活形式"。③

艺术从根本上讲，同狂欢式的生活一样，也是对心灵自由的追求。从

---

① 《巴赫金全集》第3卷，河北教育出版社1998年版，第22页。
② 《巴赫金全集》第6卷，河北教育出版社1998年版，第8、12页。
③ 同上书，第9、11页。

马克思主义美学的观点来看,美是人的本质力量的对象化,或者说美是人的本质力量的感性显现,从历史发展来看,艺术和美是产生于人的本质力量对象化的劳动实践中,产生于社会历史实践中,同时,艺术和美的创造也有赖于人的本质力量的丰富和发展,由此看来,美的本质、艺术的本质和人的本质有历史的逻辑的内在规定性。然而,在私有制社会中,由于阶级压迫的存在和劳动的异化,人的本质力量不能得到肯定,人的个性和创造性受到压抑,人丧失了自由。正如马克思所说的,"在私有制的前提下,我的个性同我疏远到这种程度,以至这种活动为我所痛恨,它对我来说就是一种痛苦,更确地说:只是活动的假象"。① 也就是说,劳动作为一种活动,已经不是肯定人的本质力量的形式,而是否定人的本质力量的形式,"劳动对工人来说是外在的东西,也就是说不属于他的本质的东西;因此,他在自己的劳动中不是肯定自己,而是否定自己,不是感到幸福,而是感到不幸,不是自由地发挥自己的体力和智力,而是使自己的肉体受折磨、精神遭摧残"。② 在这种情况下,社会中的人与人的关系不再是平等的、和谐的关系,人不再是社会整体中和谐交往关系中的人,而成了孤独的存在。然而,私有制和劳动的异化并没有完全扼杀人对真善美和自由境界的追求。在现实生活中人是痛苦的,在文学艺术中人的情感可以得到痛快淋漓的宣泄;在现实生活中人的个性是受压抑的,在文学艺术中人的个性可以得到充分的发挥;在现实生活中人是不自由的,在文学艺术中人可以展开想象的翅膀,追求自由的天地;在现实生活中人是孤独的,在文学艺术中人可以同人亲近,人可以同大自然亲近,他们的心灵可以得到抚慰。总之,人通过文学艺术来展现被现实压抑的人的本质力量,追求心灵的自由,使人又回归到了人自身。

狂欢式的生活和艺术生活都是"第二种生活",都是人对心灵自由的追求,从这个意义上讲,它们是相似的,这也是狂欢式思维和艺术思维有内在联系的基础。但是狂欢式的生活半是艺术半是生活,只是接近于艺术而不等于文学艺术,文学艺术活动是高于狂欢式生活的。

---

① 《马克思恩格斯全集》第42卷,人民出版社1979年版,第38页。
② 同上书,第93页。

(二) 狂欢式思维的特征

巴赫金明确指出存在着源于狂欢式生活的狂欢式思维,但他并没有明确指出狂欢式思维的具体特征。结合关于狂欢节、狂欢式的生活、狂欢化和狂欢式的世界感受等一系列论述,可以对狂欢式的思维做一些具体分析,尽管这种分析只是初步的,探讨性的。从思维的方式来看,狂欢式的思维有别于抽象思维而接近于艺术思维;从思维的品质来看,狂欢式的思维有别于独白思维而接近于对话思维。

1. 狂欢式的思维接近于艺术思维

就思维方式而言,人们常常把人类的思维分为抽象思维和艺术思维两种,这两种思维虽然各有特点但又是相互渗透的,但对于思维成熟者来说,科学家的思维更偏重于抽象思维,而艺术家的思维则偏重艺术思维。艺术思维和抽象思维都要从感性认识上升到理性认识,但艺术思维在思维过程中更多的不是借助于概念,而是借助于具体感性的生活材料,它以生动的形象作为思维运动的形式。正如杜勃罗留波夫所说的:"艺术家们所处理的,不是抽象的思想与一般的原则,而是活的形象,思想就在其中显现。"[1] 巴赫金在谈到狂欢节所体现的关于自由平等的思想、关于事物的双重性的思想、关于事物交替和变更的思想时,特别强调,这"都不是关于平等与自由的抽象观念,不是关于普遍联系和矛盾统一等的抽象观念。相反,这是具体感性的'思想',是以生活形式加以体验,表现为游艺仪式的'思想'"。[2] 这段话提示我们,他所提出的"狂欢式的思维"更接近于艺术思维,它是源于生活客观对象的直接感受,是源于狂欢式的生活,是借助于狂欢节的仪式和狂欢式的形象来思维,从而达到对世界的狂欢式感受,进而达到对世界的理性认识。

首先,狂欢式的思维是"以生活的形式加以体验"的。

狂欢式的思维是在狂欢式的生活中形成的,它以具体可感的狂欢式生活形式为对象,并且是对这种狂欢式生活的一种带有情感色彩的、具体生动的体验。就拿关于平等与自由的观念来说,人们不是通过概括、推理来

---

[1] 《杜勃罗留波夫选集》第 1 卷,新文艺出版社 1954 年版,第 248 页。
[2] 《陀思妥耶夫斯基诗学问题》,三联书店 1988 年版,第 177 页。

认识的，而是直接与狂欢式的生活形式相联系的，正如马克思和恩格斯所说，"思想、观念、意识的生产最初是直接与人们的物质活动，与人们的物质交往，与现实生活中的语言交织在一起的"。① 这种思维是直接感受外界活动时产生的直观的初步概括。在狂欢节活动中，人们就是通过人们之间随便而亲昵的接触、插科打诨、俯就和粗鄙等一系列狂欢式的生活形式，具体感性地感受到一种人与人之间形成的一种新型的关系，并初步得到关于平等和自由的概念。

其次，狂欢式的思维是借助于狂欢节的仪式进行的。

狂欢节上的主要仪式是笑谑地给国王加冕和脱冕，这是狂欢节一种典型的标志式的仪式，它以不同形式出现在狂欢节的所有庆典中。加冕和脱冕是合二而一的双重仪式，它具有象征意义。加冕从一开始就具有两重性，被加冕者是奴隶或小丑，加冕本身就意味着后来的脱冕，脱冕仪式仿佛是最终完成了加冕。不论是加冕仪式也好，脱冕仪式也好，受冕者和脱冕者身上的帝王服装、皇冠和权力象征物，都获得了可笑的相对性，它们不仅有象征意义，而且有双重意义，它们并不像现实生活中的皇冠、皇服和权力象征物那样显得那么严肃、沉重和绝对。在狂欢节上，人们正是通过具有象征性和双重性的加冕脱冕仪式，具体生动地感受到事物交替和变更的精神，死亡和新生的精神，这就是狂欢式的思维，而这种思维正如巴赫金一再强调的，它"不是抽象的思维，而是体现在具体感性仪式中的生动的世界感受"。②

最后，狂欢式的思维是借助狂欢式的形象进行的。

狂欢节上有各种各样狂欢式的形象，如火的形象、笑的形象。这些形象的共同特点就是都具有两重性，狂欢式所有的形象都是合二而一的，它们身上总是结合着事物的两个极端：诞生和死亡、祝福和诅咒、夸奖与责骂、青年与老年、上与下、当面与背面、愚蠢与聪明。例如，狂欢节上火的形象既是毁灭世界的火焰，又是更新世界的火焰，笑的形象既是否定和讥讽的，又是肯定和欢呼的。在这些狂欢式的形象上都带有深刻的两重性质，人们也正是借助这些具有两重性的狂欢式形象来达到对事物两重性的

---

① 《马克思恩格斯选集》第1卷，人民出版社1972年版，第30页。
② 《陀思妥耶夫斯基诗学问题》，三联书店1988年版，第178页。

直观认识。

2. 狂欢式的思维接近于对话思维

就思维的品质而言，人类的思维可以大致分为再现性思维和创造性思维，再现性思维是指一般的思维活动，创造性思维是人类思维的高级过程，人们通常把创造性思维同科学发明、技术革新和文学艺术创作活动联系起来。这是总的划分，如果再进一步划分，就思维品质而言，还可以分为顺向思维和逆向思维、独白思维和对话思维，等等。狂欢式的思维就其思维品质而言，是接近于对话思维的，而有别于独白思维。

所谓的独白思维就是把自己的思维看成是封闭的、自足的、排他的，以为无需同别人交往和对话就可以认识和把握真理，进而也就把自己的思维变成是凝固不变的和最后完成的。所谓的对话思维则与此相反，这种思维是开放的、兼容的，它是靠同别人的交往和对话来认识和把握真理，进而也就是变化的、未完成的，它不喜欢把自己的认识客体凝固化，也不喜欢使自己的思维走向完结。

在存在阶级的现实生活中，统治阶级是最高的权威，统治阶级的思想是占统治地位的思想，他们不承认民众的价值，也不允许存在第二种声音，也无须思想的交流与对话。在这种环境中形成的思维必然是封闭的、自足的、排他的思维。在民间狂欢节上，情况就完全不同了，这时等级、权威和禁令都不复存在了，人与人之间是亲昵和平等的，每个人的声音都受到尊重。在狂欢的气氛中，人人都可以坦率发表意见，并且展开热烈的讨论和争论，谁都不能用自己的观点来排斥和压制别人的意见，结果就造成一种众声喧哗的局面。在这种环境中形成的思维就是一种开放的、兼容的思维。

在存在阶级的现实生活中，一切等级、制度、思想和观念都是永恒不变的，不可动摇的，皇帝子子孙孙都是皇帝，奴隶子子孙孙永远是奴隶，臣就是臣，民就是民，这一切是不可改变的，在这种环境中就必然形成一种凝固不变的思维。而在狂欢节上，情况就大不一样，狂欢节上的一切范畴、仪式和形象都带有明显的相对性，都具有明显的两重性，戴上皇冠你就是皇帝，摘下皇冠你就成了奴隶，再戴上皇冠你又成了皇帝，狂欢节上的一切都不是绝对的，而是相对的；都不是单一的，而是双重性的；都不是完成的，而是未完成的。在这种狂欢的气氛中就自然形成一种变化的、未完成的思维。对此，巴赫金指出："狂欢节不妨说是一种功用，而不是一种实体。这不把任何东西看成是绝对的，却主张一切都具有令人发笑的相对性。"① 同时，他又特别强调狂欢节的仪式和形象的"两重性本质"。他说："对于狂欢式的思维来说，非常典型的是成对的形象，或是相互对立（高与低、粗与细等等），或是相近相似（同貌与孪生）。同样典型的是物品反用，如反穿衣服（里朝外），裤子套到头上，器具当头饰，家庭炊具当作武器，如此等等。"②

上面我们描述了狂欢式思维的一些特征，这些特征的描述是在同艺术思维和对话思维的联系中展示出来的。我们说狂欢式思维接近于艺术思维，狂欢式思维接近于对话思维，只是指出狂欢式思维同艺术思维、对话思维的内在联系，并不是说狂欢式思维等于艺术思维和对话思维。事实上，狂欢式思维同艺术思维、对话思维还是有区别的。

就狂欢式思维和艺术思维的关系而言，艺术思维是比狂欢式思维更高级的思维，起码前者比后者更为充分体现思维者的强烈个性，在艺术思维过程中，无论是形象的运用，还是情感的灌注，无不包含着作家艺术家的个性。就狂欢式思维和对话思维的关系而言，对话思维也是比狂欢式思维更高级的思维，作为一种人文思维，对话思维有更高的自觉意识，同时也有更强烈的创造追求。尽管如此，我们不能否认狂欢式思维同艺术思维、对话思维的内在联系，也不能否认狂欢式思维对艺术思维和对话思维的深刻影响，这正是我们所要重点探讨的问题。就作家艺术家的艺术思维而言，它不仅同原始思维、神话思维相联系，也受到狂欢式思维的影响。陀思妥耶夫斯基的复调思维受到狂欢式思维的影响就是有力的证明。

（三）狂欢式思维与复调艺术思维

如前所述，巴赫金不止一次指出，狂欢化文化以及在狂欢化文化基础上形成的狂欢化思维"对文学的艺术思维产生异常巨大的影响"，然而这种影响"几乎完全未得到揭示"。因此，他在《陀思妥耶夫斯基诗学问题》一书中给自己提出的任务就是研究陀思妥耶夫斯基的复调小说同民

---

① 《陀思妥耶夫斯基诗学问题》，三联书店1988年版，第178页。
② 同上书，第180页。

间狂欢化文化的内在关系,进而从思维的角度进一步研究复调小说作为一种"全新的艺术思维类型",一种特殊的"复调艺术思维",同狂欢式思维的内在联系。

在巴赫金看来,陀思妥耶夫斯基所创建的新的小说体裁——复调小说,不仅是小说体裁的长足进步,"而且在人类艺术思维总的发展中,也是一个巨大的进步",他进而把复调小说的思维称之为"复调艺术思维"。① 巴赫金认为复调小说对审美思维提出了新的要求,以往的审美思维"由于受到独白型艺术神学的熏陶和渗透,习惯于把独白形式绝对化,看不到它们的局限",② 而复调艺术思维"能够研究独白立场的艺术所无法企及的人的一些方面,首先是人思考着的意识,和人们生活中的对话领域"。③ 从这两段话看来,巴赫金所说的复调艺术思维从根本上讲,就是前面所说的同狂欢式思维有密切联系的对话思维,而这种思维是有别于独白思维的。下面具体谈谈狂欢式思维对复调艺术思维的影响。

巴赫金指出狂欢式思维是以生活的形式加以体验的,是借助于狂欢式的仪式和形象来进行的。他说,狂欢式的思想,例如关于生与死的问题,"它不是提出抽象哲理的解决办法或宗教教条的解决办法,而是通过狂欢仪式和形象的具体感性形式,把这些问题演示出来。因此,狂欢化使得人们能够把最后的问题,从抽象的哲学领域通过狂欢式的世界感受,转移到形象和事件的具体感性的领域中去"。④ 巴赫金指出的狂欢式思维这一特点,应当说对陀思妥耶夫斯基的艺术思维有深刻的影响。巴赫金引用伊万诺夫的观点指出,陀思妥耶夫斯基的现实主义"不是以认识(对客体的认识)为基础,而是以'体验'为基础",⑤ 这点恰好是同狂欢式思维相近的,对于我们认识陀思妥耶夫斯基的艺术思维,或者是复调艺术思维的特点是至关重要的。例如,在对人的描写方面,陀思妥耶夫斯基强烈反对把活生生的人变成一个沉默无语的认识客体,一个虽不在场却完全可以完成定性的认识客体。巴赫金认为作家对人的描写采取全新的立场、全新的

---

① 《陀思妥耶夫斯基诗学问题》,三联书店1988年版,第363页。
② 同上书,第364页。
③ 同上书,第363页。
④ 同上书,第190页。
⑤ 同上书,第34页。

思维，也就是说作家不是去认识人物，而是去体验人物，是要通过对话去表现人物的个性，表现人物的自我意识。巴赫金指出："一个人身上总有某种东西，只有他本人在自由的自我意识和议论中才能揭示出来，却无法对之背靠背地下一个外在的结论。"① 从果戈理的《外套》到陀思妥耶夫斯基的《穷人》，同是写小人物，其中发生的根本变化就是主人公不再是被认识的客体，不再是被人说死了、定了性的客体，而是充满自我意识的、未完成的主体。再拿对思想的表现来说，巴赫金指出陀思妥耶夫斯基在众多声音和众多形象中总想寻找一个理想的人物形象，或者是基督的形象，但他看重的不是信仰本身和信仰本身的正确，而是要到另一个形象中去探寻真理，因此，他不怕人说基督也做错过事，他也向理想的形象、向基督的形象询问，同他采取一种内心对话的态度。对此，巴赫金深刻地指出："对我们来说重要的不是陀思妥耶夫斯基基督教信仰本身，而是他那艺术思维的生动形式。这种形式在这里是被自觉意识到了，并且获得了清晰的表现。公式和范畴同他的思维是格格不入的。他宁可同过失共存，也要和基督在一起；也就是说他不要理论上的真理，不要公式型的真理，不要论点式的真理。"②

巴赫金指出狂欢式思维是一种开放的思维，它从相对性、双重性和未完成性的角度来看待事物，这种思维对陀思妥耶夫斯基复调艺术思维有深刻影响，使它能进入独白思维所无法企及的"人的思考着的意识，和人们生活中的对话领域"。

首先，在狂欢式思维影响下的复调艺术思维使得陀思妥耶夫斯基能进入"人思考着的意识"，能进入思想的对话领域。独白思维把人的意识和思想看成是封闭的、自足的、完成的，而陀思妥耶夫斯基的复调艺术思维则把人的意识和思想看成是具有内在对话性的、开放的和未完成的。把思想作为艺术描写的对象是陀思妥耶夫斯基创作的主要特色，但作家对思想的处理和表现不同于独白型的作家。他认为思想不是一种主观的个人的心理产物，不是"固定居住"在人脑之中，思想是超个人和超主观的，思想的生存领域不是个人的意识，而是不同意识的对话交际，因此，"思想

---

① 《陀思妥耶夫斯基诗学问题》，三联书店1988年版，第90页。
② 同上书，第147页。

就其本质来说是对话性的"。我们看到陀思妥耶夫斯基在他的作品中所描写的不是单个意识中的思想，而是众多意识在思想方面的相互作用。正如巴赫金所指出的，"陀思妥耶夫斯基笔下人的意识，从不独立而自足，总是同他人的意识处于紧张关系之中。主人公的每一感受，每一念头，都具有内在的对话性，具有辩论色彩……"① 也正是不同思想的相互争辩和斗争，构成了作家作品艺术风格的基础。与思想内在对话性相联系的是思想的未完成性，陀思妥耶夫斯基所有的重要人物都是冥思苦想的人物，每个人都有种"伟大而没有解决的思想"，因此，他们的思想总是未完成的。在佐西马神父同伊万·卡拉马佐夫真心实意的对话中，前者就指出后者关于心灵不朽、关于信仰的问题在心里并没有解决，神父说："您心里这个问题没解决，这就是您最大的痛苦，因为它非常迫切要求解决……"② 显然，陀思妥耶夫斯基的艺术思维如果是独白的思维而不是对话的思维，是无法真正进入"人的思考着的意识"，是无法表现人的思想的内在对话性和未完成性的。

其次，在狂欢式思维影响下的复调艺术思维，使得陀思妥耶夫斯基能进入"人们生活中的对话领域"，深入揭示发展中的资本主义的世界。资本主义打破了原来的自足、封闭和稳固的世界，资本主义的世界不是独白的世界，而是多元的世界，它充满多元性和矛盾性。正是从这个意义上讲，巴赫金认为资本主义的世界，特别是俄国的资本主义世界，为陀思妥耶夫斯基的复调小说提供了最适宜的土壤。而陀思妥耶夫斯基能比别人更充分和更深入地揭示出资本主义世界的多元和矛盾，正是得力于狂欢式思维影响下的复调艺术思维，这种思维固有的双重性和相对性使得他对世界有异常敏锐的感受，在别人听到一种声音的地方，他能听出两种声音，在别人只看到一种思想的地方，他能发现两种思想，在每一个现象上他能感知存在着深刻的双重性和多种含义。正如巴赫金所说的，狂欢化和狂欢式思维"把一切表面稳定的、已经成型的、现成的东西，全给相对化了；同时它又以自己那种除旧布新的精神，帮助陀思妥耶夫斯基进入人的内心深处，进入人与人关系的深层中去"。他特别指出它"对于艺术地认识发

---

① 《陀思妥耶夫斯基诗学问题》，三联书店1988年版，第65页。
② 同上书，第131页。

展中的资本主义关系,是惊人地有效",[①] 这是因为人们原来的生活形态、道德基础和信仰全都崩溃了,原来一直隐蔽着的人的两重性和人的思想的两重性暴露出来了,同时人和人的思想也从封建的封闭的巢穴中挣脱出来,相互交往和相互对话,最终形成一个多元的和矛盾的世界。

四 小说体裁和民间狂欢化文化——巴赫金文化诗学的文艺学层面之二

除了狂欢式思维对艺术思维的影响外,巴赫金认为民间狂欢化文化对文学的影响还特别体现在狂欢化对文学体裁的影响方面,他曾经明确指出,"文学狂欢化问题,是历史诗学,主要是体裁诗学的非常重要的课题之一"。[②] 在他看来,狂欢体文学也好,陀思妥耶夫斯基的复调小说也好,要研究的都是小说体裁问题,是体裁诗学问题。然而要弄清楚复调小说这种有别于独白小说的狂欢体小说体裁是如何形成的,就必须从历史诗学的角度,历史地研究狂欢体小说、复调小说同民间狂欢化文化的内在联系。巴赫金认为:"狂欢化有构筑体裁的作用,亦即不仅决定着作品的内容,还决定着作品的体裁基础。"[③] 这就是说,狂欢化具有"构成新文体的力量"。在他看来,在民间狂欢化文化的影响下,在历史上形成了狂欢体小说这种新的文体——这种有别于独白小说的新的小说体裁。同时,巴赫金认为,正是这种狂欢体的小说最能体现小说体裁的独特本性和本质特点。小说体裁所固有的时代性、杂语性、反规范性和未完成性,都同民间狂欢文化有深刻的内在联系,是民间狂欢化文化给小说体裁带来生命活力,带来生生不息的创造力量。本节以小说体裁为中心,着重探讨小说体裁和民间狂欢化文化的关系,从历时的角度研究狂欢体小说和民间狂欢化文化的关系,从共时的角度研究小说体裁的特性与民间狂欢化文化的关系。

(一) 狂欢体小说与民间狂欢化文化

研究民间文化对文学的影响较多是从内容着眼,巴赫金研究民间狂欢

---

① 《陀思妥耶夫斯基诗学问题》,三联书店1988年版,第233页。
② 同上书,第157页。
③ 同上书,第186页。

化文化对文学的影响却主要是从体裁入手。如前所述，他尖锐地提出狂欢化有构筑体裁的作用，有构成新文体的力量。巴赫金抓住了体裁，实际上也就抓住了民间文化影响文学的关键。因为"文学体裁就其本质来说，反映着较为稳定的、'经久不衰'的文学发展倾向"，虽然它总是既老又新，但它总在记着自己的过去，文学正是靠着体裁才保持着自己发展的统一性和连续性。①

在研究民间狂欢化文化和文学体裁的关系时，巴赫金又抓住了小说，特别是狂欢体小说这种狂欢化程度特别高的体裁。

在小说史的研究方面，巴赫金提出一些重要的观点，在《陀思妥耶夫斯基诗学问题》中，他认为小说的来源是：史诗、雄辩术、狂欢节。而随着哪一个来源占主导地位，就形成了欧洲小说发展史上的三条线索：叙事、雄辩、狂欢体。②

同时，他也指出它们之间存在许多过渡形态，在另一处，在《长篇小说的话语》中，巴赫金又提出在欧洲小说发展中有两条文体发展线索，一条是"杂语的"，一条是"单语的"，前者是多语言和多风格的，存在一种内在的对话结构，后者则是单一的语言和单一的风格，并不存在内在的对话结构。虽然杂语小说的发展要晚于单语小说，而且这两种小说在小说发展史上也是相互渗透、相互作用的，但从总体看，杂语小说更具有发展潜力。

不论是三条线索的划分也好，还是两条线索的划分也好，巴赫金看重的是狂欢化程度高的体裁，他关注的是受狂欢化影响程度最大的体裁，他要研究的是狂欢化文化对文学的影响，他认为狂欢化文化，"狂欢型庆典在其发展的所有阶段上，对整个文化的发展，其中包括文学的发展，给予了巨大的影响；这种影响至今没有得到足够的评价和研究。而文学中的某些体裁和流派，狂欢化程度是特别高的"，③ 实际上，前面所说的狂欢体小说（三条线索之一）和杂语小说（两条线索之一）是一致的，它们只是从不同角度作出的划分。在巴赫金看来，它们就是"狂欢程度特别高"

---

① 《陀思妥耶夫斯基诗学问题》，三联书店1988年版，第156页。
② 同上书，第159页。
③ 同上书，第183页。

的体裁和流派。他之所以特别看重狂欢体小说和杂语小说，其一是这种小说体裁最充分体现了狂欢化文化的重大而又深刻的影响；其二是这种小说体裁最能体现小说体裁的本质特点，最具有发展的巨大的潜力；其三，当然也由于以往人们在研究小说发展史时对这类体裁没有给予足够的重视，巴赫金认为离开小说发展的这条线索，是无法全面地和深刻地了解小说发展的历史。同时也无法真正了解小说体裁的本质特征。

从以上分析我们可以看出巴赫金小说体裁研究的一些思路和特点。首先，他不是平面地、共时地研究小说体裁，而是十分重视小说的历史诗学研究，他是力图从小说的历史发展过程来把握小说体裁的特点。其次，他是把小说史的研究和文化史的研究结合起来，力图从文化史的广阔背景，特别是民间文化的广阔背景来寻找小说发展的历史规律，来把握小说体裁的特征。正是这种方法论的优势，使得巴赫金的小说体裁研究比前人高出一筹。

巴赫金在研究狂欢化文化对狂欢体小说体裁的影响时，首先抓住陀思妥耶夫斯基的有别于独白小说的复调小说是狂欢体小说体裁发展的高峰。他是先抓住狂欢体小说的高峰形态进行分析，而后再回溯狂欢体小说的起源，再分析狂欢体小说和狂欢化文化的内在联系。

巴赫金认为陀思妥耶夫斯基的复调小说不仅在主人公、主题思想方面有自己的特点，它在体裁和情节布局方面也有自己的特点，都不是一般传记小说、社会心理小说、日常生活和家庭小说的体裁形式、情节布局形式所能容纳得下的。后者主人公性格是稳定的并且同他的生活情节形成有机的统一体，作者是在这个统一体的基础上来结构小说的，而前者则相反，它的主人公性格是不稳定的，同他的生活情节的关系也不是有机的，他们渴望成为"幻想家"、"地下室人"，成为"偶合家庭的主人公"。巴赫金认为陀思妥耶夫斯基复调小说是建立在另一种情节布局的基础上，是同欧洲小说发展史上另一些体裁传统联系着。他指出有人把作家的创作同欧洲惊险小说传统联系起来有一定道理，因为惊险小说的主人公也是没有固定不变的性格特征，他们可以不受性格的限制承受各种惊险情节，而陀思妥耶夫斯基运用惊险小说的种种写法来编织自己的情节，如突如其来的灾难，命运的突然变化，如贵族流浪在贫民窟中同社会渣滓称兄道弟等。然而巴赫金指出，惊险情节在陀思妥耶夫斯基小说中的功能不仅在于使叙述引人入胜，扣人心弦，也不仅在于使崇高和怪诞相结合，使异常和平常相结合，归根到底，"惊险情节在陀思妥耶夫斯基那里，是同提出深刻而尖锐的问题结合在一起的。此外，它完完全全服务于思想：它把人摆到不寻常的环境里（这种环境能表现并引出惊险的情节），让这个人同别人在突然的不寻常的环境中相遇而发生冲突，其目的在于考验思想和思想的人，也就是'人身上的人'。这样一来，便有可能把惊险情节同看来格格不入的体裁，如自白、生平录等结合起来"。①

巴赫金明确指出陀思妥耶夫斯基的复调小说同惊险小说有联系，但又不同于惊险小说，关键就在于，在复调小说中，惊险的故事，常常是平民的惊险故事，是同某种思想相结合的，是用来考验有思想的人的，同时又是同提出一定问题的对话相结合，同自白、生平录相结合。复调小说这种体裁上的"异质"，从19世纪占统治地位的体裁观念来看，就很出格，被认为是粗暴地破坏了"体裁美"，而巴赫金认为，恰恰是复调小说这种"异质"，使陀思妥耶夫斯基的复调小说成为一种崭新的小说体裁。如果说惊险性同尖锐的问题性、对话性、自白、生平录、说教的结合并非绝对新鲜，那么，陀思妥耶夫斯基的复调小说出新之处就在于作家是按照复调原则运用和理解这种不同体裁的结合。巴赫金认为这种结合、这种"异质"体裁的根源，可以追溯到古代，而19世纪的惊险小说只不过是个贫乏的变形的分支，它的强大的而繁密的体裁传统则是狂欢体的体裁传统。

狂欢体体裁最古老的源头是古代希腊罗马的庄谐体，这种体裁有别于古代希腊罗马的史诗和悲剧，它渗透着狂欢节所特有的世界感受，这种体裁虽有很强的雄辩体因素，但由于狂欢节的世界感受所具有的对话性、相对性和戏谑性气氛，原有的单一雄辩的严肃性和过于教条的特点也都减弱了。巴赫金认为庄谐体的主要特征表现在以下几个方面。

第一，具有十分鲜明和尖锐的时代性，它不是像史诗和悲剧那样回溯到神话传说般的遥远过去，而是反映当代现实，直接同活着的同时代人进行对话。

第二，不依靠传说，而依靠经验和自由虚构，在文学形象演变史上首先出现了建立在经验和自由虚构基础上的形象。

---

① 《陀思妥耶夫斯基诗学问题》，三联书店1988年版，第155页。

第三，杂体性和多声性。它拒绝史诗和悲剧的修辞统一性和单体性，叙事常用多种语调，庄谐结合，而且常出现不同体裁和文体的插入，以及不同语言的混杂。

巴赫金认为古代希腊罗马文学中这种庄谐体正是欧洲小说史上狂欢体小说的"多种变体的源头"，它对于后来欧洲小说的发展具有"重大意义"。[①]

属于庄谐体的有"苏格拉底对话"和"梅尼普讽刺"这两种体裁。

"苏格拉底对话"是在民间狂欢节的基础上成长起来的，它深刻地渗透着狂欢节的世界感受，有以下几个特点：

第一，这个体裁形成的基础，是苏格拉底关于真理和人们对真理的思考都具有对话本质的见解。苏格拉底关于真理的对话本质的见解，深深植根于"苏格拉底对话"体的民间基础之中。

第二，"苏格拉底对话"的两种基本手法，是对照法和引发法。这两种手法都产生于关于真理具有对话性质的见解。

第三，"苏格拉底对话"的主人公都是些思想家，这种体裁在欧洲文学史上，第一次塑造了思想式的主人公。

第四，"苏格拉底对话"还利用对话中的情节场景，创造一个特别的场景，如审判和等待宣判死刑的场景，迫使人们显露出个性和思想里深层的东西。

第五，"苏格拉底对话"里的思想，是同思想的所有者的形象有机结合在一起的，思想开始具有了处于萌芽状态的形象。

古代庄谐体在"苏格拉底对话"之后又产生了"梅尼普讽刺"体，后者直接植根于狂欢体的民间文学，它的影响要比前者巨大得多。这种体裁也有以下一些特点：

第一，与"苏格拉底对话"体相比，增加了笑的比重，这是狂欢式文艺所具的性质。

第二，完全从"苏格拉底对话"写史实写回忆的限制里解放出来，有极大的自由进行情节和哲理上的虚构。

第三，最大胆的幻想和惊险故事都服从于一个纯粹属于思想方面的作

[①] 《陀思妥耶夫斯基诗学问题》，三联书店1988年版，第159页。

用，即引发并考验真理，驰骋着幻想的惊险故事同哲理思想结合成为有机的不可分割的艺术整体。

第四，自由的幻想、象征，偶尔还有神秘的宗教因素，同极端的而又粗俗的贫民窟自然主义有机地结合到一起。

第五，大胆的虚构和幻想同极其渊博的哲理，对世界极其敏锐的观察结合在一起。

第六，出现了三点式结构，情节和对照法的对话，从人间转到奥林普山，转到地狱里去，同时还出现了"边沿上的对话"。

第七，出现一种实验幻想，这是指从某种不寻常的角度进行观察，如从高处看，被观察的生活由此便剧烈地改变自己形体的大小。

第八，出现一种精神心理实验，指描写人们不寻常的、不正常的精神心理状态，如各种类型的精神错乱、个性分裂、耽于幻想、异常的梦境、近乎发狂的欲念、自杀，等等，所有这些现象的体裁意义在于使人失去了史诗和悲剧中的那种完整性和单一性。

第九，出现了闹剧和插科打诨这样一些新的艺术范畴，打破了史诗和悲剧里那种世界的完整性。

第十，充满鲜明的对照和矛盾的结合：善心的艺妓，沦为奴隶的帝王，高尚的强盗，等等。

第十一，常常包含社会乌托邦成分，通过梦境或远游未知国度表现出来，空想成分同这一体裁的所有其他成分有机结合在一起。

第十二，广泛采用各种插入文体，散文语言和诗歌语言混合，它们在不同程度上具有讽刺的摹拟性。

第十三，有了插入的体裁，梅尼普体更增强了多体式、多情调的性质。

第十四，现实的政论性，能对当时的思想现实作出尖锐的反应。新闻性、政论性、讽刺性、尖锐的现实性，这些在或多或少的程度上同为梅尼普体所有代表人物的特点。

以上是巴赫金对狂欢体小说的源泉——古代庄谐体的两种体裁的特点的描述说明。从巴赫金的描述说明中，我们可以看出两个重要问题：

一是这些狂欢体体裁的形成是同狂欢节、狂欢化文化相联系的，它们所具有的对话性、相对性和杂语性都是源于狂欢式的世界感受、狂欢式的世界观。狂欢节上的仪式、范畴所体现的"思想"是表现为游艺式的思想,是具体感性的,是以生活形式加以体验的,它广泛流传于民众之中,"因此它们才能在形式方面,在体裁的形成方面,给文学以如此巨大的影响"。① 正如巴赫金所说:"狂欢节上形成了整整一套表示象征意义的具体感性的语言,从大型复杂的群众性戏剧到个别狂欢表演。这一语言分别地,可以说是分解地(任何语言都如此)表现了统一的(但复杂的)狂欢节世界观,这一世界观渗透了狂欢节的所有形式。这个语言无法充分准确地译成文字的语言,更不用说译成抽象的语言。不过它可以在一定程度上转化为同它相近的(也具有具体感性的性质)艺术形象的语言,也就是转化为文学语言。"②"苏格拉底对话"也好,"梅尼普体"也好,实际上都是狂欢节语言向艺术形象语言的转化。

二是古代庄谐体,包括"苏格拉底对话"和"梅尼普体"的一些重要特点,我们在陀思妥耶夫斯基的作品中也都能找到,如从作品内容到形式的内在对话性,打破统一完整的叙述格调,等等。不过,庄谐体是狂欢体的萌芽,而陀思妥耶夫斯基的复调小说则是狂欢体发展的高峰。但是正如巴赫金所说的,"体裁发展得越高级越复杂,它也会越清晰全面地记着自己的过去"。同时,陀思妥耶夫斯基也不是古代狂欢体的直接摹仿者,他只是抓住了这一体裁的链条。古代狂欢体,古代梅尼普体的体裁特点,"在陀思妥耶夫斯基作品中不仅是简单地再现,而且翻出了新意。在创造性地利用这些体裁潜力方面,陀思妥耶夫斯基较之古希腊罗马时梅尼普体的作者们,是远胜了一筹"。古代的这些狂欢体裁比之陀思妥耶夫斯基的复调小说就思想和艺术质量而言,都要显得幼稚和贫乏,它们"只是为复调小说的产生准备了某些体裁上的条件"。③

在古希腊罗马之后,从古希腊罗马到中世纪之间,民间狂欢节、民间狂欢文化传统从来没有过任何中断,因此狂欢体体裁文学也不断得到发展,到文艺复兴时期,巴赫金认为狂欢生活达到了顶峰。他说:"文艺复兴时期,狂欢节的潮流可以说打破了许多壁垒而闯入了常规生活和常规世

---

① 《陀思妥耶夫斯基诗学问题》,三联书店1988年版,第177页。
② 同上书,第175页。
③ 同上书,第174—175页。

界观的许多领域。首先,这股潮流就席卷了正宗文学的几乎一切体裁,并给它们带来了重要的变化。整个文学都实现了十分深刻而又几乎无所不包的狂欢化。"① 这种影响主要表现在狂欢节所体现的狂欢式的世界感受深深地渗透到几乎所有文学体裁之中,而且在这个基础上形成了各种复杂形式的文艺复兴世界观。可以说,在文艺复兴时期,狂欢生活达到了顶峰,而狂欢体小说在这时也得到了高度的发展,其中的代表就是拉伯雷和塞万提斯的小说。

巴赫金在这里提出一个很重要的观点,认为狂欢化有构筑体裁的作用,有生成体裁的力量。狂欢化的文学,狂欢体体裁是随着狂欢节和狂欢生活的发展而发展,同时也是随着狂欢节和狂欢生活的衰落而衰落,狂欢节和狂欢生活一旦衰落了,一旦失去了原有的性质,也就不再具有生成体裁的力量。

巴赫金认为欧洲自17世纪起,民间狂欢生活就趋于没落,这不是说没有狂欢节了,没有狂欢节活动了,而主要是指民间的狂欢生活失去了那种全民的性质,它的表现形式也变得贫乏和简单了,总之,"就是狂欢节和狂欢式的世界感受变得无足轻重,模糊不清,失去了真正的广场上的全民性质",② 也就是说它再也不可能体现出狂欢节本身所固有的平等对话精神和变更、更新精神。在这种情况下,狂欢节对文学虽然还有影响,但是"这种影响在大多数情况下只限于作品的内容,而不涉及作品的体裁基础,换言之不具有构成新文体的力量",③ 这样一来,欧洲自17世纪下半期以后,狂欢节几乎已经不再是文学狂欢化和狂欢体体裁的直接来源,而是先已狂欢化的文学的影响取代了狂欢节的地位,狂欢化和狂欢体文学就成为纯粹的文学传统。这点我们在陀思妥耶夫斯基身上看得很清楚,他的复调小说是狂欢小说的高峰,但它并不像古代庄谐体直接源于狂欢节本身,而源于狂欢体小说传统。他多多少少熟悉古代希腊罗马的梅尼普体,他对文艺复兴时期狂欢化文学,如拉伯雷和塞万提斯的小说,给予很高的

---

① 《陀思妥耶夫斯基诗学问题》,三联书店1988年版,第185页。
② 同上书,第186页。
③ 同上书,第187页。

评价，他认为《堂·吉诃德》是"一部最伟大、同时又最具狂欢性的小说"。① 此外，他还直接继承了狄德罗、伏尔泰、霍夫曼小说中所体现的梅尼普体传统，狂欢体裁传统。

（二）小说体裁的特性和民间狂欢化文化

在从历时的角度，从历史诗学的角度，阐明狂欢体小说和民间狂欢化文化的内在联系之后，巴赫金又从共时的角度，从体裁诗学的角度，探讨小说体裁的特性和民间狂欢化文化的深刻联系。他不仅为小说史的研究，而且为小说理论的研究，作出了令人叹服的富有独创性的贡献。

从传统的眼光来看，不论在欧洲还是在中国，史诗和悲剧是高贵的体裁，而小说则是低俗的体裁，是不能登大雅之堂的，在《红楼梦》里，我们看到公子和小姐只能在私下里偷偷读小说，公开场合只读四书五经。可是巴赫金在研究文学时却偏偏看重小说体裁，他的整个研究都是围绕小说体裁进行的。这个问题是值得我们深思的，我认为主要有两个原因。

小说体裁是最具狂欢化的体裁，它同民间狂欢化文化有最密切的联系。巴赫金特别看重民间狂欢化文化给小说体裁带来的生命活力，它的生生不息的创造力量。巴赫金认为，在众多体裁已经定型，或者已经消亡时，小说体裁却是"唯一一个处于形成阶段的体裁"。小说体裁从本质上不受任何范式约束，它永远在改变自己已形成的形式，永远在探索，永远在创造。

更深一层看，巴赫金是试图通过对小说的研究，向传统的诗学提出挑战。在传统的诗学看来，史诗和悲剧是处于文学体裁正宗的、中心的和高雅的地位，而小说则处于文学体裁旁侧的、边缘的和低俗的地位。在这种观念的支配下，欧洲传统的诗学，从亚里士多德开始，主要是概括和总结史诗和悲剧的创作，对于小说根本不屑一顾。中国的古代文论主要也是概括和总结诗文创作的经验，至于小说理论是很晚以后才出现的。在巴赫金看来，欧洲文学理论，欧洲诗学是带有偏狭性的，它主要总结了官方化了的上层的文学现象，总结高雅文学体裁的创作，而不重视总结渗透了民间文化的下层文学现象，不重视总结"低俗"的文学体裁的创作，因此，

---

① 《陀思妥耶夫斯基诗学问题》，三联书店1988年版，第182页。

他的小说研究，是向传统的诗学提出挑战，他认为这种传统的文学体裁格局必须冲破，只有这样才能给诗学带来活力。

在巴赫金看来，小说是一种文学体裁，同时也是一种具有挑战性和颠覆性的力量，他把它概括为"小说精神"，小说体裁正是以其固有的时代性、杂语性、反规范性、变易性和未完成性，向文学体裁领域和思想精神领域一切权威的、凝固不变的规范提出挑战。

下面具体分析一下小说体裁所固有的特性及其与民间狂欢化文化的关系。

巴赫金认为，小说体裁具有以下几个重要的特征：

1. 未完成性

巴赫金在描述小说体裁的特征时，首先指出它的未完成性，这真是一语道破小说体裁的根本特征。他指出，研究小说体裁、长篇小说体裁是相当困难的，这是"因为长篇小说是唯一的处于形成中而还未定型的体裁"，[①]"而小说不仅仅是诸多体裁中的一个体裁，这是在早已形成和部分地已经死亡的诸多体裁中唯一一个处于形成阶段的体裁"。[②]

在他看来，小说体裁的未完成性主要表现在可塑性、反规范性和自我批判意识三个方面。

首先是可塑性。从文学发展的历史来看，其他体裁，如史诗、悲剧，都有自己的程式，都有自己稳定不变的骨架，而很少可塑性。这些体裁随着文学的发展也得到不断发展，但体裁总的骨架，总的程式是稳定不变的。而小说则不同，从小说史来看，小说只有典范的作品，没有固定的体裁程式。文学理论对付其他体裁是"信心十足，切中要害"，因为"这些体裁在其发展过程中的整个古典时期，一直保持着自己的稳定性和程式化，而不同时代不同流派、派别导致的各种变体，都是表面现象，不触及它们的坚定的体裁骨架"。[③] 所以亚里士多德的诗学至今仍然是体裁理论所依据的不可动摇的基础。可是文学理论只要一碰到小说，就表现得完全束手无策，走投无路。文学理论家们一直试图揭示出小说体裁的内在程

[①] 《巴赫金全集》第 3 卷，河北教育出版社 1998 年版，第 505 页。
[②] 同上书，第 506 页。
[③] 同上书，第 510 页。

式，即由那些稳定的特征所形成的体系，但始终无法得出令人信服的概括，结果只好像巴赫金所说的给种种小说体裁特征加上"附加保留条件"，例如，小说是多布局的体裁，但也存在单布局的小说；小说是要有情节的，但也存在淡化情节的小说；小说是散文体裁，但也存在诗体小说；小说是问题体裁，但大量小说也纯粹以趣味取胜。这样一来，种种小说"体裁特征"就被研究者所附加的保留条件化为乌有了。

其次是反规范性。巴赫金认为，"小说从本质上说就不可用范式约束"。① 在某些时代，正统文学中的所有体裁都相互补充，整个文学是一个多种体裁汇合的和谐的整体，而"小说从来都不进入这个整体，不参加到各种体裁的和谐生活中去。在这些时代，小说处于正统文学的门外，过着非正式合法的生活"。② 同时，各种诗学（亚里士多德、贺拉斯、布瓦洛）也都渗透着深刻的文学整体感和所有体裁相互结合的和谐感。而所有这些诗学又都必然一贯地轻视小说。有意思的是，小说体裁不仅同其他体裁不和谐，而且从创作上和理论上对其他体裁持强烈的批判态度：巴赫金指出，特别是在18世纪伴随着新型小说的出现，小说家们阐明了自己对小说体裁的看法和要求，而这些看法和要求都是同史诗和悲剧固有的规范相对立的，如小说不该具有其他体裁所固有的"诗意"；小说主人公不该是史诗和悲剧意义的"英雄"人物，而应该把正反、高低、庄谐融为一体；小说主人公不该是定型不变的，而应该是成长和变化的；小说在现代世界所起的作用应该像史诗在古代所起的作用一样。巴赫金认为这些对小说的要求一方面是对其他体裁和它们对现实态度的原则性批判（矫揉造作的英雄化、程式化、狭隘而无生气的诗意，情调单一平淡而且抽象、主人公定型不变），另一方面则是小说自我认识所达到的高峰的一种表现。③ 巴赫金还谈道，"在小说统治时期，几乎所有其他体裁都'小说化'了"，④ 如易卜生的戏剧、拜伦的长诗、海捏的抒情诗等。这些体裁的"小说化"表现在：体裁的可塑性强了，语言借助非标准语的杂语，

---

① 《巴赫金全集》第3卷，河北教育出版社1998年版，第544页。
② 同上书，第506页。
③ 同上书，第512—513页。
④ 同上书，第508页。

出现对话化，渗进笑谑、讽刺、幽默和自我讽拟的成分；同未完结的现代生活的联系，等等。即便如此，巴赫金尖锐地指出："其他体裁的小说化，不意味着服从格格不入的体裁规范。相反，这恰恰使它们摆脱一切程式化的僵死的、装腔作势的、失去生气的东西，即阻碍它们自身发展的一切东西；摆脱一切使它们连同小说变为某些陈旧形式模拟体的东西。"①

第三是自我批判。巴赫金指出，对直接体裁和风格的讽刺性模拟，在小说中占有重要的地位。在小说创作高涨时代，文学充满对所有崇高体裁的讽刺模拟和滑稽化。如讽拟骑士小说，讽拟巴洛克小说，讽拟牧人小说，讽拟感伤小说。但是，重要的是，"小说从来不让自己任何一个变体稳定不变"。巴赫金说："这种自我批判态度，是它在体裁形成过程中一个极好的特点。"② 上面分析了小说体裁未完成性这一重要体裁特征的种种表现，下面要进一步追问小说体裁这一未完成性特征是从何而来的，是小说体裁的其他哪些特征造成它的未完成性呢？巴赫金认为小说的未完成性是"同新世界、新文化、新的文学创作意识中积极的多语现象相联系"，是在最大限度上同并未完结的现代生活相联系的。③ 于是就带出了小说体裁的另外两个重要特征：时代性和杂语性。

2. 时代性

巴赫金明确指出小说体裁的未完成性是源于它同没有完成的、正在形成的现代生活的密切联系。他指出："正是现实生活中的变化对小说起着决定的作用……小说是处于形成过程的唯一体裁，因此它能更深刻、更中肯、更敏锐、更迅速地反映现实本身的形成发展。"④

在《陀思妥耶夫斯基诗学问题》中，巴赫金谈到复调小说的源头和小说体裁形成的最早阶段——古希腊罗马的庄谐体裁时，就指出"其第一个特点就表现在同现实的一种新关系上：它们的对象、或者说它们理解、评价和表现现实的出发点（这点尤为重要），是十分鲜明、时常又是十分尖锐的时代性"。⑤ 拿这种体裁同史诗和悲剧相比，它不是回溯到神

---

① 《巴赫金全集》第3卷，河北教育出版社1998年版，第544页。
② 同上书，第508—509页。
③ 同上书，第513页。
④ 同上书，第509页。
⑤ 《陀思妥耶夫斯基诗学问题》，三联书店1988年版，第158页。

话般遥远的过去，而是反映现实生活，同现代人进行交谈、对话，即使是神话人物和历史人物也被有意地写得很现代化。在分析庄谐体的一个重要形式——梅尼普体时，巴赫金也指出它的重要特点是"现实的政论性……能对当时的思想现实作出尖锐的反应"。在这些作品中充满对当代各种思潮、流派的辩论，各种当代著名人物的形象，社会各阶层中新生的社会典型，还触摸到日常生活新的发展趋向和总的时代精神。因此，"新闻性、政论性、讽刺性、尖锐的现实性——这些在或多或少的程度上同为梅尼普所有代表人物的特点"。①

后来，在《史诗和小说——长篇小说研究方法论》、《长篇小说话语的发端》等著作中，巴赫金又对小说体裁的时代性特征作了进一步深入的分析。巴赫金指出小说体裁的出现是同世界历史的新时代有血缘关系。他说："这是世界历史新时代所诞生和哺育的唯一一种体裁，因此它与这个新时代有着深刻的血缘关系。"② 那么新时代指的是什么时代？新时代的新的文化意识和文学创作意识的特点又是什么？它同小说体裁的时代性特征又是什么关系？巴赫金认为把未完成的当代作为思想艺术关注的中心是创作意识的一次巨大变革，正是这种变革奠定了小说体裁，奠定了长篇小说体裁基础。这个时间，是在希腊罗马古典时期同希腊化时期相交之际。到了新时代，新世界则是中世纪晚期和文艺复兴时期。这个新时代的主要特征是多语世界和多语现象的出现，世界不是单一的而是多语的，语言也不是单语的而是多语的。他说："新的文化意识和文学创作意识，存在于积极的多语世界中。世界一劳永逸变成多语世界，再无反顾。不同民族语言闭目塞听，不相往来的共存阶段，宣告结束了。"③

为了进一步说明小说体裁的时代性特征，巴赫金又拿小说同史诗作了深入的对比。史诗是绝对定型的，非常完善的体裁形式，它所指示的世界归属于绝对过去的时代，归属于包括民族根基和高峰在内的过去，而小说则是未完成的、尚未定型的体裁，它面对的是现代的生活现实。他认为过去与现代不仅是时间范畴，而且是价值范畴，史诗认为过去的一切都是好

---

① 《陀思妥耶夫斯基诗学问题》，三联书店1988年版，第171页。
② 《巴赫金全集》第3卷，河北教育出版社1998年版，第506页。
③ 同上书，第514页。

的，史诗的绝对过去是一切美好事物的源泉和根基，而小说要肯定的则是充满活力和生机的现代。同时，史诗是渊源于民间传统，是依靠记忆而不是依靠认识，而关于过去的传统是神圣不可改变的。小说与史诗相反，它是渊源于现实生活，它是依靠经验、认识和实践，是这三者决定着小说。巴赫金指出："要在自身和自己同时代人相一致的评价水平和时间层面上描绘事件（因此也就是在个人经历和虚构的基础上描绘事件），就意味着实现根本的转变，从史诗的世界跨进小说的世界。"①

再往深一层分析，巴赫金认为崇高的体裁，史诗的体裁，由于对过去加以理想化，将统治的力量和道理都形诸"过去"这个价值范畴之中，形诸保持距离的遥远形象之中，因此具有官方性质。而小说体裁由于同现实生活的紧密联系，"却同永远新鲜的非官方语言和非官方思想（节日的形式，亲昵的话语、亵渎行为）联系在一起"。②

3. 杂语性

巴赫金认为杂语性体现了小说体裁的本质，而杂语性又同时代性相联系。小说体裁的出现和发展，是同社会的转型，语言和思想的稳定体系出现解体相联系的，新的文化意识和文学创作意识是存在于积极的多语世界之中。

巴赫金在谈到小说体裁形式的最早的阶段——古代希腊罗马的庄谐体时，就指出它的重要特点是"杂体性和多声性"。③ 它不同于史诗、悲剧那种修饰的统一，具有代表性的特点是：叙事的多语调和庄谐结合，常采用插入性体裁（如书信、手稿），对崇高文体的讽刺性摹仿，散文语言与诗歌语言的混杂，采用方言和行话，对于作为文学材料的语言，形成一种新的态度等。

在《长篇小说的话语》（1934—1935）、《长篇小说话语的发端》（1940）、《史诗与小说——长篇小说研究方法论》（1941）等著作中，巴赫金对小说体裁的杂语性作了深入的研究。

拿小说同史诗作比较，巴赫金认为史诗是单一语言的，统一语言的，

---

① 《巴赫金全集》第3卷，河北教育出版社1998年版，第516页。
② 同上书，第523页。
③ 《陀思妥耶夫斯基诗学问题》，三联书店1988年版，第158页。

而小说的出现和发展则是以社会性的杂语现象作为前提和基础的。他说，史诗话语"只是一个统一的作者的话语"，史诗的世界也是具有一个统一的和唯一的世界观。而且，在大多数诗歌体裁中，"语言体系的完整统一，体现于其中诗人个性和言语个性的完整统一（这里的个性并且是独一无二的），这两者是诗歌风格必备的前提"。① 小说体裁则大不相同，"长篇小说作为一个整体，是一个多语体，杂语类和多声部的现象"。② 小说的语言在于不同语言的组合，小说的风格在于不同风格的组合。在巴赫金看来，小说的杂语性归根到底是源于社会性的杂语现象，而小说则是"用艺术方法组织起来的社会性的杂语现象，偶尔还是多语种现象，又是个人独特的多声现象"。③ 在统一的民族语言内部实际上是分成各种社会方言，职业行话，各种文体的语言，各种年龄的语言，各种政治语言。这种语言的内在分野就是小说体裁存在的条件。事实上，小说正是通过社会性的杂语现象以及以此为基础的个人的独特的多声现象来把握自己所描绘的题材、人物和主题。在小说中，社会杂语是借着作者语言、叙述人语言和人物语言而进入小说的统一体，其中每个统一体都有多种社会声音以及多种声音之间的联系。因此，巴赫金指出："不同话语和不同语言之间存在这类特殊的联系和关系，主题通过不同语言和话语得以展开，主题可分解为社会杂语的涓涓细流，主题的对话化——这便是小说修辞的基本特点。"④

具体来说，小说如何把社会杂语艺术地组织到作品中，并因以折射作者的创作意图呢？巴赫金认为主要有以下几种方法。

第一，语言的混合。

什么是语言的混合呢？巴赫金说："这是两种社会性语言在一个表述范围内的结合，是为时代或时代差别（或兼而有之）所分割的两种不同的语言意识，在这一表述舞台上的会合。"⑤ 这种语言的混合，在表面上看来是两种语言的混合，而其背后则是两个意识、两个音、两个语调，甚

---

① 《巴赫金全集》第 3 卷，河北教育出版社 1998 年版，第 42 页。
② 同上书，第 39 页。
③ 同上书，第 40 页。
④ 同上书，第 41 页。
⑤ 同上书，第 146 页。

至是对世界的不同观点。因此巴赫金指出："有意为之的艺术混合是意义上的混合，但又不是抽象的意义混合、逻辑混合（如雄辩术那样），而是具体的社会性的混合。"① 由于这种语言的混合，自然产生语言内在的对话性。语言的混合、引进和组织杂语最醒目和最重要的形式，是由所谓幽默小说提供的，它的代表在英国是菲尔丁、斯摩莱特、斯特恩、狄更斯和萨克雷等人。在这种小说中为讽刺及摹拟各种体裁语言、职业语言的用法，还不时穿插体现思想和评价意向的作者语言。"其作品几乎每一部全是标准语一切层次一切形式的百科全书"。②

　　第二，引用叙述人的语言和主人公的语言。引用叙述人（或假定作者）的语言也是引进和组织杂语来折射作者的创作意图的主要形式。其中如普希金《别尔金小说集》中的别尔金，莱蒙托夫《当代英雄》中的马克西姆·马克西梅奇，果戈理《鼻子》和《外套》中的叙述人。叙述人的视角有积极的作用，它既能使描写对象呈现出新的侧面，又从新的侧面来展现"通常"的文学角度。作者既不在叙述人的语言中，也不在通常的标准语中，他在自己作品的每一个因素中都充分利用不同语言的这种相互呼应和相互对话。正是通过这两种视角和两种语言的对应和对话，才得以展示作者的意图。

　　小说引进和组织杂语的另一种形式则是主人公的语言。巴赫金指出，小说中具有一定独立性的主人公的话语是用人物语言讲出的他人话语，这也可以折射出作者的意图，在一定程度上可成为作者的第二语言。不仅如此，"人物语言几乎还总是给作者语言以影响（有时是很强大的影响），把他人的话语（人物的隐蔽的他人话语）散布在作者语言中，通过这种办法使作者语言出现分化，出现杂语性"。③ 以屠格涅夫小说的语言为例，表面看上去是统一和干净的语言，实际上远非清一色的。巴赫金说："这个语言的基本部分，被卷进了不同人物之间的观点、评价、语气之争。这个语言充满不同人物相互争斗的意向，到处出现分化；这个语言中星罗棋布地渗透了他人意向的词语、字眼、提法、定义、形容语；作者并不完全

---

① 《陀思妥耶夫斯基诗学问题》，三联书店1988年版，第148页。
② 同上书，第83页。
③ 同上书，第99页。

同意这些他人意向,但却通过这些他人意向来折射自己的意向。"①

第三,插进不同的体裁。

巴赫金指出:"长篇小说允许插进来各种不同的体裁,无论是文学体裁(插入的故事、抒情剧、长诗、短戏等),还是非文学体裁(日常生活体裁、演说、科学体裁、宗教体裁等等)。从原则上说,任何一种体裁都能镶嵌到小说的结构中去;从实际看,很难找到一种体裁是没被任何人在任何时候插到小说中去。"② 这种情况我们经常都能看到,如普希金的《叶甫盖尼·奥涅金》插进连斯基的诗句,歌德的《威廉·迈斯特》插入短诗,陀思妥耶夫斯基的《群魔》插入上尉列比亚特金的诗作,等等;问题是插入体裁对小说起什么作用。巴赫金指出两点:一是不仅能左右小说的结构,而且能形成一些特殊的小说类型,如诗体小说,自白小说,日记体小说,书信体小说,等等;其二,是这些插进小说的体裁都给小说带来自己的语言,因此就分解了小说的语言统一,重新深化了小说的杂语性。

上面对小说杂语性以及社会杂语性如何艺术地组织到作品中作了分析。从中可以看出小说的杂语性主要表现为多语言性,多风格性,多语调性。而这一切都源于社会的杂语现象和多声现象,正如巴赫金所说:"多声现象和杂语现象进入长篇小说,在其中构成一个严谨的艺术体系。这正是长篇小说体裁独有的特点。"③ 在谈到小说体裁的杂语性时,巴赫金又更进一步指出杂语进入小说之后形成了小说内在的对话性,这才是小说体裁区别于史诗等其他体裁的最根本的特征。在拿小说同诗歌对比时,巴赫金指出,诗歌是从语言的一切因素中抽掉他人意向和语调,消除社会杂语和多语的痕迹,于是形成诗歌语言的严格统一。而小说是"采纳标准语内外的杂语和多语进入作品,但不削弱这种现象,反促进其深化(因他这样做有助于语言获得独立和自我意识)。就是靠语言的这种分化,靠语言的杂语现象甚至多语现象,作者才建立起自己的风格,而与此同时又保持了自己统一的创作个性,保持了自己风格的完整统一(自然是另一种

---

① 《巴赫金全集》第 3 卷,河北教育出版社 1998 年版,第 100 页。
② 同上书,第 106 页。
③ 同上书,第 81 页。

性质的统一）"。① 巴赫金认为不管用什么形式引进杂语，都会形成一种双声语，一种内在的对话性。在小说内部包含着潜在的对话，究其本质是两种语言、两种声音和两种世界观的对话。因此他提出："如果说诗歌理论的中心课题，是诗歌形象的问题，那么小说理论的中心课题，便是多种类型的内在对话化的双声语问题。"②

上面比较具体地分析了小说体裁所具有的未完成性、时代性和杂语性三大特征以及它们之间的内在联系，那么，小说体裁的特征是如何形成的呢？巴赫金认为它同民间文化、民间狂欢化文化、民间诙谐文化有密切的联系。他认为狂欢化有构筑体裁的作用，不仅决定着作品的内容，还决定着作品的体裁基础，它具有生成体裁的作用。

从总的来说，巴赫金认为长篇小说是世界历史新时代所哺育的体裁，它体现了新时代新的文化意识和文学创作意识。而小说作为一种体裁的某些因素"早已开始酝酿，而它的发源可以追溯到民间文学的土壤中去"。③当一些重大体裁，如史诗和悲剧已经神圣化，已经凝固化的时候，小说产生了。他说："小说恰恰是形成于这样的过程之中：史诗中的那种间距被打破了，世界和人获得了戏谑化和亲昵化，艺术描写的对象降低到现代生活的未完结的日常现实。"④ 巴赫金认为一些文学体裁是在语言和思想生活中集中和向心的轨道上发展的，而小说则是在分散和离心的轨道上发展的。当官方和上层正利用诗歌实现语言、文化、思想和政治的集中化任务时，"在底层，在游艺场和集市的戏台上，人们却用杂语说着笑话，取笑一切'语言'和方言，发展着故事诗、笑谈、街头歌谣、谚语、趣闻等等"。⑤

民间狂欢文化如何具体影响小说体裁的形成，巴赫金谈到了以下三个方面：

第一，亲昵和笑谑。

在民间狂欢节中有亲昵、插科打诨、俯就、粗鄙等狂欢式的范畴，巴

---

① 《巴赫金全集》第 3 卷，河北教育出版社 1998 年版，第 79 页。
② 同上书，第 116 页。
③ 同上书，第 543 页。
④ 同上书，第 543—544 页。
⑤ 同上书，第 51 页。

赫金认为这些狂欢式的范畴，首先是使人们和世界变得随便和亲昵，这一点几千年来一直渗透到文学中去，渗透到狂欢体小说中去。亲昵化对小说的影响有三个方面：一是缩短了史诗和悲剧中存在的距离感，使内容转入亲昵气氛之中；二是决定了作者对主人公态度的亲昵感，这在崇高体裁中是不可能的；三是民间亲昵不拘的语言对小说语言的形成也有重要的作用。① 上面所谈到的小说体裁的杂语性恰恰是同民间狂欢化文化所具有的亲昵化相联系的。正如巴赫金所说，在欧洲文学史中，"狂欢化也一直帮助人们摧毁不同体裁之间、各种封闭思想体系之间、多种不同风格之间存在的一切壁垒。狂欢化消除了任何封闭性，消除了互相间的轻蔑，把遥远的东西拉近，使分离的东西聚合。这就是狂欢化在文学史上巨大功用之所在"。②

同亲昵相联系的是笑谑，巴赫金认为民间笑谑是小说真正的民间文化源泉。他说，民间笑谑对小说语言的产生有重大意义，"就是对小说体裁的所有因素来说，这一领域在这些因素产生和形成初期，也具有重要影响。正应是在这里（民间笑谑）寻找小说的真正的民间文学的渊源"。③ 正是民间笑谑作品直接产生了作为小说的前身的古希腊罗马的庄谐体文学，形成小说发展真正的第一个阶段，也是重要阶段。巴赫金认为庄谐体所具有的小说精神就是面对当今的现实，消灭史诗的距离。他认为："笑谑具有把对象拉近的非凡力量，它把对象拉进粗鲁的交往领域中……笑谑能消除对事物、对世界的恐惧和尊崇，变事物为亲昵交往的对象，这样就为绝对自由地研究它作好了准备。没有无所畏惧的前提，就不可能有现实主义的认识世界，而笑谑便是创造这一前提的一个极其重要的因素。"④

第二，讽刺性摹拟。

在狂欢式中，讽刺性摹拟应用极广，不同的形象以不同的方式，从不同的角度，相互摹拟讽刺，很像哈哈镜把人或拉长，或缩短，或扭曲，巴赫金认为史诗和悲剧这种单一的体裁是同讽刺摹拟格格不入的，而小说这

---

① 《陀思妥耶夫斯基诗学问题》，三联书店1988年版，第177页。
② 同上书，第190页。
③ 《巴赫金全集》第3卷，河北教育出版社1998年版，第524页。
④ 同上书，第526页。

类狂欢化体裁则"本能地蕴含着讽刺性摹拟。在古代希腊罗马,讽刺摹拟是同狂欢式世界感受紧密联系着的"。在古希腊罗马文学中,尤其是在庄谐体文学中,"实际上对一切都进行讽刺性摹拟","它是一切狂欢化了的体裁的不可分割的部分"。①

讽刺性摹拟对小说的体裁的影响有两个方面:

一是造成小说语言双声化。普通语言是单声的,小说语言则是双声的。讽刺摹拟对小说语言的影响就是造成双声语。在讽拟体的小说语言中,不可能出现不同声音融为一体的现象,而是各种声音各自独立,作者要赋予他人语言一种意向,同那人原来意向完全相反,"隐匿在他人语言中的第二个声音,在里面同原来的主人相抵牾,发生了冲突,并且迫使他人语言服从于完全相反的目的"。② 这样一来,小说语言就出现了双声现象,出现了内在双语的现象。这种现象对小说体裁来说是意义重大的。巴赫金说:"在一部作品中能够并行不悖地使用各种不同类型的语言,各自都得到鲜明的表现而绝不划一,这一点是小说散文最重要的特点之一。小说体与诗体的一个深刻区别,就在这里。"③

二是造成小说体裁本身的不断发展。小说是唯一处于形成中而未定型的一种体裁,它本身就是在讽拟其他体裁中得到发展,巴赫金说:"对直接体裁的和风格的讽刺性模拟,在小说中占有重要的地位。"在小说的发展阶段,充满对所有崇高体裁的讽拟摹拟,而这种讽拟体正是"小说的先兆、同伴,也是一种特别的草图"。④ 在小说发展史上始终贯穿着对力求模式化的小说施以模拟和滑稽化,例如讽拟骑士小说,讽拟巴洛克小说,讽拟牧人小说,讽拟感伤小说,等等。也正是在讽刺模拟的土壤里产生了一批批狂欢化程度很高的伟大小说。

第三,小丑、傻瓜和骗子的形象。

在民间狂欢节上,在民间文学中,小丑、傻瓜和骗子的形象是常见的,这些形象是从狂欢广场走进小说,走进文学,这些形象对小说体裁的

---

① 《陀思妥耶夫斯基诗学问题》,三联书店 1988 年版,第 181 页。
② 同上书,第 266 页。
③ 同上书,第 274 页。
④ 《巴赫金全集》第 3 卷,河北教育出版社 1998 年版,第 508 页。

形成有重要的意义，但人们往往没有给予足够的重视。巴赫金从这些形象的特殊功能出发，对小丑、傻瓜和骗子的形象给予小说体裁形成和发展的影响的高度重视。他认为这些形象古已有之，关键是要研究他们在小说中的特殊功能。他说："是骗子、小丑、傻瓜开始于欧洲现代小说的摇篮时期，并且把自己的小帽和玩物丢在了摇篮的襁褓里。"[①]

在狂欢广场上，这些人物既是现实的又是理想的，他们处在生活和艺术的临界线上。他们进入文学，进入小说后又在自己的周围形成特殊的世界，特殊的时空体。巴赫金认为这些人物形象有三个鲜明的特点：第一，这些人物带给文学的，是同广场戏台，同广场游艺假面的重要联系，他们是同民众广场某一特殊而又十分重要的地段联系在一起的；第二，这些人物的存在，本身便具有转义而不是直义：他们的外表，他们的所作所说，表现的不是直截了当的意思，而是转义，有时是相反的意思；第三，他们的存在是另外某种存在的反映，并不是直接的反映。这是生活的演员，他们的存在同他们的角色是一致的，离开这个角色他们也就不存在了。[②] 小丑、傻瓜和骗子是一种面具，是世界中的外人，他们具有特殊的特点和权利，他们是以一种独特的眼光来看世界。任何人生处境都不能令他们满意，他们看出每一处境的反面和虚伪。

那么，这些人物形象进入文学，进入小说之后，对小说的形成和发展具有什么特殊的功能呢？

首先是影响到小说作者的视角。

巴赫金指出小说作者对所写生活的立场远比史诗、戏剧和抒情诗的作者复杂，"因为需要有一个某种重要的非杜撰的面具，它既决定作者对所写生活的立场（即他作为个人是怎样、从哪里观察揭示全部这种个人生活的），又决定作者对读者对公众的立场（即他以什么人的名义站出来'揭露'生活，如作为法官、检查官、'书记官'、政治家、传教士、小丑等等）"，[③] 恰恰是在这里，小丑和傻瓜的面具帮了小说作者的忙，他们既不是杜撰的，而是有深厚的民间根基，同时他们又有独具的特点和权利。

[①] 《巴赫金全集》第3卷，河北教育出版社1998年版，第197页。
[②] 同上书，第354—355页。
[③] 同上书，第356页。

他们作为世界的外人,从独特的角度来揭示世界。

其次是影响到小说人物形象的塑造。

巴赫金指出:"有些稳定不变的民间脸谱角色,曾在小说发展的所有重要阶段上(古希腊罗马的庄谐体裁、拉伯雷、塞万提斯),给小说人物形象的形成以巨大的影响。"[①] 史诗和悲剧的主人公脱离开自己命运和受命运制约的情节,本身便毫无意义,这样的主人公不可能成为另一种命运和另一种情节的主人公。而民间的角色则不一样,他们是永远不会死亡的,长篇小说一个基本的内在主题恰恰就是主人公同他的命运和境遇的不相吻合,不可能像史诗和悲剧那样,使人可以完完全全表现自己。民间角色对小说的另一个影响是打破人在史诗中的完整性,使小说中的人物的性格复杂化。在史诗中,人的性格是完整的,而民间角色的性格则是分裂的,是内外有分歧的。巴赫金说:"史诗人物的那种完整性,到了小说中产生分裂,还表现在其他方面,如人的内心和外表之间出现严重分歧。其结果,人的主观性成了体验和描绘的对象(起初是以戏谑、亲昵的态度描绘的)。这样,描写的方面产生了特殊的差别:一方面是写自身感到的人,另一方面是写他人眼中的人。史诗(以至悲剧)人物的完整性在小说中就这样解体了,与此同时又在人类发展的更高阶段上开始酝酿人的一种新的复杂的整体性。"[②]

[①] 《巴赫金全集》第3卷,河北教育出版社1998年版,第540页。
[②] 同上书,第542页。

第四章

俄中文化语境中的巴赫金文化诗学

一 巴赫金文化诗学的民族特色和大家学术风范

就世界范围的文化诗学研究而言，巴赫金的文化诗学研究有鲜明的个性特色，这种特色既源于巴赫金的学术个性和学术追求，也植根于俄罗斯诗学的伟大传统，它构成了巴赫金文化诗学研究独特的学术价值和学术魅力。

俄国的诗学有深厚的历史传统，它一方面不断引进西方近代各种哲学思潮、各种文学理论批评流派，同时也是俄国民族文化有机的组成部分，鲜明地体现出俄罗斯的民族文化精神。俄国是介于东西方之间的国家，它长期处于农奴制的束缚之下，资本主义起步很晚，可是一旦觉醒，较之资产阶级革命性已经衰退的西方国家，俄国的思想文化就具有更为深刻的忧患意识和强烈的道德激情，它以深厚的人文精神震撼世界。巴赫金的诗学同俄罗斯思想文化这一民族特色有血肉的联系。

谈起俄国的诗学，俄国的文学理论批评，以往我们只了解别林斯基、车尔尼雪夫斯基和杜勃罗留波夫的美学和批评。实际上除了别、车、杜的革命民主主义美学和批评之外，还有唯美主义的文学理论批评，根基派的文学理论批评，在19世纪下半期俄国文学理论批评中已经形成革命民主派、唯美派和根基派三足鼎立的局面。到了19世纪末20世纪初，俄国文学理论批评既有马克思主义文学理论批评的崛起，现代主义文学理论批评的兴起，又有学院派文学理论批评的强大存在。这些文学理论批评流派对巴赫金都有影响，但其中对他影响最大的当属学院派的文学理论批评。

俄国文艺学中的学院派是19世纪中期开始形成的,到了19世纪末20世纪初还是相当活跃,仍然是强大的存在。这个流派的代表人物专门研究文艺学和文学史,大都是教授和科学院院士,故称学院派。这个学派又分为四大学派:以布斯拉耶夫为代表的神话学派,以佩平和吉洪拉沃夫为代表的历史文化学派,以维谢洛夫斯基为代表的比较历史学派,以波捷勃尼亚和奥夫相尼科-库利科夫斯基为代表的心理学派。学院派的代表人物大都学识渊博,视野开阔。他们一方面继承了俄国文学理论批评的民族传统,同时十分重视欧洲社会科学和自然科学最新的成就。在文艺学的研究中,他们重视借鉴自然科学的成果和方法,重视古代文学史和民间文学材料的整理,力求更新文学观念和文学研究方法,从人类学、文化史、心理学等不同角度研究文学创作和文学发展的历史,把文艺学的研究和文学史的研究结合起来,把文艺学的研究同文化的研究结合起来。

巴赫金晚年在思考苏联文艺学发展的问题时,针对苏联文艺学存在的思想僵化、视野狭窄、不敢大胆开拓、缺乏流派的斗争和对话等严重弊病,一方面指出要同西方思想文化展开交流和对话,另一方面也强调要继承和发扬以维谢洛夫斯基和波捷勃尼亚为代表的俄国文艺学学院派的历史传统和巨大的学术潜力。应当说,学院派,特别是维谢洛夫斯基历史比较学派所体现的诗学研究的人文精神、历史主义精神和实证主义的科学精神,对巴赫金的诗学研究、文化诗学研究,都有深刻的启示和影响。

俄罗斯诗学的民族特色给巴赫金的文化诗学研究打下了深深的烙印,于是他的文化诗学研究体现出一种独特的学术风范。自巴赫金的著作在中国出版,国内学者开始介绍巴赫金以来,巴赫金诗学理论对当代文艺学产生了很大冲击,一时间"复调"、"对话"、"狂欢"、"杂语"这些名词四处可见。巴赫金的冲击力来自他的理论的原创性,同时也来自他的理论著作所体现的大家学术风范。这种风范是一切诗学大家所共有的,也有俄罗斯诗学的民族特色和巴赫金的个性特色。中国当代文论既要吸收外国文论的理论精华,更要学习文论大家的学术风范,学习大家的人格、大家的胸襟、大家的气度、大家的学识和大家对科学矢志不移、孜孜不倦的追求。这方面对于中国当代文论建设来说,也许是更为根本的,也更有实际意义。

巴赫金植根于俄罗斯诗学传统的大家学术风范主要体现在以下几个

方面。

(一) 科学精神和人文精神的结合

阅读巴赫金的专著给人留下最深刻印象的是实证的科学精神，在文化诗学研究中，无论是论证陀思妥耶夫斯基复调小说和狂欢化文化的关系，还是论证拉伯雷的怪诞现实主义和民间笑文化的关系，他从不发空论，也不随便下结论，而总是在前人研究的基础上，通过掌握大量的第一手材料，对所论的问题进行历史的、具体的、令人信服的论述。以《陀思妥耶夫斯基诗学问题》一书为例，巴赫金在论述陀思妥耶夫斯基诗学的基本特征，论述复调小说的基本特征之前，对已有文献对这个问题的看法一一加以评述，其中包括维亚切斯拉夫·伊万诺夫、C. 阿斯科尔多夫、列昂尼德·格罗斯曼、奥托·考斯、B. 科马罗维奇、B. M. 恩格尔哈特、A. B. 卢那察尔斯基、B. 基尔波京、B. 什克洛夫斯基等十多人的论著对陀思妥耶夫斯基诗学的看法，他这样做的目的在于把"我们对陀思妥耶夫斯基诗学的看法，摆到文献中已有的种种见解之中，确定它的方位"。正是在评述前人研究成果的基础上，巴赫金指出以往的研究只是从作品内容去寻找作家诗学的特征，而忽视了他的艺术形式的创新，而作家的贡献却是创造了一种全新的艺术形式，全新的小说体裁——复调小说。随后，巴赫金结合陀思妥耶夫斯基的作品，从人物形象、情节结构和语言诸方面对复调小说的特征做了细致入微的分析。在论述复调小说的特征之后，巴赫金又进一步寻找复调小说的渊源，复调小说同民间狂欢化文化的内在联系。在论述狂欢化文化时，巴赫金不仅从理论上讲清楚狂欢化文化的本质特征，更难得的是理清欧洲狂欢化文化历史发展的脉络，从古希腊罗马、中世纪、文艺复兴到后来的发展；而且进一步说明陀思妥耶夫斯基是如何接受狂欢化文化，最后创造出别具一格的复调小说的。全书的论述材料非常丰富，既有理论的高度，又有历史的精神，充满一种科学的理性精神。

巴赫金一生坎坷，历经磨难，先是被流放，后又病痛缠身，但他对学术研究始终孜孜以求，痴心不改。我们在他的学术著作中不仅感受到一种学术魅力，也感受到一种人格魅力，不仅感受到一种深刻的科学理性精神，也感受到一种强烈的人文精神。他的著作谈的是学术问题、理论问题，是对话、复调、狂欢，但在这些问题背后我们总感到巴赫金虽然不好直说，但他是有话要说，我们总能从中感受到一种深厚的人文精神。这种人文精神表现为对人的关怀，对人的价值的肯定，他反对无视人的个性和价值，要求尊重每个人的个性和价值，认为每个人都可以发出自己的声音，每个人都是独立的有价值的存在，而这种思想正是他的对话思想和复调理论的基础。这种人文精神还表现在对人的生存状态的关心，他反对等级和专制，认为生活的本质是对话，思想的本质也是对话，主张人与人的关系应当是平等对话关系，热切向往人的自由和快乐，而他的狂欢化理论也正是体现出一种平等对话的精神，一种更替和更新的精神，一种民众的快乐的哲学。巴赫金的人文主义理想在他所生活的年代虽然得不到实现，但令人感到亲切和温暖，它是人类思想的宝贵财富，将永远葆有青春的活力。我们不主张把诗学当作思想斗争的工具，但诗学既然是人文科学，它就理应具有人文精神。巴赫金文化诗学所具有的人文精神是源于俄罗斯诗学的人文主义传统，对人生对社会的关注是俄罗斯诗学、俄罗斯理论批评的传统，在专制农奴制的重压下人民失去了在政治上直接表达思想的自由，于是对思想、哲学、美学问题的探讨只能在文学创作和文学理论中进行。正如赫尔岑所说的："凡是失去政治自由的人民，文学是唯一的论坛，可以从这个讲坛上向民众倾诉自己的愤怒的呐喊和良心的呼声。"[1]在别、车、杜的革命民主主义文学批评中，充满对现存制度的批判精神，提出重大的社会问题，并寻求问题的答案。在别林斯基的人民性理论、现实主义理论和高尔基的"文学是人学"的命题中，都充满对俄罗斯现实和俄罗斯人民命运的深切关怀。在俄罗斯许多优秀的理论批评家身上，我们都可看到一种"殉道者"的作风，他们用自己的青春和生命去殉人类进步的理想，赫尔岑在赞扬俄罗斯的理论批评家时，曾这样说过："为了捍卫自己的信念，可以去广场，可以赴断头台，而当这种精神透过文字体现出来时，便会感人肺腑，使人深信不疑。"[2]巴赫金也是可以流放，可以截肢，可以贫困，但决不放弃自己的信念，当我们阅读他的著作时，也为他的热切向往人与人可以自由交往及平等对话的乌托邦理想和人文情怀激动不已。

---

[1] 《赫尔岑文集》第 7 卷，莫斯科，科学出版社 1956 年版，第 198 页。
[2] 同上书，第 163 页。

(二) 强烈的民众意识

巴赫金的文化诗学深深扎根于民间土壤，具有强烈的民众意识。文化诗学是从文化的角度研究诗学，有别于西方的文化诗学研究，巴赫金的文化诗学研究最重要的特色就是侧重从民间文化的角度研究文学，深入揭示民间文化同上层文学的深刻的内在联系。作为俄罗斯知识分子，他同俄罗斯人民同甘苦共患难，一生虽然历经磨难，但始终热爱俄罗斯的土地。作为俄罗斯思想文化界的精英，但他并不脱离底层的人民，而是从人民大众之中吸取思想和力量。他热爱俄罗斯人民，关注民间文化，深入挖掘民间文化所渗透和所体现的千百年来民众的世界感受、生活理想和思维方式，并揭示它们对上层作家创作的深刻影响。正是有了这样一种独特的学术立场和学术视角，当浩繁的研究陀思妥耶夫斯基的著作为作家复杂的思想争论不休时，他才能独辟蹊径，从民间狂欢化的角度指出作家复调小说的艺术特征和艺术创新。也正是有了这种独特的学术视角和学术立场，当无数评论对拉伯雷的创作感到困惑不解时，他才能独具匠心地从民间笑文化的角度，揭示拉伯雷怪诞现实主义的美学特征及其同民间笑文化的内在联系，揭示出拉伯雷创作的奥秘。可以说，民间文化是巴赫金打开两位作家创作的宝库和揭示两位作家创作奥秘的一把金钥匙，从这个意义上讲，巴赫金的文化诗学研究不是贵族式的、经院式的，而是贴近人民，立足于民间根基的，他是带着千百年积淀起来的非官方的民间文化闯入诗学研究的领域。他的文化诗学研究在世界诗学研究中是独树一帜的。

历史是人民创造的，人民，只有人民才是推动历史前进的动力，这是经过历史检验的真理。但有些人却不这样看，他们总以为社会政治的变动是政治家搞出来的，社会经济的变动是经济学家搞出来的，社会文化的变动是思想文化界的精英搞出来的。事实上并不如此，社会政治、经济、文化变动的根源不在上层而在民间，试想，如果没有天安门的四五群众运动，哪能有打倒"四人帮"的政治变革；而中国当代经济改革的思路不是来自几个经济学家的书斋，而是来自安徽的农村。文化的情况也一样，一个时代文化和文学的变革，归根到底并不是由几个文化精英决定的，而是由民间文化推动的。对此，巴赫金有清醒的认识，他反对把对一个时代的文学过程的分析"归结为文学诸流派表面的斗争"，"归结于报刊的喧闹",他认为这些对时代的真正的宏伟文学并没有重大的影响。他指出,真正决定作家创作的是强大而深刻的文化潮流,特别是底层的民间文化的潮流。①巴赫金的这些看法说明人民群众不仅是社会物质财富的创造者,而且是社会精神财富的创造者,他们既推动了社会政治经济的发展,也推动了社会文化的发展。我们的文学研究和文学史研究,如果像巴赫金所说的那样去做,不局限于一个时代的报刊评论,一个时代的流派斗争,而是深入到一个时代强大而深刻的文化潮流,深入到底层的民间文化中去,那么一定会出现崭新的格局。

巴赫金文化诗学研究中所表现的强烈的民众意识也是源于俄罗斯诗学的传统,它是俄罗斯诗学人民性传统的历史回声。早在19世纪初,普希金和果戈理就强调文学要表现人民性,而且强调文学的人民性不取决于选择什么题材,而是取决于作家反映民族生活的思想立场和情感方式。别林斯基指出人民作为基本群众,构成民族生存和发展的基础,人民性是"民族性的第一要素,它的首要表现"。他认为人民性不仅要求作家真实地描绘本民族的生活,而且要求作家要从人民的利益出发,以"关心下层阶级的命运"的态度去表现人民的生活和内心世界。车尔尼雪夫斯基也敏锐地看出社会中经济地位不同的阶级有不同的生活概念和美的概念,农村妇女美的特征是健康、红润,上流社会妇女美的特征却是纤细、柔弱、病态。大多数俄国现实主义作家虽然不可能像革命民主主义美学家那样有激进和鲜明的政治立场,但他们的创作和诗学也都表现出对人民性的追求,其中托尔斯泰就是一个典型的例子。托尔斯泰用15年的时间写成美学专著《什么是艺术》(1898年,中文本译为《艺术论》),他站在千百万宗法制农民立场上,一方面猛烈抨击"上层阶级的艺术",认为它的内容越来越贫乏,形式越来越不可理解,而究其原因是艺术脱离了人民,成了少数人享受的工具;另一方面他强调真正的艺术应当扎根于人民的土壤,反映人民的生活,真正为人民所享受,同时坚持只有构成人类"绝大多数"的劳动者才能评判艺术作品的真正价值。可以说,托尔斯泰把俄罗斯千百万农民的真诚、天真和抗议完全融进自己诗学的思想之中。卢卡契指出,当西欧处于"普遍严重的意识形态的低潮","在现实主义已

---

① 《巴赫金全集》第4卷,河北教育出版社1998年版,第365页。

蜕化为自然主义或形式的年代",托尔斯泰坚持这样的诗学思想:"伟大的艺术植根于人民中间","艺术形式的伟大性是跟艺术形式与内容的人民性有着分不开的联系"。[①] 巴赫金在他的文化诗学中所坚持的正是这种有别于欧洲诗学的人民性传统。

(三) 整体诗学研究的追求

作为20世纪的文论大家,巴赫金的文化诗学研究有一种广阔的视野和恢宏的气度,他既不是就作家论作家,也不单是就文化论文学。巴赫金的文化诗学研究是建立在整体诗学研究的基础上,是同其他诗学的研究相联系的,他追求的是一种整体的诗学研究。在他的两部有关文化诗学的专著中,我们发现他的文化诗学研究不是孤立进行的,而是同体裁诗学研究、历史诗学研究、社会学诗学研究紧密联系的,是在各种诗学的联系中进行诗学的综合的、整体的研究。

巴赫金文化诗学的核心问题是民间狂欢化文化、民间诙谐文化同陀思妥耶夫斯基的创作(复调小说)和拉伯雷的创作(怪诞现实主义)的内在联系,狂欢化是文化诗学的问题,可是他在谈到狂欢化问题时,又非常明确非常耐人寻味地指出,"我们认为,文学狂欢化问题,是历史诗学,主要是体裁诗学的非常重要的课题之一"。[②] 这段话明确告诉我们,他认为文化诗学是同体裁诗学、历史诗学密不可分的。

巴赫金指出文学狂欢化主要是体裁诗学问题,是同他对诗学研究的看法相联系的,他认为诗学研究应当深入到文学的内部,离开文学内部结构的研究,离开体裁和形式的研究,就算不上诗学研究。在同形式的对话中,巴赫金指出形式者对体裁没有给予足够的重视,把体裁仅仅看成是手法的组合。巴赫金对体裁给予高度的重视,他认为"诗学恰恰应从体裁出发",这是因为:第一,体裁是作品的存在形式,他说,"体裁是整个作品、整个言谈的典型形式。作品只有在具有一定体裁形式时才实际存在。每个成分的结构意义只有与体裁联系起来才能理解"。第二,体裁是已完成的整体,"体裁是艺术言谈的一个典型的整体,而且是一个重要的

---

① 《卢卡契文学论文集》(二),中国社会科学出版社1981年版,第400页。
② 《陀思妥耶夫斯基诗学问题》,三联书店1988年版,第157页。

整体，是已经完成的和完备的整体"。① 对于文学艺术之外的意识形态创作来讲，并不存在本义上完成，而在文学中全部问题正好是在于这种"本质的、实物的、主题的完成"。而艺术分为各种体裁，"在很大程度上正是由于整个作品完成的样式不同而产生的"。② 正是根据对诗学研究的这种理解，正是这种诗学研究应当从体裁出发的思想，巴赫金在诗学研究中，在文化诗学研究中紧紧抓住体裁问题，把文化诗学的研究同体裁诗学的研究紧密结合起来。在《陀思妥耶夫斯基诗学问题》中，巴赫金认为只从思想入手是无法真正了解作家创作本质的，只有抓住作家在艺术形式上的创新，在小说艺术体裁上的创新，才能真正把握作家创作的本质。在他看来，陀思妥耶夫斯基最大的贡献就在于创造了复调小说这一新的小说体裁，新艺术形式，而作家对复调小说的创造是同对生活对话本质的发现相联系的，作家是通过新小说体裁来表现他对生活的新的发现。

那么，复调小说这种新的体裁是突然冒出来的吗？不是的。巴赫金认为它是源于民间狂欢节，源于通过狂欢节所表现出来的狂欢式的世界感受。于是，巴赫金又对民间狂欢节、民间狂欢文化做了深入的研究，这样就把小说体裁诗学的研究同狂欢化问题、同文化诗学紧紧结合起来。问题到这里尚未完结，巴赫金认为民间狂欢化文化对文学的影响并不是从陀思妥耶夫斯基的复调小说开始的，复调小说只是狂欢体小说的一种变体。从古代希腊罗马开始，在狂欢化文化的影响下，就形成了狂欢体的文学体裁——庄谐体。这种狂欢体历经中世纪、文艺复兴，后来得到不断发展。研究狂欢体的历史发展过程，研究陀思妥耶夫斯基复调小说同狂欢体的内在联系，这样，巴赫金的诗学研究自然又把体裁诗学的研究、文化诗学的研究同历史诗学的研究融为一体。所谓历史诗学的研究就是研究艺术体裁、艺术形式的历史演变。巴赫金在阐明了陀思妥耶夫斯基复调小说的体裁特点和情节布局特点之后，明确指出："现在我们该是从体裁发展史的角度来阐述这一个问题，也就是把问题转到历史诗学方面来。"③ 他这样做是为了更深入地把握复调小说的本质和特征，如果说体裁诗学是从共时

---

① 《文艺学中的形式主义方法》，漓江出版社1989年版，第174页。
② 同上书，第175页。
③ 《陀思妥耶夫斯基诗学问题》，三联书店1988年版，第155页。

的角度来研究文学的体裁和形式,历史诗学就是从历时的角度研究文学体裁和形式是如何形成和发展的,后者应当说比前者有更大的难度。巴赫金在谈到他从事历史诗学研究的目的时明确指出:"我们所作的历时性分析,印证了共时性分析的结果。确切地说,两种结果相互检验,也相互印证。"①

巴赫金在诗学研究中对整体诗学研究的追求是俄罗斯诗学的传统,其中应当特别提到的是俄国学院派文艺学著名代表人物维谢洛夫斯基的历史诗学研究。维谢洛夫斯基的历史诗学研究是运用历史比较的方法,从总体文学的历史研究中揭示文学体裁和形式的形成及演变的规律,进而阐明艺术的本质和各种诗学范畴的内涵。他认为艺术是历史上不断改变着的社会生活条件的映象,应当从内容的视角考察文学史,但生活的内容必须渗透进必要的形式中去,所以应当将把握艺术形式变化的规律视为首要的任务。为此,他非常重视艺术体裁和艺术形式的演变的研究。在《历史诗学中的三章》里,他从历史观出发,认为叙事诗、抒情诗和戏剧是历史形成的、比较明确的作品类型;在研究文学体裁的起源和形成的同时,他还研究情节史、修饰语史等。在维谢洛夫斯基那里,体裁诗学的研究和历史诗学的研究也是融为一体的。

巴赫金多次强调文学是复杂和多元的现象,文艺学研究没有"灵丹妙药",必须采取多种不同方法,从各种不同角度进行研究。而实际上我们的文艺学研究所采用的各种研究方法又都是分别孤立进行的,互相之间缺乏必要的联系,往往把一种方法,一种角度看成是"灵丹妙药",看成是唯一的最好的方法,这样就很难深入文学现象的本质,得出科学的、令人信服的结论。巴赫金把文化诗学研究、体裁诗学研究、历史诗学研究紧紧结合起来,追求一种整体的诗学研究,这对于我们的文艺学建设是有重要的启示意义的。

(四) 源于理论和实践相结合的原创精神

一种文论的震撼力量源于它的原创性,如果人云亦云,毫无创见,也就没有力量。巴赫金在诗学研究、文化诗学研究中所提出的一系列命题和

---

① 《陀思妥耶夫斯基诗学问题》,三联书店1988年版,第155页。

理论，如对话、复调、狂欢、杂语、超语言学等，是具有原创性的。从某种意义上讲，巴赫金诗学的震撼力和生命力正在于它的原创性。

文论的原创性，巴赫金诗学的原创性从何而来呢？首先，它受哲学思想的影响，其中有德国哲学（新康德主义），也有俄国的哲学和宗教。其次，它是对本国社会现实的反应和挑战，也是对本国文论（文艺学中的庸俗社会学和形式主义）的反应和挑战。第三，更重要的是对文学大师创作的总结，可以说，如果没有对陀思妥耶夫斯基创作系统的精细的研究，没有对拉伯雷创作系统的精细的研究，就不可能有巴赫金的复调小说理论和狂欢化理论。

西方的许多诗学专著大都是在形而上层面上展开理论阐述，对作家作品文本的精细分析是很少见的，阅读巴赫金的两部专著，《陀思妥耶夫斯基诗学问题》和《拉伯雷的创作与中世纪和文艺复兴时期的民间文化》，给人最突出的印象就是对作品的文本的精细研究。在分析复调小说和独白小说的区别时，巴赫金拿托尔斯泰的小说《三死》做了具体分析，说明《三死》为什么是独白小说，如果写复调小说又应当怎么来写。在分析陀思妥耶夫斯基作品的狂欢化表现时，巴赫金一口气分析了作家各个时期的一系列作品，其中有晚期的两篇幻想小说《豆粒》（1873）和《一个荒唐人的梦》（1877），有短篇小说《温顺的女性》、《糟透了的笑谈》，有第二个时期的两部作品《舅舅的梦》和《斯捷潘奇科沃村和它的居民》，另外还有读者所熟悉的《罪与罚》、《赌徒》和《白痴》。由于巴赫金分析了大量的作品，他所得出的陀思妥耶夫斯基作品是狂欢化的、作家的复调小说同狂欢化文化有内在联系的结论便是深刻的和令人信服的。同样，巴赫金对陀思妥耶夫斯基作品中双声语的分析也是精细入微的，既分析了主人公的语言，也分析了叙述语言，既分析了长篇小说的语言，也分析了中篇小说的语言，也正是在这种精细分析的基础上他才有可能提出"超语言学"的理论。在关于拉伯雷的著作中，巴赫金用绝大多数篇幅，从作家文本出发，对拉伯雷笔下广场语言、民间节日形象、筵席形象、怪诞人体形象、物质—肉体下部形象做了详尽的分析，以此说明拉伯雷怪诞现实主义的特征，并且证明这些特征是由民间笑文化决定的。通过具体作品的文体分析和创作总结，最后得出了忽视民间文化就不能正确理解文化和文学生活的深刻结论。在巴赫金的著作中，由于他重视创作实践的总结和文本的分析，他所提出的观点和所构筑的理论体系，让人既觉得是深刻的、有穿透力的，又觉得是活生生的、扎扎实实的，是可以从作家创作中真切感受到的。

巴赫金诗学这一特征也源于俄罗斯诗学的传统。俄罗斯的理论批评史证实，一切有原创性的文论都源于对作家创作的总结。别林斯基的现实主义理论是对普希金和果戈理创作的总结，他写了一系列文章评论这两位作家的创作，深刻总结和概括了19世纪俄国文学由浪漫主义向现实主义过渡的历史进程，并从中阐明现实主义的文学理论。例如，他不是从脱离文学创作实际的抽象概念出发，而是从艺术创作的客观规律出发，来建立他的典型学说，早在1835年的《论俄国中篇小说和果戈理君的中篇小说》一文中，他就通过对果戈理等作家创作的总结，指出真实是艺术性的基础，而典型性则是真实性的集中表现，是创作独创性的首要标志，指出典型对于每个读者来说都是熟悉的陌生人。再如，对20世纪文论有重大影响的俄国形式主义虽然受到索绪尔语言学的影响，但归根到底是"对本土的本土反应"（厄利希语），他们的理论是对俄国象征主义和未来主义诗歌创作的总结。什克洛夫斯基、雅科勃松等人同马雅科夫斯基、赫列勃尼科夫等未来派的诗人关系十分密切，常以他们的诗歌实践来研究诗歌语言。未来派极度夸大语言的排列和组合形式所具有的诗歌表现力，宣称诗人的权力就在于变革词汇和语法，破坏一切文学成规，但他们的主张带有片面性，缺乏严谨的理论说明，而形式主义的理论家们却从未来派诗人的诗歌创作和艺术主张中得到启发，形成了形式主义的理论观点。例如，未来派扬言诗歌创作要摧毁一切语法，让语法摇摇欲坠，而到雅科勃松那里就从理论上概括为"诗歌语言是对普通语言有组织的违反"，这样就带有理论色彩了，也要严谨和规范得多了。

巴赫金诗学研究中所体现的源于理论和创作实践相结合的原创精神是十分可贵的，是值得我们学习的。我们的文论往往脱离创作实践空谈一气，而且急于建构这样那样的体系，结果是过了十几年理论和体系没能建构起来，作家也不买你的账，其中的教训值得我们认真总结。

二 文化诗学:钟敬文和巴赫金的对话

巴赫金是俄罗斯20世纪杰出的思想家和文艺学家,他的文化诗学研究在20世纪文化诗学研究中占有举足轻重的地位。钟敬文先生在20世纪初的"五四"新文化运动中走上民间文化研究的道路,在近一个世纪中,他把毕生精力都献给了民间文艺学和民俗学的事业,他是学术界公认的中国民间文艺学和民俗学学科的开拓者和奠基人之一,在国际上享有崇高的声誉。

在文化诗学的题目下,让钟敬文和巴赫金展开对话,这是可能的,也是有意义的。

首先,钟敬文对巴赫金和他的思想十分关注。自从20世纪80年代巴赫金的《陀思妥耶夫斯基诗学问题》介绍到中国,当"复调"、"狂欢"、"对话"这些名词在学界广为流传之后,他就以一位民俗学家敏锐的学术眼光,高度关注巴赫金和他的狂欢化思想。1995年,他亲自参加并主持了博士论文《巴赫金狂欢化诗学研究》的答辩。1998年,当《巴赫金全集》中译六卷本出版后,他亲自参加在中国社会科学院举行的首发式,并以《略谈巴赫金的文学狂欢化思想》为题,发表了重要讲话,高度评价巴赫金的学术贡献,认为他是一位"杰出的思想巨匠",指出巴赫金的狂欢化思想"确实有比较普通的学术意义",而且"早已超越出了他的国界"。更有意义的是,他还在巴赫金狂欢化思想的基础上,对中国文化中的狂欢现象及其民族特色,作了十分精彩和深刻的分析。他的一番讲话让人真切感受到这位世纪学术老人的学术锐气和活力依然不减当年。

其次,钟敬文和巴赫金虽然有各自的文化语境,有各自的研究领域,有各自独到的思考,但在许多问题上他们的思想是相通的,见解是相同的。在研读过巴赫金和钟敬文的有关著作后,我惊讶地发现,他们对文学和文化关系的思考,对文化诗学的思考,竟然十分相似。比如说,他们都认为传统的文艺学只概括上层文学不概括民间文学是偏狭的;他们都认为一个时代和一个民族的文化是多元、互动的整体,在社会转型期下层文化对新文化的形成有激活作用;他们都认为狂欢是人类生活中具有一定世界性的文化现象,等等。而在研究方法上,他们也都强调实证的态度,强调文化的主体性和研究者的民族意识，等等。事实证明，中国学者是完全可以在同一学术层面上同外国学者展开平等对话的。

近年来文艺学界十分关注中西诗学对话的话题，问题讨论得很热闹，但总让人感到失之空疏，同时也有些底气不足，似乎我们只有接受西方各种新潮文论的份儿，而无法同西方文论展开真正的平等对话。钟敬文和巴赫金对话的研究，不仅可以加深我们对文化诗学的理论的理解，更重要的是这种对话将告诉我们中西诗学对话应当具备什么条件才能实现，它需要以一种什么方式进行，最后应当达到什么目的。这些目标在一篇文章中是很难完成的，但这一个案研究将会给我们提供一些有益的启示。

下面让我们看看就文化诗学而言，钟敬文和巴赫金的对话是在哪些问题上展开的。

（一）文化语境和民间文化语境中的文学研究

文化和文学的关系，文化和文艺学的关系，特别是民间文化和文艺学的关系，这是钟敬文和巴赫金共同关注的问题。巴赫金对文学与文化、文艺学与文化史关系的思考不是从一种理论框架出发，而是来自他的作家研究的实践。在对陀思妥耶夫斯基和拉伯雷创作的研究中，他痛感欧洲传统的文艺理论无法阐明这两位作家创作的本质，他们的创作似乎同现有的文艺理论概念格格不入，现有源于古希腊罗马的文艺理论无法阐明拉伯雷的怪诞现实主义，也无法阐明陀思妥耶夫斯基的复调小说。当原有的文艺理论难于解读一些文艺现象时，巴赫金就对文艺学大胆提出质疑。如前所述，他认为欧洲传统的文艺理论，从亚里士多德开始，只概括史诗和悲剧的创作，对小说创作不予理睬，进一步说，欧洲传统的文艺理论只反映和概括社会稳定时期的官方化了的上层文艺现象，不反映和概括社会变动时期的渗透了民间文化的民间文学现象。正是从这个意义上讲，巴赫金批评欧洲传统的文艺理论、传统的诗学是偏狭的，是在很有限的文学现象的材料上产生和发展起来的。那么，文学研究和文艺学的出路何在呢？从作为研究对象的文学是"一种极其复杂和多面的现象"出发，巴赫金认为文艺学研究没有什么灵丹妙药，只能采取不同的方法切入研究对象的不同侧面。从文学和文化的有机联系出发，他特别强调研究一个时代的文学不能脱离开一个时代完整的文化语境，特别不能脱离开一个时代强大而深刻的民间文化潮流。文艺学要克服自己的偏狭,要让自己充满生机和活力,就必须重视反映和概括源于民间文化的民间文学现象,要把文艺学同文化史的研究紧密结合起来。巴赫金在《陀思妥耶夫斯基诗学问题》中对陀思妥耶夫斯基复调小说同民间狂欢化文化内在联系的阐明,在《拉伯雷的创作与中世纪和文艺复兴时期的民间文化》中对拉伯雷的怪诞现实主义同民间诙谐文化内在联系的揭示,都是实践他的理论主张的范例。

钟敬文对巴赫金关于文学与文化、文艺学与文化史关系的见解,关于要在民间文化语境中进行文学研究的看法,关于传统文艺学固有偏狭性的批评,是深有同感,非常赞同的。1998年,在《巴赫金全集》中译六卷本首发式上,钟敬文很有感慨地说到,巴赫金主要是一位文艺学家、文艺批评家,而不是完全意义上的民俗学家和人类学家,但他通过文学作品中狂欢描写的研究,揭示出隐藏在文字背后的人类狂欢热情。从这个意义上讲,钟敬文认为巴赫金的文艺学研究是具有独特性的,"他的研究,因此也不是一般的文学研究,而是特殊的文艺学研究,他由此开拓了以往的文艺学领域"。[1] 为什么说巴赫金的文艺学研究是特殊的文艺学研究呢?在钟敬文看来,主要在他并没有把文学研究封闭在文学的狭窄圈子里,而是从文化的角度,特别是从民间文化的角度,从民俗学和人类学的角度切入文学研究,是把文艺学和文化史的研究结合起来的,这样也就大大拓展了文学研究的领域,给文学研究提供了新的角度,给文艺学带来新的活力。

关于文艺学建设的思考,钟敬文可以说从巴赫金那里找到了知音,但钟敬文的这种思考并不是在见到巴赫金的论著之后才有的,他的思考早在20世纪30年代就开始了。1935年,在《民间文艺学的建设》[2] 一文中,钟敬文针对民间文艺的特殊性(制作过程的集团性、表现媒介的口传性、形式和内容的素朴性和类同性),明确提出要建设民间文艺学,认为它是文化科学中一门独立、系统的学科。为什么要建设民间文艺学呢?关键就

---

[1] 原载《光明日报》,1999年1月28日,见《建立中国民俗学派》,黑龙江教育出版社1999年版,第154页。

[2] 《艺风》第4卷第1期,见《钟敬文学术文化随笔》,中国青年出版社1996年版,第3—15页。

在于他认为一般的文艺学无法反映和概括民间文艺的特殊内容。几十年后，钟敬文在一系列文章中，特别是在《建立民间文艺学的一些设想》(1983)[①]中，又重新强调建立独立民间文艺学学科体系的重要性。在这篇文章中，钟敬文对一般文艺学的不足，一般文艺学和民间文艺学的关系，作了深刻的理论思考。这种思考可以说是同巴赫金的思考不谋而合、心心相印的。这种高水平的理论思考是一般文艺学家所忽视的和难以达到的。在钟敬文看来，民间文学是文学的一部分，但它是一种特殊的文学，民间文艺学也是文艺学的一种，但它也是特殊的文艺学。他认为文艺学的建设应当从文学的实际出发，要正确地反映和全面地概括文学的实际。什么是文学的实际呢？在他看来，文学"大概应分为三大干流，一是专业作家的文学（书本文学），其次是俗文学（唐宋以来的都市文学），再次是民间口头文学（主要是劳动人民的文学）"。如果说文艺学是关于文艺现象和内在规律的理论概括，就应当正确地反映和全面地概括这三种文学的实际，而我们现在流行的文艺学却不是这样的，它只反映和概括专业作家的创作。钟敬文尖锐地指出："我们现在学界流行的文艺学，实际上只是第一种，古今专业作家创作的文艺学，而且是往往依照某些外国这方面的著作的框架（甚至有的连用的例证也袭用了）而编纂出来的，它很少从广大人民各种口头文学概括出来的东西，除了关于文学的起源等问题，偶尔采及人民集体创作（原始文学）的例证。"根据三种文学的实际，钟敬文认为应有正确反映这三种不同的文艺学，即古今作家文学的文艺学、通俗创作的文艺学及人民口头创作的文艺学。在这三者之上，才能有一种概括的文艺学，所谓一般的文艺学。

通过以上分析，可以看出钟敬文和巴赫金在不同时代、不同国家，从各自不同的学科领域出发，不约而同地涉及文艺学建设的重大问题，涉及文学研究的重大问题。如果说巴赫金是从作家研究引发出文艺学建设的思考，钟敬文则是从民间文学的研究，从民间文艺学的建设，引发出文艺学建设的思考。他们深刻的理论思考为当代的文学研究和文艺学建设提供了重要的思路，这就是如何加强文学研究和文化研究的联系，如何在文化语境，特别是在民间文化语境中进行文学研究，如何建设更具有开放性的文

[①] 《民间文学论坛》1983年第3期。

艺学。具体来讲，他们的理论包括以下两个方面。

第一，文艺学既要反映和概括上层的专业作家的创作，也要反映和概括下层的民间的创作，否则它将是偏狭的，将无法阐明一切文学现象。如同巴赫金所指出的只反映和概括史诗和悲剧的欧洲传统诗学和文艺学无法阐明小说创作现象，也无法阐明源于民间文化的文艺复兴时期拉伯雷等作家的创作现象。正如钟敬文所指出的，只反映和概括专业作家创作的文艺学是无法阐明民间文学创作现象的。他说："我们大家知道，民间口头创作，从作者身份、思想、感情、艺术特点、社会联系、社会功能到传播方法、艺术传统等，跟古今专业创作的性质、特点、功用、影响等，决不是只运用作家文学的文艺学所能办到的。"①

第二，文艺学要向其他学科开放，使其更具有开放性，更具有活力。我们的文学研究曾经走过十分曲折的道路。一个时期忽视文学的特征，把文学研究混同于社会史研究、文化史研究，忽视文艺学的学科特性，缺乏学科的自觉意识。后来这种情况有了改变，文学研究大讲文学特性，可是又忽视了文学和社会文化的关系，忽视了文艺学和其他学科的关系。巴赫金认为在坚持文学的特性、文艺学科的特性的同时，文艺学要向其他学科开放，他特别强调文艺学要同文化史的研究结合起来，于是他走上了文化诗学的道路。对此，钟敬文是很欣赏的，他认为巴赫金的文艺学研究是从人类学、民俗学文化学的角度切入的，因此开拓了文艺学的领域，也显示出他的学术思想的特殊魅力。钟敬文的民间文艺学研究也十分重视向其他学科开放，他强调要从民俗学、民族学、文化人类学、考古学、语言学、原始文化史以及民族心理等观点或视角去研究民间文学，他所倡导的也是多角度的综合研究，也是开放的民间文艺学。但是，在学界更多地运用其他学科研究民间文学的时候，钟敬文也及时地提出，在探索民间文学的社会文化内涵时，决不能忽略民间文学的文学性。看来，文艺学的建设既要充分重视学科的特性，重视文学的特性，又要向其他学科开放，运用多种学科多种角度来研究文学。这显然是一对矛盾，同时也存在一种张力，文艺学本身正是在克服这种矛盾和保持这种必要的张力中得到不断发展。

---

① 《民间文学论坛》1983年第3期。

(二) 多元、互动的整体文化观

由于受到各种思潮的影响，人们对文化的理解往往容易从一个极端走到另一个极端。一个时期，人们把一个时代一个民族的文化看成毫无区分的统一体，忽视不同文化成分的存在以及它们之间的差异和对抗。在列宁提出两种文化学说，强调对民族文化进行阶级分析之后，人们又往往只看到一个时代、一个民族的各种文化成分之间的差异和对抗，而忽视了它们之间的相互渗透和相互作用。以上两种文化观都是片面的，在实践上也不利于认识复杂的文化现象，不利于当代文化建设。正是在这个问题上，钟敬文和巴赫金都表现出理论上的成熟和清醒，他们都倡导一种多元互动的整体文化观，又都特别强调下层文化对上层文化的激活作用。他们的种种见解对于文化理论的建设和当代文化建设，都有重要的理论价值和实践意义，很值得我们认真加以梳理和研究。

巴赫金文化诗学的重要内容就是强调文学是文化不可分割的一部分，文学研究不能离开文化语境，特别是不能离开民间文化语境，提出"文艺学应当与文化史建立更紧密的联系"。他的两部专著《陀思妥耶夫斯基诗学问题》和《拉伯雷的创作与中世纪和文艺复兴时期的民间文化》的核心就是阐明陀思妥耶夫斯基的复调小说与民间狂欢化文化的内在联系，拉伯雷的怪诞现实主义与民间诙谐文化的内在联系，这是他的文化诗学的实证研究。到了晚年，在《答〈新世界〉编辑部问》(1970)[①]一文中，巴赫金又在上述实证研究的基础上，对文学和文化的关系，对文化本身的特点和发展规律，从理论上做了深刻的阐述，形成了比较完整和系统的文化观，而这种文化观又具有鲜明的特色。巴赫金的文化观的一个重要理论观点就是提出要"在一个时代的整个文化有区分的统一体中来理解文学现象"，其中又特别强调要重视"那些真正决定作家创作的强大而深刻的文化潮流（特别是底层的民间的潮流）"。巴赫金的文化观归纳起来有以下几个要点：一是倡导一种整体的文化观。他指出一个时代的文化是有区分的统一体，这是相当深刻和全面的观点，既强调区分又突出统一，也就是说一个时代的文化既是多元的又是一个整体。二是极力提高民间文化的

[①] 《巴赫金全集》第4卷，河北教育出版社1998年版，第363页。

地位。他认为在一个时代的文化中要特别重视民间文化潮流，重视来自底层的民间文化潮流对作家的创作和文学进程所产生的强大而深刻的影响，如果不这样做就"难于深入到伟大作品的底蕴"，文学就会让人觉得是一种委琐而不是严肃的事情。三是重视一个时代各种文化之间的互动作用。他认为一个时代不同文化领域之间，不同文化之间是"相互联系和相互制约的"，彼此是相互作用的，而且这种相互间的作用不是单向的而是双向的。在他看来，各种文化之间的关系不是对立的、封闭的，而是对话的、开放的，而各种文化的对话和交融正是文化本身发展的动力。正是这种多元互动的整体文化观，构成了巴赫金文化诗学的理论基础，同时也具有鲜明的个性特色。

如果说巴赫金是立足于上层文学，立足于陀思妥耶夫斯基的创作和拉伯雷的创作，进而探讨他们的创作同民间文化的关系，最后提出整体的文化观，提出要在一个时代文化有区分的统一体中来理解文学现象，那么钟敬文则是立足于下层文化的研究，立足于民间文学和民间文化的研究，进而在考察下层文化和上层文化的相互关系和相互作用中，提出整体的文化观，他针对贬低下层文化的传统观念，鲜明地提出下层文化是上层文化的根基，指出正是这两种文化的相互联系和相互作用构成了整体的民族文化，强调要在民族文化的大系统中研究民俗文化。

早在1982年，钟敬文在杭州大学中文系的讲演中，就提出中国文学三层论。他说：

> 民间文学是中国文学的三大干流之一……哪三大干流呢？一是古典文学，在过去是占压倒地位的，是正统的文学。这中间出现了许多伟大的作家。二是俗文学，或叫通俗文学。因为中国唐宋以后，都市兴起了，都市的市民和农村不一样，主要由商人和都市居民等组成。由于适应这一部分人的需要，所以产生了小说、戏剧，产生了通俗文学。在它上面有古典文学，在它下面有农民、工匠等的文化，或叫做第二层的文学。第三就是民间文学，它是由我们国家占最大多数的劳动人民所创造和继承、发展的文学。……它具有古典文学和俗文学所

没有的自己的特点和优点。①

1986年,钟敬文在《谈谈民族的下层文化》② 一文中又从文化的角度提出民族文化三层论。他说:"所谓'下层文化'是指在文化比较发达的国家和民族的文化领域里,那种跟一般处于高位的上层文化相对立的处于下位的文化(严格地说,两者之间,还有'中层文化',这里就不涉及了)。从社会阶级的角度看,前者(上层文化)主要是占有优越的经济和政治地位的统治阶级成员所创造、享有的文化,后者(下层文化)则主要是被统治阶级、被剥削民众所创造、所享有的文化。这两种文化汇合起来,就构成了整个国家或民族的文化,也就是我们今天常说的民族的传统文化。"在整个民族文化中,钟敬文特别强调下层文化是"民族文化的优秀部分",是"形成过去整个民族文化的基础",这就充分地肯定了下层文化在整个民族文化中的地位和作用。在传统的贬低下层文化的声音中,这种独到的见解是十分鲜明和大胆的,具有一种振聋发聩的作用。在肯定下层文化的地位和作用的基础上,钟敬文又进一步阐明上层文化和下层文化之间的相互作用,他认为这两种文化之间既有相互对抗的一面,又有相互渗透的一面,两者的关系是一种互动的关系。他说:"在同一民族里,这种分离着、差异着,乃至于对抗着的两种文化,却又互相联系着、纠结着、渗透着,形成一个整体的民族文化。"以文学为例,诗歌、小说和戏剧这样一些文学体裁都可以从民间文学中找到它们的源头,反过来说,传统文人作家对民间文学的改造对民间文学也有提升的作用。

1992年,在《民俗文化学发凡》③ 一文中,钟敬文明确提出民俗文化学的概念,认为民俗文化就是中层文化和下层文化。他说:"中华民族的传统文化可以分为三条干流。第一条是上层文化,从阶级上说,它主要是封建地主阶级所创造和享用的文化。第二条是中层文化的干流,它主要是市民文化。第三条干流是下层文化,即由广大农民及其他劳动人民所创造和传承的文化。中、下层文化就是民俗文化,它虽然属于民族文化的一

---

① 《杭州大学学报》1983年第3期。
② 《群言》1986年第11期。
③ 《北京师范大学学报》1992年第5期。

部分，但却是重要的、不可忽视的部分。"他认为"中华民族的三层优秀文化的荟萃，构成了我们民族传统的灿烂文化"，提出要"在民族文化的大系统内，研究民俗文化"，以利于"更全面地了解民族文化的总体面貌及其历史和现状"。

从以上分析可以看出钟敬文和巴赫金对文化的思考，特别是对下层文化和上层文化关系的思考，有许多共同的理论蕴含，这些思考对于文化建设有重要的启示。

首先，他们都倡导一种多元互动的整体文化观，不论是文化三层论也好，文化两层论也好，它的根本点都在于认为民族文化是一个整体，不能只看重上层文化，贬低下层文化，没有上层文化和下层文化的荟萃，就无法构成一个民族灿烂的文化。同时，一个时代和一个民族的上层文化和下层文化是互动的，它们之间不仅有差异，有对抗，也有相互渗透和相互作用。推动一个时代和一个民族文化发展的动力不在于两种文化的相互对抗，不在于两种文化不是你吃掉我就是我吃掉你，不在于不是东风压倒西风就是西风压倒东风，而在于两种文化的相互联系和相互作用，不同文化的互动正是文化发展的动力。

其次，他们对于多层文化及其互动关系的思考不仅是在理论层面进行的，而且是在历史层面进行的。他们总是把文化问题放在一定的历史文化语境中加以考察，提出在文化转型期一个时代新的文化的形成必须得到下层民间文化的强大支持，必须十分重视下层民间文化对新文化形成的激活作用。

文艺复兴是伟大的思想文化运动，它的直接文化动因是古代希腊罗马文化的重新被发现，新兴的资产阶级正是从古希腊罗马文化中发现了许多可以同中世纪封建神学相抗衡的东西，他们借助古代文化精神摧毁以神为中心的封建文化思想体系，建立以人为中心的资产阶级人文主义的文化思想体系。值得重视的是巴赫金从民间文化的角度对这个问题提出了一种令人感兴趣的新见解，他深刻指出，文艺复兴时期的文化思想家们接受古代希腊罗马文化的过程是一个十分复杂和艰难的过程，因为即使在文艺复兴时代教会的意识和封建文化的影响仍然是强大的，古希腊罗马文化在许多情况下是"通过中世纪世界观的三棱镜"被接受的。因此，文艺复兴时期的文化思想家们如果仅仅是"通过个体思维探索或者对古代文献的书斋式的研究",就没有足够的力量来克服中世纪的影响,就无法让古希腊罗马文化真正发扬光大,进而成为资产阶级反对封建的思想文化武器。因此,巴赫金特别强调,文艺复兴在接受古代希腊罗马文化时,必须得到民间文化的支持,"真正的支持只能来自民间文化"。这是因为中世纪和文艺复兴时期的民间文化所体现的平等对话精神、更替和更新的精神是同中世纪的观念相对抗的,是同文艺复兴的观念相一致的。对此,巴赫金说:"狂欢节(再强调一次,在这个字眼的最广泛意义上)将意识从官方世界观的控制下解放出来,使得有可能按新方式去看世界;没有恐惧,没有虔诚,彻底批判地,同时也没有虚无主义,而是积极的,因为它揭示了世界的丰富的物质开端、形成和交替,新事物的不可战胜及其永远的胜利,人民的不朽。要向哥特时代发起猛攻并形成新世界观的基础,这是强大的支持。"[1]

同文艺复兴一样,"五四"新文化运动也是伟大的思想文化运动,它是在中国社会内部发生历史性变化的条件下,广泛接受外来文化而形成新的文化,它的矛头直指中国古代的封建文化,张扬的是人文精神,是科学精神和民主精神。同样,"五四"新文化的形成也是一个十分复杂和艰难的过程,它对旧文化的决裂和对西方文化的接受,都是历史的必然,但也出现了全盘否定传统文化的偏颇。事实上只有外来文化影响的民族化和民族传统文化的现代化,才能创造民族的新文化。在这个问题上,钟敬文和巴赫金一样,从自己的研究领域,从民间文化的角度,提出了十分独到和深刻的见解,显示出大家的理智和清醒。1989年,为了纪念"五四"运动七十周年,钟敬文写了《"五四"时期民俗文化学的兴起》[2]一文,他称"五四"运动为伟大的"历史母亲",是自己的"启蒙老师"。同时,论文根据文化分层论,对"五四"运动对待传统文化的态度,提出一个十分独到和十分重要的观点,他认为不能笼统地说"五四"运动否定传统文化,而要弄清楚究竟否定的是哪个层面的文化,肯定的是哪个层面的文化。他说:"人们在对待传统文化问题上,就存在着怎样对待传统文化中的不同层次的问题(不管对待者本人是否意识到)。具体一点说,他肯

---

[1]《巴赫金全集》第6卷,河北教育出版社1998年版,第318—319页。
[2]《北京师范大学学报》1989年第3期。

定或否定的是社会中哪一个层次的文化？是肯定或否定上层社会的文化呢？还是肯定或否定中、下层社会的文化呢？这结果和意义是有区别的。"① 1999 年，他在《建立中国民俗学派》一书中又一次指出："我在以前的一篇文章中说过，就传统文化而言，'五四'对中国的传统文化，并不是全盘否定的，它打击得最严厉的，是上层文化。它对民族的通俗文化和下层文化，却是保护的和提倡的，这个区别我们要搞清楚。"② 这里所说的通俗文化和下层文化就是钟敬文通常所说的中层文化（市民文化）和下层文化（民间文化），统称为民俗文化。具体来说，钟敬文认为"五四"在弘扬民俗文化方面做了四件重要的工作：一是热情扶植民众的口头活语言，白话升格和进行方言调查；二是赞扬口头文学，以顾颉刚、董作宾、钟敬文为代表的学者开展歌谣征集活动，创办《歌谣》周刊；三是使优秀的俗文学，优秀的通俗小说、戏曲登上文坛，首创新文化新文学的胡适一方面反对文言文，称之为死文学，另一方面又极力抬高通俗白话小说的地位；四是对作为民族文化的风俗习尚的勘测和探索，如当年著名的北京妙峰山庙会调查。所有这些弘扬民族中、下层文化，弘扬民俗文化的活动，钟敬文认为不是同"五四"新文化运动的主流思想（民主主义）没有关系的，而恰好是"从另一方面对旧制度、旧伦理和旧文艺（正统文艺）的批判，是更基本的、积极的批判。因为这些新得宠的传统文化，是民族中、下层的文化，是正统的文化所排斥或认为不足挂齿的'低贱文化'"。③ 对中、下层文化的弘扬，从根本上讲是"五四"新文化运动的有机组成部分，它们所体现的反封建的民主主义精神，是同"五四"新文化运动的精神完全一致的，从这个意义上讲，同民间文化对文艺复兴运动的支持一样，弘扬传统的中、下层文化也是对"五四"新文化运动强大的支持。

从巴赫金到钟敬文，他们关于文化转型期下层文化对新文化形成的作用的精彩论述，在今天仍然具有现实意义。今天我们同样面临文化的转型，在当代文化中出现了众声喧哗的局面，有精英文化和大众文化，有雅

---

① 《民俗文化学：梗概和兴起》，中华书局 1996 年版，第 89 页。
② 《建立中国民俗学派》，黑龙江教育出版社 1999 年版，第 16—17 页。
③ 《民俗文化学：梗概和兴起》，中华书局 1996 年版，第 135 页。

文化和俗文化，有上层文化和下层文化。在当代新文化的形成过程中，各种文化如何在互动中得到共同的提高，上层文化如何从下层文化中吸收营养，下层文化如何在上层文化影响下得到提升，特别是新文化的形成如何得到下层文化的激活和支持，在解决这些当代文化发展的重要课题时，巴赫金和钟敬文的理论的和历史的论述都会给我们有益的启示。

（三）东西方民间狂欢化文化

民间狂欢化文化的研究是巴赫金文化诗学研究的中心，也是他的文化诗学研究独树一帜之处。巴赫金的狂欢化文化研究源于作家研究，他发现陀思妥耶夫斯基的小说是有别于一般独白小说的复调小说，拉伯雷的现实主义是有别于一般现实主义的怪诞现实主义。由此，他要寻找这类小说的文化根源，经过一番研究，他发现不论复调小说也好，怪诞的现实主义也好，都源于古希腊罗马的狂欢体文学，而这种狂欢体文学又源于民间狂欢节所体现的狂欢化文化。在狂欢节的研究中，巴赫金不仅注意到了狂欢节的外在形式，它的全民性和仪式性等，同时更关注狂欢节的内在精神，探究狂欢节所体现出来的千百年来民众伟大的世界感受——平等对话精神和更替更新精神。他认为这种精神具有生成文本——狂欢体文学的力量，而且特别指出如果不了解欧洲的狂欢化文化，就很难全面了解欧洲文化史和欧洲文学史。

如果说就前面两个问题——文化语境和民间文化语境中的文学研究和多元、互动的整体文化观而言，钟敬文和巴赫金只是展开"不见面"的对话，因为当年钟敬文还没见过巴赫金关于那两个问题的论述，他们两人只能说是英雄所见略同。在民间狂欢化文化问题上，情况就不相同了，他们两人可以说是展开"面对面"的对话了。如前所述，钟敬文先生曾经主持过有关狂欢化诗学博士论文的答辩，也曾经在《巴赫金全集》中译六卷本的首发式上发表过《略谈巴赫金文学狂欢化思想》[①]的讲话。这样，我们就有可能就钟敬文和巴赫金有关狂欢化的思想进行比较研究。

钟敬文作为一个具有国际声誉的民俗学家，在狂欢化文化研究问题上，最可贵之处就是他没有简单地搬用和阐发巴赫金的思想，而是在巴赫

[①] 见《建立中国民俗学派》，黑龙江教育出版社1999年版，第152—158页。

金思想的启发下，对狂欢化提出自己独到的见解，并且结合中国狂欢化文化的特点，把问题的研究引向深入。

首先，钟敬文认为应当"全面了解狂欢的概念"，弄清楚这个概念的不同层面的含义。他认为狂欢化的概念的确可以用来解释人类一般精神生活和叙事文学中的某些特殊的现象。但他特别指出："这个概念应该包含两个层次，即狂欢现象和狂欢化文学现象。当然，从人类精神现象看，它们是一个问题的两个侧面，在本质上是互有联系的。但就两者在社会生活中的地位和表现形式来讲，它们又属于两个不同的方面，彼此又是有所区别的。"①

钟敬文提出的狂欢概念分层说是有理论意义的。他指出一切狂欢现象都是人类精神现象，它们之间互有联系，这是共性，普遍性；同时又指出不同的狂欢现象又有不同的内涵和表现形式，这是个性，是特殊性。这个问题应当说巴赫金也注意到了，在他的专著中就出现了狂欢、狂欢式、狂欢化文学和意识形态狂欢等概念。

综合钟敬文和巴赫金有关狂欢概念分层说的观点，狂欢可以细分为以下三个层面：

一是节日狂欢。这是就日常生活现象和人类精神现象而言，指的就是狂欢节，就是巴赫金所说的"第二种生活"。节日狂欢有一系列仪式、范畴和形式，它通过外在形式体现出一种内在精神——民众狂欢式的世界感受。

二是文学狂欢化。这是把狂欢式转为文学语言，也就是把狂欢节所体现的狂欢式的世界感受用艺术形象的语言表现出来。文学狂欢化更准确地说是指狂欢化的文学，或称狂欢体文学，它是就文体而言的，像古希腊罗马的梅尼普体文学，文艺复兴时期拉伯雷的小说，以及陀思妥耶夫斯基的复调小说，等等。后来的一些作品严格说只能是有狂欢化的因素，或者有狂欢化的描写，不能说是具有文体意义的狂欢体文学。

三是意识形态狂欢化。这就是巴赫金所说的要把狂欢节所体现的狂欢式的世界感受转移到高级的思想精神领域，在思想领域，在意识形态领域展开思想对话，反对思想独白。这种意识形态狂欢往往出现在社会转型时

---

① 《建立中国民俗学派》，黑龙江教育出版社1999年版，第153页。

期和文化转型时期，这时原有的主流意识形态已经僵化，成为教条，失去活力，于是逐渐孕育的新的意识形态出现了，并且与旧的意识形态展开对话和交锋，出现众声喧哗的局面，出现多语现象和杂语现象，这个过程就是意识形态狂欢化。欧洲的文艺复兴时期就是意识形态狂欢化的时期，在这个时期新的世界观向中世纪旧的世界观发起猛烈的攻击，并最后形成文艺复兴的世界观。在这个时期的意识形态领域，让人深深感受到一种狂欢化的氛围，一种民间节日广场自由的旋风。正如巴赫金所说的："文艺复兴，可以说，这是对意识、世界观和文学的直接狂欢。"①

其次，钟敬文认为中国的狂欢化文化现象同欧洲的狂欢化文化现象有共同之处，也有自己的民族特点。

虽然中国学术界在过去还不曾把"狂欢"一词作为学术术语加以使用，但钟敬文认为在中国文化史上，在中国民间文化中，狂欢现象的确存在，"像中国保留至今的民间社火和迎神赛会，其中一些比较主要的活动和民俗表演，就同世界性的狂欢活动，在一定程度上，具有一致性。在华北，这种民俗事象，近年还普遍存在，有的甚至比过去还红火"。②

同时，钟敬文指出中国民间狂欢化文化"还有它一定的特殊之处"。这种"特殊之处"，他认为表现在两个方面：一是中国的民间狂欢"保存着宗教法术性质，它们与现实的崇拜信仰，依然有比较密切的关系"；二是中国民间狂欢含有复杂的文化因素，"还带有民间娱乐、民间商业等种种其他因素，从而构成中国这类活动的复杂内容，有学者把它概括为'神、艺、货、祀'"。③ 尽管中国的民间狂欢化文化也有自己的特色，钟敬文还是特别看重其中"那种与世界性狂欢活动相似的精神内涵"。这种狂欢的精神内涵一方面指的是通过狂欢表现出来的"心灵的欢乐和生命的激情"，一方面指的是把社会的一些事象颠倒过来看，对僵化的制度、秩序和规范进行嘲讽、抨击和反抗。钟敬文认为在中国狂欢文化中，在民间狂欢节日活动中，更突出地表现出一种抗争的精神，这种抗争精神既表现为反对扼杀人性的两性束缚，也表现为反对官方对百姓的欺压。

---

① 《巴赫金全集》第6卷，河北教育出版社1998年版，第317页。
② 《建立中国民俗学派》，黑龙江教育出版社1999年版，第154—155页。
③ 同上书，第155页。

一是对扼杀人性的两性束缚的抗争。

中国封建统治有很长的历史，两性禁锢是比较厉害的，钟敬文说："每逢狂欢的节令，这种禁锢就松弛了，甚至有时还可以被冲破。拿我的家乡广东来说，过去，在乡下，女子平时是不出门的，但到了元宵节，男女老少都出去了。这时，有些浮荡子弟混杂在人群里面，做出一些不太规矩的举动，但总的说，平常很严厉的社会舆论这时就要宽松得多。"① 在日本，樱花节也是一种形式的狂欢，这时不少男子纵情欢乐，对于所遇见的女子偶有不太礼貌的言行或举止，一般也会被谅解。

二是对官方欺压百姓的抗争。钟敬文举了两个生动的例子。一个例子叫"骂社火"。在社火期间，河南东西两个村子的村民隔河相骂，骂的内容是指责贪赃枉法、欺压百姓和奸淫偷盗，等等。挨骂的一方除了讲事实，不能随便反驳。他认为"这就是群众对于平时压抑的意见的一种异常形态的宣泄，一种公开的社会批评"。另一个例子叫"闹春官"，华北某些地方社火期间要"闹春官"，这时老百姓要选举一个人做官，穿上官服，正像西方狂欢节百姓扮演国王，戴上皇冠一样。这个人在社火的几天内，要施展官方的权威，对百姓向他报告的各种冤情，当众进行审判。这种狂欢活动虽然时间极为短暂，但老百姓在特殊的时间和空间中，在狂欢化的时间和空间中，颠覆原有的制度、秩序和规范，表现了自己渴望的自由平等的生活愿望和社会理想。正如巴赫金所说的，这体现了"几千年来全体民众的一种伟大的世界感受"。

狂欢化既是一种人类精神现象，也是一种文学现象，东西方的狂欢化现象有共同的精神内涵，同时又有各自的特色。如果能够通过文学文本的深入研究，来把握这些共性和特性，对于我们了解东西方文化的共性和特性，了解东西方文学的共性和特性，是很有意义的。

（四）对话的启示

钟敬文和巴赫金就文化诗学问题的对话，给了我们许多启示，也大大增强了我们展开中外诗学对话的信心和勇气。以往在中外诗学对话中，人们往往感到底气不足，感到失语，现在可以自豪地说，中国一流的学者比

---

① 《建立中国民俗学派》，黑龙江教育出版社1999年版，第156页。

起国外的一流学者来是毫不逊色的,他们完全可以同国外顶尖的学者平等地展开对话,在哲学社会科学领域也完全可以屹立于世界学术之林。

在对话之余,值得我们深思的是为什么许多人在哲学社会科学领域只能充当介绍外国理论的角色,无法同外国学者平等地展开真正的对话,而像钟敬文这样的老一代学者却有可能同外国学者平等地展开真正的对话。我认为关键在于对话的主体,在于对话主体的"才、胆、识、力",在于对话主体的条件、立场和旨归。

首先是条件。

学术对话同生活对话一样,它的前提是承认差异,是对对方的尊重。你怎么让人尊重呢?怎么让人觉得值得同你对话呢?关键在于你得有实力,得有学识、视野和能力,得提得出问题来同人家对话。就文化诗学的研究而言,我们惊异地发现钟敬文和巴赫金在许多问题上都是有创见的,而且常常是"英雄所见略同"。究其原因就在于他们俩虽然研究的重点不同,切入点不同,研究方向不同,但都是几十年如一日孜孜不倦地进行研究,而且他们的研究是十分扎实的,掌握了大量的第一手材料。唯其如此,他们所得出的结论才是有分量的,有原创性的,有价值的,也才有可能展开真正的对话。巴赫金如果不对中世纪和文艺复兴的民间文化以及它们同上层文化的关系进行十分系统和精细的研究,就不可能提出上层文化和下层文化互动的观点。钟敬文如果没有近一个世纪对中国民间文化的深入研究,对中国文化的整体了解和全面把握,就很难得出传统文化三层论(上层文化、中层文化和下层文化),很难深入地阐明社会历史转型期下层文化对上层文化的激活作用。通过钟敬文和巴赫金的对话,我们深切地感到中外诗学的对话决不是靠几篇空洞的文章,空发一通议论所能奏效的。关键还是要在你所研究的领域潜下心来进行研究,像钟敬文先生那样几十年如一日,毫不懈怠,毫不动摇,心无旁骛地钻到民俗学研究中去,这样才能拿出你的真正创见,才能拿出你的有理论震撼力的成果来同人家展开平等的对话,也才能得到人家的尊重。

其次是立场。

所谓的立场就是在文化对话中,在学术对话中,要保持自己文化的主体性,要坚持自己的主体立场。在文化交流和对话中,以往更多的是强调为了更好理解别人必须融于其中。巴赫金认为这种看法是片面的,他说:

"创造性的理解不排斥自身,不排斥自己在时间中所占的位置,不摒弃自己的文化,也不忘记任何东西。理解者针对他想创造性加以理解的东西而保持外位性,时间上、空间上、文化上的外位性,对理解来说是件了不起的事。""在文化领域中,外位性是理解的最强大的推动力。"所谓的"外位性"就是文化的主体性,他认为,"别人的文化只有在他人文化的眼中才能较为充分和深刻地揭示自己"。① 事实上也是这样,只有文化对话的双方各自坚持自己的主体性,这样双方在对话和交锋中才能显现出自己深层的底蕴,也才能使不同的文化在对话和交锋中互相得到丰富和充实。

在这个问题上,钟敬文的观点同巴赫金完全一致。在中国民俗学的建设中,钟敬文多次反复强调要有强烈的主体性,要有民族意识。他一方面提出要学习外国先进的理论,认为"现代中国民俗学能够从中国传统学术中独立出来,一个不可否认的因素,是借助了当时的先进的外国理论的推动"。另一方面他又尖锐地指出,中国民俗学要自立,不能老是跟着外国人描红格子,中国民俗学不能成为外国民俗学的派出所。他指出,我们经济虽然不发达,但"也有自己的历史,有自己的文化独立性,尤其是有自己民俗文化的特点,这是我们应该牢牢记住的。在这个意义上说,中国民俗学是世界民俗学一个独立的组成部分,而不是别人学术的附庸"。②

第三是旨归。

所谓旨归就是对话的目的。对话本身不是目的,文化也好,诗学也好,我们不是为了交流而交流,为了对话而对话。巴赫金指出:"文化的主要任务就是教会你尊重他人的思想,并且同时保留自己的思想。"这就是说对话不仅仅是要相互尊重,相互学习,更重要的是要在这个基础上根据本国文化的特点,本国诗学的特点,不断进行创新,建立具有本民族特色的文化,具有本民族特色的诗学。钟敬文在中国民俗学的建设中正是这样做的。经过近百年的学术积累,近年来他明确提出要建立中国民俗学派,要高高地举起中国民俗学派的旗帜。他说:"所谓建立民俗学的中国学派,指的是中国的民俗学研究要从本民族的具体情况出发,进行符合民

---

① 《巴赫金全集》第 4 卷,河北教育出版社 1998 年版,第 370 页。
② 《建立中国民俗学派》,黑龙江教育出版社 1999 年版,第 13 页。

族民俗文化特点的学科理论和方法论的建设。"① 在这个问题上，我们深切感到钟敬文在学术对话中具有十分强烈的学术自觉意识和学术创新意识。所谓中国学派的旗帜就是学术自觉的旗帜，学术独立的旗帜，学术创新的旗帜。这是学术对话、诗学对话的真正旨归。

---

① 《建立中国民俗学派》，黑龙江教育出版社1999年版，第4页。

附 录

《答〈新世界〉编辑部问》[*]

巴赫金

  《新世界》编辑部向我提出一个问题：我是如何评价当今文学理论现状的。

  对这种问题无疑很难作出绝对的很有把握的答复。人们在评价自己的今天、自己的时代时，往往容易出错（朝这一方面或那一方面偏差）。这一点应该考虑到。不过我还是试着作一个答复。

  我们的文学理论具有巨大的潜力，因为我们有一大批严肃认真而又才华出众的文艺学家，其中包括年轻的学者，我们有高水平的学术传统，包括过去的传统（波捷布尼亚、维谢洛夫斯基），也包括苏维埃时期的传统（蒂尼亚诺夫、托马舍夫斯基、艾亨鲍姆、古科夫斯基等），当然，还有发展文学理论所必须的外部条件（研究机构、教研室、财政拨款、出版能力等等）。但尽管如此，我觉得近年来（实际上几乎是近十年来）我们的文艺学，总的来说并未能发挥这些潜力，也没有达到我们对它理所当然的要求。不敢大胆地提出基本的问题，在广阔的文学世界中没有开拓出新的领域或发现一些重大的现象，没有学派之间的真正的健康的斗争，占主导地位的是对学术风险的恐惧，对假想的恐惧。文艺学实际上还是一门年轻的科学，它不具备自然科学那种经过多次实验检验过的方法。因此，缺乏流派之间的斗争和恐惧大胆的设想，必然导致陈陈相因与千篇一律成为主流；很遗憾，这种情形在我们这里屡见不鲜。

---

  [*] 原载《新世界》杂志1970年第11期，译文选自《巴赫金全集》第4卷，晓河译，河北教育出版社1998年版。

在我看来，我们今天的文艺学的普遍特征就是这样。但任何一种概括的评述，从来都不是完全公正的。无可怀疑，我们今天也出版了一些不错的、有益的书籍（特别在文学史方面），发表了一些有分量的、深刻的论文，最后还出现了一些重大的现象，是我那概括的评述所绝不能包括的。我指的是康拉德①的《西方与东方》，Д. 利哈乔夫的《古俄罗斯文学的诗学》，《符号体系论丛》（1—4辑）（由 Ю. М. 洛特曼领导的一批年轻研究者所辑）。这是近年来最令人欣喜的现象。我在下面或许还要涉及这些著作。

如果要我谈谈文艺学面临的首要任务的意见，那么我在这里只讲一讲有关过去时代文学史的两个任务，而且只能作概括的分析。我将完全不涉及当代文学的研究和文学批评问题，虽然正是在这方面有着更多的重要的、首位的任务。我选择了这么两个任务来谈，是因为在我看来，它们业已成熟，并且已经开始了有效的研究，这一研究应继续坚持下去。

首先，文艺学应与文化史建立更紧密的联系，文学是文化不可分割的一部分，脱离了那个时代整个文化的完整语境，是无法理解的。不应该把文学同其余的文化割裂开来，也不应像通常所做的那样，越过文化把文学直接与社会经济因素联系起来，这些因素作用于整个文化，只是通过文化并与文化一起作用于文学。我们在相当长的时间里特别关注了文学的特性问题。这在当时也许是必须的、有益的。应当指出，狭隘的专业化与我国优秀的学术传统是格格不入的。只要想一下波捷布尼亚，特别是维谢洛夫斯基著作那种广阔的文化视野就一清二楚了。由于迷恋于专业化的结果，人们忽略了各种不同文化领域间的相互联系和相互依赖的问题，往往忘记了这些领域的界线不是绝对的，在不同的时代有着不同的划分；没有注意到文化所经历的最紧张、最富成效的生活，恰恰出现在这些文化领域的交界处，而不是在这些文化领域的封闭的特性中。在我国的文学史著作中，通常要描述文学现象所处时代的特征，但这种描述，在多种情况下与通史毫无差别，没有专门分析文化领域及其与文学的相互作用。而且也还没有进行这种分析的方法。而所谓一个时代的文学过程，由于脱离了对文化的深刻分析，不过是归结为文学诸流派的表面斗争；对现代（特别是十九世纪）来说，实际上是归结于报刊上的喧闹，而后者对时代的真正的宏

---

① H. 康拉德（1891—1970），苏语文学家、科学院院士。——译者注

伟文学并无重大影响。那些真正决定作家创作的强大而深刻的文化潮流（特别是底层的民间的潮流）却未得到揭示，有时研究者竟一无所知。在这种情况下，难以深入伟大作品的底蕴，于是文学本身就使人觉得是某种委琐，而不是严肃的事情。

我所讲的这一任务，以及与此相关的问题（时代作为文化统一体的边界问题，文化类型学问题等等），在讨论斯拉夫诸国的巴洛克文学时，特别在持续至今的关于东方各国的文艺复兴和人道主义的争论中，被十分尖锐地提了出来；这里看得特别明显，必须更加深入地研究文学与一个时代的文化的不可分割的联系。

我在上面提到的近些年来优秀的文艺学著作，即康拉德、利哈乔夫、洛特曼及其学派的著作，尽管方法论上有所不同，都同样地不把文学同文化隔离开来，而是力求在一个时代整个文化的有区分的统一体中来理解文学现象。这里应当强调，文学是一种极其复杂和多面的现象，而文艺学又过于年轻，所以还很难说，文艺学有什么类似"灵丹妙药"的方法。因此，采取各种不同的方法就是理所当然的，甚至是完全必要的，只要这些方法是严肃认真的，并且能揭示出新研究的文学现象的某种新东西，有助于对它的更加深刻的理解。

如果说不能脱离开时代的整个文化来研究文学，那么把文学现象封闭在创造它的那个时代里，即封闭在它的同时代里，结果那就更糟了。我们通常是依据作家当时以及不久前的过去（通常以我们所理解的一个时代为界）来阐释作家及其作品的。我们担心在时间上远离所研究的现象。然而事实上作品却植根于遥远的过去。伟大的文学作品都经过若干世纪的酝酿，到了创作它们的时代，只是收获经历了漫长而复杂的成熟过程的果实而已。如果我们试图只根据创作时的条件，又根据相近时代的条件去理解和阐释作品，那么我们永远也不能把握它的深刻的涵义。囿于一个时代之中，也不能理解作品在随后若干世纪中的未来的生活；这种未来的生活会让人觉得荒诞不经。文学作品要打破自己时代的界线而生活到世世代代之中，即生活在长远时间里（大时代里），而且往往是（伟大的作品则永远是）比在自己当代更活跃更充实。如果说得简单些、粗俗些，那就是：一部作品的意义，假如只在于反对农奴制斗争中所起的作用（中学里就是这么讲的），那么当农奴制及其残余势力被消灭之后，作品意义也就该完全消失了。然而作品却往往还要扩大自己的意义，亦即进入到长远时间中去。如果作品不是在某种程度上也汲取了以往世纪的东西，那它就不能在未来的世纪里生存。如果作品完全是在今天诞生的（即在它那一时代），没有继承过去也与过去没有重要的联系，那么它也就不能在未来中生活。一切只属于现在的东西，也必然随同现在一起消亡。

伟大的作品在远离它们的未来时代中的生活，如我上面所说，看起来是很荒诞的。它们在其身后的生存过程中，不断充实新的意义、新的涵义；这些作品仿佛超越了它们问世时代的自己。我们可以说，无论是莎士比亚本人，还是他的同时代人，都不知道我们如今所熟悉的那个"伟大的莎士比亚"。无论如何不能把我们的这个莎士比亚塞到伊丽莎白时代中去。别林斯基在世时就曾谈到，每一时代总能在过去的伟大作品中发现某种新东西。那么，是不是我们给莎士比亚作品添加了它所没有的东西，是不是把莎士比亚现代化了、歪曲了呢？当然，现代化和曲解，过去有过将来还会有。但莎士比亚不是靠这个变得强大的。他之所以变得强大，是靠他作品中过去和现在实际存在的东西，只是这些东西无论是他本人，或是他的同时代人，在他那一时代的文化语境中还不能自觉地感知和评价。

涵义现象可能以隐蔽方式潜藏着，只在随后时代里有利的文化内涵语境中才得以揭示。莎士比亚融入作品中的宝贵涵义，是若干世纪乃至上千年间的创造和积淀起来的。这些宝贵的涵义隐藏在语言之中，不仅是标准语，还有在莎士比亚之前没能进入文学的民间语言成分；也隐藏在言语交际的多种体裁和形式之中，在数千年形成的强大的民间文化形式里（主要在狂欢化形式里），在戏剧表演的体裁里（神秘剧、讽刺喜剧），在渊源于史前远古时代的故事情节里，最后还在思维的形式里。莎士比亚也像任何艺术家一样，构筑自己的作品，不是利用僵死的成分，不是利用砖瓦，而是用充满沉甸甸涵义的形式。其实，即使是砖瓦也具有一定的空间形式，所以在建筑师手里也能表现某种内容。①

---

① 此例出色地说明了作者含意深广的公式——"有表现力的存在和会说话的存在"。他用这个公式囊括了人文思想的对象和范围；因为，以话语孕育起来的物体参与了存在，而"无声之物"则相反（参看《论人文科学方法论》的笔记及对它的注释）。"有表现力的存在和会说话的存在"——从莎士比亚到砖瓦在建筑师的手里则可说是巴赫金众多思考中的一个最普遍、最主要的主题。——原编者注

体裁具有特别重要的意义。在体裁（文学体裁和言语体裁中），在它们若干世纪的存在过程里，形成了观察和思考世界特定方面所用的形式。作家如果只是个工匠，体裁对他只是一种外在的固定样式；而大艺术家则能激活隐藏在体裁中的潜在涵义。莎士比亚利用并在自己作品中纳入了巨大的宝贵的潜在涵义，而这些在作者自己及其同时代的人所能见到、意识到并给以评价的，首先是与他们眼前生活相接近的东西。作者是自己时代的囚徒，是他当时生活的囚徒。随后的时代把他从这一牢笼里解脱出来，而文艺学所负的使命就是促进这种解放。

我们上面所讲的绝不意味着对作家所处的现时代可以有所轻视，不意味着可以把作家的作品推到过去或者投射于未来，当代生活仍然保留着自己巨大的意义，在许多方面甚至是决定性的意义。科学分析只能以当代生活为出发点，而在其后的发展中应不断地以这一生活为参照。正如我们刚才说过的，文学作品首先须在它问世那一时代的文化统一体（有区分的统一）中揭示出来。但也不能把它封闭在这个时代之中，因为充分揭示它只能是在长远时间里。

然而，即使是一个时代的文化，不管它离我们今天多么遥远，也不可封闭于自身中，不可视为某种现成的、彻底完成了的、一去不复返的消亡了的东西，施本格勒关于封闭和完成的文化世界的思想，至今仍对史学家和文艺学家产生巨大的影响，但这一思想需要作重大的修正。施本格勒把一个时代的文化看成是一个封闭的圆圈。然而特定的文化的统一体，乃是开放的统一体。

每个这样的统一体（如古希腊罗马文化）尽管各具特色，却都进入人类文化的统一形成过程（尽管并非是直线的过程）。在过去时代的每一种文化中，都蕴藏着巨大的涵义潜能；这种潜能在该文化的整个历史发展过程中并未得到揭示，未被意味到也未被利用。古希腊罗马文化本身并不知道我们今天所了解的那个古希腊罗马文化。中学里曾流传着这样一则笑话：古希腊人不知道自己的一个最主要的特点，即不知道他们是古代希腊人，从不这样称呼自己。实际上也的确如此，把希腊人变成了古希腊人的那个时间差，具有重大的构成作用：在这个时间差中，不断从古希腊罗马文化里发现新的涵义价值；古希腊人虽然自己创造了这些涵义价值，却真的不知道它们的存在，需要指出的是，施本格勒本人在对古希腊罗马文化的精彩分析中,也揭示出了新的深刻涵义。不错,他是硬加上了一些东西,为的是使古希腊罗马文化显得更加圆满和完整。尽管如此,他还是参与了从时代桎梏中解放古希腊罗马文化的伟大事业。

我们应该强调一下,我们在这里说的是蕴含在过去时代的文化中的新的深刻涵义,而不是指扩大我们关于这些文化的事实上、物质上的知识,如通过考古发掘、发现新文本、完善解读、重构古迹等所获得的知识。这样获得的东西,是涵义的新的物质载体,可以说是涵义的躯体。不过,在文化领域中躯体与涵义之间不可能有绝对的界线,① 因为文化不是用僵死的成分构筑起来的,要知道,即使简单的砖瓦,如我们上面说过的,在建筑师手里也以自己的形式表现着什么。所以,发现涵义的新的物质载体,也会对我们的涵义见解作出某种修正,甚至可以导致它们的根本更新。

存在着一种极为持久但却是片面的,因而也是错误的观念:为了更好地理解别人的文化,似乎应该融于其中,忘却自己的文化而用这别人文化的眼睛来看世界。这种观念,如我所说是片面的。诚然,在一定程度上融入别人文化之中,可以用别人文化的眼睛观照世界——这些都是理解这一文化的过程中所必不可少的因素;然而如果理解仅限于这一个因素的话,那么理解也只不过是简单的重复,不会含有任何新意,不会起到丰富的作用。创造性的理解不排斥自身,不排斥自己在时间中所占的位置,不摒弃自己的文化,也不忘记任何东西。理解者针对他想创造性地加以理解的东西而保持外位性,时间上、空间上、文化上的外位性,对理解来说是件了不起的事。要知道,一个人甚至对自己的外表也不能真正地看清楚,不能整体地加以思考,任何镜子和照片都帮不了忙;只有他人才能看清和理解他那真正的外表,因为他人具有空间上的外位性,因为他们是他人。

在文化领域内外位性是理解的最强大的推动力。别人的文化只有在文化的眼中才能较为充分和深刻地揭示自己(但也不是全部,因为还会有另外的他人文化到来,他们会见得更多,理解得更多)。一种涵义在与另

---

① 关于艺术中"躯体"与"涵义"的一种不可分割的特殊性,作者在 20 年代时就涉及这一主题,当时他一方面拒绝了与之争论的形式主义的"材料美学",另一方面又拒绝了"抽象的意识形态性"。可参见他的《文艺学中的形式主义方法》一书(第 22 页,俄文版)的有关论述。——原编者注

一种涵义、他人涵义相遇交锋之后，就会显现出自己的深层底蕴，因为不同涵义之间仿佛开始了对话。这种对话消除了这些涵义、这些文化的封闭性与片面性。我们给别人文化提出它自己提不出的新问题，我们在别人文化中寻求对我们这些问题的答案；于是别人文化给我们以回答，在我们面前展现出自己的新层面，新的深层涵义。倘若不提出自己的问题，便不可能创造性地理解任何他人和任何他人的东西（这当然应是严肃而认真的问题）。即使两种文化出现了这种对话的交锋，它们也不会相互融合，不会彼此混淆；每一文化仍保持着自己的统一性和开放的完整性。然而它们却相互得到了丰富和充实。

至于说我对我国文艺学今后发展前景的评价，那么我认为，前景是相当好的，因为我们拥有巨大的潜力，我们缺少的只是学术勇气、研究勇气；没有它难以登上高峰，也不可能潜入深层。

第二编

巴赫金的诗学

第 一 章

巴赫金整体诗学研究和当代文艺学建设[*]

一部《陀思妥耶夫斯基诗学问题》，讲的是陀思妥耶夫斯基的复调小说问题。在我看来，这部专著与其说是陀思妥耶夫斯基的诗学，不如说是巴赫金的诗学，巴赫金是通过对陀思妥耶夫斯基复调小说的分析来阐明自己的诗学观点的。巴赫金的诗学研究是多方面的，他在自己的著作中提到的就有社会学诗学、体裁诗学和历史诗学，当然还应当包括文化诗学。在诗学研究中，他既注重文学的社会历史根源和文化根源的研究，更注重文学内部结构的研究和文学体裁形式的研究，而且将二者有机结合起来。一部《陀思妥耶夫斯基诗学问题》，既是体裁诗学研究——他极力主张"诗学研究恰恰应从体裁出发"[②]，同时又是文化诗学和历史诗学，他又竭力揭示复调小说体裁产生的文化历史根源。在他看来，诗学研究不应局限于某个方面，它广泛涉及体裁诗学、社会学诗学、文化诗学和历史诗学各个领域，同时多个领域的诗学研究又不是毫不相干的，它们之间有深刻的内在联系，并形成一个诗学研究的整体，他的诗学研究是一种整体诗学的研究。对巴赫金的诗学研究要从整体上加以全面把握是有相当难度的，难怪克拉克和霍奎斯特颇为感叹："巴赫金为各种派别所接纳的沉重代价是牺牲其思想的多面性，许多人借重于巴赫金，但窥其全豹者却寥寥无几。"[③]尽管如此，我们还应当努力去把握巴赫金诗学的多面性和整体性，揭示巴赫金整体诗学存在的理论依据和当代意义。

---

[*] 原载《理解与阐释》，《人文新视野》第3辑，百花文艺出版社2005年版。
[②] 巴赫金:《文艺学中的形式主义方法》，漓江出版社1989年版，第174页。
[③] 克拉克、霍奎斯特:《米哈伊尔·巴赫金》，中国人民大学出版社1992年版，第9页。

一 巴赫金整体诗学研究的历史针对性和理论依据

作为20世纪文学理论大家、诗学研究大家，巴赫金对整体诗学研究的关注既有历史的针对性，也有理论的合理性，既有对20世纪文艺学研究的历史反思，也有对文学研究对象的理论思考。在他看来，文学现象本身是复杂的和多侧面的，而文艺学研究本身却存在极大的片面性。在20世纪文艺学的发展中，社会历史研究、精神分析、形式主义和结构主义，以及文化研究，各种研究方法和各种研究视角，都曾经大显身手，都充分展示自己的优势，同时也都暴露各自存在的局限和不足。历史经验告诉我们，单一的研究方法和研究视角是无法深入地阐释复杂而多面的文学现象。因此，巴赫金反对无视文学研究对象的复杂性和多面性，不赞成对文学现象进行单一的割裂的研究，他十分强调文学研究对象的复杂性和多面性，坚持对文学现象进行整体的综合的研究。

1. 整体诗学研究的历史针对性

20世纪20年代，当巴赫金在苏联文论界出场时，面对的是庸俗社会学和形式主义两种重要思潮。正是在同他们的交锋和对话中，巴赫金开始了诗学研究的思考。

庸俗社会学是学术界把马克思主义运用于学术领域的不成熟阶段的产物，它忽视文艺的特性和规律，直接用经济因素和阶级因素去解释文学作品的内容和形式，把文学变成社会学的形象图解，可称之为非诗学的社会学。庸俗社会学的主要问题就是机械理解文艺与经济、文艺与政治的关系，直接寻找文艺与经济、文艺与政治的关系，不考虑它们之间的中间环节。正是在同庸俗社会学的交锋和对话中，巴赫金后来提出了需要从一个时代整体文化语境中来理解文学现象，要把文化看成是文学艺术和社会经济政治产生联系的中介环节，开始了有关文化诗学研究的思考。

形式主义是巴赫金当年面对的另一种重要思潮，俄国形式主义对文学有整套看法，它力图从文学自身的形式结构因素来理解文学，尖锐地提出文学的自主性问题，它针对以往文艺学的弊病，试图以语言为基础，以文本形式为依据，建立本体论的文艺学。形式主义的出现标志着文论研究从社会历史转向作品文本，它对20世纪文论的发展产生了重大影响。巴赫金同形式主义关系十分复杂,他肯定形式主义提出了新的问题,把文学科学极其重要的问题提上日程,而且提得十分尖锐,富有积极意义,并且从中吸取有益的成分。同时,他认为形式主义的根本弱点在于:"他们把特点、独特性设想为对一切别的事物的保守的和敌视的力量,也就是说,他们不是辩证地理解独特性,因而不能把独特性与社会历史生活的具体统一体中的生动的相互影响结合起来。"他指出形式主义坚持的是"艺术结构本身的非社会性",力图建立的是"非社会学诗学"。[①]

通过同庸俗社会学和形式主义的对话,巴赫对诗学研究进行深入的思考。他坚持文学的社会性,又不同意庸俗社会学直接用社会经济政治来解释文学现象,认为那是非诗学的社会学,他力求寻找两者之间的中介,把文化提到重要的地位。他肯定形式主义对艺术内在形式和结构的关注,又不同意形式主义坚持艺术形式的非社会性,认为那是非社会学的诗学。正是在这种对话中,巴赫金提出了他的诗学研究见解,认为文学是一种审美文化现象,主张诗学研究应当从文学的形式和体裁切入,但不能脱离社会历史语境和文化语境。也就是说,要把语言和形式的研究同社会历史文化研究完全融为一体,体现诗学研究的整体性,一部《陀思妥耶夫斯基诗学问题》就十分充分而深刻地体现了巴赫金整体诗学研究的思想。

2. 整体诗学研究的理论思考

到了70年代,巴赫金继续诗学研究的思考。在《人文科学方法论》(1974)中,他肯定形式主义的积极意义(艺术的新问题和新侧面),又批评形式主义对内容的轻视导致"材料美学",把创作变成制作,不理解历史性和更替。他"高度评价结构主义",又反对结构主义"封闭于文本之中","一贯始终的形式化和非人格化"。[②]

在《答〈新世界〉编辑部问》(1970)一文中,巴赫金对诗学研究、对整体诗学研究的必要性进行了更为深入的理论思考。

首先,巴赫金认为整体诗学研究的必要性是由文学这一研究的对象的复杂性和多面性决定的。文学有社会层面、文化层面、心理层面、形式层面,等等,因此,诗学研究应当运用多种诗学(社会学诗学、文化诗学、

---

① 巴赫金:《文艺学中的形式主义方法》,漓江出版社1989年版,第48—49页。
② 《巴赫金全集》第4卷,河北教育出版社1998年版,第391页。

心理诗学,形式诗学,等等)进行整体研究,而不是只用单一的诗学进行研究,否则很难全面而深入地把握文学现象。他指出:"这里应当强调,文学是一种极其复杂和多面的现象,而文艺学过于年轻,所以还很难说,文艺学有什么类似'灵丹妙药'的方法。因此采取各种不同的方法就是理所当然的,甚至是完全必要的,只要这些方法是严肃认真的,并且能揭示出新研究的文学现象的某种新东西,有助于对它的更加深刻的理解。"[1]

其次,巴赫金认为在运用各种方法、各种诗学研究文学现象时,必须特别注意克服狭隘的专业化。他指出俄罗斯有高水平的学术传统,目前存在的问题是缺乏理论勇气,"不敢提出基本的问题,在广阔的文学世界没有开拓出新的领域或发现一些重大的现象"。[2]他指出文艺学长期以来特别关注文学的特性问题是必须的和有益的,但是由于迷恋于专业化而忽视了文化学与文化的深刻联系,忽视真正决定作家创作的强大而深刻的文化潮流,于是难于深入到伟大作品的底蕴。因此,他提出"文艺学应当与文化史建立更紧密的联系",力求在一个时代整个文化有区分的统一体中来理解文学现象。[3]

总之,诗学研究存在的单一性和狭隘的专业化,是巴赫金整体诗学研究的历史针对性;诗学研究对象的复杂性和多面性,是巴赫金整体诗学研究的理论根据。

二 巴赫金整体诗学研究的格局和特色

巴赫金的整体诗学研究是如何进行的,各种诗学在整体诗学研究中占有什么地位、起什么作用?各种诗学如何在相互联系和相互作用中形成整体诗学研究的格局?巴赫金在《陀思妥耶夫斯基诗学问题》中为我们展示了整体诗学研究的理论风采和操作范例。

在《陀思妥耶夫斯基诗学问题》中,巴赫金为我们展示的整体诗学

---

[1] 《巴赫金全集》第4卷,河北教育出版社1998年版,第365—366页。
[2] 同上书,第363页。
[3] 同上书,第364—365页。

研究的基本格局是：以体裁诗学为切入点，以文化诗学为中心，同时十分重视历史诗学的研究，最终形成一种艺术内容研究和艺术形式研究相融合、"外部研究"和"内部研究"相贯通、共时研究和历时研究相结合的整体诗学研究。

1. 诗学研究应从体裁出发

诗学研究应从哪儿出发，应从哪儿切入，应从哪儿下手，这是一个没有很好得到解决的问题，也是一个涉及诗学研究走什么路子的问题。我们的诗学研究以往常常是以内容切入，先分析作品的人物形象、主题思想，然后再分析形式、分析结构、分析语言。这种研究导致内容和形式的割裂。与这种研究不同，巴赫金却主张在诗学研究中要把形式、把体裁放在重要地位，他认为"体裁具有特别重要的意义"[1]，"诗学恰恰应从体裁出发"[2]。

巴赫金把体裁、体裁诗学提到重要地位，是同他对诗学研究的看法相联系的，他认为诗学研究应当深入到文学的内部，离开文学内部结构的研究，离开体裁和形式的研究，就算不上诗学研究。在同形式主义的对话中，巴赫金指出形式主义对体裁没有给予足够的重视，把体裁仅仅看成是各种手法的组合。他提出诗学研究应当把体裁诗学当作出发点和立足点，这是因为：第一，体裁是作品的存在形式，"体裁是整个作品、整个言谈的典型形式。每个成分的结构意义只有与体裁联系起来才能理解"[3]。第二，体裁是已完成的整体，"体裁是艺术言谈的一个典型的整体，而且是一个重要的整体，是已经完成和完备的整体"。[4] 对于文学艺术之外的意识形态创作来讲，并不存在本义上完成，而在文学中全部问题正好是这种"本质的、实物的、主题的完成"。而艺术分为各种体裁，"在很大程度上正是由于整个作品完成的样式不同而产生的"[5]。第三，更为重要的是，体裁不仅仅是一种外在的形式，它还是作家观察和思考世界的形式，是富有潜在涵义的形式。他说："体裁具有特别重要的意义。在体裁（文学体

---

[1] 《巴赫金全集》第4卷，河北教育出版社1998年版，第368页。
[2] 巴赫金：《文艺学中的形式主义方法》，漓江出版社1989年版，第174页。
[3] 同上。
[4] 同上。
[5] 同上书，第175页。

裁和言语体裁中），在它们若干世纪的存在过程里，形成观察和思考世界特定方面所用的形式。作家如果只是工匠，体裁对他只是一种外在的固定样式；而大艺术家则能激活隐藏在体裁中的潜在涵义……"①

　　正是根据对体裁的这种理解，在《陀思妥耶夫斯基诗学问题》中，巴赫金首先是从体裁出发，分析作家在小说体裁上的创新。在他看来，陀思妥耶夫斯基最大的贡献是创造了一种新的小说体裁、新的艺术形式，而且也是新的思维形式，是看待生活的新原则。作家对小说复调形式的创造是同作家对现实生活中对话性的发现相联系的，作家是通过复调的新形式来表现他对生活的新发现。因此他认为只从思想入手是无法真正理解作家创作的本质，只有抓住作家在小说体裁上的创新，在艺术形式上的创新，才能真正把握作家创作的本质。拿作家的《穷人》和果戈理的《外套》作比较，两篇小说都是写小人物，"内容上没有发生什么变化"，但是作品的艺术视觉和艺术结构的重心发生变化了。《外套》的主人公是由作者控制的，是独白小说；而《穷人》是复调小说，作者对主人公采取全新的立场，作者不控制主人公，主人公完全按照自己的眼光来看待自己和看待世界。这种新的小说体裁的创新，恰恰展示了俄罗斯文学小人物形象自我意识的增长。巴赫金指出："整个艺术视觉和艺术结构重心转移了，于是整个世界也变得焕然一新。"② 在这里，小说体裁和艺术形式的创新和小说内容的创新是完全一致的。

　　2. 以文化诗学为中心

　　文化诗学研究是巴赫金诗学研究的中心，他的诗学研究在从体裁诗学切入之后，一头伸向文化诗学，研究复调小说体裁同文化，特别是同民间文化的关系；一头伸向历史诗学，研究复调小说体裁同狂欢体小说体裁的历史渊源关系。

　　巴赫金为什么把文化诗学作为诗学研究的中心呢？这里既有对文艺学发展的历史反思，也有对文学本身的理论思考。在文艺学研究中，如前所述。巴赫金在历史上反对过非诗学的庸俗社会学，也反对过非社会学的形式主义。在总结文艺学研究历史经验教训的基础上，70 年代他明确提出

---

① 《巴赫金全集》第 4 卷，河北教育出版社 1998 年版，第 368 页。
② 巴赫金：《陀思妥耶夫斯基诗学问题》，三联书店 1988 年版，第 85 页。

反对文艺学研究中的两种倾向。一是反对过分强调文学特性,"把文学同其余的文化割裂开来"。他认为在一个相当长的时间文艺学界特别关注文学特性问题,这是必须的和有益的,但文学科学狭隘的专业化是不利于文学研究的,也是同俄罗斯文艺学优秀的传统格格不入的。二是反对"越过文化把文学直接与社会经济因素联系起来"。在他看来,文化是社会经济因素影响文学的中介,社会经济因素作用于整个文化,"只是通过文化并与文化一起作用于文学"①。在文学和社会经济之间,为了克服庸俗社会学的弊病,以往许多文论家都在寻找中介,其中有政治中介说,有社会心理中介说,这都自有其道理和理论价值,但就文学与社会经济因素关系而言,巴赫金的文化中介说更有其高明之处,因为文化丰富地积淀着、蕴含着和折射着种种社会因素,文化本身也同文学最为贴近。根据这种理论认识,巴赫金提出"文艺学与文化史建设更紧密的联系","力求在一个时代整个文化有区分的统一体中来理解文学现象",深入揭示"那些真正决定作家创作的强大而深刻的文化潮流(特别是底层的民间潮流)"②。

根据自己对文学和文化关系的深刻理解,他在陀思妥耶夫斯基和拉伯雷这两位大家的小说研究中,深入揭示这两位大家的小说同民间文化,同民间狂欢文化、诙谐文化(笑文化)的内在联系。他认为陀思妥耶夫斯基的复调小说作为一种小说体裁是植根于民间狂欢节文化的,是欧洲文学中狂欢化文学体裁的继承和变体。而拉伯雷的小说长期不被理解就是没有弄清他的小说同民间诙谐文化,同狂欢式笑的内在联系。他认为拉伯雷的小说是"怪诞的现实主义",而这种"怪诞的现实主义"正是民间诙谐文化、狂欢式的笑文化的体现,拉伯雷是"民间诙谐文化在文学领域里最伟大的代表"。③

3. 重视历史诗学的研究

巴赫金既把体裁诗学研究同文化诗学研究相联系,也把体裁诗学同历史诗学相联系。他在阐明陀思妥耶夫斯基复调小说的体裁和情节布局特点之后,明确提出:"现在我们该是从体裁发展史的角度来阐述这一个问

---

① 《巴赫金全集》第4卷,河北教育出版社1998年版,第364—365页。

② 同上。

③ 《巴赫金全集》第6卷,河北教育出版社1998年版,第4页。

题,也就是把问题转到历史诗学方面来。"① 他把作家的复调小说看成是同独白小说相对立的小说体裁,一种新的体裁形式。为了更深入地了解和把握复调小说的本质和特征,他不满足于对这种小说的新形式从体裁诗学的角度进行分析,力求对这种小说体裁是如何形成的做历史分析。如果说体裁诗学是从共时的角度研究文学体裁和形式,历史诗学就是从历时的角度研究文学体裁和形式是如何形成和发展的。他在谈到从事历史诗学研究的目的时就明确指出:"我们所作的历史性分析,印证了共时性分析的结果。确切地说,两种结果相互检验,也相互得到印证。"②

巴赫金认为陀思妥耶夫斯基在欧洲小说史上创造了全新的复调小说,但他又不是"孑然独立",他所创造的复调小说又不是从天上掉下来的。巴赫金指出:"艺术观察的形式,是经过若干世纪缓慢形成的,而某一时代只是为这形式的最后成熟和实现,创造出最适宜的条件。揭示复调小说的这一艺术积累过程,是历史诗学的一项任务。"他认为欧洲小说体裁有三个基本来源,这就是史诗、雄辩术和狂欢节,随着哪个来源占主导地位,就形成了欧洲小说史上的三条线索:叙事、雄辩和狂欢体。

陀思妥耶夫斯基的复调小说正是属于狂欢体这条线索,是狂欢体的变体。而这种狂欢体的历史源头是同狂欢节文化相联系的古希腊罗马的庄谐体体裁,它包括苏格拉底对话体和梅尼普体。陀思妥耶夫斯基的复调小说不是简单地重复古代的狂欢体,而是在历代狂欢体文学的基础上加以创新,并把它发展到顶峰。我们只有了解狂欢体历史演变的过程,才能更深入地把握复调小说的本质和特征。巴赫金说,历史的回顾"可以帮助我们更深入更准确地理解陀思妥耶夫斯基的体裁和情节布局的特点",同时,"这个问题对文学体裁的理论和历史,有着更为广泛的意义"。③

从体裁诗学、文化诗学到历史诗学,巴赫金把诗学研究既看成是一个不断深入的研究过程,同时也看成是一个整体的研究,其中体现着艺术内容研究和艺术形式研究相融合,"外部研究"和"内部研究"相贯通,共时性研究和历时性研究相结合。

---

① 巴赫金:《陀思妥耶夫斯基诗学问题》,三联书店1988年版,第155页。
② 同上书,第248页。
③ 同上书,第70页。

首先是内容研究和形式研究相融合,"外部研究"和"内部研究"相贯通。

在传统的文艺学研究中,内容和形式的研究往往是割裂,一提到体裁就把它归之为形式,似乎同内容不搭界,而巴赫金却认为复调小说作为一种新的小说体裁,它的创造是同作家对生活对话性的发现相联系,文艺学家的研究必须从体裁和形式切入,努力挖掘其蕴含的文化思想内容,达到内容分析与形式的融合。民间狂欢文化,通常看来是一个文学研究的"外部问题",研究者至多也就是研究民间狂欢文化对文学作品内容的影响,而巴赫金却认为狂欢化有构筑体裁的作用,构成新文体的力量,不仅决定着文学作品的内容,还决定着文学作品的体裁基础,具有生成体裁的作用。[①] 同时,他还认为:"文学狂欢化问题,是历史诗学问题,主要是体裁诗学的非常重要的课题之一。"[②] 这样就很自然地把"外部研究"和"内部研究"贯通起来。

其次是共时性研究和历时性研究的结合。

巴赫金对复调小说的研究基本上是分两步走,先进行共时性研究,后进行历时性研究,而且把两者紧密结合起来。

共时性研究,这是揭示复调小说的特点,给陀思妥耶夫斯基定位。这个共时性分析做得好,将有助于探索和观察陀思妥耶夫斯基所继承的体裁传统,真正追溯到古希腊罗马的体裁渊源。如果没有共时性的分析,没有初步的定向,所谓的历时性分析,将会流于一连串无联系的偶然对比。[③]

历时性分析,这是追溯复调小说的历史渊源,它同源于民间狂欢文化的狂欢体体裁的历史联系。进行历时性分析,是为了帮助我们更深入和更准确地把握复调小说的特点。巴赫金认为每一种体裁的发展都有自己的逻辑,不过体裁的逻辑不是一种抽象的逻辑,体裁的每一种新变体总是要以某些因素充实丰富这一体裁。因此理解一种体裁就必须了解其来源。他指出:"我们越是全面具体地了解艺术家的体裁渊源,就可以越发深入地把

---

① 巴赫金:《陀思妥耶夫斯基诗学问题》,三联书店1988年版,第187页。
② 同上书,第157页。
③ 同上书,第31页。

握他的体裁特点,越发正确地理解他在体裁方面传统和创新的相互关系。"①

三 巴赫金整体诗学研究对当代文艺学建设的启示

巴赫金有关整体诗学研究的主张和实践已经成为历史,但当年他的主张所针对的问题今天依然存在,他的整体诗学研究对当代文艺学依然有重要的启示。

首先,文学研究要走整体诗学的道路,走综合研究的道路。

一个多世纪以来,在文学研究领域,各种诗学、各种研究方法都做了充分的表演,其中有社会学诗学、形式诗学、结构诗学、体裁诗学、心理诗学、历史诗学、文化诗学,等等,任何一种诗学和方法都展示了固有的优势,也都存在固有的不足。为巴赫金所言,文学的研究对象是复杂和多面的,文学研究没有什么灵丹妙药,只有走整体研究和综合研究的道路。苏联在 20 世纪 70—80 年代就动员各个学科的专家成立艺术综合研究委员会,开展艺术综合研究。我国在新时期文艺学也出现了诗学研究多元化的局面,大家运用各种文学研究方法,在不同的诗学领域对文学进行研究。这时学界也提出文艺学研究要走多元、创新、综合的道路。总结巴赫金整体诗学研究和其他学者文学综合研究的经验教训,在整体和综合研究中有两个原则是十分重要的。一是必须十分尊重研究对象——文学艺术创作本身的审美特性。巴赫金在整体诗学研究中把体裁诗学提到重要地位,提出诗学研究要从体裁和形式出发,就体现了对研究对象审美特性的尊重。二是明确各种诗学,各种研究方法在整体诗学和综合研究中的地位作用和相互之间的联系,处理好部分和整体的关系。巴赫金在整体诗学研究中就把体裁诗学、文化诗学和历史诗学放在各自恰当的位置,同时重视它们之间的联系,如指出文学狂欢化问题既是文化诗学问题,也是体裁诗学问题和历史诗学问题。

其次,文学研究既要专业化又要有广阔的文化视野。

文学研究的专业化和狭隘专业化是一对难以解决的矛盾,巴赫金的整

---

① 巴赫金:《陀思妥耶夫斯基诗学问题》,三联书店 1988 年版,第 220 页。

体诗学研究也许能为解决这一矛盾提供一种启示。

20世纪初俄国形式主义尖锐提出文学自主性问题，把自己看成是文学特性专家，后来被伊格尔顿称之为20世纪文论重大变化的开端。对此，巴赫金当时就有警觉，批评形式主义是不能辩证地理解文学特性和社会历史生活的关系，是"彻底的非社会学诗学"。直到70年代，巴赫金还批评文艺学过分强调文学的特性，存在狭隘的专业化，要求文艺学与文化史建立更紧密的联系，从更广阔的文化背景上研究文学现象。从文化的视野中研究文学是不是就会导致抹杀文学的特性呢？巴赫金的整体诗学研究可以消除人们这种顾虑。这种研究的出发点和立足点是体裁，是形式，是文学文本本身，它是从体裁诗学出发进行文化诗学研究和历史诗学研究，最终还是为更好地理解和把握文学现象本身。

最近一些学者对国内一些人的"文化研究"提出质疑，这不是因为文化研究本身有什么过错，从文化的角度研究文学有什么过错，而是他们在反对文艺学狭隘专业化的时候，走的不是巴赫金文化诗学的路子，整体诗学的路子，而是一条非专业化的道路，最终有可能导致取消文艺学学科。

文学研究既要专业化，又要有广阔的文化视野，这是一个理论问题，也是一个实践问题，需要在长期的文学研究实践中得到逐步的解决。

第 二 章

巴赫金的语言哲学

　　文学是语言的艺术，文学语言的研究是文学研究、诗学研究的基础，巴赫金的语言诗学研究也是巴赫金诗学研究的重要组成部分，是它的基础。

　　传统的文艺学也都非常重视文学语言的研究，但始终不见新的突破，无法说明文学语言的真正特征，只能泛泛地称文学语言是准确、鲜明、形象、生动的。其根本原因在于无法摆脱普通语言学的束缚，只是从普通语言学的角度来阐明文学语言。殊不知普通语言学研究的客体是高度抽象化、概括化的语言现象，是语言的词法、句法，是语言的一般规律。而诗学面对的客体是生动活泼的文学语言现象，是存在于日常生活语境中的文学语言现象，是同一定的社会文化相联系的文学语言现象。普通语言学对语言的研究固然有其合理性，但不完全适合诗学对文学语言的研究，如何沟通语言学和诗学对文学语言的研究，如何使文学语言的研究贴近文学语言的实际，如何建立真正的语言诗学，这是文艺学、诗学长期探索的问题。而巴赫金的语言诗学正是在这个重要的文艺学、诗学的问题上进行艰难的、富有创造性的探索，并且取得了突破性的进展。

　　巴赫金语言诗学的特点和贡献是在于突破普通语言学的框框，从文学语言的实际出发，从社会语言学和语言哲学出发阐明文学话语的本质特征和它的存在形式。从这个角度出发，我把巴赫金的文学语言研究称之为"巴赫金的语言诗学"而不是沿用"巴赫金的语言学诗学"的说法。正如巴赫金本人所表述的："语言学只与抽象的、纯净的词语及抽象的成分（语音的、词法的等等）打交道，因此话语的完整含义及其意识形态价值，认识的、政治的、美学的价值，对于这个观点而言都行不通。正如不可能有语言学的逻辑或者语言学的政治一样,也不可能有语言学的诗学。"①

巴赫金的语言诗学研究内容十分丰富,新意迭出,主要可以归纳为以下三个方面。

首先,巴赫金强调语言诗学研究的基础和出发点应当是社会语言学和语言哲学,而不是普通语言学。在批判洪堡的主观主义语言哲学和索绪尔的客观主义的语言哲学的基础上,他指出语言的本质是对话,试图建立以研究语言的对话关系为主要对象的超语言学。超语言学的提出,对语言学研究,特别是对文学语言的研究有重要理论价值,使人们对文学语言的本质的认识进入新的层面。

其次,巴赫金对文学语言的核心问题——话语问题进行深入研究,阐明了话语的本质和特征,并进一步研究了话语的存在形式——表述,认为话语是深藏于表述之中。对文学话语的表述的研究,使人们对文学语言的存在形态和表现形态有了新的认识和理解。

第三,巴赫金深入到文学领域,对陀思妥耶夫斯基复调小说的双声语现象进行独特、精细的分析,指出双声语是超语言学的主要研究对象之一。巴赫金对双声语的研究把超语言学的研究引向具体化,把语言的对话引向深入,同时也进一步探索文学语言的底蕴,开拓小说艺术语言研究的新方向。

从以上三个方面的研究,可以看出巴赫金的语言诗学研究是沿哲学——语言学——文学的思路一路走过来的。同时是三者的有机融合,哲学是基础是指导,语言学是它的主要内容,最后又落实到文学上头来。正如他自己所说的:"我们的研究将从一般和抽象到个别具体;我们从一般的哲学问题转向一般的语言学问题,而由一般的语言学问题面向更专门化的问题,即存在于语法学(句法学)与修辞学之间的问题。"②

从巴赫金语言诗学的研究内容来看,他所研究的语言对话本质,超语言学、话语、表述和双声语,归根到底都是从语言的角度探讨人在世界上的存在方式,都是在说明人是一种对话的存在。从这个角度上看,巴赫金

---

① 《巴赫金全集》第 2 卷,河北教育出版社 1998 年版,第 93 页。
② 同上书,第 347—348 页。

的语言诗学是以巴赫金的对话哲学为基础的,同时也是巴赫金对话哲学的具体体现和进一步深化。

巴赫金的语言诗学的基础是巴赫金的语言哲学,而弄清楚巴赫金的语言诗学首先需要了解巴赫金的语言哲学。

什么是语言哲学呢?中外古今对语言的研究多种多样,人们也从不同学科的角度来研究语言问题,可以是心理学的、逻辑学的、社会学的、历史学的,也可以是哲学的。语言哲学就是语言和哲学的联姻,人们可以从哲学的角度去思考语言问题,也可以透过语言现象去思考哲学问题。如果说历史哲学是研究对历史性质的理解和历史演变的规律,哲学美学是研究审美的本质,美的生成和发展的规律,那么语言哲学就是研究语言的本质、语言的起源、语言的发展规律,以及语言同思维、心理、意识的关系等问题。

西方的语言哲学又称语言分析哲学、日常语言哲学,它是西方分析哲学的一个流派。语言哲学20世纪30年代在L.维特根斯坦等人的思想影响下产生,在英国得到发展(G.赖尔,J.奥斯汀),后来在美国也有一定传播(J.塞尔)。语言哲学重视语言学对哲学的作用和影响,把语言分析当做哲学的重要任务。他们认为哲学问题的混乱源于滥用或误读语言,因此进行有成效的哲学研究就必须首先了解所使用的语言,必须准确使用语言。从这个角度讲日常语言分析对于解决哲学问题有重要意义。在对日常语言进行分析时,他们强调自然语言中概念的丰富性和概念中的细微区别,认为"词的意义在于词的用法",词在不同语境有不同的用法,词只有在实际运用中,在语句的语境中才能获得意义。他们反对把词看作是某种抽象的实体。

西方语言哲学对语言和哲学关系的重视,对日常语言分析的重视,以及对语言使用者同语言符号之间关系的强调,对于词的意义在于词的用法和功能的强调,对于词的语境的强调,构成了巴赫金语言哲学的学术前提和学术背景。但是必须指出的是,巴赫金的语言哲学是不同于西方语言哲学,是独树一帜的。巴赫金在《生活话语和艺术话语——论社会学诗学问题》(1926)、《马克思主义与语言哲学——语言科学中的社会学方法基本问题》(1929)以及《语言体裁问题》(1952—1953)等著作中,阐明了他的语言哲学思想和语言诗学思想。

巴赫金首先是从社会学的观点出发，评述了当时各种语言学流派。他的语言哲学的哲学基础是对话哲学，他关心的不是语言学所研究的句法、词法等种种规范，而是所谓超语言学，是交往对话中活生生的人的语言特征，其中话语、表述、他人话语的形成占有中心地位。巴赫金关心和研究语言归根到底就是关心和研究语言同人、同社会、同社会历史文化密不可分的联系。巴赫金的研究丰富了语言哲学研究的内容，开拓了语言哲学研究的新境界，把语言学、哲学、社会学、文化学、文艺学的研究紧紧捆绑在一起。

一 在评述"主观主义"和"客观主义"语言学流派中找寻马克思主义语言哲学的方向和基础

巴赫金在《马克思主义与语言哲学》中指出："迄今还没有一部马克思主义论著涉及语言哲学。而且在马克思主义论及别的相关问题的论著中也未专门和展开来谈语言。"[1] 面对语言学的这种状况，他试图从社会学的观点出发，建立马克思主义哲学。为了实现这个目标，巴赫金首先从方法论的角度，对语言哲学和相应的一般语言学的两个基本流派展开评述。他称这两个基本流派的第一个流派为"个人主义的主观主义"，第二个流派为"抽象的客观主义"。

第一个流派：个人主义的主观主义。

巴赫金认为这一流派主要强调语言的个人心理因素，认为语言的个人创作是语言的基础。个人的心理是语言的源泉，语言创作的规律是个人心理的规律。他把这一派的语言观点归结为以下四个基本点：

（1）语言是一种由个人语言行为实现的不间断的创作过程；
（2）语言创作的规律是个人心理的规律；
（3）语言创作是一种类似于艺术的能被理解的创作；
（4）语言作为一个稳定的语言体系是凝结了的语言创作激情。[2]

第一个流派的主要代表人物是法国的语言学家洪堡和后来的语言学家

---

[1]《巴赫金全集》第 2 卷，河北教育出版社 1998 年版，第 244 页。
[2] 同上书，第 391 页。

福斯勒。福斯勒彻底和根本地拒绝语言实证主义,他认为语言创作的基本动力是"语言趣味",语言创作类似于艺术的创作。他说:"语言的思想本质上是一种诗的思想,语言和真实是艺术的真实,是一种能领会的美。"① 虽然,对于福斯勒来说,语言不是现成的语言体系,而是个人的创作行为。这一派的代表人物还有意大利的克罗齐,他也认为语言是一个美学现象。在他看来,任何表现都是艺术的,语言学作为研究表现的科学与美学是一致的。

第二个流派:抽象的客观主义。

巴赫金认为这一流派主要强调语言是作为语言体系的语音、语法和词汇的语言形式体系,而语言体系是完全独立于任何个体创作的行为、想法和动因。他把这一流派的语言观点归结为以下四个基本点:

(1) 语言是一个稳定的、不变的体系,它由规则一致的语言形式构成,先于个人意识,并独立于它而存在;

(2) 语言规则在于封闭的语言内部和语言符号之间,它对于任何主观意识都是客观的;

(3) 特别的语言联系与意识形态价值(艺术的、认识的及其他)没有任何共同之处,任何意识形态主题都不能决定语言现象;

(4) 在语言体系及其历史之间不存在任何联系,没有任何动因的一致性,它们相互是格格不入的。②

第二个流派的主要代表人是日内瓦学派的索绪尔。索绪尔的研究是从区分语言和言语,区分作为形式体系的语言和作为个人语言行为的表述的。索绪尔认为一开始就应该站在语言的基础上,并且把它看作是规定一切其他言语现象的一种规则。语言是规则一致的形式体系,必须从它出发,并且说明一切言语现象同这些固定而独立的形式的关系。在他看来,语言是社会的,是本质的,而言语、表述是个人的,是次要的,并且或多或少的是个人的。③

---

① 转引自《巴赫金全集》第 2 卷,河北教育出版社 1998 年版,第 394 页。
② 同上书,第 402 页。
③ 同上书,第 406 页。

从巴赫金对两种语言哲学,两种语言学派的介绍来看,个人主义的、主观主义的流派主张语言是主观的、个人的、流动的、不可重复的、不统一的创作行为;抽象的客观主义流派主张语言是客观的、抽象的、稳定的、重复的、统一的语言体系。

巴赫金对这两种语言哲学和语言流派进行了"完全客观的描述",他的把握和概括是清晰的、准确的,但这不是他的最终目的,在众多纷繁复杂的语言哲学和语言流派中,巴赫金并不想作详细的历史概述和现状分析,他只想从语言哲学和一般语言学的方法论的角度,理清哲学和语言思想的基本线索,为建立自己的语言哲学找出方向,打下基础。因此,如何在"完全客观描述"的基础上,对这两种流派"进行根本性的批判分析",为建立马克思主义语言哲学提出自己独到的见解,这才是巴赫金对两种语言哲学和语言学流派进行深入评述的根本和最终的目的。

正如通过对大量研究陀思妥耶夫斯基论著的评述,展开对复调小说的见解一样,巴赫金也是通过对两种语言哲学和语言流派的评述展开自己对语言的见解。

关于抽象的客观主义的语言学,巴赫金认为它的错误在于把语言同现实生活、历史现象和意识形态内容分离开来。把语言当做一种规则一致的形式体系,只是一种科学的抽象化,只适合于死的语言而不适合于现实的活生生的语言,这种抽象化是同语言的具体现实不相符合的。在现实生活中,说话者和听话者的语言意识实际上是存在于生动的语言活动中,与语言规则一致的语言形式体系根本没有关系。他们的语言形式仅仅存在于一定表述的语境中,只存在于一定意识形态的语境中,话语永远都充满意识形态的生活的意义和内容。语言在其实际实现过程中,不可分割地与其意识形态或生活内容联系在一起。语言与其意识形态的分离是抽象客观主义最大的错误之一。而抽象客观主义语言流派的另一个错误则是没有看到语言是一种社会现象,也没有看到语言是一种历史现象,"不善于把处于抽象共时性剖面中的语言存在,与它的形成联系起来"。[①] 总之,巴赫金认为抽象的客观主义语言流派的理论基础是唯理主义和机械主义的世界观,这种世界观无法理解语言的现实性和历史性,不能把语言看做是一种社会

[①] 《巴赫金全集》第 2 卷,河北教育出版社 1998 年版,第 430 页。

现象和历史现象。而把语言看成是一种社会历史现象，这正是马克思主义语言哲学的理论基础。

关于个人主义的主观主义的语言流派，巴赫金认为这一流派重视语言的个人意识因素，个人心理因素，并总结了人们的语言行为——表述。他指出："个人主观主义正确的方面在于，单个的表述是语言真正的具体的现实，并且语言中的创造意义是属于它们的。"① 然而它的错误在于把表述看成是个体的语言行为，没有看到表述和被表现感受本身的结构是社会的结构。他认为语言的真正现实既不是抽象的语言形式体系，也不是源于个人心理的独特性表述，"而是言语相互作用的社会事件"，"言语相互作用是语言现实的基础"。② 巴赫金认为："马克思主义的语言哲学应该是以表述是一个语言的现实现象和社会意识形态结构为基础。"③

巴赫金在对两种语言流派进行评述之后，明确指出语言的现实、语言的研究客体，既不是作为规则一致的语言体系，也不是作为个人心理的个体语言行为，语言的现实、语言的研究客体应该是活生生的言语，是言语的相互作用，是言语的交流对话。他认为上述两种语言流派的根本缺点主要在于它们非社会地和非历史地理解语言现象和语言本质。因此，在研究语言现象和语言本质时，只能超越它们，达到一种辩证的综合，这种辩证的综合，这种超越，"就是把语言看做是一种社会现象，一种历史现象"。

在巴赫金看来，语言在其实际实现过程中，是同意识形态或生活内容不可分割地联系在一起的，是同言语的相互作用、相互交流对话联系在一起的。从这个角度看，语言的意识形态性质，语言的对话性质，就是巴赫金对语言现象和语言本质的理解。与其相联系的语言意识形态论和超语言学，是巴赫金语言哲学的两大支柱。

二 语言是一种独特的意识形态符号

巴赫金既不同意语言是个人心理的个体语言行为，也不同意语言是封

---

① 《巴赫金全集》第 2 卷，河北教育出版社 1998 年版，第 445 页。
② 同上书，第 447 页。
③ 同上书，第 450 页。

闭的不变的语言体系，与意识形态价值无关的。因为两者都认为语言与社会历史无关，与此相反，巴赫金明确指出语言是社会历史现象，语言是一种独特的意识形态符号，要从社会学观点出发来研究语言问题。

在巴赫金看来，语言同文艺、宗教、道德、伦理一样，都是意识形态的符号，都是意识形态创作科学，但它又是其他意识形态符号，其他意识形态创作科学的基础，语言是一种复杂的、独特的意识形态符号。那么，如何理解语言和意识形态复杂的独特的关系呢？巴赫金先是一般地分析了语言、话语作为一种符号同意识形态的关系，进一步又深入到心理学领域，分析了语言、话语作为一种符号同主观心理、意识形态之间更为复杂的关系。

首先是语言、话语创作作为一种符号同意识形态的关系。

在阐明语言同意识形态关系问题时，巴赫金先从意识形态的符号性入手。他指出："任何一种意识形态产品不只是现实的一个部分（自然的和社会的），作为一个物体、一个生产工具或消费品，而且，除此之外，与上述现象不同，还反映和折射着另外一个，在它之外存在着的现实。一切意识形态的东西都有意义：它代表、表现、替代着在它之外存在着的某个活动，也就是说，它是一个符号（3HAK）。哪里没有符号，哪里就没有意识形态。比如，一个物体正好就是他自身，——它并不意味着什么，完全与自己单个属性相一致。这里就没有什么必要谈论意识形态。"① 巴赫金这里提出了一个重要观点：一切意识形态的东西都是有意义的，而意识形态的意义是通过符号来体现的，并断言没有符号就没有意识形态。那么，什么是符号呢？他认为任何物体如果已不再是物质现实的一部分，它反映和折射着另一个现实，那就是符号。镰刀和斧头作为一种物体，作为一种生产工具，它什么也不反映，什么也不替代，只为生产目的服务。这时它不是符号，但当它成为共产党党旗的一部分时，它不仅是一种物体，一种生产工具，它还反映和折射着另一个现实，代表着工人和农民。这时镰刀和斧头就成为一种符号，就转换成一种意识形态符号。巴赫金一方面讲"哪里没有符号，哪里就没有意识形态"，意识形态是通过一切符号体现的，另一方面他又讲"哪里有符号，哪里就有意识形态。符号的意义

---

① 《巴赫金全集》第 2 卷，河北教育出版社 1998 年版，第 348—349 页。

是属于整个意识形态"。① 这是因为符号不只是作为显示的一部分存在着，而且还反映和折射了另外一个现实。它总是从一定的角度来反映和折射现实，对待每个符号，都有各种意识形态评价标准。总之，他认为意识形态领域和符号领域是相一致。从这个角度讲，巴赫金把作为符号的语言看成是意识形态现象，看成是意识形态符号。因为语言作为一种符号不只是作为现实的一部分存在着，是物质现实的一部分，它还含有一定的意义。

巴赫金在指出语言是意识形态现象，是意识形态符号的同时，还特别强调语言是独特的意识形态符号，在他看来，"在符号领域的内部，即意识形态领域的内部，存在着深刻的差异……每一个意识形态创作领域都在以自己的方式来面向现实，以自己的方式来折射现实。每一个领域在整个社会生活中都有自己特殊的功能。然而符号的特性是一般地确定所有意识形态现象。"② 他首先指出意识形态现象的共同特性：意识形态是直接建立在经济基础之上的上层建筑，意识形态现象及其规律性是与个人意识相隔绝的，是同社会交往的环境和形式联系在一起的。而符号的现实完全由这一交际所决定，符号的存在就是这一交际的物质性。巴赫金指出意识形态符号社会交际特性的同时，又特别强调语言比其他意识形态符号领域能更清楚和充分地体现意识形态符号特性，指出"话语是一种 par excellence（独特的）意识形态符号"，"话语——这是最纯粹和最巧妙的社会交际 medium（手段）"。③ 巴赫金指出话语作为意识形态符号的独特性是：

（1）话语是最典型和最纯粹的符号。

（2）话语是普遍适应性的符号。所有的其他符号材料在意识形态创作的个别领域都被专门化，而话语却是普遍适合于专门的意识形态功能的。它可以承担任何意识形态功能。

（3）话语是生活交际的材料，是生活中的思想领域，具有生活交际的参与性。它不属于任何时期的任何意识形态领域范畴。

（4）话语是个体意识形态的较为重要的工具，它正成为内部生活——意识的符号材料（内部言语）。

---

① 《巴赫金全集》第2卷，河北教育出版社1998年版，第350页。
② 同上。
③ 同上书，第354页。

（5）话语作为必不可少的成分，伴随着整个一般意识形态创作。语言伴随和评论着任何一种意识形态行为。没有内部语言的参与，任何一种意识现象（绘画、音乐、仪式、行为）的理解过程都不会实现。这一切说明一切意识形态都依靠话语。由话语伴随着，但不意味着话语可以替代任何一个意识形态的符号。

其次，在阐明语言、话语作为一种符号同意识形态的关系之后，巴赫金又更深入地说明语言、话语作为一种意识形态符号同个人主观心理、同意识形态三者之间更为复杂的关系。他试图"研究存在于符号和意识中的意识形态的折射规律及其各种形式和结构"，力求"把马克思主义社会学方法运用于研究多种'内在'意识形态结构的所有深层"。[1]

巴赫金首先指出人的主观心理不是自然科学分析的客体，而是意识形态理解的客体，是社会意识形态理解的阐释的客体，也就是说不能离开社会环境和社会意识形态来理解和阐释心理现象，必须把"内部经验"归入客观的外部经验的统一体中。这是他考察人的主观心理、符号和意识形态三者关系总的出发点。

那么什么是个人主观心理，内部心理是如何存在的？巴赫金认为主观心理不是物体，而是符号。主观心理仿佛处于机体和外部世界之间，但机体与外部世界的相遇不是物理的，而是在符号中相遇，也就是说，"心理感受是机体与外部环境接触的符号表现"。[2] 从这个角度讲，内部心理只能作为符号来理解，在符号材料之外没有心理，感受就是一种内部符号。在这里，巴赫金把人的主观心理和符号学联系在一起，把它看作是符号的表现，看作内部符号。

巴赫金不同意狄尔泰让主观心理感受撇开符号直接诉诸意义，认为意义和符号存在必然联系，意义是符号的"独特的自然属性"。他说："要知道，意义只能属于符号，符号之外的意义是虚假的。意义是作为单个现实与其他替换、反映和想象的现实之间的符号表现。意义是符号的功能。"在他看来，狄尔泰的观点，将导致"排斥任何含义、任何来自物质

---

[1] 《巴赫金全集》第 2 卷，河北教育出版社 1998 年版，第 357 页。
[2] 同上书，第 367 页。

世界的意义，并且把它限制在时空之外的现存世界之中"。① 在这里，可以看出巴赫金在思考主观心理、符号、意识形态三者联系时，不仅反对离开符号来谈个人主观心理，也反对离开符号来谈意义。他是将主观心理、意义、符号紧紧联系在一起。

那么主观心理是通过什么符号材料来实现，它同语言、话语又是什么关系？

巴赫金认为有机体内完成的一切运动和过程都可以成为感受材料，成为心理的符号材料，例如呼吸、血液循环、身体运动、发音动作、内部话语、面部表情、对外部的反应等。因为这一切都可以具有符号意义，都可以成为具有深层意义的东西。但是这些心理符号材料并非具有相同的价值，其中，他认为"心理的符号材料主要是话语——内部言语"，因为话语——内部言语交织着许多其他具有符号意义的运动反应，成为"内部生活的基础和骨干"。②

巴赫金既反对把意义和意识形态排斥出心理范围，也反对将意义和意识形态直接归入心理。在他看来，心理和意识形态存在复杂的辩证综合关系，其中打通二者的是意识形态符号③，是作为意识形态的话语，它是二者的"共同领域"，是二者的"现实的共同形式"。也就是说，通过意识形态符号，通过作为意识形态符号的话语，意识形态和心理在社会交往中相互渗透，连通起来，得到辩证综合。具体来说，"意识形态符号以自己的心理现实而存在，同时心理现实又以意识形态的充实而存在。心理感受是内部的，逐渐转化为外部；意识形态是外部的，逐渐转化为内部的"。这样，在心理和意识形态之间存在不可分割的辩证的相互关系："心理在成为意识形态的过程中，自我消除，而意识形态在成为心理的过程中，也自我消除。内部符号通过心理语境（作者生平）应该从自我吸收中解放出来，不再是主观的感受，从而成为意识形态符号。"④

巴赫金关于语言、话语是独特的意识形态符号的论述是独树一帜的。

---

① 《巴赫金全集》第 2 卷，河北教育出版社 1998 年版，第 369—370 页。
② 同上书，第 371 页。
③ 同上书，第 376 页。
④ 同上书，第 384 页。

他不仅阐明了语言、话语的意识形态本质及其特性，同时还揭示了心理、符号（话语）和意识形态三者复杂的辩证关系，突出了语言、话语作为意识形态符号的独特作用。

三　建立"超语言学"的理论大厦

　　巴赫金的语言哲学的另一大贡献是创立"超语言学"的理论，他的这一理论对语言学和文艺学产生了重大的、深刻的影响。

　　巴赫金是在《陀思妥耶夫斯基诗学问题》中论及陀思妥耶夫斯基的语言时，从语言研究的方法论角度，提出"超语言学"的理论。在他看来，他要研究的陀思妥耶夫斯基的语言，指的不是作为语言学专门研究对象的语言，而是活生生的具体的言语整体，是语言的对话关系。因此称之为"超语言学"。

　　首先要明确"超语言学"提出的历史针对性和文化语境。如前所述，巴赫金对传统语言学是不满的，传统的语言学要么像洪堡的"个人的主观主义"语言学那样，把语言看成个人的心理现象，忽视了话语的意识形态和交往特征；要么像索绪尔的"抽象的客观主义"语言学那样，把语言看成抽象的概念体系，规则一致的形式，忽视现实生活大量存在的活生生的言语现象，同样离开了语言的意识形态内容和生活交往内容。巴赫金"超语言学"理论的提出就是对上述两种语言学理论的反拨，他试图超越现代语言学的视野，把语言学大厦牢牢地建立在现实生活中活生生的语言现象的基础上，建立在语言对话关系的基础上，使语言学同社会历史文化紧密相连。此外，如前所述，"超语言学"是巴赫金在论述陀思妥耶夫斯基小说语言时作为方法论提出的，同时他又结合作家中长篇小说语言的实际做了大量具体、细致、深入的分析。正如他所说，"艺术语言中存在一些现象，很早就引起文艺学家的注意。这些现象就其本质来说，超出了语言学的疆界，也就是说属于超语言学的范围"。[①]"超语言学"理论的提出是同巴赫金对艺术语言、文学语言现象的关注和总结紧密相连的。因此对"超语言学"理论的理解也必须紧密结合艺术语言、文学语言的

---

① 《巴赫金全集》第 5 卷，河北教育出版社 1998 年版，第 244—245 页。

实际。

其次,"超语言学"理论大厦的基石是巴赫金的语言对话本质论。

"超语言学"理论是同巴赫金的对话哲学思想紧密相关的,是他的对话哲学思想在语言学领域的贯彻和体现。要理解"超语言学"理论,需要先理解巴赫金的对话哲学。

在巴赫金看来,生活的本质是对话,思想的本质是对话,艺术的本质是对话,语言的本质也是对话,他是通过对话的思考来探讨人的本质和人的存在方式。他指出,"人实际存在于我和他人的两种形式之中","生活就其本质说是对话的。生活意味着参与对话:提问、聆听、应答、赞同等等。人是整个地以其全部生活参与到这一对话之中,包括眼睛、嘴巴、双手、心灵、精神、整个躯体、行为。他以整个身心投入话语之中,这个话语则进到人类生活的对话网络里,参与到国际的研讨中"。① 这段话说明生活的本质是对话,而生活的对话以各种形式体现在全部生活之中。其中,语言、话语则是生活对话的重要形式。巴赫金一贯强调语言的社会性、强调语言属于社会交往行为,它取决于两个方面:一是谁说的,二是对谁说的。他明确指出:"语言只能存在于使用者之间的对话交际之中。对话交际才是语言的生命真正所在之处。语言的生命,不论是在哪一个运用领域里(日常生活、公事交往、科学、文艺等等),无不渗透着对话关系。"② 在他看来,交往对话是语言的生命,语言的本质是对话,离开交往对话语言就不存在,这是巴赫金对语言本质最深刻的理解。

第三,"超语言学"的研究范围和研究对象。

巴赫金指出,无论是语言学还是超语言学,研究的都是同一个具体的、非常复杂而又多面的现象——语言,但研究的方面不同,范围不同,角度不同。语言学研究的是抽象的语言体系,规则一致的形成,而超语言学(Металингвистика, Metalingvistika)研究的是"活生生的具体的语言整体",是"语言学从活的语言中排掉的这些方面",是"活的语言超出语言学范围的那些方面"。③ 在他看来,语言学和超语言学都有各自存在

---

① 《巴赫金全集》第 5 卷,河北教育出版社 1998 年版,第 387 页。
② 同上书,第 242 页。
③ 同上书,第 239—240 页。

的合理性,"两者应该相互补充,却不应该混同起来"。

"超语言学"要研究的是语言学从活的语言中排除的"那些方面",那么活的语言中的"那些方面"指的是什么?"超语言学"的研究对象是什么?巴赫金明确指出:"对话关系(其中包括说话人对自己语言所采取的对话态度),是超语言学研究的对象。"① 在作为语言学对象的语言中,在语言体系的各种成分之间,在词汇之间、句子之间,并不存在对话关系,对话关系显然是超出语言学领域的关系。对话关系不能脱离开活生生的言语领域,它存在于话语领域之中,"对话交际才是语言生命真正所在之处"。巴赫金说:"对话关系存在于话语领域之中,因为话语就其本质来说便具有对话性质,所以应该由超出语言学而另有自己独立对象和任务的超语言学,来研究对话关系。"他又特别指出,对话关系不可归结为逻辑和指物述事的语义关系。因为它们并不包含对话因素。"逻辑关系只有形诸语言,变成话语,变成体现在语言中不同主体的不同立场,相互之间才有可能产生对话关系"。②

对话关系是"超语言学"的研究对象,那么这一研究对象又是如何体现在充满对话关系的话语、表述和双声语这些具体对象之中,也就是说话语、表述和双声语如何具体体现语言的对话关系而成为"超语言学"的研究对象的,这个问题还需要分别加以具体论述。

第四,"超语言学"理论提出的重要意义。

巴赫金的"超语言学"理论是他的对话诗学的具体体现和重要组成部分。传统的语言学理论关注语言的概念体系和规则一致的形式,有其合理存在的价值,这自不待言。巴赫金的"超语言学"理论关注语言的对话关系突破了传统语言学理论的研究范围和对象,把语言学的研究同文化研究、同人类生存方式的研究紧密结合起来。这是对传统语言学的突破和拓展,对语言哲学的发展作出了重大贡献。"超语言学"理论的意义还远远不限于语言学本身,它对其他人文社会科学的发展也有重要启示,对于文学研究更有重要的意义,例如对于理解文学语言的特点,对于理解小说和诗歌的区别等,都有很高的理论价值。

---

① 《巴赫金全集》第5卷,河北教育出版社1998年版,第241页。
② 同上书,第242页。

第 三 章

巴赫金的体裁诗学[*]

体裁是文学研究中的一个重要问题,但长期以来文艺学界对体裁理论问题不够重视。在众多文学理论教材中也只是对文学体裁分分类,对体裁理论本身很少涉及。在巴赫金诗学研究过程中,我发现巴赫金对此也非常感慨,他说:"像体裁这种伟大的文学现象,至今完全被人忽视。"[②] 与众不同的是,巴赫金明确指出:"在文学和语言的命运中,主导的角色首先便是体裁。"[③] 他认为体裁具有特别重要的意义,诗学研究应当把体裁做为出发点。强调体裁是诗学和文学史的交汇点,体裁的发展问题是文学史的根本问题。这些看法是非常独特的,是有很高的理论价值和很强的理论冲击力。西方学者也认为"巴赫金在西方获得广泛的声誉,首先是因为他独特的体裁理论和小说理论"。[④] 这一切引起我对巴赫金体裁诗学的关注,但只是进入这个研究领域后,我才领略到巴金体裁诗学研究内容的丰富性、独特性和深刻性,它既有一般的体裁理论研究,也有具体的小说体裁和复调体裁的研究,其中涉及体裁的特性和体裁的发展规律;体裁和语言的关系,文学体裁和言语体裁的关系;小说体裁的特性和小说体裁的发展;体裁诗学和社会学诗学、文化诗学、历史诗学的关系等一系列重要的体裁理论问题。本章只能对上述某些问题做一些初步的理论概括和阐述,期望对体裁研究和文艺学研究提供一些有益的启示。

---

[*] 原载《清华大学学报》2009 年第 2 期。
[②]《巴赫金全集》第 4 卷,河北教育出版社 1998 年版,第 403 页。
[③]《巴赫金全集》第 3 卷,河北教育出版社 1998 年版,第 510 页。
[④] 莫尔森、爱默森:《米哈伊尔·巴赫金:创造一种小说学(日常言语学)》,斯坦福大学出版社 1990 年版,第 271 页。

一　文学体裁的特性

如何理解文学体裁，体裁具有什么特性和发展规律，这是巴赫金体裁诗学首先关注的问题。

巴赫金对体裁的看法是在同俄国形式主义的论战中提出来的，他指出形式主义对结构和手法的研究是先于对体裁的研究，于是把体裁看成是手法的机械组合，这样就无法理解体裁的真正意义。

巴赫金认为诗学研究不应当从结构和手法出发，特别强调"诗学恰恰应从体裁出发"①。为什么诗学研究必须把体裁作为诗学研究的出发点和切入点呢？这涉及巴赫金对体裁的理解。第一，他认为体裁是作品存在的形式，"体裁是整个作品、整个表述的典型形式，作品只有在具有一定体裁形式时才实际存在"。第二，体裁具有整体性，"体裁是艺术表述的一个典型的整体，而且是一个重要的整体"，作品每个成分的结构意义只有和体裁联系起来才能得到理解，而形式主义恰恰是离开体裁的整体来孤立地理解语言、手法等单个成分的结构意义。第三，体裁具有完成性，"体裁是已完成的和完备的整体"。对于文学艺术之外的意识形态创作来讲，并不存在主题上的真正完成，而在文学中"全部问题正好在于这种本质的、实际的、主题的完成"。而艺术分为各种体裁，"在很大程度上正是由于整体作品完成的样式不同而产生的"。②

巴赫金在指出体裁是作品的存在形式，体裁具有整体性和完成性之后，又从内容和形式关系的角度，个性和社会性的关系的角度，从更深的层面来阐明体裁的本质和特性。

首先，巴赫金认为体裁不仅仅是形式，体裁是有潜在含义的形式，内容和形式是不可分割的。

在许多人看来，体裁是纯粹的形式问题，韦勒克和沃伦在《文学理论》中就表明："总的来说，我们的类型概念应当倾向于形式主义一

---

① 《巴赫金全集》第 2 卷，河北教育出版社 1998 年版，第 283 页。
② 同上书，第 283—284 页。

边。"① 在权威的文学理论教科书中也认为体裁是文学作品属于形式方面的一个因素，是作品的外表形态，它不规定作品的内容，而为作品的内容所规定。② 巴赫金却不这么看，早在 20 世纪 20 年代他就把文学作品的形式看成是体现作品意义的物质实体，认为作品中的意义和物质肌体是不可分割的。后来，他在《答〈新世界〉编辑部问》（1970）一文中，又一次指出"在文化领域中躯体和涵义之间不可能有绝对的界线"，"莎士比亚也像任何艺术家一样，构筑自己的作品，不是用僵死的成分，不是用砖瓦，而是用充满沉甸甸涵义的形式"。③ 在他看来，涵义现象是以隐藏的方式潜藏着，可以潜藏在语言中，可以潜藏在思维形式中，也可以潜藏在形式和体裁之中。正因为体裁潜藏着涵义，他才指出"体裁具有特别重要的意义"。④ 他认为体裁是若干世纪形成的观察和思考世界特定方面所用的形式。对工匠来说，体裁只是一种外在的固定样式，而大艺术家则能激活隐藏在体裁之中的潜在涵义。从这个角度来讲，与其说内容决定形式，倒不如说潜藏着涵义的形式在选择内容。在巴赫金看来，狂欢体小说直到后来的复调小说，是一种小说体裁，这种体裁形式蕴含着艺术家对生活的思考和理解，是同艺术家对生活对话性的发现相联系，是潜藏着意义的形式，每一种体裁都有自己的生活领域，复调小说体裁所选择的所表现的是人思考着的意识，是人们生活中对话的领域，而决不可能是独白小说体裁所选择的生活。巴赫金认为只有真正把握复调小说这种蕴含着新的涵义的新的艺术体裁，而不是把它看成是现成内容的包装，才能深入揭示艺术的新内容，真正把握作家创作的本质。他说："不理解新的观察形式，也就无法正确理解借助这一形式在生活中初次看成和发现的东西。如果能正确地理解艺术形式，那它不该是为已经找到的现在内容作包装，而是应能帮助人们首次发现和看到特定的内容。"⑤ 这就是说，不仅作家必须用体裁的眼光来看现实，读者也必须用体裁的眼光来看作品，才能理解作品的真味。

---

① 韦勒克、沃伦：《文学理论》，三联书店 1984 年版，第 265 页。
② 蔡仪主编：《文学概论》，人民文学出版社 1979 年版，第 186 页。
③ 《巴赫金全集》第 4 卷，河北教育出版社 1998 年版，第 367—369 页。
④ 同上书，第 368 页。
⑤ 《巴赫金全集》第 5 卷，河北教育出版社 1998 年版，第 60 页。

其次，巴赫金认为体裁不仅具有作家的个性，而且具有现实性和社会性。

在他看来，以往的体裁研究最缺乏的是真正的社会学的眼光，把体裁仅仅看成是属于作家个人的创造，而忽视了体裁和现实的密切关系。他认为体裁不是作家个体的主观的记忆，而是集体的客观记忆。

在体裁和现实关系上，巴赫金的一个重要观点是："每一种体裁，如果这是真正重要的体裁的话，都是用来理解性地掌握和穷尽现实的手段和方法的复杂体系。"① 简单说，体裁是观察和理解现实的手段。在绘画艺术中，素描能掌握彩色画掌握不了的空间形式方面。反之，彩色画则拥有素描所没有的手段。在文学中，叙事体裁、抒情体裁、戏剧体裁也有各自观察和理解现实的手段和方法。就是在抒情体裁中，格律诗和自由诗，乃至五言诗、七言诗，也有各自观察和理解现实的手段和方法。

巴赫金还指出，艺术家观察和理解现实的过程和用一定的体裁艺术地表现现实的过程是不能割裂开的，观察、理解和表现两者基本上是融合的、同步的。因此，他强调"艺术家应该学会用体裁的目光来看现实"，②对现实一定方面的观察、理解和思考，只有通过一定的体裁才能得到表现；一定的体裁也只能表现现实的一定方面。拿陀思妥耶夫斯基来说，巴赫金认为作家对生活新的发现，对生活中对话性的发现，对人的主体性和人的生存方式的发现，同对复调小说这种新的体裁形式的创造是一致的。他指出，艺术家应当善于把看待世界的原则变成对世界进行艺术观察的原则。③ 艺术家如果没有创造出新的体裁形式就无法表现他对生活的新的观察、新的思考和新的发现。

最后，巴赫金还指出艺术家对现实的把握和用一定的体裁加以表现，是在社会交际和艺术交际的过程中不断进行的，"体裁的现实性是它在艺术交际过程中得以实现的社会现实性。因此体裁是集体把握现实、旨在完成这一过程的方法的总和。通过这种把握能掌握现实的新的方面"。从这个角度讲，他认为"体裁的真正诗学只可能是体裁社会学"。

---

① 《巴赫金全集》第 2 卷，河北教育出版社 1998 年版，第 289 页。
② 同上书，第 290 页。
③ 《巴赫金全集》第 5 卷，河北教育出版社 1998 年版，第 10 页。

二 文学体裁的发展规律

巴赫金在指出体裁是有含义的形式，体裁是具有现实性和社会性之后，又特别强调体裁是具有历史性的，他不仅从共时的角度，而且从历时的角度来研究体裁的性质，对体裁的历史发展规律进行深入的探讨。在他看来，体裁是一种历史的记忆，是历史形成的，以它的稳定性保证文学发展的统一性和连续性。同时，体裁又是既老又新，是随着文学的发展不断发展变化的。正是从体裁的发展和文学发展相关连的角度，他尖锐地提出体裁是文学的主导角色，是诗学和文学史的交结点。这一重要观点的提出，对于诗学研究和文学史研究，都有重要的启示意义。

巴赫金在《陀思妥耶夫斯基诗学问题》一书中，涉及了体裁的历史发展史问题，涉及历史诗学问题。他在阐明陀思妥耶夫斯基复调小说的体裁特征之后，明确提出："现在我们该是从体裁发展史的角度来阐述这个问题了，也就是说把问题转到历史诗学方面来。"① 巴赫金把复调小说看成是同独白小说相对应的小说体裁新形式，为了更深入地把握复调小说的本质和特征，他并不满足于对这种新的小说体裁从结构和语言的角度进行共时的分析，还力求对这种小说体裁从历时的角度进行历史的分析。在谈到对体裁进行历时研究的目的时，巴赫金明确指出："我们所作的历时性分析，印证了共时性分析的结果，确切些说，两种分析的结果相互检验，也相互得到印证。"②

从体裁发展历时研究的角度来看，从历史诗学来看，巴赫金的杰出贡献不仅仅在于发现复调小说这种小说体裁，还在于阐明复调小说体裁的历史源头，揭示复调小说同古代希腊罗马庄谐体文学和民间狂欢体文学的内在联系。他认为小说体裁有三个基本来源：史诗、雄辩和狂欢体。在他看来，陀思妥耶夫斯基对话型的复调小说正属于狂欢体这条线索，是狂欢体体裁的变体，而对这种体裁的形成起决定作用的是古代希腊罗马的庄谐体体裁。而这种狂欢体体裁的深刻根源是民间狂欢文化，是深刻的狂欢式的

---

① 《巴赫金全集》第 5 卷，河北教育出版社 1998 年版，第 139 页。
② 同上书，第 238 页。

世界感受，它体现为一种平等对话的精神，交替和变更的精神。这种狂欢化文化不仅决定作品的内容，而且还决定作品体裁的基础，具有构成新的体裁的力量。换句话说，欧洲文学传统中的狂欢体裁是同千百年来人民大众的狂欢式的世界感受紧密相连的。这种狂欢体裁传统深刻影响了古希腊罗马的庄谐体文化、中世纪的诙谐文学和讽刺摹拟文学，到了文艺复兴时期达到了最高的阶段，它的代表就是拉伯雷和塞万提斯的创作。陀思妥耶夫斯基的复调小说正是这一狂欢体体裁传统的继承和变体，并且达到了它的高峰。

巴赫金追溯复调小说体裁的历史源头，对于把握复调小说的本质和特征有重要意义，但更有理论价值的是他通过对复调小说体裁发展历史的分析，还力图揭示文学体裁的理论和文学体裁形成、发展的客观规律。正如他自己所说，揭示复调小说体裁的历史源头，"这个问题对于文学体裁的理论和历史，有着更为广泛的意义"。[①] 那么，巴赫金通过分析复调小说体裁发展历史，对文学体裁的理论和历史，对文学体裁的发展规律，提出了哪些有理论价值且有启示性的看法呢？

首先，他指出稳定性是文学体裁的本质，文学发展的统一性和连续性是靠体裁才得以保证的。

在巴赫金看来，体裁从形成开始就具有相对的稳定性，就会作为观察思考和艺术地把握现实生活的艺术形式而长期存在。他说："文学体裁就其本质来说，反映着较为稳定的、经久不衰的文学发展倾向。""在文学的发展过程中，体裁是创造性记忆的代表。正因为如此，体裁才可能保证文学发展的统一性和连续性。"[②] 就中国古代格律诗而言，它有一套规范，这是诗人们必须遵守的，也正是这套规范保证了中国古代诗歌发展的统一性和连续性。

在谈到体裁的稳定性时，巴赫金还提出了一个体裁是一种历史记忆的重要观点。他认为体裁虽然过着今天的生活，但总记住自己的过去，自己的开端，不仅如此，"体裁发展得越高就越复杂，它也会越清晰越全面地

[①] 《巴赫金全集》第 5 卷，河北教育出版社 1998 年版，第 140 页。
[②] 同上。

记着自己的过去"。① 特别有意思的是,他认为这种记忆不是个人的记忆而是集体的记忆,不是主观的记忆,而是客观的记忆,不是机械重复的记忆而是创造性的记忆。在谈到复调小说同古代希腊罗马狂欢体的形式——梅尼普体的关系时,他说:"讲得奇怪一点,可以说不是陀思妥耶夫斯基的主观记忆,而是他所采用的这一体裁本身的客观记忆,保存了古代希腊罗马梅尼普体的特点。"② 也就是说,体裁不是保存在个体的主观记忆之中,而是保存在体裁本身的各种客观形式之中。

其次,他认为体裁的稳定性是一种相对的稳定性,体裁的生命在于更新。在一种体裁的发展过程中,一方面总要保留陈旧的成分,另一方面这些陈旧的成分能够保存下来,就靠不断更新它。巴赫金说:"一种体裁总是既如此又非如此,总是同时既老又新。一种体裁在每个文学发展阶段上,在这一体裁的每部具体作品中,都得到重生和更新。体裁的生命就在这里。"③

巴赫金所说的文学体裁既新又旧的现象在文学史上体现为文学体裁的传统和反传统、规范和反规范。每一种文学体裁之所以能够独立存在总是有自己的规范,而作家的创作则不可能死守规范,总是要对现有规范有所突破、有所创造,使体裁得到重生和更新。就俄罗斯的文学而言,果戈理不把自己的《死魂灵》称作长篇而称作"长诗",普希金不把自己的《叶甫盖尼·奥涅金》称作长诗,而称作"诗体小说",托尔斯泰更认为《战争与和平》不是长篇小说,更不是史诗,也不是历史演义。他们不以传统的说法来命名自己的小说,正是想说明自己的小说在体裁上是有突破、有创新的。就中国现当代文学而言,也出现了废名、沈从文、汪曾祺这一派不太重视故事情节的小说,有人称之为小说的抒情化倾向,这也是小说体裁的一种创新。但不管如何创作,他们还是遵守小说体裁的基本规范。

如何解释文学体裁既老又新的现象呢?巴赫金认为这在于体裁兼有内在完整性和外在可塑性。体裁的稳定性是在于体裁有深刻的内在完整性,而体裁的变异性则在于体裁具有很大的外在可塑性,这指的是不同体裁的

---

① 《巴赫金全集》第5卷,河北教育出版社1998年版,第159—160页。
② 同上。
③ 同上书,第140页。

相互渗透。巴赫金以狂欢体最早的形式——梅尼普体说明这个问题。他指出梅尼普体的内在完整性表现在将古希腊罗马的伦理规范遭到破坏、人及其命运的史诗式和悲剧式的整体性遭到破坏的时代的生活内容"铸进稳定的体裁形式里",从而具有尖锐的时代性、大胆的自由虚构和杂体多声的特点。而梅尼普体的外在可塑性则表现在"它极善于纳进性质相近的各种小体裁,也极善于渗透到其它大体裁中去充作一个组成成分"。[①]

第三,他认为作家,特别是伟大的作家,都不是简单化再现某一个体裁的传统,而是要对某一体裁的发展作出独创性的贡献。他特别重视伟大作家个人对文学体裁发展所起的重要作用,他指出,体裁的传统在每个作家身上"都独自地,亦即别具一格地得到再现,焕然一新。这正是传统的生命之所在"。[②] 以陀思妥耶夫斯基为例,巴赫金认为他不只是简单地再现了狂欢体体裁的传统,而且翻出了新意,是远远胜过古代狂欢体的作者们。他特别强调陀思妥耶夫斯基创作的"深刻独创性和个人特色",认为他所创造的复调小说是以前的狂欢体体裁的作家们所不可能有的。整个欧洲文学的狂欢体体裁传统,"在陀思妥耶夫斯基的创作中,以复调小说的新颖独创的形式得到重生,获得了新的面貌"。[③]

总之,在巴赫金看来,体裁的历史发展和文学的历史发展,是有其客观的和内在的发展规律的。在体裁发展过程中,传统与创新的辩证统一,稳定与变异的辩证统一,集体创造和个人创造的辩证统一,正是体裁发展的活力所在和生命所在。

三 文学体裁和言语体裁

巴赫金除了从内容与形式关系的角度,个人和社会关系的角度,共时和历时的角度,分别研究了文学体裁的内容含义、文学体裁的社会性、文学体裁的历史性,同时还很重视从语言学的角度研究文学体裁和语言的关系。

[①] 《巴赫金全集》第 5 卷,河北教育出版社 1998 年版,第 157 页。
[②] 同上书,第 211—212 页。
[③] 同上书,第 239 页。

体裁和语言的关系是文学体裁研究向来被关注的重要理论问题。理论界一般是从文学体裁构成因素和文学体裁特征的角度来研究语言和文学体裁的关系，认为不同文学体裁的构成同语言的审美特征和语言的表现功能有密切关系，例如中国古代的诗和文就是根据语言是有韵或无韵加以划分，楚辞是有韵的，是诗，史记是无韵的，是文，是"无韵的《离骚》"。而诗歌、小说、散文和戏剧的划分，也是同语言的审美特征和语言的表现功能密切相关的。

然而，巴赫金的文学体裁和语言关系的研究，却不仅限于此。他另辟蹊径，从更为广泛的日常生活语言现象出发，从日常生活的言谈和表述出发，认为日常生活中就广泛存在着言语体裁，它是相对稳定的表述类型，而文学体裁是一种特殊的、典型的、更为复杂的言语体裁。巴赫金这种看法给人耳目一新的感觉，帮助我们以更开阔的视野去理解文学体裁的语言本质和文学体裁的语言特征。那么什么是言语体裁，言语体裁和文学体裁是什么关系呢？

巴赫金对言语体裁的思考是同对文学话语本质的思考相联系的。他早在1928年的《文艺学中的形式主义方法》中，就指出应当把体裁问题放在同社会交际和话语主题的相互关系中加以研究。他认为只说人是借助语言认识现实是不够的，因为人"对现实的认识和理解完全不是借助准确的语言学意义上的语言及其形式来进行的。在认识和理解现实中起着极其重要作用的是表述，而不是语言形式"。① 由此，他明确指出，"体裁是整个作品、整个表述的典型形式"。② 在1929年的《马克思主义与语言哲学》中，巴赫金明确提出"言语体裁"的概念，认为"社会心理主要形成于各种各样的'表述'形式，小型言语体裁形式之中"。③ 最后，巴赫金在《言语体裁问题》（1952—1953）中，对言语体裁问题做了全面的阐述，给它下了这样的定义："每一单个的表述，无疑是个人的，但使用语言的每一个领域都锤炼出相对稳定的表述类型，我们称之为言语体裁。"④

---

① 《巴赫金全集》第2卷，河北教育出版社1998年版，第289页。
② 同上书，第283页。
③ 同上书，第360页。
④ 《巴赫金全集》第4卷，河北教育出版社1998年版，第140页。

在他看来，言语体裁首先是与表述相关，但不仅是属个人的，而是一种表述类型，是相对稳定的表述类型。这里的关键词是表述，只有搞清楚表述是什么，才能理解什么是言语体裁。

巴赫金反对先前的语言学学派用非社会的和非历史的观点来看待语言现象，他对语言的基本看法就是认为语言是在交往中进行的，语言本质在于交往，在于对话。表述就是人们在日常生活的言语交流中形成的言语交际的单位，是一种有指向性的个人言语行为，是人们在某一活动领域使用语言的形式。具体来讲，表述是在口头和书面的话语中实现的，它包括自身的话题内容、语言风格（对词法、句子、语法等语言手段的选择）和自身的布局结构三大因素。这三大因素又是不可分割地结合在表述的整体之中，同样为该交际领域特殊的条件、目的和特点所决定。表述的范围，小到可以是一个词语和句子，大到可以是一部文学作品和科学论著，巴赫金特别强调表述是言语交流的单位，它完全不同于作为语言单位的词语和句子。语言学中的词语和句子只是一种语言形式，是处在中性状态的，而表述作为言语交流的单位，言语的重要形态，言语活动的真正中心，它具有一系列词语和句子所没有的重要特点。例如，表述具有明显的主体色彩，言语在现实中存在的形式，只能是各个说话者、各个言语主体的具体表达；表述具有指向性、针对性，它是在双方的交流和对话中进行，主体的一方要作用于对方，又必然期待对方做出回应；表达具有情态性和评价性，说话人对言语对象有情感态度和真、善、美的价值评价。此外，还有历史性、完成性、整体性、表现性、创新性等特点。

了解了表述的内涵和特征之后，我们对于作为典型的表述形式的言语体裁，对于相对稳定的表述类型的言语体裁，可以有更具体和更深入的认识。言语体裁作为表述的典型形式，它除了有表述所具有的主体性、指向性、情态性、评价性、历史性、表现性、创新性等一系列特征外，它还具有稳定性、整体性和多样性等重要特征。

第一是稳定性、规范性。

巴赫金指出，在日常生活的言语交际中，我们必须遵循全民的语言形式（词汇和语法系统），更重要的是，"我们总是用一些特定的言语体裁来说话，也就是我们所有的表述都具有一定的相对稳固的典型的整体建构形式"。① 比如说在日常交谈中我们用一种言语体裁说话，在正式场合我们用另一种言语体裁说话；写散文是一种言语体裁，写论说文又是另一种言语体裁。而且各种不同的言语体裁都有各自的规范，这是每个说话的人必须遵守的。巴赫金认为这种言语体裁的稳定性和规范性还表现在我们常常意识不到自己是在用一种言语体裁在说话，我们在实践中十分娴熟自如应用一种言语体裁在说话，而在理论上却对它的存在一无所知，并不意识到它的存在。

第二是整体性、统一性。

言语体裁的稳定性和规范性是同言语体裁的整体性和统一性相联系的，是同言语体裁整体的建构形式相联系的。巴赫金谈到这么一种现象："许多精通语言的人，往往在某些交际场合觉得自己手足无措。……有的人能在文化交际的不同领域中出色地驾驭语言；善于作报告，进行学术争论，能就某些社会问题发表精彩的演说，可在社交谈话中都往往沉默或者笨口拙舌。"② 这是为什么呢？巴赫金认为问题不在于词汇的贫乏，也不在于不会选择一定的句子说话，而在于"没有实际掌握这些领域的体裁形式"，"对表达的整体性缺乏足够了解"，所以不能迅速而自然地将自己的言语纳入一定的布局和修辞形式之中。③ 什么是表述的整体性呢？巴赫金指出，"言语体裁是布局结构的整体、修辞的整体"，比如论说文，比如演说，从布局结构上就必须提出问题，进行论证，最后得出结论，这是一个整体，必须符合这一整体性。而决定言语体裁的整体性是功能、交际条件和言语交际的具体环境。④

第三是差异性、多样性。

人类形形色色活动的可能性是难于穷尽的，人们在每一个活动领域都形成一系列言语表述方式，因此言语体裁是丰富多样的，是有极大差异性的。⑤ 言语体裁包括日常对话的简短对白，日常叙事和书信，简短标准的军事口令和详尽具体的命令，各种标准化的事务性文件，多种多样社会性

---

① 《巴赫金全集》第 4 卷，河北教育出版社 1998 年版，第 161 页。
② 同上书，第 164 页。
③ 同上。
④ 同上书，第 211 页。
⑤ 同上书，第 140—147 页。

和政治性的政论，以及科学著作和文学作品，等等。同一般的语言形式相比，言语体裁"一般说来要灵活得多、可塑性得多、自由得多，在这一方面，言语体裁的多样性是十分突出的"。① 这种多样性还表现在各种不同的言语交际中不同言语体裁的转用、混杂，以及自由的、创造性的改造。

在了解言语体裁的特征之后，需要进一步搞清楚文学体裁和言语体裁的关系。巴赫金认为文学体裁也是一种言语体裁，但是一种特殊的、更为复杂和相对发达的言语体裁，弄清两者的实质差别和相互关系是非重要的。

巴赫金认为言语体裁是丰富多样的，但可以分为两大类。第一类是基本的、简单的言语体裁，如日常生活的简单对白、日常叙事、书信等。第二类是派生的、复杂的言语体裁，如长篇小说、戏剧和多种科学著述、大型政论体裁等。在他看来，两者是有区别的，后者是在较为复杂和相对发达而有组织的文化交际条件下产生的，它善于把前者吸收进来，并加以改造，使其获得新的特殊的性质：同真正的现实和真实的他人表述失去直接的关系。②

就文学体裁而言，同一般的言语体裁相比，有两个特点值得注意。

一是文学体裁有利于表现个人风格。任何表述，任何言语体裁，无论是第一类还是第二类，都是个人的，都能反映言说者的个性，都具有个人风格。但巴赫金指出，"不是所有体裁都同样地有利于在表述的语言中反映说者的个性，亦即不是同样地有利于表现个人风格"，而"艺术作品的体裁是最为适宜"的。③ 这是因为在文学体裁中，表现个人风格是表述的重要目标之一，而其他绝大多数言语体裁，表现个人风格不是表述的一个目的，不在表述的意图之内。

二是文学体裁是对其他言语体裁的吸收和改造，是更为复杂的言语体裁。第一类言语体裁是作为第二类言语体裁的文学体裁的基础，因此文学体裁也利用各种不同的形式将第一类言语体裁的表述以及它们之间的关系

---

① 《巴赫金全集》第 4 卷，河北教育出版社 1998 年版，第 162 页。
② 同上书，第 142—143 页。
③ 同上书，第 144 页。

纳入自己的表述建构之中。① 同时，还不仅限于纳入，常常还对它在不同程度上加以改造和更新。② 这种加以自由的创造性的改造，这就使得文学体裁比一般的言语体裁包容更多的言语体裁，显得更加丰富多彩，更加复杂多样。

由于文学体裁包容和改造了各种言语体裁。巴赫金称"长篇小说是各种基本言语体裁的百科全书"，指出在长篇小说中我们可以看到丰富多样的对话类型，看到丰富多样的言语体裁，也正因为如此，他指出"各个历史阶段上的长篇小说，都是研究基本言语体裁、它的结构（对话性的）及其不同形式的十分重要的材料"③。

为了使文学体裁更好地吸纳和改造一般的言语体裁，巴赫金特别强调小说家和戏剧家必须提高"言语体裁方面的素养"，强调"艺术家应该听觉灵敏，不仅是对语言的语体，还有言语的体裁（非艺术的体裁）"。④ 如果不是这样，作家艺术家就无法在作品中写出生动的、令人信服的对话，主人公就可能是在读报纸上的文章，而不是在进行对话。

巴赫金体裁诗学的内容十分丰富，本章只从体裁和作品内容、体裁和社会现实、体裁和文学历史、体裁和语言等方面阐明他有关体裁基本理论、体裁特性和发展规律的看法，至于他有关小说体裁特性和小说发展规律的看法，只能留待另一篇文章来阐述。

---

① 《巴赫金全集》第 4 卷，河北教育出版社 1998 年版，第 155 页。
② 同上书，第 147 页。
③ 同上书，第 218—219 页。
④ 同上书，第 261 页。

第四章

巴赫金论小说的特性

巴赫金是以小说作为自己主要研究对象的，小说诗学在他的整个诗学研究中占有重要的地位。他的主要著作大都是研究小说的，其中涉及小说诗学研究的一系列重要理论问题，具有很强的理论独创性。他的小说研究方法也是别具一格的，体现了小说哲学研究、小说理论研究和小说历史研究的有机结合。巴赫金的小说诗学研究对世界范围的小说诗学研究有深刻的影响。

巴赫金的小说诗学是对传统诗学的大胆挑战，一反传统欧洲诗学认为小说是低俗体裁的传统。他深刻阐明了小说的未完成性、时代性和杂语性等一系列重要特征，张扬小说的反规范力量，张扬小说的创新精神和不竭的生命力，指出小说对其他文学体裁发展的重要影响。在体裁诗学的研究中，在文学研究中，极大提高小说的地位。

小说特性和小说生成的研究是巴赫金小说研究的主要内容，是小说共时研究和历时研究的结合。他把小说特性的研究当做小说诗学研究的出发点，指出小说的根本特性是未完成性（具体表现为可塑性、反规范性和自我批判意识），并且具体阐明其所具有的时代性、杂语性和新的人物等一系列特征。同时，他认为小说作为一种体裁其特性不是凭空产生的，而是在历史发展中逐渐形成的，指出小说是封建时代解体和资本主义关系产生的新时代的产物，是世界历史新时代所催生和哺育的。另一方面，小说的产生也有深刻的民间文化和民间文学的渊源，笑谑和多语是小说话语的发端。巴赫金对小说产生的历时研究有助于更深刻地理解小说的特征。

巴赫金的小说话语研究和小说时空研究，是其小说研究的两大主题。从这两个角度来深化小说特性的研究，是巴赫金小说研究最有特色的部分。小说话语是前人小说研究很少涉及的方面，巴赫金指出小说语言不是作为语言体系的语言，也不是一般的文学语言，必须从小说体裁的特点出发来把握小说话语的特点，他认为小说话语的主要特点是杂语性、多语性和内在对话性，并由此形成独特的、完备的小说话语理论。小说时空也是前人小说研究很少涉及的方面，巴赫金认为小说时空是小说内容和形式相结合的中心，是小说特有的组织形式。他首次提出小说时空体的概念，指出时空体是文学艺术创作中时间关系和空间关系相互间的重要联系和艺术把握。他强调时空体的时间和空间是不可分割的，时空体是形式兼内容，包含着价值因素的历史性范畴，强调时空体在文学中有重大的体裁意义，小说体裁及其类别是由时空体决定的，可以根据时空体的不同特征来分析不同历史时期的不同小说的体裁特征。

一 巴赫金为什么对小说情有独钟？

20世纪俄罗斯有国际影响的文艺学家都有自己独特的研究对象，比如普罗普是研究故事的，洛特曼是研究诗歌的，巴赫金是研究小说的，他们往往是以自己独特的研究对象为中心，围绕自己独特的研究对象，展开自己的理论观点，做出独特的理论建树。

在巴赫金的诗学研究中，小说诗学的研究占有重要的地位，他的语言诗学、体裁诗学、历史诗学、文化诗学、社会学诗学，都同小说研究有密切的关系。再从世界范围看，巴赫金的小说诗学研究，在世界小说诗学研究中也占有重要的独特的地位，他的小说诗学研究不仅分量重，而且研究内容和研究方法都有独创性，至今都对世界范围的小说研究产生深刻的影响。

首先，巴赫金小说诗学研究的分量是很重的，是其他人难以比拟的。他在30—40年代先后发表了一系列有关小说诗学的重要论文，其中如《长篇小说的话语》（1934—1935）、《教育小说及其在现实主义历史中的意义》（1936—1938）、《小说的时间形式和空间形式》（1937—1938）、《长篇小说的发端》（1940）、《史诗与小说》（1940）等。此外，他的两部具有世界影响的学术专著《陀思妥耶夫斯基诗学问题》（1929、1965）《拉伯雷的创作与中世纪和文艺复兴时期的民间文化》（1940），也都是研究小说的专著,前者涉及陀思妥耶夫斯基的复调小说,后者涉及拉伯雷的怪诞现实主义小说。就数量而言,《长篇小说的话语》有七八万字,《小说的时间形式和空间形式》达13万字,而《陀思妥耶夫斯基诗学问题》和《拉伯雷的创作与中世纪和文艺复兴时期的民间文化》分别是近30万字和50万字。如此庞大的篇幅,花如此大的心血来研究小说诗学,不仅在俄罗斯,而且在世界范围,都是很少见的。

其次,巴赫金的小说诗学研究涉及的内容非常广泛,有很高的独创性和理论价值。巴赫金的小说研究涉及小说的本质和特性,小说的类型,小说的形成和历史发展,小说的时空和小说的话语等一系列小说理论问题。不仅如此,他在继承前人小说诗学研究的基础上,有新的理论见解和新的理论开拓。其中如提出"小说精神"和"小说化"的概念,概括小说的特性(时代性、杂语性和未完成性),阐述欧洲小说修辞两条线索以及长篇小说和民间文化的关系,其中特别是对长篇小说时空和长篇小说话语的研究,具有很高的理论价值,大大拓展了小说诗学的研究范围。俄罗斯著名文艺学家德·扎通斯基指出:"在米·巴赫金之前,从未有人从长篇小说话语的非凡功用出发,试着弄清小说的含义……米·巴赫金是这条路上的一名先驱者并且超出了其他人,因此,他多年前睿智的推论现在仍然被认为是一种创见。"[①]

第三,巴赫金小说诗学研究的研究方法也是别具一格的,是具有创新性的。传统的小说诗学研究往往是抽象和形而上的小说哲学研究同具体的实证的研究相脱节,是内容层面研究同形式的研究相脱节,前者要不是空发哲学议论就是钻到实证材料中出不来,后者要不是停在内容层面就是离开内容光谈形式技巧。巴赫金的小说研究主张小说哲学和小说实证研究的结合,小说内容研究和小说形式研究的结合。他对小说本质和特性的思考是同对小说的实证研究相结合的,他对复调小说的研究是同对陀思妥耶夫斯基小说的实证研究相结合的,他对怪诞现实主义小说的理论概括是同对拉伯雷小说的实证研究相结合的。他反对将体裁仅仅看成是形式,主张用社会学的观点来看待小说体裁,指出一切小说形式都是同内容相联系的,

---

① 德·扎通斯基:《米·巴赫金最后一部著作》,转引自孔金·孔金娜《巴赫金传》,东方出版社2000年版,第248页。

一切小说形式的产生和变化都是同社会生活的变化相联系的。例如，他指出小说的杂语性不仅是形式问题也是内容问题。小说的杂语性是语言形式问题，但它体现了语言的内在对话性，而这种杂语的出现，这种同单语相对的小说修辞路线的出现，又是同新的时代、新的意识的出现相联系的。

巴赫金小说诗学研究方法的创新更值得重视的是理论研究和历史研究的结合，共时研究和历时研究的结合，这点是许多小说诗学研究者望尘莫及的。巴赫金继承了以维谢洛夫斯基为代表的俄罗斯历史诗学的理论研究传统，继承了维谢洛夫斯基所倡导的"从诗的历史阐明诗的本质"的传统，他的小说诗学研究，他的一系列小说理论的阐述都是从历史层面展开的。比如，有关长篇小说的时空，有关长篇小说时空的本质和特点，他是通过对欧洲长篇小说时空的历史演变的研究而得出结论的。比如，对复调小说特点的认识，他也是通过狂欢体小说的历史演变来加以把握的。由于理论研究是建立在历史研究基础上，巴赫金小说诗学研究所得出的种种结论往往就显得具体、到位，显得有很强的理论说服力。

在了解了巴赫金为小说诗学研究花了巨大的心血，下了极大的功夫之后，需要探究一下巴赫金为什么对小说情有独钟，为什么要把小说诗学研究放到整个诗学研究的重要地位，他在小说研究中寄托了什么文学理想和社会理想，体现了什么文学观念和社会观念。

首先，巴赫金对小说情有独钟是对传统诗学的挑战。从传统诗学的眼光看来，史诗和悲剧是高贵的体裁，而小说则是低俗的体裁，是不能登大雅之堂的。从传统诗学看来，史诗和悲剧是处于文学体裁正宗的、中心的和高雅的地位，而小说则处于文学体裁旁侧的、边缘的和低俗的地位。在《红楼梦》里，我们也看到公子和小姐只能在私下偷偷读小说，公开场合只读四书五经。在这种观念支配下，欧洲传统的诗学，从亚里士多德开始，主要是概括和总结史诗和悲剧的创作。对于小说根本就不屑一顾。中国古代文论主要也是概括和总结诗文创作的"诗文评"，正式的小说理论是很晚以后才出现的。巴赫金对这种现象是十分不满的。他在《史诗与小说——长篇小说研究方法论》（1941）中尖锐地指出，在相当一个时期"小说处于正统文学的门外，过着非正式合法生活"，各种诗学"又都一贯地轻视小说"。① 后来在《〈拉伯雷〉的补充和修改》(1944)中,他又尖锐地批评:"欧洲的文学理论(诗学),是在很狭窄、很有限的文学现象的材料上产生和发展起来。"第一,因为"它形成于文学样式和民族标准语逐渐稳定的时代;这时,文学和语言生活中的重大事件——震撼、危机、斗争和风暴——早已逝去,相关的回忆已经淡漠,一切都已得到解决,一切已稳定下来,当然只是积淀在官方化了的文学和语言之上层",而像希腊化、文艺复兴晚期这样一些时代的文学生活却"没有能反映到文学理论中"。② 第二,"欧洲文学理论,形成于诗歌占优势的时代(在官方化了的文学上层)",在被奉为经典的文学及其体裁之外,许多非经典的体裁是"无处栖身"的。③ 在巴赫金看来,欧洲文学理论(诗学)的偏狭,主要表现在只反映社会稳定时期的官方化了的上层文学现象,只反映占优势地位的文学体裁,却无法反映历史新时代所催生和哺育的、渗透了民间文化的小说体裁,无法反映同新的现实、新的语言、新的思想相联系,充满生命力的小说体裁。巴赫金的这些思想是十分尖锐和深刻的。它对欧洲的传统文学理论(诗学)的大胆挑战,对于文学理论研究、文化史研究都有重大的理论价值。

其次,巴赫金认为小说是最富有生命力的体裁,它对各种体裁产生重要影响,并预示着整个文学发展的前景。

在巴赫金看来,小说体裁最大的特点就在于它的未完成性,它是唯一处于形成中的尚未定型的体裁。而这一特点是来自它同未完结的现实生活的密切联系。他指出:"小说同没有完结的现实打交道,这就使这个体裁不致僵化。"④ 同不断变化的现实生活的密切联系,使得小说的内容和形式随着现实生活的变化而不断变化,永远充满创新精神、永远充满生机和活力。这是为中外小说史所证实的。

由于小说体裁的未完成性,它的不竭的生命力,它必然对其他体裁产生重要的影响。在这里,巴赫金提出了"小说化"这一重要概念。他指

---

① 《巴赫金全集》第 3 卷,河北教育出版社 1998 年版,第 506—507 页.
② 《巴赫金全集》第 6 卷,河北教育出版社 1998 年版,第 578 页。
③ 同上书,第 478—509 页。
④ 《巴赫金全集》第 3 卷,河北教育出版社 1998 年版,第 530 页。

出:"正是现实生活的变化对小说起着决定的作用。也决定了小说在该时代的统治地位。"① 而在小说逐渐成为主导体裁的那些年代里,"在小说的统治时期,几乎所有其他体裁不同程度地'小说化'了"。② 其中发生"小说化"的如易卜生的话剧、拜伦的长诗和海涅的抒情诗等。而这些体裁的小说化主要表现在其他体裁变得自由了一些,可塑性强了一些;语言借助非标准语的杂语而得到更新,出现了对话化;渗进了笑谑、讽刺、幽默、自我讽拟的成分;赋予这些体裁问题性,并同没有定型的、正在形成的现代生活产生密切的关系。在巴赫金看来,所谓其他体裁的"小说化",就是小说体裁在文学体裁中占有"主导地位",占有"统治地位",成为现代文学发展的"主角",并且对其他文学体裁的发展产生了深刻的影响。

正因为小说在文学发展中的重要地位和重要影响,巴赫金认为小说将对文学发展的未来产生重要的影响。他指出:"小说过去和现在从许多方面预示着整个文学的发展前景。因此,小说一占据主导地位,便会促进所有其他体裁的更新,它把自己形成、成长和尚未完结的特点传染给了其他体裁。它威严地把它们都纳入自己的轨道,正是因为这个轨道与整个文学发展的基本方向相一致。"③ 这种"轨道",这种"基本方向"是什么呢?在他看来,就是文学同不断变化的现实生活的密切联系,就是艺术形式的不受规范的束缚,就是艺术形式的不断探索、不断创新。他特别指出,其他体裁的"小说化"并不意味着服从格格不入的体裁规范,而是要它们摆脱一切僵化的东西。

第三,巴赫金钟情于小说,不仅仅是从文学意义上来谈论小说体裁的生命力和影响。他更看重的是小说体裁所体现出的"小说精神"。他着重是从社会政治的角度来张扬小说所具有的反规范的力量,小说所具有的颠覆等级和拉近对象的非凡力量。

美国学者克拉克和霍奎斯特非常敏锐地感受到这一点,他们在《米哈伊尔·巴赫金》一书之中指出,对巴赫金来说,"小说不仅是一种文学

---

① 《巴赫金全集》第3卷,河北教育出版社1998年版,第509页。
② 同上书,第508页。
③ 同上书,第509—510页。

体裁，而且是一种特殊的力量，他称之为'小说性'"。什么是"小说性"呢？作者是这样阐释的："小说是一种认识意义上的不法之徒，是一位文本领域内的罗宾汉。由于任何文化的基本特征都刻印在其文本中——不仅是文学文本，而且是法律和宗教文本——，因此，'小说性'能够瓦解任何社会的官方的或上层的文化。"①

两位美国学者对巴赫金为何钟情于小说，确实有高于他人的深刻见解。不少人在巴赫金小说研究中，也不断地提到"小说性"这个词，并且以为是巴赫金自己提出的。我查遍巴赫金的有关著作，根本不见"小说性"这个词。实际上巴赫金用于概括小说这种非凡力量的词不是"小说性"，而是"小说精神"。尽管在我看来，两者的意思是相近和相通的。巴赫金是在《史诗与小说——长篇小说研究方法论》中，在谈到小说的真正前身"庄谐体"时提到"小说精神"这个词的。他说："'庄谐体'这一概念所包括的所有这些体裁，才是小说的真正的前身。……作为形成中体裁的小说，其真正的精神体现在上述这些体裁里。"接着巴赫金发问："那么，这些庄谐体裁所具有的小说精神是什么呢？"② 根据巴赫金的论述，小说精神包含了以下几方面的内容。一是描写当今的现实性，并且以当今的现实作为视角。小说不同于史诗，它面对当今的现实，第一次不同描写的对象保持很远的距离，即描写过去的生活也是以当今现实作为视角。当今现实不仅是描写对象，更是理解、评价和赋予对象形式的出发点。二是大胆反规范的创新精神。小说不受任何规范的束缚，它既能瓦解和颠覆一切官方文化或上层文化，摆脱一切僵化的东西，又能在同不断变化的现实的联系中不断创新。三是来自民间的小说的笑谑因素具有消除对世界的恐惧和尊崇，消灭等级的距离，把对象拉近的非凡力量。如果说两位美国学者在阐明"小说性"时，更强调它的反规范性和颠覆性。那么巴赫金在阐明"小说精神"时，除了强调它的反规范性和颠覆性，同时也强调它的"把对象拉近的非凡力量"，以及"把对象拉进粗鲁交往领域中"的力量。这就是他所强调的平等对话精神。巴赫金还特别强调，"小

---

① [美]克拉克、霍奎斯特：《米哈伊尔·巴赫金》，中国人民大学出版社1992年版，第335—336页。

② 《巴赫金全集》第3卷，河北教育出版社1998年版，第525页。

说精神"对于"形成欧洲自由的科学认识和形成现实主义艺术创作"的重要意义。他认为如果没有消除对事物、对世界的恐惧和尊崇,"没有无所畏惧的前提,就不可能有现实主义的认识世界"。① 显然,巴赫金所张扬的"小说精神"既是对文学的一种理解和认识,也是对世界的一种理解和认识;既是一种文学观念和理想,也是一种社会观念和理想。

二 小说的特性

巴赫金对小说情有独钟,但研究作为一种体裁的小说和长篇小说,也要面对种种特殊的难题。其中首当其冲的是小说的特性问题,因为它是小说研究的出发点,小说的起源和发展、小说的话语、小说的时空、小说的类型等一系列重要问题都是同小说的特性相关联的。

巴赫金对于小说特性研究的现状是不满的,他指出研究小说的著作多数只限于记录和描述各种小说类型,无法给出一个多少有概括性的定义。因此"体裁问题作为整体并未得到多少令人满意的根本解决"。②

如何把握小说特性呢?巴赫金认为小说、长篇小说是尚未完成的体裁,没有其他体裁那种体裁程式,在历史上起作用的只是一些典范的小说作品。因此,他认为关键不是"规定一个由稳定的体裁特点所构成的体系作为定义",而是"要探索一下这个可塑性最大的体裁有哪些基本的结构特点,是哪些特点决定着它本身变化的方向和它的影响"。③

巴赫金在探索小说特性时,在研究方法方面有两点是值得重视的。一是从小说的历史发展来探索的特性。他研究欧洲小说的发端和历史发展,研究欧洲小说修辞发展的两条线索,研究小说时间形式和空间形式的历史发展,特别是拿小说和史诗做历史比较。正是从小说的历史发展中,巴赫金把握住了小说多语性和时代性等一系列重要特性。"用诗的历史来阐明诗的本质",这是俄罗斯19世纪大学者维谢洛夫斯基研究文学理论的重要方法,巴赫金的小说研究继承的正是这种"历史诗学"的方法。二是

---

① 《巴赫金全集》第3卷,河北教育出版社1998年版,第526页。
② 同上书,第510页。
③ 同上书,第513页。

重视小说家的小说创作实践以及他们对小说创作实践的经验总结和理论概括。理论源于实践,离开小说创作实践和总结,是无法对小说特性做出科学的概括的。他指出小说家们给小说下的定义和论说"倒更有意思得多,也更始终一贯",因为"这类论说并不企图用一个折衷的定义涵盖一切小说类型,但其本身都参与了小说体裁的实际形成过程。这类论说常常能深刻准确地反映出小说在其特定发展阶段上同其他体裁的斗争(自身是指采用其他占统治地位和一时风行的小说类型)。作家的论述已经接近于理解小说在不同于其他体裁的特殊地位"。[①] 比如菲尔丁关于自己小说《汤姆·琼斯》的论述,维兰德关于《阿伽通的故事》的序言,以及小说家围绕《威廉·麦斯特》和《路琴德》的大量论述,都对小说提出了种种要求,其中有如小说不应当具有英雄化、程式化的"诗意",主人公不应当是定型不变的"英雄"人物,他应当把正面和反面、低下和崇高、庄严和诙谐融于一身等。巴赫金认为小说家们这些来自小说创作实践的理论论述是"小说自我认识所达到的高峰之一",它们虽然不是小说理论,也不具有哲学深度,但"它们对小说这一体裁的本质说明,如果不优于,至少也不亚于现有的各种小说理论"。[②]

在研究小说、长篇小说发展历史的基础上,在总结小说家的小说创作经验和理论探索的基础上,巴赫金对小说的特性进行了具体的描述和研究。

1. 未完成性

巴赫金在描述小说体裁的特征时,首先指出它的未完成性。这真是一语道破小说体裁的根本特征。他指出研究小说体裁、长篇小说体裁是相当困难的,这是"因为长篇小说是惟一的处于形成中而还未定型的体裁",[③] "小说不仅仅是诸多体裁中的一个体裁,这是在早已形成和部分地已经死亡的诸多体裁中惟一一个处于形成阶段的体裁"。[④]

在他看来,小说体裁的未完成性主要表现在可塑性、反规范性和自我

---

① 《巴赫金全集》第3卷,河北教育出版社1998年版,第511页。
② 同上书,第513页。
③ 同上书,第505页。
④ 同上书,第506页。

批判意识三个方面。

首先是可塑性。

从文学发展的历史来看，其他体裁，如史诗，悲剧，都有自己的程式，都有自己稳定不变的骨架，而很少可塑性。这些体裁随着文学的发展也得到不断发展，但体裁总的骨架，总的程式是稳定不变的。而小说则不同，从小说史来看，小说只有典范的作品，没有固定的体裁程式。文学理论对付其他体裁是"信心十足，切中要害"，因为"这些体裁在其发展过程中的整个古典时期，一直保持着自己的稳定性和程式化，而不同时代不同流派、派别导致的各种变体，都是表面现象，不触及它们的坚定的体裁骨架"。① 所以亚里士多德的诗学至今仍然是体裁理论所依据的不可动摇的基础。可是文学理论只要一碰到小说，就表现得完全束手无策，走投无路。文学理论家们一直试图揭示出小说体裁的内在程式，即由哪些稳定的特征所形成的体系，但始终无法得出令人信服的概括，结果只好像巴赫金所说的给种种小说体裁特征加上"附加保留条件"，例如，小说是多布局的体裁，但也存在单布局的小说；小说是要有情节的，但也存在淡化情节的小说；小说是散文体裁，但也存在诗体小说；小说是问题体裁，但大量小说也纯粹以趣味取胜。这样一来，种种小说"体裁特征"就被研究者所附加的保留条件化为乌有了。

其次是反规范性。巴赫金认为："小说从本质上说就不可用范式约束。"② 在某些时代，正统文学中的所有体裁都相互补充，整个文学是一个多种体裁汇合的和谐的整体，而"小说从来都不进入这个整体，不参加到各种体裁的和谐生活中去。在这些时代，小说处于正统文学的门外，过着非正式合法的生活"。③ 同时，各种诗学（亚里士多德、贺拉斯、布瓦洛）也都渗透着深刻的文学整体感和所有体裁相互结合的和谐感。而所有这些诗学又都必然一贯地轻视小说。有意思的是，小说体裁不仅同其他体裁不和谐，而且从创作上和理论上对其他体裁持强烈的批判态度。巴赫金指出，特别是在18世纪，伴随着新型小说的出现，小说家们阐明了

---

① 《巴赫金全集》第3卷，河北教育出版社1998年版，第510页。
② 同上书，第544页。
③ 同上书，第506页。

自己对小说体裁的看法和要求，而这些看法和要求都是同史诗和悲剧固有的规范相对立的，如小说不该具有其他体裁所固有的"诗意"；小说主人公不该是史诗和悲剧意义的"英雄"人物，而应该把正反、高低、庄谐融为一体；小说主人公不该是定型不变的，而应该是成长和变化的；小说在现代世界所起的作用应该像史诗在古代所起的作用一样。巴赫金认为这些对小说的要求一方面是对其他体裁和它们对现实态度的原则性批判（矫揉造作的英雄化、程式化、狭隘而无生气的诗意，情调单一平淡而且抽象、主人公定型不变），另一方面则是小说自我认识所达到的高峰的一种表现。① 巴赫金还谈到，"在小说统治时期，几乎所有其他体裁都'小说化'了"②，如易卜生的戏剧、拜伦的长诗、海涅的抒情诗等。这些体裁的"小说化"表现在：体裁的可塑性强了，语言借助非标准语的杂语，出现对话化，渗进笑谑、讽刺、幽默和自我讽拟的成分；同未完结的现代生活的联系等。即使如此，巴赫金尖锐指出："其他体裁的小说化，不意味着服从格格不入的体裁规范。相反，这恰恰使它们摆脱一切程式化的僵死的、装腔作势的、失去生气的东西，即阻碍它们自身发展的一切东西；摆脱一切使它们连同小说变为某些陈旧形式模拟体的东西。"③

　　第三是自我批判。巴赫金指出对直接体裁和风格的讽刺性模拟，在小说中占有重要的地位。在小说创作高涨时代，文学充满对所有崇高体裁的讽刺模拟和滑稽化。如讽拟骑士小说，讽拟巴洛克小说，讽拟牧人小说，讽拟感伤小说。但是，重要的是，"小说从来不让自己任何一个变体稳定不变"。巴赫金说："这种自我批判态度，是它在体裁形成过程中一个极好的特点。"④

　　在指出未完成性是小说的根本特性之后，巴赫金又对把小说当作整体在现代文学发展过程中居主导地位、正在形成的体裁加以考察，探索这个可塑性最大的体裁所具有和基本的结构特点。他指出：

---

① 《巴赫金全集》第3卷，河北教育出版社1998年版，第512—513页。
② 同上书，第508页。
③ 同上书，第544页。
④ 同上书，第508—509页。

我发现有三个这样的基本特点，它们使长篇小说根本区别于一切其他的体裁：（1）长篇小说修辞上的三维性质，这同小说中实现的多语意识相关联；（2）小说中文学形象的时间坐标发生了根本的变化；（3）小说中进行文学形象的塑造，获得了新的领域，亦即最大限度与并未完结的现时（现代生活）进行交往联系的领域。①

这三个基本特点概括了长篇小说形成的三个基本因素，概括了决定长篇小说本身变化和发展方向的基本因素。这三个基本特点，概括来说，就是时代性（表现生活的特殊性同当代生活的联系、小说时空的根本变化）、多语性（小说话语的特殊性、语言的多语性、杂语性）、新的人物形象（小说人物形象的特殊性，人物形象在小说中得到改造，人物的未完成性，内在矛盾性，高度的个性化）。

特别需要指出的是，巴赫金认为这三个特点不是毫不相关的、相互割裂的，而是"相互有机地联系在一起，而且它们都是受欧洲人历史上一个特定转折关头所决定的"。② 也就是当欧洲进入摆脱了封闭、僵化的封建宗法制，进入不同民族相互交往的新时代，才有可能产生小说、长篇小说这一新的体裁。正是新的时代、新的文化、新的文学创作意识，才带来小说创作的多语现象和新的人物形象的产生。下面分别谈谈时代性、多语性和新的人物形象这三大特征。

2. 时代性

巴赫金明确指出小说体裁的未完成性是源于它同没有完成的、正在形成的现代生活的密切联系。他指出："正是现实生活中的变化对小说起着决定的作用……小说是处于形成过程的惟一体裁，因此它能更深刻、更中肯、更敏锐、更迅速地反映现实本身的形成发展。"③

在《陀思妥耶夫斯基诗学问题》中，巴赫金谈到复调小说的源头和小说体裁形成的最早阶段——古希腊罗马的庄谐体体裁时，就指出"其第一个特点就表现在同现实的一种新关系上：它们的对象、或者说它们理

---

① 《巴赫金全集》第3卷，河北教育出版社1998年版，第513页。
② 同上。
③ 同上书，第509页。

解、评价和表现现实的出发点（这点尤为重要），是十分鲜明、时常又是十分尖锐的时代性"①，拿这种体裁同史诗和悲剧相比，它不是回溯到神话般遥远的过去，而是反映现实生活，同现代人进行交谈、对话，即使是神话人物和历史人物也被有意地写得很现代化。在分析庄谐体的一个重要形式——梅尼普体时，巴赫金也指出它的重要特点是"现实的政论性……能对当时的思想现实作出尖锐的反应"。在这些作品中充满对当代各种思潮、流派的辩论，充满各种当代著名人物的形象，社会各阶层中新生的社会典型，还触摸到日常生活新的发展趋向和总的时代精神。因此，"新闻性、政论性、讽刺性、尖锐的现实性——这些在或多或少的程度上同为梅尼普体所有代表人物的特点"。②

后来，在《史诗和小说——长篇小说研究方法论》、《长篇小说话语的发端》等著作中，巴赫金又对小说体裁的时代性特征作了进一步深入的分析。巴赫金指出小说体裁的出现同世界历史的新时代有血缘关系。他说："这是世界历史新时代所诞生和哺育的惟一一种体裁，因此它与这个新时代有着深刻的血缘关系。"③ 那么新时代指的是什么时代？新时代的新的文化意识和文学创作意识的特点又是什么？它同小说体裁的时代性特征又是什么关系？巴赫金认为把未完成的当代作为思想艺术关注的中心是创作意识的一次巨大变革，正是这种变革奠定了小说体裁、长篇小说体裁的基础。这个时间是在希腊罗马古典时期同希腊化时期相交之际。到了新时代，新世界则是中世纪晚期和文艺复兴时期。这个新时代的主要特征是多语世界和多语现象的出现，世界不是单一的而是多语的，语言也不是单语的而是多语的。他说："新的文化意识和文学创作意识，存在于积极的多语世界中。世界一劳永逸变成多语世界，再无反顾。不同民族语言闭目塞听，不相往来的共存阶段，宣告结束了。"④

为了进一步说明小说体裁的时代性特征，巴赫金又拿小说同史诗作了深入的对比。

---

① 《巴赫金全集》第3卷，河北教育出版社1998年版，第158页。
② 《陀思妥耶夫斯基诗学问题》，三联书店1988年版，第171页。
③ 《巴赫金全集》第3卷，河北教育出版社1998年版，第506页。
④ 同上书，第514页。

第一，史诗描写的对象是"绝对的过去"，是民族历史的"根基"和"高峰"构成的世界，是"先驱"和"精英"的世界。史诗是已经完成的体裁，甚至是已经僵化，几近死亡的体裁。而小说描写的对象是现代的生活，是当代现实和它的新鲜的经验，是充满生机和活力的现实生活，小说体裁是未完成的，尚未定型的体裁。巴赫金指出："要在自身和自己同时代人相一致的评价水平和时间层面上描绘事件（因此就是在个人经历和虚构的基础上描写事件），就意味着实现根本的转变，从史诗的世界跨进小说的世界。"①

第二，史诗依靠是传说，传说是史诗的源泉，而传说基本的创作力是记忆，作者是无名的。从根本上讲它同个人经历无关，也不允许有个人的认识、观点和评价。而小说依靠的是现实生活，现实生活是小说的源泉，因此"经验、认识和时间（未来）——这三者才决定着小说"。② 小说的基本创造力不是记忆，"小说依据的基础是个人的体验和自由的创作虚构"。③ 小说家个人的经历、个人的体验、个人的观点和评价、个人的艺术创作力受到高度的重视。正是从这个意义上讲，他认为"同小说一起而且也是在小说之中，一定程度上小说是诞生了整个文学的未来"。④

第三，史诗将"绝对的过去"作为描写的对象，就决定了史诗远离当代，决定了史诗距离的性质。史诗封闭于自身之中，就永远同现时隔绝，同个人经验，同一切新知，同个人的主动性、创造性，同新的视角和评价隔绝。正是有了史诗距离，史诗的世界就是拒绝一切变动，就是彻底完成的，也只能虔诚地接受。而小说则不然，小说把现实作为描写对象，第一次不再同文学的描写对象保持很远的距离。正是在这种消除距离的过程中，把描写对象拉近，变有距离的、尊崇的对象为亲昵交往的对象，最终为认识世界、个人体验和自由虚构创造了条件。

巴赫金在通过长篇小说和长篇史诗的对比、史诗和小说的对比，阐明小说现代性的特性时，有三个重要的观点是值得重视的。

---

① 《巴赫金全集》第3卷，河北教育出版社1998年版，第516页。
② 同上书，第518页。
③ 同上书，第541页。
④ 同上书，第544页。

首先，他认为小说的现代性不仅表现在以当今现实作为描写的对象，更重要的是把当今现实当作视角，"当作理解、评价和赋予它们形式所依据的出发点"。① 也就是说，小说可以描写当今现实，也不排斥描写以往的生活，但都必须以当今现实作为视角，用现代的观点加以理解和评价，但是小说描写过去，决不是将过去现代化，当代现实就不应该渗透到描写的内容里面，"当代现实以及它的新鲜经验，仅仅留在观察的形式中，隐蔽在深处，体现在这种观察的敏锐、宽阔、生动之中"。② 巴赫金高度重视现代性作为小说特性的重要意义，他说："把尚未完结的现时，作为一个出发点和思想艺术关注的中心，这在人们创作的意识中是一次巨大的变革"。③ 其重要意义在于"小说同没有完结的现时打交道，这就使这个体裁不致僵化"。④

其次，他认为小说的现代性不仅是实践范畴，而且是价值范畴。这是巴赫金对小说现代性的深刻理解。在谈到史诗把"绝对的过去"当成描写对象时，他指出："绝对的过去，这是一个特殊的评价（等级）范畴。对于史诗型的世界观来说，'根基'、'先驱'、'创始人''祖先'、'从前有过'等等，都不是纯粹的时间范畴，而是评价兼时间的范畴。"⑤ 对于史诗来说，过去的一切都是好的，史诗的绝对过去是美好事物的源泉和根基，而对于小说来说，它把现代当作主要描写对象和视角，小说要肯定的是充满变化，充满生机和活力的现代。

再往深一层分析，巴赫金认为崇高的体裁、史诗的体裁，由于将过去加以理想化，将统治力量和道理都形诸"过去"这个价值范畴之中，形诸保持距离和遥远形象之中，因此具有官方性质。而小说体裁由于同现实生活的紧密联系，"都同永远新鲜的非官方语言和非官方思想（节日的形式，亲昵的话语，亵渎行为）联系在一起"。⑥

---

① 《巴赫金全集》第 3 卷，河北教育出版社 1998 年版，第 526 页。
② 同上书，第 533 页。
③ 同上书，第 543 页。
④ 同上书，第 530 页。
⑤ 同上书，第 517—518 页。
⑥ 同上书，第 523 页。

3. 杂语性

巴赫金认为杂语性体现了小说体裁的本质,而杂语性又同时代性相联系。小说体裁的出现和发展,是同社会的转型、语言和思想的稳定体系出现解体相联系的,新的文化意识、文学意识和文学创作意识是存在于积极的多语世界之中。

巴赫金在谈到小说形式的最早的阶段——古代希腊罗马的庄谐体时,就指出它的重要特点是"杂体性和多声性"。[①] 它不同于史诗、悲剧那种修饰的统一,具有代表性的特点是:叙事的多语调和庄谐结合,常采用插入性体裁(如书信、手稿),对崇高文体的讽刺性摹仿,散文语言与诗歌语言的混杂,采用方言和行话,对于作为文学材料的语言形成一种新的态度等。

在《长篇小说的话语》(1934—1935)、《长篇小说话语的发端》(1940)、《史诗与小说——长篇小说研究方法论》(1941)等著作中,巴赫金对小说体裁的杂语性作了深入的研究。

拿小说同史诗作比较,巴赫金认为史诗是单一语言的,统一语言的,而小说的出现和发展则是以社会性的杂语现象作为前提和基础的。他说,史诗话语,"只是一个统一的作者的话语",史诗的世界也是具有一个统一和唯一的世界观。而且,在大多数诗歌体裁中,"语言体系的完整统一,体现于其中诗人语言个性和言语个性的完整统一(这里的个性并且是独一无二的),这两者是诗歌风格必备的前提"[②]。小说体裁则大不相同,"长篇小说作为一个整体,是一个多语体,杂语类和多声部的现象"[③]。小说的语言在于不同语言的组合,小说的风格在于不同风格的组合。在巴赫金看来,小说的杂语性归根到底是源于社会性的杂语现象,而小说则是"用艺术方法组织起来的社会性的杂语现象,偶尔还是多语种现象,又是个人独特的多声现象"[④]。在统一的民族语言内部实际上是分成各种社会方言,职业行话,各种文体的语言,各种年龄的语言,各种政治语言。这种语言的内在分野就是小说体裁存在的条件。事实上,小说正

---

① 《巴赫金全集》第5卷,河北教育出版社1998年版,第142页。
② 《巴赫金全集》第3卷,河北教育出版社1998年版,第42页。
③ 同上书,第39页。
④ 同上书,第40页。

是通过社会性的杂语现象以及以此为基础的个人的独特的多声现象来把握自己所描绘的题材、人物和主题。在小说中,社会杂语是借着作者语言、叙述人语言和人物语言而进入小说的统一体,其中每个统一体都有多种社会声音以及多种声音之间的联系。因此,巴赫金指出:"不同话语和不同语言之间存在这类特殊的联系和关系,主题通过不同语言和话语得以展开,主题可分解为社会杂语的涓涓细流,主题的对话化——这便是小说修辞的基本特点。"①

具体来说,小说如何把社会杂语艺术地组织到作品中,并因以折射作者的创作意图呢?巴赫金认为主要有以下几种方法。

第一,语言的混合。

什么是语言的混合呢?巴赫金说:"这是两种社会性语言在一个表述范围内的结合,是为时代或时代差别(或兼而有之)所分割的两种不同的语言意识,在这一表述舞台上的会合。"② 这种语言的混合,在表面上看来是两种语言的混合,而其背后则是两个意识、两个声音、两个语调,甚至是对世界的不同观点。因此巴赫金指出:"有意为之的艺术混合是意义上的混合,但又不是抽象的意义混合、逻辑混合(如雄辩术那样),而是具体的社会性的混合。"③ 由于这种语言的混合,自然产生语言内在的对话性。语言的混合、引进和组织杂语最醒目和最重要的形式,是由所谓幽默小说提供的,它的代表在英国是菲尔丁、斯摩莱特、斯特恩、狄更斯和萨克雷等人。在这种小说中为讽刺及摹拟各种体裁语言、职业语言的用法,还不时穿插体现思想和评价意向的作者语言。"其作品几乎每一部全是标准语一切层次一切形式的百科全书"。④

第二,引用叙述人的语言和主人公的语言。

引用叙述人(或假定作者)的语言也是引进和组织杂语来折射作者的创作意图的主要形式。其中如普希金《别尔金小说集》中的别尔金,莱蒙托夫《当代英雄》中的马克西姆·马克西梅奇,果戈理《鼻子》和

---

① 《巴赫金全集》第 3 卷,河北教育出版社 1998 年版,第 41 页。
② 同上书,第 146 页。
③ 同上书,第 148 页。
④ 同上书,第 83 页。

《外套》中的叙述人。叙述人的视角有积极的作用，它既能使描写对象呈现出新的侧面，又从新的侧面来展现"通常"的文学角度。作者既不在叙述人的语言中，也不在通常的标准语中，他在自己作品的每一个因素中都充分利用不同语言的这种相互呼应和相互对话。正是通过这两种视角和两种语言的对应和对话，才得以展示作者的意图。

小说引进和组织杂语的另一种形式则是主人公的语言。巴赫金指出，小说具有一定独立性的主人公的话语是用人物语言讲出的他人话语，这也可以折射出作者的意图，在一定程度上可成为作者的第二语言。不仅如此，"人物语言几乎还总是给作者语言以影响（有时是很强大的影响），把他人的话语（人物的隐蔽的他人话语）散布在作者语言中，通过这种办法使作者语言出现分化，出现杂语性"[1]。以屠格涅夫小说的语言为例，表面看上去是统一和干净的语言，实际上远非清一色的。巴赫金说："这个语言的基本部分，被卷进了不同人物之间的观点、评价、语气之争。这个语言充满不同人物相互争斗的意向，到处出现分化；这个语言中星罗棋布地渗透了他人意向的词语、字眼、提法、定义、形容语：作者并不完全同意这些他人意向，但却通过这些他人意向来折射自己的意向。"[2]

第三，插进不同的体裁。

巴赫金指出："长篇小说允许插进来各种不同的体裁，无论是文学体裁（插入的故事、抒情剧、长诗、短戏等），还是非文学体裁（日常生活体裁、演说、科学体裁、宗教体裁等等）。从原则上说，任何一种体裁都能镶嵌到小说的结构中去；从实际看，很难找到一种体裁是没被任何人在任何时候插到小说中去。"[3] 这种情况我们经常都能看到，如普希金的《叶甫盖尼·奥涅金》插进连斯基的诗句，歌德的《威廉·迈斯特》插入短诗，陀思妥耶夫斯基的《群魔》插入上尉列比亚特金的诗作等。问题是插入体裁对小说起什么作用。巴赫金指出两点：一是不仅能左右小说的结构，而且能形成一些特殊的小说类型，如诗体小说，自白小说，日记体小说，书信体小说等。二是这些插进小说的体裁都给小说带来自己的语

---

[1] 《巴赫金全集》第 3 卷，河北教育出版社 1998 年版，第 99 页。
[2] 同上书，第 100 页。
[3] 同上书，第 106 页。

言，因此就分解了小说的语言统一，重新深化了小说的杂语性。

上面对小说杂语性以及社会杂语性如何艺术地组织到作品中作了分析。从中可以看出小说的杂语性主要表现为多语言性，多风格性，多语调性。而这一切都源于社会的杂语现象和多声现象，正如巴赫金所说："多声现象和杂语现象进入长篇小说，在其中构成一个严谨的艺术体系。这正是长篇小说体裁独有的特点。"① 在谈到小说体裁的杂语性时，巴赫金更进一步指出杂语进入小说之后形成了小说内在的对话性，这才是小说体裁区别于史诗等其他体裁的最根本的特征。在拿小说同诗歌对比时，巴赫金指出，诗歌是从语言的一切因素中抽掉他人意向和语调，消除社会杂语和多语的痕迹，于是形成诗歌语言的严格统一。而小说是"采纳标准语外的杂语和多语进入作品，但不削弱这种现象，反促进其深化（因他这样做有助于语言获得独立和自我意识）。就是靠语言这种分化，靠语言的杂语现象甚至多语现象，作者才建立起自己的风格，而与此同时又保持了自己统一的创作个性，保持了自己风格的完整统一（自然是另一种性质的统一）"② 巴赫金认为不管用什么形式引进杂语，都会形成一种双声语，一种内在的对话性。在小说内部包含着潜在的对话，究其本质是两种语言，两种声音和两种世界观的对话。因此他提出："如果说诗歌理论的中心课题，是诗歌形象的问题，那么小说理论的中心课题，便是多种类型的内在对话化的双声语问题。"③

4. 新的人物形象

巴赫金认为随着小说时间配置的变化，随着小说由史诗的描写"绝对的过去"转向描写未完结的现代，随着小说人物形象的时间坐标发生根本变化，小说的人物形象也发生了重要而深刻的变化，小说人物形象得到了根本改造，新的人物形象出现了。他拿小说和史诗的形象相比较，指出小说人物形象出现了一系列重要的特征。

在史诗这类崇高的久远的体裁中，人物是久远时代的绝对过去时的形象。这种人物形象一是完完全全完成了的人物，是很高层次上的英雄形

---

① 《巴赫金全集》第3卷，河北教育出版社1998年版，第81页。
② 同上书，第79页。
③ 同上书，第116页。

象，因此是很难改变的，很难有变化。二是完全外形化了的。他的真正本质同外在表现是毫无差别的。他身上没有外壳和内容之分，他的一切意向和潜力彻底体现于他的社会地位和整个命运之中。他对自己的看法同别人对他的看法是完全一致的。他身上无可探索，也谈不上自我揭露。三是缺乏任何思想观念上的主动精神，史诗中的人物只有一种统一的也是唯一的完全现成的世界观，只有一种统一的又是唯一的语言。这就限定了人物的个性化。巴赫金尖锐地指出："史诗中人的上述特点（基本上也是其他体裁所共有的特点），使人的这种形象获得了特殊的美感、完整性、极端的明确性和艺术的完美性。然而它们同时也使人们在人类生存的新条件下，产生了局限性，并在一定程度上显得缺乏生气。"①

当史诗的距离被打破，当把人的形象从久远的层面转到现时的尚未完结的层面，巴赫金指出，这便导致在小说中，以至于后来在整个文学中，人的形象发生了根本的改造和深刻的变化。第一，人的形象开始出现不同方面互补协调，互不一致的变化，人不再与自身完全吻合了。长篇小说一个基本的内在的主题，恰恰就是："主人公其人同他的命运和境况不吻合"。② 一个官吏不能始终是一个官吏，一个地主不能始终是一个地主。小说同未完成的现实生活发生联系，它的人物也必然不断变化，必然要有充沛的精神和潜力，不可能是完全和谐一致的。第二，人物内心和外表，人物的内核和外壳之间出现了严重的不一致和分歧，人的主观性、人的内心世界、人的内心矛盾成了体验和描写的对象，成了可以探索和表现的对象。这样一来，正如巴赫金所指出的："史诗（以至悲剧）人物的完整性在小说中就这样解体，与此同时又在人类发展的更高阶段上开始酝酿人的一种新的复杂性和整体性。"③ 第三，小说中的人物获得了思想和语言上的主动权，使得人物形象获得高度的个性化。总之，小说人物形象的根本改造，小说人物形象的可变性，内在和外在的矛盾，以及高度的个性化，克服了史诗人物形象的僵化，使得小说人物形象获得了生机和活力。

---

① 《巴赫金全集》第3卷，河北教育出版社1998年版，第539—540页。
② 同上书，第541页。
③ 同上书，第542页。

第 五 章

巴赫金的历史诗学

　　历史诗学是巴赫金诗学中最具有特色的重要组成部分。
　　理论诗学和历史诗学是诗学研究不可分割的两个组成部分。俄罗斯学者哈利泽夫在《文学学导论》中指出，理论诗学的研究对象是"作品的构成结构与功能，以及文学的类型和体裁"，历史诗学的研究对象则是"拥有世界文学品位的那些作家的语言艺术形式与创作原则的演变"。[①] 在巴赫金看来，理论诗学和历史诗学是辩证统一的、不可分割的。理论诗学也应当是历史诗学，任何理论问题都只能通过具体的历史材料加以解决，每一理论问题均须作历史考察。在文学研究中共时研究方法和历时研究之间应有不可分割的联系和严格的彼此制约。这两种研究的结果是相互检验的，也是相互得到印证的。
　　由于在诗学研究中占有重要地位，历史诗学研究无论在俄罗斯或在全球，越来越引起重视。俄罗斯学者别尔尼德科夫院士早在20世纪80年代就指出，从20世纪60年代以来，历史诗学就成为科学院下设的文学研究机构（高尔基世界文学研究所和俄罗斯文学研究所）"最主要、最有价值的科研方向之一"[②]。赫拉普钦科院士在展望文艺学的前景时也认为："在我看来，如果把文学研究的历史起源研究和它的历史职能研究有机结合起来，再加上深入到作品内部结构的诗学研究，那将是真正的有发展前途的

　　[①] 哈利泽夫：《文学学导论》，北京大学出版社2006年版，第196—197页。
　　[②] 梅·别尔德尼科夫：《荣获各民族友谊勋章的苏联科学院高尔基世界文学研究所》，《苏联文学》1985年第4期。

文艺学科。"①

俄国的历史诗学研究有深厚的传统,是由维谢洛夫斯基开创的。19世纪下半期至20世纪初,俄国文艺学学院派的代表人物维谢洛夫斯基(1838—1906)就在其代表作《历史诗学》(1870—1906)中,对文艺的起源,文学的样式、体裁的形成和演变,情节史,修饰语史,以及诗歌语言风格,对比手法等一系列诗学基本理论问题进行追根溯源的历史研究,提出历史诗学的中心课题在于阐明"诗的意识及其形式的演变",历史诗学的基本任务是"从诗歌的历史中阐明它的本质"。他的研究突破了传统的规范化的思辨诗学体系的模式,开辟了文学理论研究和历史研究相结合的新方向。对俄罗斯文艺学乃至世界文艺学的发展产生了深远的影响。

巴赫金的历史诗学继承了维谢洛夫斯基历史诗学的传统,非常重视历史研究、实证研究和形式结构研究,并在这个基础上从理论上辩证地阐明共时研究和历时研究、理论研究和历史研究的相互关系,重视从艺术形式结构出发揭示艺术历史发展的内在规律,研究文化,特别是民间文化对艺术形式和艺术原则发展的影响。在实践上,他运用历史诗学研究的理论和方法,通过对小说语言、小说时空、小说类型精细的历史分析,深入阐明小说的本质和特征,为小说研究做出了重要贡献。巴赫金的历史诗学研究对俄国历史诗学的传统有继承,有坚持,有发展,同时具有自己鲜明的特色。他在一系列个案研究中所阐明的历史诗学研究的理论和方法,对于历史诗学的研究,乃至对整个文艺学研究,都有重要的启示。

十月革命后,历史诗学研究继续发展,其中有一段时间受到批判,出现一定的停滞。到了20世纪70—80年代,历史诗学又受到重视,出现了一些专著。科学院文学所召开历史诗学研究历史总结和发展前景的专门学术研讨会,赫拉普钦科院士提出建立马克思主义历史诗学的问题和设想。

俄罗斯历史诗学的研究对于当下文论走出困境,开拓新的境界有重要启示。

---

① 刘宁:《当代苏联文艺学发展趋势——访苏联文艺学家米·鲍·赫拉普钦科》,《文艺研究》1987年第1期。

一 俄罗斯历史诗学的传统——
维谢洛夫斯基的历史诗学

亚·尼·维谢洛夫斯基（А. Н. Веселовский，1838－1906）是俄国文艺学学院派最杰出的代表，俄国历史比较文艺学和历史诗学的创始人，被认为"俄国比较文学之父"。他的代表作《历史诗学》（1870—1906）提出用历史比较的方法建立总体文学史和历史诗学体系的任务。他的研究对巴赫金，对俄国文艺学诗学乃至对世界文艺学诗学产生了重要和深远的影响。正如科学院院士希什马辽夫所说："我们常常引用现成的思想和原理，有时甚至完全不明白或忘记了这些都同维谢洛夫斯基有关。"[①]

要了解维谢洛夫斯基的历史诗学理论和方法，首先必须了解他的美学观和文学史观。

维谢洛夫斯基的美学观继承了俄国革命民主主义唯物主义美学的传统，同时吸收了俄国学院派文艺学中历史文化学派的合理因素。历史文化学派在俄国的兴起同社会民族意识的高涨，社会对文化史发展的关注和历史主义观念在文艺学中的成熟相联系。他们把文学看成是民族历史生活的反映，认为要了解文学艺术作品就必须了解作家艺术家所属的时代的世界观和风俗。他们认为文学史是整个社会史的一部分，试图通过文学来考察社会自我意识的增长。社会文化历史学派的局限是忽视文学的特殊性，把文学溶化于社会思想文化之中。他们所写的文学史充满社会历史文化分析，很难找到纯文学的分析，使文学史失去了清晰的轮廓和明确的研究对象。维谢洛夫斯基一方面继承了历史文化学派，认为文学艺术是人类历史的变化着的社会文化生活的反映，必须到社会文化史中去寻找理解文学史的钥匙。他在1895年的一篇日记中写道："社会产生诗人，而不是诗人产生社会。历史提供了艺术活动的内容，孤立地发展是不可思议的，至少艺

[①]《苏联科学院通报》1938年第4期，第39页，转引自《俄国文艺学学史》，三联书店1987年版，第164页。

术发展是不可思议的。"① 另外一方面，维谢洛夫斯基克服历史文化学派忽视文学特性和规律的缺陷，强调文学史应当重视艺术表现形式，将把握艺术形式变化的规律视为首要任务。

维谢洛夫斯基反对把文学史变成"无主之物"的地带，好像谁都可以进去涉猎一番，从中攫取一些东西。虽然这些货色或猎物贴着同样的标签，但内容却大相径庭。他指出文学史应当重视形式和形式演变的研究，他说：

> 文学史，就这个词的广义而言，这是一种社会思想史，即体现于哲学、宗教和诗歌的运动之中，并用语言固定下来的社会思想史。据我看来，如果在文学史中应当特别关注诗歌的话，比较研究的方法就会在一个较为狭窄的范围内为文学揭示出一个崭新的任务——考察生活的新内容，这一随着新的每一代人而涌现的已有因素，怎么渗透到各种旧的形象、这些必然的形式中去。而任何一种以往的发展都必然会体现在这些形式之中。②

> 什么是文学史？关于文学史最受青睐的见解之一，也许可以归结为大致如下定义：体现于形象——诗意体验及其表现形式之中的社会思想史。③

这两段话清楚地表明了维谢洛夫斯基的文学史观。指出文学史是广义的社会思想史，文学史是源于社会生活的，文学史是同社会生活，同社会思想史不可分割的，这就同那种过分强调文学独特性的主观唯心的文学史划清界限。而进一步明确文学史应着重研究艺术形式的演变，应着重研究文学形象的诗意体验及其艺术表现形式在历史发展中的辩证统一关系，这也同文化历史学派片面强调文学史与社会思想史的同一性而忽视文学的特

---

① 《悼念科学院院士亚·尼·维谢洛夫斯基》，彼得堡，1921年，第65页；转引自《俄国文艺学史》，三联书店1987年版，第166页。
② 维谢洛夫斯基：《历史诗学》，百花文艺出版社2003年版，第14—15页。
③ 同上书，第30页。

性和规律的缺陷划清了界限。这样,维谢洛夫斯基就把文学史研究中的内容因素和形式因素统一起来,明确了文学史研究的方向和任务,其中关于内容的自由和形成的必然构成文学发展的本质的重要论断受到了理论界的高度重视。M. 弗列登别尔指出:"毫无疑问,维谢洛夫斯基所探讨的中心问题是形式和内容的相互关系问题……维谢洛夫斯基是在同生活事实打交道,并认为它们在文学因素上的建构可以超越意识形态而发挥直接作用;他是按照文化历史的精神来理解这些事实的;它们构成了形式的,包括情节的起源,整个文学都同它们处于因果相互关系之中。"① 这就是说,文学离不开内容和形式的相互关系,而文学史的发展也离不开内容与形式相互关系的辩证统一。

正是在这种科学的文学史观的指导下,维谢洛夫斯基提出了历史诗学的理论和方法,而历史诗学的理论和方法也正是为了保证科学文学史的实现。

历史诗学的研究对象和研究中心是什么?维谢洛夫斯基认为是"诗的意识及其形式的演变"。② 他认为要使文学史从思想史分化出来,就必须明确文学史的研究对象,也就是说文学史不仅要研究诗的意识和演变,也要研究艺术形式的演变,而且二者是辩证统一的。在人类历史上随着社会生活的变化,随审美意识的变化,逐渐形成如史诗、抒情诗、戏剧等文学样式,以及情节、修饰语、韵体等艺术手段。而每个时代的人们都要用对新的生活的新的诗意体验来改造、充实和丰富这些艺术形式和艺术手段。历史诗学就是要研究由诗的意识的变化引起的艺术形式的变化,并从中寻找艺术发展的规律。

那么,历史诗学的研究目的和任务又是什么呢?维谢洛夫斯基在《历史诗学》"导论"中谈道:"几年前,我在大学和高等女子学校所讲授的课程,都具有为文学史的研究方法,为归纳的诗学收集材料的用意,这种诗学能够排除它的思辨体系,为的是从诗歌的历史中阐明它的本质。"③ 这段话对于理解维谢洛夫斯基的历史诗学是至关重要的,它包含以下几方面的内容。

---

① 转引自《历史诗学》,百花文艺出版社 2003 年版,第 28—29 页。
② 同上书,第 30 页。
③ 同上。

首先，历史诗学是针对规范化的诗学，是针对"文学史的各种思辨理论"。西方的古典诗学一直是一种规范化的诗学，一种思辨的诗学。它只是依据文学经典推导出一系列文学创作的原则和文学批评的标准，而不是对文学理论问题，对文学观念和文学艺术形式的历史演变作历史的考察。这种诗学是一种规范的思辨的诗学，是一种共时的诗学，它无法通过活生生的历史内容，通过历时的研究，来探究艺术内容和艺术形式的历史演变，来进一步深入了解它的本质特征，来掌握它的发展规律。

其次，历史诗学研究的目的，"为的是从诗歌的历史中阐明诗的本质"。历史诗学的任务是"从诗歌的历史演变中抽象出诗歌创作的规律和抽象出评价它的各种现象的标准——以取代至今占统治地位的抽象定义和片面的假定的判决"。[①] 维谢洛夫斯基所倡导的历史诗学是一种历时研究方法，是试图通过历史的研究来揭示诗的本质，来探索诗的发展。从广义上讲，论从史出，任何理论问题必须回归历史，通过历史研究阐明它的本质，阐明它的发展规律。从文学史研究的角度讲，文学史是要寻找文学的发展规律，但规律不是凭空编造的，规律是要从历史的研究中得来的。比如维谢洛夫斯基通过历史的研究，既看到了艺术形式的演变同现实生活的变化和人们对生活新体验的密不可分，同时也看到了艺术形式演变的特殊性、艺术形式演变的内在规律。他认为艺术形式不是简单地随着思想内容的变化而不断创造新的形式，而是对传统的形式加以利用、改造，推陈出新。他说："无论在文化领域，还是在更特殊的一些艺术领域，我们都被传统所束缚，并在其中得到扩展，我们没有创造新的形式，而是对它采取新的态度。"[②] 换句话说，新的不是从旧的旁边产生出来的，而是在它里边，从它里边产生出来的。

维谢洛夫斯基的历史诗学研究在文艺学研究中，最早把历史研究提到重要的地位，是有重要理论价值的。俄罗斯学者指出："当代学者承认，就其纲领的全球性——文学的历史的和理论的研究方法的内在的一体化——而言，维谢洛夫斯基在全欧范围内，即使不是独一无二的，也确实

[①] 维谢洛夫斯基：《历史诗学》，百花文艺出版社2003年版，第585页。
[②] 维谢洛夫斯基：《历史诗学》，译者《前言》第12页。

是罕见的现象。"①

第三,历史诗学采用的方法是归纳的方法、实证的方法、历史比较的方法。这些方法是维谢洛夫斯基历史诗学得以成功的保证。这种研究十分重视大量掌握第一手材料,收集古代文学、民间文学、民俗学、人类学、神话学的材料,它重事实、重实证。同时,对大量事实进行归纳和比较,从大量事实的归纳和比较中,概括出文学发展的因果关系和一定的规律性。而对这种结论又不断进行重复检证,使其接近规律的准确性。比如他运用比较方法研究文学过程中的雷同现象,发现雷同现象有三种情况,一是作品源于同一祖先(神话说);二是一部作品受另一部作品的影响(移植说);三是作品是由近似的生活条件和心理结构所制约的独立现象(自生说)。他通过比较分析认为这三种学说并不矛盾,应当加以综合利用,以利于对文学发展规律的探寻。

维谢洛夫斯基运用历史诗学的理论和方法研究了一系列诗学范畴,他在《历史诗学》中,深入研究了文学体裁的演变、情节史以及诗歌语言风格的形式发展等问题。

维谢洛夫斯基指出艺术样式源于原始社会的"混合艺术"。在人类的原始社会,不同艺术是混为一体的,诗歌就是从混合艺术中逐渐演变出来的。混合艺术是有节奏的表演、歌舞和语言因素的结合,开始歌词是微不足道的,个人的悲欢融合于集体合唱之中。随着礼仪和祭祀活动的出现,即兴歌曲变成某种比较稳定完整和有意义的歌曲。这是诗歌的萌芽。在出现领唱之后领唱者和合唱队形成对话,其中出现了相互交替和相互补充的诗节、散文叙事的段落、主题和副歌。维谢洛夫斯基称开头有韵的歌为抒情叙事诗歌,叙事部分是情节主线,抒情部分通过重句、叠句造成情绪。在这个基础上逐渐演化为一种抒情叙事诗歌。后来由于人们对神话传说和祖辈英雄业绩日益感兴趣,代代相传的抒情叙事歌曲按照年代顺序或故事内在结构编织在一起,形成了比较稳定的叙事诗题材。至于抒情诗,也是源于原始的混合艺术,主要来自合唱中的呼喊,作为表达集体情绪的欢呼和悲叹,通常是两句或四句的形式。后来随着氏族的瓦解和阶层的分化,

---

① 久里申:《文学比较研究理论》,莫斯科,1979年,第38页;转引自《历史诗学》,百花文艺出版社2003年版,第18页。

个人自我意识逐渐形成和发展，以表达个人情感为主要特征的抒情诗开始形成。关于戏剧，维谢洛夫斯基不同意黑格尔所说的戏剧是史诗的客观性和抒情诗的主观性相互渗透的产物，他认为戏剧也是从古代混合艺术演化而来的。戏剧保留了当时表演、叙述和对话的因素。由于戏剧是从不同的礼仪和祭祀中成长起来，于是有不同的演化类型。如果戏剧演出是从祭祀而来，它便逐渐同祭祀分开，提出道德秩序、内部斗争、命运和责任问题，从而构成具有悲剧意味的戏剧冲突。这就是后来的希腊悲剧。而希腊喜剧则是从农村祭祀酒神所唱的生殖器崇拜歌曲，即模仿礼仪的合唱中产生的。其中没有神话情节和理想形象，只有世俗的人物和充满欢快情绪的日常生活场景，后来又用从现实生活中提炼的主题串联起来，从而构成富有喜剧性的戏剧冲突。

维谢洛夫斯基的历史诗学，除了研究文学样式的起源，还研究情节史。他认为构成文学作品叙事基础的情节有一定的模式，这些模式又大都形成于原始社会，反映远古社会人们的生活方式和文化习俗。这些模式从古到今经常在各民族文学中重复出现，可以通比较方法找出情节的重复因素，找出文学发展的规律。他把文学作品的叙述模式分为母题和情节两个基本因素。从文学作品的起源看，母题是第一性的，它直接源于原始的混合艺术，而情节则是对各种母题进行的艺术加工。从这个角度看，历史地研究作品的情节起源于哪些母题，这些母题经过了哪些变异而成为作品情节的基础，对于探讨小说的发展规律和文学发展的规律，都是非常有意义的。

维谢洛夫斯基的历史诗学还关注修饰语和诗歌语言风格的研究。他认为诗歌语言比散文语言更富于形象性、韵律感和表现力，但两者的区分是相对的，其界限是历史形成的和变化的。诗歌语言为了保持感性和诗意的特征，就要不断更新修辞手段。诗歌的修饰语是为了给一个词增添新义或强调某一个特性而设置的。当词汇面临变成抽象的概念时，便需要用别的、在内容上和它相同的修辞语来修复它的形象性。同时，由于各民族社会历史文化背景不同，各民族诗歌中的修辞语也是有差异的。从这个角度，维谢洛夫斯基认为修辞语的历史就是一部缩写版的诗歌风格史。历史诗学的任务就是通过对各民族文学中修饰语的历史进行比较研究，揭示出诗歌风格形成和发展的规律。

二 巴赫金历史诗学的继承和创新

维谢洛夫斯基的历史诗学对俄苏文艺学的发展产生了深刻的影响,也经历了坎坷的历史命运。维谢洛夫斯基的历史诗学,在苏联时代尽管"受到曲解、冷落和批判",不少学者仍然坚持和弘扬历史诗学的传统。巴赫金就是其中真正的继承者和革新者。早在20世纪20年代,他在《文艺学中的形式主义方法》(1929)中,就提到维谢洛夫斯基历史诗学对于文艺学研究的重要意义。他说:"历史诗学的作用被归结为:在一系列研究某一体裁、甚至某一结构成分的专著,例如 А·Н·维谢洛夫斯基的《修辞语简史》中,为社会学诗学的概括性和综合性的定义准备了历史远景。"[①] 巴赫金在20—40年代的著作中,针对当时文艺学界的形式主义和庸俗社会学思潮,反对将文学的内容和形式加以割裂,指出文学不是社会存在和阶级意识的等价物,强调文学是一种历史形成的、具有相对稳定艺术形式的社会审美文化现象,应当从文学的形式结构和语言功能的演变来揭示文学历史发展的规律。他继承维谢洛夫斯基历史诗学的传统,强调通过艺术形式和艺术手段历史演变的研究来探寻文学发展的历史规律,强调历史研究中的实证精神。他特别重视艺术体裁历史演变的研究、小说体裁历史演变的研究,并通过对小说语言、小说时空、小说类型的历史研究,深入揭示小说的本质特征和历史发展的规律,直到晚年,巴赫金在谈到苏联文艺学存在的问题和发展前景时,还指出文艺学要克服思想僵化、缺乏创新的弊病,要"更大胆地利用各种潜力",要继承以波捷勃尼亚、维谢洛夫斯基为代表的"高水平的学术传统"。[②]

巴赫金的历史诗学研究主要是围绕小说体裁的历史发展来进行的,他试图通过小说体裁的历史发展来阐明小说的本质特征和小说发展的历史规律,其中涉及用小说话语的历史发展来阐明小说语言的杂语特征,用小说时空体的历史发展来阐明小说时空体的特征,用小说类型的历史发展来阐明小说人物形象的特征,以及用狂欢体小说的历史发展来阐明复调小说的

[①] 《巴赫金全集》第2卷,河北教育出版社1998年版,第148页。
[②] 《巴赫金全集》第4卷,河北教育出版社1998年版,第363页。

特征等。正是在大量的精细的个案研究中,巴赫金从理论和实践的结合中,发展了历史诗学的理论和方法,对历史诗学的研究做出了新的开拓和新的推进。他的理论创新和特色主要有以下几个方面。

第一,巴赫金进一步阐明理论诗学和历史诗学的关系,文学理论与文学史的关系,强调历史诗学研究的重要意义,认为它是文论研究和文学史研究的中介。

巴赫金早在《文艺学中的形式与方法》(1928)中,就谈到了文学理论和文学史相结合,理论诗学、社会学诗学和历史诗学相结合的重要性。他指出文艺学研究要避免两种倾向,一种是规范主义和教条主义。一切从规范和教条出发,从僵化的固定的规范和理论出发,不顾事物发展的生动的历史内容。一种是实证主义的零散性,也就是只堆积事实,不研究事实之间的联系,不研究事物的发展规律,不对历史事实和历史现实进行理论概括。为了克服这两种倾向,使文艺学得到健康的发展,他明确指出,"社会学诗学应该有明确的历史方向","理论诗学也应当是历史诗学"。在谈到社会学诗学和文学史,理论诗学和历史诗学的关系时,他指出:"社会学诗学本身为了不致成为教条,也应当了解文学史。在这两门学科之间应当有不间断的相互作用。诗学为文学史鉴定所研究的材料指出主导方向和提供其形式和类型的基本定义。文学史则给诗学定义做出修正,使它们变得更灵活更生动,并完全符合历史材料的丰富多样性。从这个意义上可以说明作为理论社会学诗学与文学史之间的中间环节的特殊历史诗学的必要性。"[①] 在他看来,历史诗学作为文学理论和文学的中间环节,它的重要意义就在于通过理论和历史的结合,既为史的研究指明理论方向,又为论的研究提供生动丰富的历史内容,既避免教条主义,又避免实证主义。

20世纪30—40年代,巴赫金在《长篇小说的话语》(1934—1935)、《教育小说及其在现实主义历史中的意义》(1936—1938)、《小说的时间形式和时空体形式——历史诗学概述》(1937—1938)、《长篇小说话语的发端》(1940)、《史诗与小说》(1941)等一系列著作中,围绕长篇小说话语、形象和时空的历史发展,进行了深入、持久的历史诗学研究,再三

[①] 《巴赫金全集》第2卷,河北教育出版社1998年版,第147—148页。

指出历史诗学研究的必要性。在研究长篇小说的历史类型时,他十分强调"对长篇小说体裁做历史的(而不是静止形式和规范性的)揭示和研究的必要性",指出对长篇小说体裁变体作历史分类是必要的,但"没有一个具体的历史变体会纯然属于某一原则"。① 在研究长篇小说的时空和人物形象时,他也明确指出:"我们的准则是考察小说如何把握真实的历史时间和历史的人。这基本上属于文学理论方面的任务。但任何理论问题都只能通过具体的历史材料加以解决。"②

巴赫金在1929年出版了《陀思妥耶夫斯基创作问题》,1963年经大量修订增补,出版了《陀思妥耶夫斯基诗学问题》。新版的重要内容就是把历史诗学提到重要地位,重新彻底改写了第4章"陀思妥耶夫斯基作品的体裁特点和情节布局特点",广泛研究了体裁传统的历史诗学问题。在指出作家复调小说体裁的特点之后,他提出"现在我们该是从体裁发展史的角度来阐明这一问题了,也就是说把问题转到历史诗学方面来"。接着他历史地阐明了复调小说和狂欢体的历史渊源关系,研究了体裁发展既老又新的历史规律。最后指出"为了正确理解体裁,必需上溯它的源头"。③ 在这部专著中,巴赫金把他的历史诗学的理论研究和实践研究推向了高峰。

第二,巴赫金进一步辩证地阐明了理论诗学和历史诗学、共时研究和历时研究相互联系和相互制约的关系。

维谢洛夫斯基把文学研究中的历时研究提到了重要地位,但他并没有深入说明共时研究和历时研究的相互关系。

巴赫金非常重视文学的历时研究,但他也没有忽视文学的共时研究,并认为两者是相互联系、相互制约、相互印证、相互促进的。

他在1929年版《陀思妥耶夫斯基创作问题》的"前言"中写下这么一段话:

  本书仅限于讨论陀思妥耶夫斯基创作的理论问题。一切历史问题

---

① 《巴赫金全集》第3卷,河北教育出版社1998年版,第215页。
② 同上书,第227页。
③ 《巴赫金全集》第5卷,河北教育出版社1998年版,第139—140页。

我们都排除不讲。然而，这不意味着我们认为这种研究方法从方法论上说是正确的、正常的。相反，我们认为，每一理论问题均须作历史的考察。在文学作品研究的共时方法和历时方法之间，应有不可分割的联系和严格的彼此制约。不过，这只是理想的方法而已，在实践中并不是任何时候都可做到的。出于一些纯技术上的考虑，有时不得不抽象地分出某一理论的共时的问题而加以独立的研究。我们正是这么做的。不过我们随时都考虑到了历史的角度；不仅如此，历史的角度成了我们感受所研究的每一现象的背景。但这个背景没有写进书里。①

这段话对于理解巴赫金历史诗学的思想，对于理解巴赫金有关共时研究和历时研究关系的认识，是很重要的，在他看来，任何理论问题均须作历史考察，历时研究对于文学研究来说不是可有可无的，共时研究和历时研究是相互联系和彼此联系的。问题是在操作层面上，可能是侧重于理论研究，抽出某个理论问题进行独立研究，即便如此，也不可以忽视历史的角度和历史的背景；也有可能是侧重于历时研究，专对某个理论作历史考察，即便如此，也不可能忽视理论的基点和理论的方向。事实上，巴赫金的陀思妥耶夫斯基诗学研究正是经历这样一个过程，在1929年版的《陀思妥耶夫斯基创作问题》中，他侧重于对作家复调小说体裁做理论研究，但并没有忽视历史角度和历史背景。而在1963年版的《陀思妥耶夫斯基诗学问题》中，由于他认为历史观点是理论分析的必要背景。在复调体裁的理论研究基础上，复调体裁的历史传统研究大大加强了，作者广泛地讨论了历史诗学问题。这种变化反映了巴赫金的诗学研究从社会学诗学转向历史诗学的过程，也是他在30—40年代对长篇小说体裁进行历史诗学研究的成果。

那么，通过历史诗学的研究，巴赫金是如何看待文学研究中共时研究和历时研究的关系呢？

在《文艺学中的形式主义方法》中，他指出社会学和文学史之间，论和史之间，"应当有不间断的相互作用"。具体说，"诗学为文学史鉴定

---

① 《巴赫金全集》第5卷，河北教育出版社1998年版，第364页。

所研究的材料，指出主导方向和提供其形式和类型的基本定义"，起的是定向的作用；而"文学史则给诗学定义做出修正，使它们变得更灵活更生动，并完全符合于历史材料的丰富多样性"①，起的是检验理论和丰富理论的作用。

在《陀思妥耶夫斯基诗学问题》中，巴赫金更详细地论证了共时研究和历时研究的关系。

在专著的开头，巴赫金就认为作家的复调小说是不同于独白型的欧洲小说模式。同时在脚注中指出："这当然不意味着，陀思妥耶夫斯基在小说史上孑然独立，陀思妥耶夫斯基创造的复调小说绝无先例。不过历史问题我们在这里只好置之不论。为了正确地在历史上给陀思妥耶夫斯基定位，并发掘他同先行者和同代人之间的本质联系，首先必须揭示他的特点，必须在陀思妥耶夫斯基身上展示出陀思妥耶夫斯基来，即使这里对他的特点的界定，在广阔的历史的探索之前，将只是具有初步的、定向的性质。没有初步的定向，所谓历时的研究，便会流于一连串并无联系的偶然对比。只是要到本书的第 4 章，我们才涉及陀思妥耶夫斯基的体裁传统问题，亦即历史诗学问题。"② 这里指出共时研究起的定向作用，是为历时研究指明方向，以避免历时研究流于材料的堆积，流于偶然性。然而，共时研究所得的结论只是初步的，还需要历时研究来验证，来丰富和充实。

在专著的第 4 章，巴赫金在从共时分析复调小说情节结构的特点之后，指出要"更深入更准确地理解陀思妥耶夫斯基作品体裁和情节布局的特点"，必须从历时的角度，追溯复调小说的历史源头。之后对复调小说的源头——狂欢体小说做了详细的历史追溯后，又写下了一段话："本书的任务，在于揭示陀思妥耶夫斯基诗学的别具一格的特色，'在陀思妥耶夫斯基身上展现出陀思妥耶夫斯基来'。如果这样一个共时性任务解决得正确，那么这会帮助我们探索和观察陀思妥耶夫斯基继承的体裁传统，直至追溯古希腊罗马的渊源。这一章里，我们正是尝试着这样做了，当然有些失于概括，几乎是提纲式的分析。我们觉得，我们所作的历时性分析，印证了共时性分析的结果。确切些说，两种分析的结果相互检验，也

---

① 《巴赫金全集》第 2 卷，河北教育出版社 1998 年版，第 147 页。
② 《巴赫金全集》第 5 卷，河北教育出版社 1998 年版，第 6 页。

相互得到印证。"① 在这里，巴赫金说明对复调小说所做的历时研究、历时追溯，是为了证明对复调小说特征所做的理论概括，证明共时研究的正确性，任何理论分析需要通过历时分析来检验其正确性。

总之，巴赫金认为在文学研究中，在诗学研究中，历时研究和共时研究是缺一不可的，相互联系的。历时研究需要共时研究来定向，来指明方向，共时研究需要历时研究来检验、印证和丰富、深化、发展。巴赫金共时研究和历时研究关系的论述，是前人少有论及的，对于历史诗学的研究，乃至于整个文艺学研究，都有很高的理论价值和实践意义。

第三，巴赫金强调历史诗学不仅是历史的描述，它的重点是力图通过历时研究寻找文学发展的内在规律。

维谢洛夫斯基指出历史诗学的研究目的是"从诗的历史阐明它的本质"，也就是说通过诗的历时研究来探求诗的本质特征和诗的发展规律。到了巴赫金，通过历时研究来探寻文学发展规律的想法，就更加强烈和更加自觉。他的研究主要是通过长篇小说的发展来进行，主要是围绕长篇小说的发展来探寻体裁发展的内在规律。

维谢洛夫斯基在诗歌体裁历史发展的研究中，指出文学形式的发展是有历史继承性的，文学艺术形式是古代民众创造智慧的结晶，是千百年的积淀，它们不会轻易消失，在一定条件下它会重新出现，并得到发展。"我们没有创造新的形式，而是对它们采取了新的态度"。巴赫金对此持有同样的看法。他说："涵义现象可能以隐蔽方式潜藏着，只在随后时代里有利的文化内涵语境中才得以揭示。莎士比亚融入作品中的宝贵涵义，是若干世纪乃至上千年间的创造和积淀起来的。这些宝贵的涵义隐藏在语言之中，不仅是标准语，还有在莎士比亚之前没能进入文学的民间语言成分；也隐藏在言语交际的多种体裁和形式之中，在数千年形成的强大的民间文化形式里（主要在狂欢化形式里），在戏剧表演的体裁里（神秘剧、讽刺喜剧），在渊源于史前远古时代的故事情节里，最后还在思维的形式里。莎士比亚也像任何艺术家一样，构筑自己的作品，不是利用僵死的成分，不是利用砖瓦，而是用充满沉甸甸涵义

---

① 《巴赫金全集》第5卷，河北教育出版社1998年版，第238页。

的形式。"① 巴赫金这段话说明文学作品的内容和涵义除了隐藏在思维形式中，更重要的是隐藏在语言、体裁、故事情节等一系列艺术形式之中，而这些艺术形式是千百年长期创造和积累起来的，它有个历史形成和发展的缓慢过程。

那么，艺术形式在其形成和发展过程中有什么规律可循呢？巴赫金在分析了复调小说情节结构的特点之后，指出复调小说情节结构的特点是同历史上存在的狂欢体文学的历史传统有关的，考察这个传统，应当追到源头，并且强调文学体裁的发展是有其内在的规律的。他说：

> 文学体裁就其本质来说，反映着较为稳定的、"经久不衰"的文学发展倾向。一种体裁中，总是保留有已在消亡的陈旧的因素。自然，这种陈旧的东西所以能保存下来，就是靠不断更新它，或者叫现代化。一种体裁总是既如此又非如此，总是同时既老又新。一种体裁在每个文学发展阶段上，在这一体裁的每部具体作品中，都得到重生和更新。体裁的生命就在这里。因此，体裁中保留的陈旧成分，并非是僵死的而是永远鲜活的；换言之，陈旧成分善于更新。体裁过着现今的生活，但总在记着自己的过去，自己的开端。在文学发展过程中，体裁是创造性记忆的代表。正因为如此，体裁才可能保证文学发展的统一性和连续性。
>
> 这就是为什么为了正确理解体裁，必需上溯它的源头。②

巴赫金在这段话里从理论上总结了体裁发展的内在规律，把历史的描述提高到了理论的高度。

巴赫金首先指出稳定性是文学体裁的本质，文学发展的统一性和连续性是靠体裁才得以保证的。体裁总记着自己的过去，是创造性记忆的代表。因此才能保证文学发展的统一性和连续性。在这里巴赫金强调体裁的继承性在体裁发展中的重要意义。

巴赫金还认为体裁的稳定性是一种相对的稳定性，体裁的生命在于更

---

① 《巴赫金全集》第4卷，河北教育出版社1998年版，第367页。
② 《巴赫金全集》第5卷，河北教育出版社1998年版，第140页

新。体裁的发展总是既老又新，总是不断更新。旧的东西就是靠着不断更新才得以生存。巴赫金所说的这种既老又新的现象，在文学史上就体现为文学体裁的传统和反传统，规范和反规范。每一种文学体裁之所以能够独立存在总是有自己的规范，而作家的创作不可能死守规范，总是要根据对生活新的领悟和发现而产生新的突破和新的创造，使体裁得以重生和更新。

巴赫金在另一处还谈到，作家，特别是伟大的作家，都不是简单地再现某一体裁的传统，而是要对某一体裁的发展作出独创性的贡献，他特别重视伟大作家个人对文学体裁发展所起的重要作用。他指出，体裁传统在每一个作家身上"都独自地，亦即别具一格地得到再现，焕然一新。这正是传统的生命之所在"。[1] 在他看来，陀思妥耶夫斯基并不是简单地再现欧洲狂欢体小说的传统，他的复调小说具有深刻独创性和个人特色。在他的创作中，整个欧洲狂欢体文学体裁的传统以其新颖独创的形式得到重生，获得了新的面貌。

总之，在巴赫金看来，在体裁发展过程中，传统与创新的辩证统一，稳定与变异的辩证统一，集体创造与个人创造的辩证统一，正是体裁发展的生命所在。巴赫金这种从历史和理论相结合的角度对体裁发展的规律做出理论探寻和概括，是以往少见的，是历史诗学的精华所在，是有很高的理论价值的。

第四，巴赫金的历史诗学在研究艺术形式的历史发展时十分强调文化的维度，特别是民间文化的维度。

巴赫金认为文学和文学形式是"历史形式的缓慢过程"，有历史形式的现成因素，也有继承发展的动力。他认为体裁也好，艺术形式也好，它们的历史发展如前所述，有其内在因素、有其在内发展规律，而这些内在因素、内在发展规律归结到底又是由外在因素，由外在发展规律决定的。在艺术形式的历史发展过程中，内在和外在因素的影响是统一的，外在因素是通过内在因素起作用的。在影响艺术形式、艺术体裁发展的外在因素中，巴赫金不是一般地谈论社会历史因素，社会经济政治因素，而是强调社会历史因素、社会经济政治因素要通过文化因素起作用。他说：

---

[1] 《巴赫金全集》第5卷，河北教育出版社1998年版，第211—212页。

文艺学应与文化史建立更紧密的联系。文学是文化不可分割的一部分，脱离了那个时代整个文化的完整语境，是无法理解的。不应该把文学同其余的文化割裂开来，也不应像通常所做的那样，越过文化把文学直接与社会经济因素联系起来。这些因素作用于整个文化，只是通过文化并与文化一起作用于文学。……在我国的文学史著作中，通常要描述文学现象所处时代的特征，但这种描述，在多种情况下与通史毫无差别，没有专门分析文化领域及其与文学的相互作用。而且也还没有进行这种分析的方法。①

巴赫金在研究艺术形式、艺术体裁的历史发展中，正是体现了这一指导思想。他把艺术形式、艺术体裁的形式发展过程看做是文化发展过程不可分割的部分。他在《小说的时间形式和时空体形式——历史诗学的概述》中，就认为艺术的时空形式，小说的时空形式是有价值内容的，小说时空的历史演变渗透着时代的历史文化内容。研究小说时空历史演变过程，就可以从中了解人类文化的积累过程，了解人类文化价值观的演变过程。例如，巴赫金指出拉伯雷小说引人注目的是有不同寻常的时空规模，作家的人体描写是同中世纪禁欲主义的彼岸思想相对立的，"他特别想表现人体及其生命的不同寻常的复杂性和深刻性，揭示出人体在现实时空世界里具有的新意义、新地位"。②这就是以人，以人体为中心，在人与世界的血肉联系中，建立世界的新图像。巴赫金认为拉伯雷这种"描写新型和谐而完整的人和描写人与人新交往形式所必须的新的时空体"③，是同文艺复兴时代新的历史文化要求相一致的，它要求以人为中心，破坏世界的旧图景和建设世界的新图景。

在分析艺术形式、艺术体裁历史演变的文化因素时，巴赫金又特别强调民间文化的重要影响，这也是巴赫金历史诗学的鲜明特色，他指出：

---

① 《巴赫金全集》第4卷，河北教育出版社1998年版，第364页。
② 《巴赫金全集》第3卷，河北教育出版社1998年版，第366页。
③ 同上书，第264页。

所谓一个时代的文学过程，由于脱离了对文化的深刻分析，不过是归结为文学诸流派的表面斗争；对现代（特别是十九世纪）来说，实际上是归结于报刊上的喧闹，而后者对时代的真正的宏伟文学并无重大影响。那些真正决定作家创作的强大而深刻的文化潮流（特别是底层的民间的潮流）却未得到揭示，有时研究者竟一无所知。在这种情况下，难以深入到伟大作品的底蕴，于是文学本身就使人觉得是某种委琐，而不是严肃的事情。①

在研究艺术形式、艺术体裁的历史发展过程中，巴赫金不断深入地挖掘各种艺术形式、艺术体裁背后的民间文化的底蕴。他认为民间文化给文学的发展带来了深刻的重大的影响，不了解民间狂欢文化就无法理解陀思妥耶夫斯基复调小说的艺术形式，不了解民间的诙谐文化就无法理解拉伯雷小说怪诞现实主义的艺术形式。在他看来，民间文化、民间狂欢文化，不仅影响文学的内容，而且影响文学的形式。他说："狂欢化有构筑体裁的作用，亦即不仅决定着作品的内容，还决定着作品的体裁基础。"② 具体来说，巴赫金谈到了民间狂欢节的亲昵和笑、讽刺性摹拟，以及小丑、傻瓜、骗子形象对小说体裁形成的影响。以亲昵和笑谑而论，他认为亲昵化对小说的影响有三个方面：一是缩短了史诗和悲剧中存在的距离感，使内容转入亲昵的气氛之中；二是决定作者对主人公态度的亲昵感，这在崇高体裁（史诗、悲剧）中是不可能的；三是民间亲昵不拘的语言对小说语言的形成也有重要的影响。同亲昵联系的是笑谑，巴赫金认为笑谑对小说语言的产生有重大意义，"正应是在这里（民间笑谑）寻找小说真正民间文学的渊源"。③ 因为正是民间笑谑作品直接产生于作为小说的前身的古希腊罗马的庄谐体文学，形成小说发展真正的第一阶段，也是最重要的阶段。庄谐体所具有的小说精神就是面对当今的现实，消灭史诗的距离。他说："笑谑具有把对象拉近的非凡力量，它把对象拉进粗鲁交往的领域

---

① 《巴赫金全集》第 4 卷，河北教育出版社 1998 年版，第 365 页。
② 《巴赫金全集》第 5 卷，河北教育出版社 1998 年版，第 173 页。
③ 《巴赫金全集》第 3 卷，河北教育出版社 1998 年版，第 524 页。

中……笑谑能消除对事物、对世界的恐惧和尊崇，变事物为亲昵交往的对象，这样就为绝对自由地研究它作好了准备。没有无所畏惧的前提，就不可能有现实主义的认识世界，而笑谑便是创造这一前提的一个极其重要的因素。"[1]

---

[1] 《巴赫金全集》第3卷，河北教育出版社1998年版，第526页。

第六章

巴赫金论文学的内在社会性

　　巴赫金的社会学诗学在他的诗学研究中占有重要的地位，它涉及巴赫金对文艺与社会生活的关系、文学作品内容与形式的关系、文学发展的内部规律和外部规律的关系等一系列文艺学根本理论问题的看法。社会学诗学是诗学和文艺学的基础，巴赫金的其他诗学研究（包括语言诗学研究、体裁诗学研究、小说诗学研究、历史诗学研究、文化诗学研究），巴赫金的作家作品研究（包括陀思妥耶夫斯基的复调小说研究，拉伯雷的怪诞现实主义小说研究），这一切研究都离不开巴赫金社会学诗学的基本理论观点和基本研究方法。从这个角度上看，不少人将巴赫金的诗学称之为社会学诗学，就不足为怪了。

　　巴赫金的社会学诗学不是从天上掉下来的，文艺学中的文艺社会学早已有之，其中有欧洲的文艺社会学传统，有俄国的文艺社会学传统，也有马克思主义的文艺社会学传统。巴赫金的社会学诗学既有历史继承性，又有历史针对性，它是针对苏联文艺学当年存在的非社会学诗学（形式主义）和非诗学社会学（庸俗社会学）而提出的，他试图建立内容和形式、内部和外部、结构和历史相融合的社会学诗学。

　　巴赫金的社会学诗学是有理论创新的。如果说先前的文艺社会学侧重于解决文艺与外部社会的关系，揭示文艺发展的外部动力，阐明社会历史文化对文艺的制约性，那么巴赫金的社会学诗学则侧重于研究文艺的内在社会性，阐明文学现象如何既从外部也从内部被决定，阐明外部社会历史文化如何内化到文学作品中，如何结晶为文学的语言和形式结构。他的文学内在社会性思想强调从文学内在形式结构出发来研究外在因素对文学的影响，将文学的内在因素和外在因素辩证统一起来。巴赫金的社会学诗学在解决文艺的内容与形式关系、内部关系和外部关系方面,对文艺社会学的发展有新的探索、新的突破和新的启示。

文学的独特性和社会性的关系,文学发展内部因素和外部因素的关系,这是文艺社会学需要解决的根本问题,也是千百年来一直折磨文艺学家的重大问题。如前所述,传统的文艺社会学侧重于研究外部因素,研究社会历史文化对文艺的制约性问题。在巴赫金生活的年代,如何解决文学特性和社会性的关系,文学的内部因素和外部因素的关系,尖锐地提到他的面前。非社会学的诗学(形式主义)只讲独特性,排斥社会性,非诗学的社会学(庸俗社会学)只讲社会性,不讲独特性,第三种观点(萨库林)则试图将内在因素和外在因素加以割裂,将内在研究和外在研究加以对立。对于上述看法,巴赫金都不同意,他必须突围出来,用新的思路来解决问题。巴赫金在这个重大理论问题上最大的理论创新和理论贡献是提出文学内在社会性的观点,是思考外在因素如何内化到内在因素之中,社会历史文化如何内化到形式结构之中,文学现象如何既从外部又从内部被决定。

巴赫金在《生活的话语和艺术的话语》(1926)中最早指出:"艺术同样也是内在地具有社会性:艺术之外的社会环境在从外部作用艺术的同时,在艺术内部也找到间接的内在回声。这里不是异物作用于异物,而是一种社会构成作用于另一种构成。'审美的'领域,如同法律的认识的领域,只是社会的一个变体。艺术理论,很自然,只能是艺术社会学。在艺术社会学中,没有任何'内在的'任务。"[1]

在《陀思妥耶夫斯基创作问题》(1929)的"前言"中,巴赫金又一次指出:"作为本书分析的基础的,是这样一种认识:任何文学作品本身内在地都具有社会性。作品中交织着各种活生生的社会力量,作品的形式的每一要素无不渗透着活生生的社会评价。所以,即使纯形式的分析,也应把艺术结构的每一要素看作活生生的社会力量的折射点,看作是这样一个艺术的结晶体:它的各个棱面经过加工琢磨,都折射着各种社会评价,并且是在一定视角下的折射。"[2]

---

[1] 《巴赫金全集》第 2 卷,河北教育出版社 1998 年版,第 80 页。
[2] 《巴赫金全集》第 5 卷,河北教育出版社 1998 年版,第 365 页。

在《文艺学中形式主义方法》(1928) 中，巴赫金则批评了艺术内在结构非社会性的观点。他指出："人们不是从内部揭示文学现象的社会学性质，而是企图从外部突破这些现象，无论如何想要证明唯一的和完全的非文学因素（哪怕是属于其他意识形态的）对文学现象的决定性影响……所有非马克思主义的鉴别家都一直强调并提出艺术结构的内部的（'内在的'）非社会性。以此为口实，他们要求限制社会学方法。"[1]

以上是巴赫金对文学内在社会性的一些总体性的、概括性的论述，这个问题围绕他对意识形态视野和艺术结构关系、艺术作品内容和形式关系、文学发展中内在因素和外在因素的关系的论述逐渐展开和逐渐深入，同时，也是围绕对陀思妥耶夫斯基创作和拉伯雷创作的分析逐步展开和逐步深入的。也就是说，巴赫金是从理论和创作实践相结合的角度来理解和解决文学的内在社会性这一艺术社会学的核心问题，从而也形成巴赫金社会性诗学独特的理论风貌。下面就结合上述三个问题，来看看巴赫金如何思考和分析文学的内在社会性问题，并通过对这个问题的思考和分析把文学的内在因素和外在因素辩证统一起来。

一 意识形态视野和艺术的结构

根据马克思主义的基本观点，巴赫金指出文学是一种意识形态，而研究文学的文艺学和社会学诗学则是意识形态科学。在意识形态和文学的关系问题上，他认为要研究的是作为文艺学研究对象的艺术结构和意识形态的关系，以及二者是如何有机结合在一起。

为了解决意识形态和艺术结构的关系，巴赫金首先清理了在这个问题上的种种错误看法。

一是把文学艺术作品的意识形态内容混同于其他意识形态的内容，忽略和抹杀了文学艺术意识形态的独特性。这种看法"把文学仅仅局限于这样的反映，也就是贬低文学，认为它只起其他意识形态的简单附庸和传播者的作用，几乎完全忽视了文学作品有其自身意义的效用及它们的意识

---

[1] 《巴赫金全集》第 2 卷，河北教育出版社 1998 年版，第 149 页。

形态的独立性和独特性"。① 巴赫金认为这种看法既忽略和抹杀了文学艺术的意识形态的独特性，也贬低了文学艺术的独特意识形态功能。

二是把文学作品里的意识形态内容混同于对生活现实本身的意识形态反映。他指出这种看法"把对意识形态视野的反映看作是对现实存在本身和生活本身的直接反映。没有考虑到，内容所反映的也只是本身作为对现实存在的折射的意识形态视野。揭示艺术家所描写的世界，还不意味着深入到真正的现实生活中"。② 巴赫金认为这种看法是把文学艺术看成是现实生活的机械反映，取消了艺术反映现实的能动作用，忽视艺术形式结构的特殊功能。在他看来，文学艺术作品中的意识形态内容是作为一个艺术结构因素被有机融合到作品中，其中包含作家艺术家的能动作用，包含作家艺术家"对现实存在的折射的意识形态视野"。也就是说，文学艺术作品中的意识形态内容是作家艺术家折射过的，加工过的。

三是把艺术家反映在文学艺术作品中的意识形态因素教条化。他指出这种看法"把艺术家反映在内容中的意识形态因素教条化并使之最后定型，使生动、正在形成的问题变成现成的原理、论断和决定——哲学的、伦理的、政治的、宗教的。没有理解和考虑一个极其重要的因素：文学在其内容的基础上只反映正在形成的意识形态，只反映意识形态视野形成的生动过程"。巴赫金认为这种看法的错误在于把文学作品中的意识形态看成是僵死的教条和缺乏生机的东西。他深刻地指出："对于现成的确定了的原理，艺术家是无事可做的：这些东西不可避免地成为作品中的异物，平庸乏味的东西和偏向。这些东西应当在科学、道德的体系中，在政党的纲领中占有自己正常的地位。在艺术作品中，这种现成的、教条式的原理在最好的情况下也只能占有一些次要的富有教训意义的格言地位；它们永远也不能构成内容的核心本身。"③

巴赫金认为以上三种错误看法归根到底是"把独立的、独特的意识形态——文学——归结为其他意识形态，使之完成溶化于其中"。其结果是文学分析只能从作品榨出一些哲学、政治、道德、宗教的说教和教条，

---

① 《巴赫金全集》第 2 卷，河北教育出版社 1998 年版，第 129 页。
② 同上书，第 130 页。
③ 同上。

而文学作品中最主要的东西，它的艺术结构则被忽略了。巴赫金在20世纪20年代尖锐指出的对文学和意识形态关系的简单的、教条的、错误的看法，其实不仅仅是一个文学理论问题，也是一个创作实践问题，它已经严重阻碍文学艺术创作的健康发展。在20世纪苏联的文学创作中，在我国"十七年"和"文化大革命"时期的文学中，要求文学作品直接表现马克思主义观点，表现党的领导人的指示，表现党的路线政策，对作家提出"难道生活是这样吗？"的指责，难道还少吗？因此，巴赫金当年对文学和意识形态关系的思考，不仅具有理论价值，而且是有很强的现实性和实践性的。

巴赫金在阐明文学与意识形态的关系时，运用了一系列术语和概念，其中包括意识形态现象（基于经济基础的上层建筑中的思想观念以及对它们的创作和研究）、意识形态科学（研究意识形态现象的学科）、意识形态创作（意识形态的创作既包括属于理性的哲学、政治著作，也包括属于感性的文学艺术作品）、意识形态环境（由意识形态现象构成的环境、人的意识同存在接触，是通过这个介质进行的）、意识形态因素（文学艺术作品或其他意识形态文本的意识形态内容）、意识形态视野（这是最有独创性和最重要的术语，这指的是作家艺术家反映现实生活的主观态度，他的意识形态立场和视角，任何生活材料需经意识形态视野的折射和处理，才能成为艺术作品的内容，而艺术作品的任何结构内容都蕴含意识形态的视野）、折射（作家艺术家对生活材料作个性化处理过程，其中就包含意识形态内容）、艺术结构（任何意识形态种类都有自己把握现实的独特结构，艺术作品的独特性属于它独特的艺术结构）、符号（体现在艺术结构里的各种有表现功能的艺术要素）。

巴赫金通过这一系列术语和概念，旨在说明文学和意识形态的关系，而在阐明文学和意识形态的关系时他又始终将文学作为意识形态的特殊性的研究放在突出的、中心的地位。他认为不应该强调意识形态各部门的共同性，而抹杀各个意识形态部分的特殊性。他指出："其中的每一个领域都有自己的语言，有这一语言本身的形式和方法，有意识形态折射同一存在方面的特殊规律性。消灭所有这些原则，忽视意识形态语言的本质上的众多性，远不是马克思主义的本色。"他认为在研究各个意识形态部门的特殊性时，应当有科学的方法，应当深入"每一个意识形态创作领域的材料、形式和目的的特殊性",应当"真正能够贯彻于意识形态结构的一切细节和精微之处"。①

那么,巴赫金是如何阐明文学和意识形态的关系,如何阐明文学作品作为意识形态的特殊性呢?

巴赫金指出:"文学是作为一个独立的部分进入周围的意识形态现实的,它以有一定组织的文学作品的形式,带着一种特别的、唯有它才具有的结构,在现实中占据特殊的地位。这种结构,像所有的意识形态结构一样,折射着正在形成的社会经济生活,而且是按照自己的方式加以折射的。但同时,文学在自己的'内容'中也反映和折射着其他意识形态领域(伦理、认识、多种政治学说、宗教等等)的反映和折射,也就是说,文学在自己的'内容'中反映着它自己也是其中一部分的意识形态的视野。"

同时,巴赫金还指出:"文学通常并不是从认识系统和时代精神的系统中,不是从固定的意识形态中获得文学的这些伦理的、认识的和别的内容(只有古典主义在某种程度上才是这样做的),而是直接地从认识时代精神及其他意识形态的活生生的形成过程本身取得它们的。正因为这样,文学才经常地预见到哲学的和伦理学的意识形态要素;虽然采取的是一种不发达、未经论证的、直观的形式。文学善于深入到形成和构成它们的社会实验室本身中去。艺术家对正在产生的和形成的意识形态问题有敏锐的听觉。"②

如果说,先前也有人研究文学和意识形态的关系,研究文学作为意识形态的特殊性,那么巴赫金对这个问题的理论阐释,应当说是具有独创性的,是有新的贡献的,他把这个问题的研究推向新的阶段。他主要是从内容和形式两个方面说明文学作为意识形态的特殊性,也就是说,文学所反映和折射的意识形态有其独特的内容和独特的形式。

就内容而言,巴赫金指出文学同其他意识形态一样,都反映和折射现实生活,它们都反映和折射社会经济生活,也都反映和折射其他意识形态,但又特别指出,"文学在其内容的基础上只反映正在形成的意识形

---

① 《巴赫金全集》第 2 卷,河北教育出版社 1998 年版,第 109 页。
② 同上书,第 127 页。

态,只反映意识形态视野形成的生动过程"。这就是说,文学对其他意识形态的反映和折射,对其意识形态内容的获得,不是来自"固定的意识形态系统",而是直接来自其他意识形态"活生生的形成过程"。作家艺术家对其他意识形态的获得尽管往往是直观的、未经论证的,然而却是有预见性的、敏锐的。一些作家艺术家常常比哲学家、理论家更早、更敏锐感觉到一种思想的形成,一种意识形态的形成,文学史上许多作家艺术家的创作实践,都证实了巴赫金这一理论见解的正确性。屠格涅夫在《父与子》中,比理论家更早、更敏锐看到平民知识分子代替贵族知识分子,新人形象代替多余人的现象,正如杜勃罗留波夫所指出的,"他很快猜到了新的要求,猜到了社会意识的新的观念",并且在作品"注意到(只要情势许可)那些已经轮到,已经朦胧地扰乱社会的问题"。[①] 同样,高尔基在《仇敌》和《母亲》中也更早、更敏锐看到工人阶级自觉的阶级意识的形成过程。

就形式而言,巴赫金指出艺术结构是意识形态在作品中的存在形式。在他看来,任何意识形态领域都是通过一定的结构形式来反映和折射意识形态,而文学也是"带有一种特别的、唯有它才具有的结构"进入意识形态现实。在研究文学作为意识形态同其他意识形态的区别时,他把"艺术结构"提到了重要地位,认为正是文学的"艺术结构"造就了文学区别于其他意识形态类别的特殊性。

巴赫金指出艺术结构是意识形态在艺术作品中的存在形式,其理论基础是意识形态创作的物质性。针对把意识形态创作看成是某种在内心进行认识、理解、洞察的事情,巴赫金认为"马克思主义关于意识形态的科学应当作为根据的第一个原则,是整个意识形态的物质具现性和彻底的客观性原则"。[②] 在他看来,意识形态创作的产品,包括艺术作品、科学著作、宗教象征和仪式等,都是物质的事物,它有固有的意义、涵义、内在价值,"但所有这些意义和价值都只有在物质事物和行为中才能表现出来"。[③] 所谓的物质事物指的就是材料,就是结构,所谓的行为指的就是

[①] 《杜勃罗留波夫选集》第2卷,上海文艺出版社1987年版,第26页。
[②] 《巴赫金全集》第2卷,河北教育出版社1998年版,第115页。
[③] 同上书,第113页。

社会交往。

　　对意识形态创作的产品的艺术作品来说，它的意识形态内容、意识形态因素需要通过物质的形式，通过材料和组织材料的艺术结构来得到体现。更重要的是，巴赫金指出，非艺术的意识形态要素，现实生活中的意识形态要素进入艺术作品并通过艺术结构得到体现时，是需要同艺术结构相融合，相化合，并在这个过程中产生变化。他以屠格涅夫《父与子》中的巴扎罗夫形象说明这个问题。在现实生活中，巴扎罗夫这个平民知识分子意识形态要素是由贵族社会集团的意识形态视野折射的，是个伦理哲学意识形态要素。但在作品中，巴扎罗夫全然不是一个伦理哲学要素，而是艺术作品的一个结构成分，你很难将他同情节分开，"情节以特殊的规律性，以情节的逻辑性，与小说所反映的、他作为平民知识分子的生活的非艺术意识形态的观念相比，在更大程度上决定着巴扎罗夫的生活和命运"。也就是说，"平民知识分子的意识形态要素在巴扎罗夫的形象中全然不是确切意义上的伦理哲学主张，而是这种主张充满矛盾的形式"。①

　　总之，在巴赫金看来，艺术结构是意识形态因素在艺术作品中的存在形式，意识形态因素是通过作品的艺术结构来体现的，而作品的一切艺术结构都渗透着沉甸甸的意识形态内容。同时，进入文学作品的意识形态因素同文学作品的艺术结构不是机械的结合，而是一种新的化合，它的伦理哲学激情逐渐地变成诗学激情的组成部分。

　　巴赫金关于意识形态视野同艺术结构关系的看法，是他关于意识形态和文学关系看法的总体的、基本的看法，在他具体阐明文学内容与形式的关系、文学发展的外部因素和内部因素的关系时，这个总体的、基本的看法又围绕"文学内在社会性"的主题，进一步深入展示出来，并构成巴赫金社会学诗学的主要内容。

二　文学作品内容和形式的关系

　　文学作品内容和形式关系的问题是文艺学，也是社会学诗学的重要问题，历来文论家从不同角度关注和论述这个问题。巴赫金对这个问题的阐

---

① 《巴赫金全集》第2卷，河北教育出版社1998年版，第135—136页。

释是放在文学与意识形态关系的大视野中，围绕文学内在社会性这个中心展开的。

在内容和形式关系问题上，巴赫金主要反对把内容和形式加以割裂，把内容和形式看成两张皮，他试图找出两者之间的关系。这个问题上，他既反对狭隘的形式主义方法，也反对狭隘的观念化方法。在谈到陀思妥耶夫斯基创作的研究时，他尖锐地指出：

> 陀思妥耶夫斯基的创作，迄今为止只是从狭隘的思想观念方面加以研究和阐释。研究者感兴趣的，主要是直接表现在陀思妥耶夫斯基言论（更确切地说，是他的主人公的言论）中的那种思想观念。而同样是这个思想观念，却如何决定了他的意识形式，如何决定了他那异常复杂的、又是崭新的长篇小说结构，至今几乎完全没有揭示。狭隘的形式主义方法，仅仅能接触到这一结构形式的皮毛，而狭隘的观念化方法，因为首先寻找哲理的认识和领会，并未把握住陀思妥耶夫斯基作品中感受承载他的哲学和政治观点的那个东西，即他在小说这一艺术形式领域中所做的革命性创新。[①]

这段话充分体现了巴赫金关于文学的社会学是内在社会性的思想，也就是说，文学作品的思想内容不是通过主人公的言论赤裸裸地直接表现出来，而是通过作品的艺术形式、艺术结构表现出来，作品中的每一种形式结构成分都渗透着活生生的社会评价，都有沉甸甸的思想内容。巴赫金关于内容和形式关系的这一重要理论探索，从20世纪20年代到70年代，一直没有停止，一直在不断深化。

在1928年的《文艺学中的形式方法》中，巴赫金从"意识形态创作的物质具现性和彻底的客观现实性原则"出发，指出一切意识形态产品及其具有的意义，"都不是在心灵里，不是在内心世界里，不是在与环境隔绝的思想和纯涵义的世界里，而是在客观地可以理解的意识形态的材料中——在语言、声音、手势中，在质量、线条、色调、活体等等的组合

[①] 《巴赫金全集》第5卷，河北教育出版社1998年版，第365页。

中"①,而在文学作品中,就体现在具体物质现实的形式中,体现在艺术形式中。他指出,必须"在意识形态事物中观察到意义同其物质实体联系的不同类型。这种联系或多或少可能是深刻的和有机的,例如在艺术中,意义完全不能脱离体现它的物质的一切细节。文艺作品毫无例外地都具有意义。物体—符号的创造本身,在这里具有头等重要的意义"。② 这里所说的"物质的一切细节","物体—符号",指的就是艺术的形式、艺术的结构、艺术的语言,他认为这一切对于表现作品的意义,是具有"头等重要的意义"。

在1929年的《陀思妥耶夫斯基创作问题》中,巴赫金明确地把"艺术的内在社会性"的理论提高到重要的地位,把它当作专著分析的基础,并且把它同艺术作品内容与形式关系问题联系起来。他说:"作为本书分析基础的,是这样一种认识:任何文学作品本身内在地都具有社会性。作品中交织着各种活生生的社会力量,作品形式的每一要素无不渗透着活生生的社会评价。所以,即使纯形式的分析,也应把艺术结构的每一要素看作活生生的社会力量的折射点,看作这样一个艺术的结晶体:它的各个棱面经过加工琢磨,都折射着各种社会评价,并且是在一定视角下的折射。"③

巴赫金的晚年,在1970年反思文艺学发展的重要论文《答〈新世界〉编辑部问》中,又回到四十多年前的文学内容和形式关系问题上来。他指出,文学作品,特别是伟大的文学作品能活在长远的时间里,是因为这些作品以其形式潜藏着千百年积淀起来的丰富、深刻的涵义,而它在随后时代有利的文化语境中就得以揭示。他谈到"莎士比亚融入作品中的宝贵涵义,是若干世纪乃至上千年间的创造和积淀起来的",而这些涵义不是赤裸裸表现出来的,而是隐藏在语言之中,在体裁形式之中,在思维形式之中。"莎士比亚也像任何艺术家一样,构筑自己的作品,不是利用僵死的成分,不是利用砖瓦,而用充满沉甸甸涵义的形式。其实,即使是砖瓦也具有一定的空间形式,所以在建筑师手里也能表现某种内容"。在

---

① 《巴赫金全集》第2卷,河北教育出版社1998年版,第115页。
② 同上书,第121页。
③ 《巴赫金全集》第5卷,河北教育出版社1998年版,第365页。

他看来，千百年形成的形式不仅是形式，在形式身上蕴含着、隐藏着沉甸甸的涵义。形式作为存在，是有表现力的存在，是会说话的存在。体裁在工匠式的作家手里只是"外在的固定样式"，"而在艺术家则能激活隐藏在体裁中的涵义"。他再三强调，"在文化领域中躯体和涵义之间不可能有绝对的界线"①。

回顾巴赫金几十年来关于文学作品内容和形式关系的看法，可以看出他反对将作品中的内容和形式加以割裂，特别重视形式在作品中的地位和作用，其观点突出之处在于强调艺术的形式是有涵义的形式，形式是充满沉甸甸的涵义，作品的涵义应当从形式中去寻找。总之，"作品的每一个成分都是形式和内容的化合物。没有不具形式的内容，也没有无内容的形式。社会评价是结构的每个成分中内容和形式的共同基础"②。

巴赫金关于文学作品内容和形式关系的思想，不仅仅是一种理论阐述，他的思想在分析陀思妥耶夫斯基创作中得到生动的体现和进一步的深化。在《陀思妥耶夫斯基诗学问题》中，可以看到巴赫金从艺术创作、艺术作品和艺术接受三个层面上，深入阐述他的思想。

从创作层面看，巴赫金认为艺术家并不是把作为抽象世界观的思想、道德、宗教、伦理原则搬进艺术文学作品，就能成为艺术家。艺术家只有把抽象的思想原则变成具体地构筑文学作品的原则，才能成为艺术家。艺术家对生活新的发现和对艺术形式的新发现是一致的。作家应当善于将看待世界的原则变成对世界进行艺术观察的原则，变成构筑小说的语言整体的原则。③ 艺术家如果没有创造出新的艺术形式就无法表现出他对生活的新发现。在他看来，陀思妥耶夫斯基对小说复调形式的创造是同作家对生活的对话性的发现相联系的，作家是通过复调新形式的创作来表现他对生活的新发现。同时，作家艺术家对以往形式的采用，也不单纯作为艺术形式来采用，而是看中这些形式不是僵死的成分而是充满沉甸甸意义的形式，大的作家艺术家往往能通过自己的艺术创造激活隐藏在形式中潜藏的涵义。

---

① 《巴赫金全集》第4卷，河北教育出版社1998年版，第367—369页。
② 《巴赫金全集》第2卷，河北教育出版社1998年版，第299页。
③ 《巴赫金全集》第5卷，河北教育出版社1998年版，第10页。

从作品层面来看，巴赫金认为文学作品的思想内容不是通过作者的言论，不是通过作品人物的言论表现出来，而应当通过作品的艺术形式和艺术结构表现出来，而艺术形式新的变化会给艺术内容带来崭新的面貌。在他看来，陀思妥耶夫斯基复调小说形式的创造是"一场哥白尼式的变革，把作者对主人公的确定的最终的评价，变成主人公自我意识的一个内容"。拿陀思妥耶夫斯基的《穷人》和果戈理的《外套》作比较，巴赫金认为两篇小说写得都是小人物，"内容上并没有什么变化"，但"作品各结构要素之间如何分配，情形就全然不同"，也就是说，小说艺术视觉和艺术重心发生变化了。《外套》的主人公是由作者控制，这是独白小说。《穷人》是复调小说，作者对主人公采取全新的立场，作者不再控制主人公，过去由作者完成的事，现在由主人公来完成，主人公完全可以按照自己的眼光来看待自己和看待世界，作者阐明的已经不是主人公的现实，而是主人公的自我意识。这种艺术形式的创新恰恰展示了俄罗斯文学作品中的小人物形象的重大变化，小人物形象自我意识的增长。在这里，艺术形式的创新和艺术内容的创新是完全一致的。在巴赫金看来，"整个艺术视觉和艺术结构的重心转移了，于是整个世界变得焕然一新，其实陀思妥耶夫斯基几乎没有给作品带来什么真正新鲜的、为果戈理所无的材料"。[①]

从艺术接受的层面来看，以往的专著和文学史之所以对陀思妥耶夫斯基的创作不理解，甚至认为他的思想十分混乱，巴赫金认为主要是"忽视他的艺术形式的独创性"，却到他的内容中去寻找作家创作的特点，从主题、思想观点、某个人物形象去寻找作家的创作特点。这样一来，内容就显得很贫乏，因为内容丧失了最重要的东西——作家观察生活所得到的新发现，因此也就无法真正把握作家创作的本质。同样，人们如果不理解拉伯雷小说的"怪诞现实主义"这种新的艺术形式，也就无法理解拉伯雷小说的本质。因此，巴赫金深刻指出："不理解新的观察形式，也就无法正确理解借助这一形式在生活中所初次看到和发现的东西。如果能正确理解艺术形式，那它不该是为已经找到的现成内容作包装，而是应能帮助

[①] 《巴赫金全集》第5卷，河北教育出版社1998年版，第64页。

人们首次发现和看到特定的内容。"①

三 文学发展外部因素和内部因素的关系

巴赫金既从文学作品内容和形式关系的角度说明文学内在社会性的问题，他也从文学发展的动力的角度，从文学发展外部因素和内部因素关系的角度来说明文学内在社会性问题。

从文学内在社会性的观点出发，他反对将文学的独特性和社会性加以分割和对立，也反对将文学发展的外部因素和内部因素加以分裂和对立，既反对把文学发展仅仅归为内部因素，也反对把文学的发展仅仅归为外部因素，他认为文学发展的外部因素和内部因素应当是辩证统一的：内部因素受外部因素影响，外部因素也应当从内部因素找到间接的内在回声。关于这个问题，巴赫金有一段重要的论述：

> 每一种文学现象（如同任何意识形态现象一样）同时既是从外部也是从内部被决定的。从内部是由文学本身所决定；从外部是由社会生活的其他领域所决定。不过，文学作品被从内部决定的同时，也被外部决定，因为决定它的文学本身整个地是由外部决定的。而从被外部决定的同时，它也被内部决定，因为外在因素正是把它作为具有独特性和同整个文学情况发生联系（而不是在联系之外）的文学作品来决定。这样，内在的东西原来是外在的，反之亦然。
> ……
> 只有在这种辩证的理解不同意识形态现象的独特性和相互影响的基础上，才有可能建立真正的科学的文学史。②

巴赫金在论述文学发展的外部因素和内部因素关系时，主要是针对"艺术结构的内部非社会性"的观点，针对形式主义自律性的文学发展观。形式主义把文学发展的历史仅仅看成是文学形式发展的历史，是旧形

---

① 《巴赫金全集》第5卷，河北教育出版社1998年版，第60页。
② 《巴赫金全集》第2卷，河北教育出版社1998年版，第145页。

式被新形式取代的历史,他们认为文学发展的动力不是社会历史文化等的外部因素,而是文学形式自我调节、自我转化的内部因素。什克洛夫斯基认为,"新的形式的出现并不是为了表达一种新的内容,而是为了代替已经失去审美特质的旧形式"。[①] 他打了一个形象的比喻,"所谓艺术史,不过是没有内容的形式的交替更迭,就一把刻有不同标志的骨牌,撒一次就能组成不同的组合"。[②] 而这种形式交替的历史的基础是什么呢?形式主义认为是"自动化——可感觉性",也就是说形式的更替是为了使人摆脱对物感知的自动化、对物产生新的感知。巴赫金认为如此说明艺术发展的规律和动力,说明形式的交替,是从根本上忽视了"历史现象的质的独特性",是将历史生物化和心理化了。[③] 他认为如果形式主义者"联系时代总的意识形态条件和社会经济条件来讲可感性和自动化,那么情况就会有所不同",他们可以"从心理生理范畴转入历史的范畴"[④]。总之,他认为形式主义的文学史观,他们对文学发展动力的理解,主要是孤立地强调文学发展的内部因素,从根本上忽视了文学发展的社会历史文化等外部因素。

巴赫金在文学发展动力问题上坚持两个决定论,文学发展既从外部也从内部被决定。问题是,在文学发展中外部因素和内部因素两者是什么关系?在这个问题上,巴赫金坚持的是"外"与"内"的辩证统一观点。具体说,一是外部因素必须通过内部因素起作用,二是外部因素和内部因素是相互转换的。

首先是外部因素通过内部因素起作用问题。

在巴赫金看来,所谓的外部因素指的是社会生活,是社会历史文化语境,所谓的内部因素指的是艺术形式结构。如前所述,巴赫金认为文学艺术所具有的社会性是内在的,而不是外在的,从这种"艺术内在社会性"的观点出发,他认为文学外部因素对文学发展的影响不能脱离开文学的内部因素,文学外部因素必然是通过文学的内部因素对文学的发展起作用。他指出:"艺术同样也是内在地具有社会性:艺术之外的社会环境在从外

---

① 《俄苏形式主义文论选》,中国社会科学出版社1989年版,第35页。
② 转引自梅特钦科《继往开来》,中国社会科学出版社1983年版,第16页。
③ 《巴赫金全集》第2卷,河北教育出版社1998年版,第310页。
④ 同上书,第333页。

部作用艺术的同时，在艺术内部也找到间接的内在回声。这里不是异物作用于异物，而是一种社会构成作用于另一种构成。"① 这里说的"在艺术内部也找到间接的内在回声"，指的就是外部因素对文学发展的影响是通过文学内部因素达到的，也就是说，文学艺术内部的艺术形式结构的变化影响了文学的发展，而这种艺术形式结构的变化归根到底又是受外部的社会历史文化因素决定的。

其次是外部因素和内部因素的相互转换问题。

在谈到外部因素和内部因素对文学发展的影响时，巴赫金不仅指出两者的决定作用以及两者不是互不相干的，而且更深入地探讨了两者的相互转换问题，为文学发展动因的探讨提出了新的见解，指出了新的方向，他在两处谈到这个问题。

> 任何影响文学的外在因素都会在文学中产生纯文学的影响，而且这种影响逐渐变成文学下一步发展的决定性的内在因素。而这一内在因素本身逐渐变成其他意识形态范围的外在因素，这些意识形态范围将用自己的内部语言对它做出反应；这一反应本身又将变成文学的外在因素。②

> "外在的"和"内在的"东西在历史过程中辩证地调换了位置，在这种情况下当然并不完全等同。今天对文学来说是外在的东西，是文学外现实的东西，明天可能作为内在的结构因素进入文学。而今天是文学的东西，明天可能成为文学之外的现实。③

巴赫金这里所阐明的"外"与"内"的辩证法并不难理解。例如近代社会的变革和意识形态的变化影响了小说叙事模式的变化，进而成为"文学下一步发展的决定性的内在因素"。而这个时期文学的发展变化也成了其他意识形态的外在因素，成了文学之外的现实。这里我们所感兴趣的是外部因素如何转换为内部因素。巴赫金阐明狂欢文化和狂欢体文学的

---

① 《巴赫金全集》第 2 卷，河北教育出版社 1998 年版，第 80 页。
② 同上书，第 146 页。
③ 同上书，第 314 页。

渊源关系时，涉及了这个问题。他指出，"狂欢化有构筑体裁的作用，亦即不仅决定着作品的内容，还决定着作品的体裁基础"，也就是说"具有构成新文体的力量"。① 在他看来，民间狂欢节、狂欢文化所体现的千百年来民族的狂欢式的世界感受，所体现的平等对话精神、变化更新精神，深刻影响了狂欢体文学的对话性、杂语性，因而构筑一种新的文体。在这里，外部因素内化为、转化为内部因素。

---

① 《巴赫金全集》第5卷，河北教育出版社1998年版，第173页。

第七章

巴赫金的对话思想和文论的现代性[*]

文学理论的现代性是文学理论的一种现代意识，它的一个重要表现便是文学理论的开放、对话和多元。在思考这个问题时，人们自然会想起巴赫金的对话思想。对话思想是巴赫金思想的核心，它贯穿于巴赫金所研究的一切人文社会科学领域之中。他认为生活的本质是对话，思想的本质是对话，语言的本质是对话，文学的本质也是对话。巴赫金的对话思想是20世纪最具有原创性的和最具有现代性的思想。对话思想首先体现出一种现代的科学精神和理性精神。巴赫金通过民间狂欢化文化的研究，指出民间狂欢节体现出一种民众的狂欢式的世界感受，一种平等对话精神，一种更替和更新的精神。他主张将这种民众的狂欢式的世界感受转移到思想精神领域，在思想精神领域提倡思想的对话，反对思想的独白。在他看来，思想是通过对话得到发展的，只有思想的对话才能给思想带来生机和活力，而思想的独白只能使思想僵化和枯萎。巴赫金的对话思想同时也体现出一种深厚的人文精神。对话思想是对现实的人的存在的深刻思考。在他看来，人是现实地存在于"我"和"他人"的形式之中，每个人都是独立的存在，每个人都有独立的价值，都应当受到尊重和关怀。有了这个前提，才可能有人与人之间的平等对话，才可能有思想与思想之间的平等对话。对话思想既是针对战争和科技发展所带来的对人的漠视，也是针对他所生活的年代现存制度对人的压制。巴赫金的对话思想对20世纪的思想界产生了巨大的震撼力，也为21世纪留下一笔宝贵的思想遗产，它对我们思考文学理论的现代性有深刻的启示意义。

---

[*] 原载《文艺研究》2000年第2期。

巴赫金是思想家、哲学家，也是文艺学家和文艺批评家，他始终关注文艺学的建设。在晚年，他针对苏联文艺学的现状，提出了通过对话建立开放的文艺学的构想。在《答〈新世界〉编辑部问》①（1970）中，他充分肯定俄罗斯文艺学有高水平的学术传统和学术潜力，有才华出众的文艺学家，同时尖锐地指出苏联文艺学存在两个问题：一是不敢大胆开拓，不能在广阔的文学世界中开拓出新的领域和发现一些重大的现象；二是缺乏各种学术流派中的交锋和对话。针对这两个问题，巴赫金提出文艺学应当是开放的，而不应当是封闭的。他所说的开放有两个方面，一是文艺学要向其他学科开放，特别是要同文化史建立更紧密的联系。他认为文艺学关注文学的特性固然是必须的和有益的，但不能把文学封闭起来，要有广阔的文化视野，要"力求在一个时代整个文化有区分的统一体中来理解文学现象"。二是一个国家和民族的文化和文论要向其他国家和民族的文化和文论开放，并且通过对话达到相互丰富和充实。

根据巴赫金提出的通过对话建立开放的文艺学的构想，我认为具有对话精神的文学理论，具有现代性的文学理论应有以下三个特征。

第一，是多元的而不是一元的。

一个时代的文化是一个有区分的统一体，一个时代的文论也是一个有区分的统一体。文学理论的多元化归根到底是由文艺学的研究对象——文学的特点决定的。巴赫金认为文艺学是一门年轻的学科，而文学又是一种极其复杂和多面的现象，文学研究很难有什么类似"灵丹妙药"的方法。因此，他指出："采取各种不同的方法就是理所当然的，甚至是完全必要的，只要这些方法是严肃认真的，并且能揭示出新研究的文学现象的某种新东西，有助于对它的更加深刻的理解。"

文艺学发展的历史告诉我们，一个时代文论的发展和繁荣是同文论的多元化相联系的，而文论的一元化往往窒息文论的生机和活力。仅以19世纪俄国文学理论批评为例，以往我们只知道别、车、杜，实际上除了他们的革命民主主义理论批评，还有唯美主义的理论批评、根基派的理论批评，在19世纪下半期俄国理论批评已形成革命民主派、唯美派和根基派

---

① 《巴赫金全集》第4卷，河北教育出版社1998年版，第363—371页。本章引文皆出于此。

三足鼎立的局面。到了19世纪末20世纪初,俄国文学理论批评既有马克思主义文学理论批评的崛起,又有现代主义文学理论批评的出现,同时还存在学院派的文学理论批评,而学院派当中又有神话学派、历史文化学派、历史比较学派、心理学派等四大学派。事实证明,如果没有各学派的多元存在,如果没有各学派之间的对话和交锋,就不可能有19世纪俄国文学理论批评的发展和繁荣。十月革命后,马克思主义文学理论批评占据了主导地位,苏联文艺学有了新的发展,但把其他流派全打成反马克思主义的做法也就大大影响了苏联文艺学的发展。

第二,是互动的而不是对立的。

巴赫金认为一个时代的各种文化是相互影响和相互作用的,而不是相互对立和相互隔绝的,各种文化的交融和对话是一个时代文化本身发展的动力。同样,一个时代的各种文论也应当是互动的,而不是对立的,各种文论也是在交融和对话中得到发展。这可以说是文化和文论发展的客观规律。然而长期以来我们的思维却非常绝对,好的绝对是好,坏的绝对是坏,有你便没有我,有我便没有你,完全是一种非此即彼、只讲斗争不讲融合的思维模式。在传统的观念中,不是现实主义就是反现实主义,不是马克思主义就是反马克思主义。而实际情况并非如此,马克思主义文论就是从传统文论中吸收了有益的成分并在同它们的交锋和对话中确立起来的,在它确立之后也仍然需要从其他文论中吸收有益的成分,并在同它们的交锋和对话中继续得到发展。反过来说,西方一些严肃的文艺学家都在认真研读马克思主义,西方一些著名的文论流派也都绕不开马克思主义文论。再如中国20世纪30年代的左翼文学批评和京派文学批评,以往只强调他们对立的一面,往往忽视他们相互联系和相互渗透的一面,仿佛前者就是社会批评,后者就是美学批评,前者是关心社会的,后者是不关心社会的,其实并不如此,京派批评并不是不关心社会,只是他们关心社会的角度和方式不同于左翼批评而已,同时京派批评也有社会批评,左翼批评也有美学批评。

第三,是开放的而不是封闭的。

巴赫金认为本国和本民族的文化和文论应当对别人的文化和文论开放,但这种开放不是机械接受,而是一种对话。以往认为理解别人的文化和文论应当融入其中,他认为用别人的视角看问题对理解别人的文化和文论当然是必不可少的。但更重要的是在创造性理解中不应当排斥自身，不应当排斥自身的文化和文论。他说："理解者针对他想创造性加以理解的东西而保持外位性，时间上、空间上、文化上的外位性，对理解来说是件了不起的事……在文化领域中，外位性是理解的最强大的推动力。"这是因为别人的文化和文论只有在他人的文化和文论的眼中才能得到较为充分和深刻的揭示，正是在这种创造性的理解中，不同文化和文论产生交锋和对话，并且显示出自己深层的底蕴。在两种文化和文论的交锋和对话中，如果提不出自己的问题，没有自己的见解，就很难创造性地理解他人的文化和文论。因此，巴赫金强调在文化和文论的交锋和对话中，每一种文化和文论应当"保持着自己的统一性和开放的完整性"，只有这样，各自的文化和文论才能相互得到丰富和充实。这些年来，我们的文论确实打破了封闭的状态，真正对外开放了，西方各种文论纷纷涌了进来，对我国文论的建设起了很大的作用，但缺乏的正是外位性，正是创造性的理解，我们走马灯似的接受各种西方文论，但没有能够提出自己的问题与其展开认真的对话，其结果自身就很难有大的进展。这方面我们先辈的经验值得记取，茅盾当年是带着"五四"文学的问题接受了俄国的现实主义，接受的重点是为人生，当出现"问题小说"的弊病后他又带着问题转向左拉的自然主义，接受的重点则是真实性。新文学正是在同外国文学和文论的认真对话中得到发展的。

当前，西方和我国的文论都出现了多元的局面，不同流派和观点甚至尖锐对立、互不相容，我想巴赫金富有现代性的对话思想，他的多元、互动和开放的观念或许能为21世纪文论的发展带来新的启示和动力。

第八章

巴赫金的对话思想和跨文化研究[*]

照我理解，所谓跨文化就是文化的对话，跨文化研究就是文化对话的研究。在这方面，巴赫金关于文化对话性的思想（文化的整体性和多元性、文化的主体性、文化的互动性、文化的边缘性和开放性、文化的创新性），关于人文科学和文化研究方法论的思想（理解、外位性），为我们开展跨文化研究提供了丰富的思想资源，具有重要的理论价值和实践意义，值得认真加以梳理和研究。

一

巴赫金（1895—1975）是20世纪最重要的思想家，他的研究涉及哲学、伦理学、人类学、民俗学、语言学、符号学和文艺学、美学多个领域，具有丰富的多面性和很强原创性，对20世纪思想文化界有巨大的震撼力。

我国对巴赫金的认识经历了一个复杂的过程，开始是关注他的复调理论，继而关注他的狂欢化理论，最后才抓住对话理论。随着研究的深入，我们才逐渐体悟到复调理论和狂欢化理论的背后和深处是巴赫金毕生追求并为之付出重大代价的对话精神，是对话理论；认识到不理解对话就谈不上真正的理解复调和狂欢。对话精神正是巴赫金哲学思想和美学思想的根基，是巴赫金思想最有魅力和最具震撼力的精华所在。

在巴赫金看来，对话是人类重要的生活方式和生存状态，它渗透到人

---

[*] 原载《中国文艺评论》2016年第3期。

类生活的各个领域,他认为生活的本质是对话,思想的本质是对话,语言的本质是对话,文学艺术的本质是对话,文化的本质也是对话。

生活的本质是对话。他指出:"生活就其本质说是对话的:提问、聆听、应答、赞同等等,人是整个地以其全部生活参与到这一对话之中的,包括眼睛、嘴巴、双手、心灵、整个躯体、行为。他以整个身心投入话语之中,这个对话则进到人类生活的对话网络里,参与到国际的研讨中。"①在另一处他又谈道,"生活中一切全是对话,也就是对话性的对立"②,"单一的声音,什么也结束不了,什么也解决不了。两个声音才是生命的最低条件,生存的最低条件"。③巴赫金关于生活的本质的思想是他对人和人的存在方式的根本理解,是他对现实的人的存在的深刻理解。在他看来,每个人都是独立的存在,都有独立的价值,人的存在和差异应当受到尊重和关怀,有了这个前提才有人与人之间的平等对话。

思想的本质是对话。他指出,"思想就其本质来说是对话性的","陀思妥耶夫斯基恰恰把思想看做是不同意识不同声音间演出的生动事件,这样来进行观察和艺术描绘。思想、意识、一切受到意识光照的人的生活(因而是与思想多少有些关联的生活),本质上都是对话性的——这一艺术发现使他成为伟大的思想艺术家。"④为什么说思想的本质是对话?巴赫金认为思想不是主观的个人心理的产物,不是生活在个人意识之中,思想的真正生存领域是在同别人思想发生重要的对话的关系之中,人的想法要成为真正的思想必须是在同他人另一种思想的积极交往之中。思想只有在对话中才能获得活力,才能不断生成和发展。思想如果只生活在个人的意识之中,如果拒绝同别人对话,如果把自己凝固起来,把自己树为绝对的权威,那么这种思想肯定会走向僵化,甚至走向死亡。

语言的本质是对话。巴赫金把对话思想运用到语言领域,对语言有自己独特的理解。他既批判以洪堡为代表的把语言局限于个人心理范畴的"个人主义的主观主义"的语言学,也批判以索绪尔为代表的把语言看成

---

① 《巴赫金全集》第5卷,河北教育出版社1998年版,第387页。
② 同上书,第58页。
③ 同上书,第340页。
④ 同上书,第115页。

是稳定不变的体系的"抽象的客观主义"的语言学。他强调语言在社会交往活动中的社会性，认为语言属于社会活动，话语是双方的行为，它取决于两个方面，一是谁说的，二是对谁说的。他明确指出："语言只能存在于使用者之间的对话交际之中。对话交际才是语言的生命真正所在之处。语言的整个生命，不论是在哪一个运用领域里（日常生活、公事交往、科学、艺术等等），无不渗透着对话关系……这种对话关系存在于话语领域之中，因为话语就其本质来说便具有对话的性质。"[①]

文学艺术的本质是对话。巴赫金在《审美活动中的作者和主人公》中，提出审美活动是一种审美事件，它由作者和主人公构成，两者在审美活动中相互联系，相互影响，它们之间是一种对话关系。实际上审美事件的构成除了作者和主人公，还应当包括读者，审美事件是作者、主人公和读者的对话关系。所谓审美事件所体现的对话，按巴赫金的意见，又可以有三种对话关系：作家同前辈作家的对话；作家与同时代接受者的对话；作家同后代的对话。一部优秀的作品是具有潜在的思想艺术价值的，它要"生活在长远的时间里"，真正比在自己的时代更活跃更充实。

当然，巴赫金也认为文化的本质是对话，他指出一个时代的文化是有区分的整体，文化是具有多样性的；文化的互动和开放是文化发展的动力；文化所经历的最紧张、最有成效的生活是在文化的交界处和边缘；文化对话的目的是文化的创新。

不论是哪个领域，巴赫金的对话思想强调的是主体性（对话的双方都是独立的，都有自己的价值）、对话性（对话是主体展现的形式，对话的双方是互动的，是相互交锋、相互作用的）、未完成性（存在就意味着对话，对话是开放的、未完成的，对话结束之时也是一切终结之日）。

为了深刻理解巴赫金的对话思想，还需要深入了解其产生的历史语境，了解其历史针对性。19世纪末20世纪初，由于实证主义在哲学中的蔓延和科技发展中机械论的影响，不少哲学家、思想家和作家都为哲学中失去人，美学中排除伦理、价值要求感到担忧。巴赫金正是在这时开始对人和人的存在方式的思考。同时，巴赫金的对话也是针对他所生存年代苏联现存制度对人的压制。从他的学术著作中，我们可以强烈感受到一种对

[①] 《巴赫金全集》第5卷，河北教育出版社1998年版，第242页。

人的价值的尊重和人与人平等关系的追求,一种对专制的无声抗议和深沉的人文关怀。

二

巴赫金把他的对话理论运用于文化领域,对文化的特性和发展规律,对文化的整体性和多样性、文化的主体性、文化的互动性、文化的开放性和边缘性以及文化的创新性,都做了深刻的、独特的、富有创新性的阐释。巴赫金文化对话性的思想是独树一帜的,是20世纪文化理论的重大发展,它对于文化研究和跨文化研究都有重要的启示。

文化的整体性和多样性。

巴赫金在谈到文学和文化的关系时,特别强调不能脱离开一个时代完整的文化语境来研究文学,不应该把文学同其他文化割裂开来,他明确指出:"不把文学同文化隔离开来,而是力求在一个时代整个文化的有区分的统一体中来理解文学现象。"[1] 在这里,巴赫金提出一个重要的理论观点,他认为一个时代的文化是有区分的统一体,也就是说一个时代的文化既是统一的也是多元、多样的,既是完整的也是可以分割的,它是又合又分的。只讲多元、分割,不讲统一、整体,只讲统一、整体,不讲多元、分割,都是片面的。如何辩证地认识和对待两者的辩证关系,是巴赫金关注的重要理论问题和实践问题。

巴赫金首先指出一个时代的文化是有区分的,是多元,例如在中世纪有上层文化,有下层文化,有宣扬禁欲主义,宣扬世俗生活的罪恶,妄图使现有制度神圣化、合法化和固定化的教会和官方文化,也有反对禁欲主义、反对等级制度、主张自由平等的民间文化。而不同文化的存在归根到底又是由不同的社会制度,不同的生活条件决定的。他深刻指出,正是中世纪两种生活的存在产生了中世纪两种思维体系和两种文化,官方和教会的生活,他们的生活和交际形式,他们的宗教仪式,决定了官方文化冰冷僵化的严肃性,而民众广场和狂欢节中的无拘无束的自由生活,决定了民间文化自由平等的精神和充满更新的创造精神,决定了民间文化自由、欢

---

[1] 《巴赫金全集》第4卷,河北教育出版社1998年版,第365页。

乐的音调。值得注意的是，巴赫金在谈到一个时代文化的多元性和多样性时，也指出一个时代的各种文化所占有地位及其价值也是不同的。在一个时代、一个民族的多元文化中，他特别看重民间文化的地位和影响，高度重视民间文化给文学带来的重大的和深刻的影响。他说不了解民间诙谐文化就无法理解拉伯雷的怪诞现实主义小说，不了解民间狂欢文化就无法理解陀思妥耶夫斯基的复调小说。到了晚年，巴赫金更是大声疾呼要人们重视强大而深刻的文化潮流，特别是底层的民间文化潮流对作家创作的影响。他认为不能把一个时代的文学过程仅仅归结为文学诸流派的表面斗争，仅仅归结为报刊的喧闹，而要去揭示那些真正决定作家创作的强大而深刻的文化潮流（特别是底层的民间潮流）。只有如此，才能"深入到伟大作品的底蕴"[①]。

一个时代的文化不仅是有区分的，是多样多元的，而且是一个统一体，是一个整体。一个时代文化的整体性主要表现在各种文化的相互联系，各种文化都有统一的时代精神和特色，往往又体现出人类共有的价值观。以文艺复兴时期的文化为例，它虽然遍及意大利、德国、法国、西班牙和英国等国家，同时在多个国家中又分为上层文化和下层文化，但它们都体现了文艺复兴文化统一的精神风貌，统一的价值追求，这就是主张以人为本和反对神权的人文精神。在19世纪俄罗斯的众多作家、艺术家身上，我们都可以感受到反农奴制的人道精神，感受到一种"销魂而广漠的哀愁"。在唐代文化中，也体现一种统一的"盛唐气象"，一种开阔的胸怀和恢宏的气度，一种进取、昂扬的精神。

更难得的、更重要的是巴赫金还特别关注一个时代文化整体性、统一性和多样性、多元性的关系。一个时期以来，我们在文化研究中先是强调整体性、统一性，忽视多样性、多元性，后来又是只强调多样性、多元性，又忽视整体性、统一性。实际上，任何具体文化领域都需要从文化整体性的联系中确定自己的位置，显示自己的特色和价值。就文学研究而言，苏联过去的庸俗社会学只强调文学同社会政治、经济、社会文化的关系，忽视文学的特性，后来纠正这一弊端后又走过另一极端，是过分强调文学特性，而忽视文学同文化整体的关系，缺乏广阔的文化视野。对此，

[①] 《巴赫金全集》第4卷，河北教育出版社1998年版，第365页。

巴赫金提出尖锐的批评，他认为"文学是文化不可分割的一部分，脱离了那个时代整个文化的完整语境，是无法理解的"，他主张"力求在一个时代整个文化有区分的统一体中来理解文学现象"。① 说到底，巴赫金文化诗学的精义就在于此。

文化的互动性。

巴赫金所说的文化对话性主要表现在文化的互动性和开放性，这里先讲文化的互动性。

巴赫金不仅把一个时代的文化看成是有区分的统一体，而且把一个时代的文化看成是多种文化相互联系和相互作用的统一体，看成是多元互动的统一体，巴赫金关于文化互动性的思想是独特的，它包括三个主要思想：文化互动不是单向的而是双向的；文化互动不仅是内容层面的，也是形式层面的；文化互动是文化发展的动力。

在研究文化互动、文化对话时，巴赫金特别关注民间文化、下层文化和上层文化的互动关系。以往我们更多研究民间文化对上层文化的影响，巴赫金认为这种影响是双向的，而不是单向的。民间文化为文人文化提供养分，反过来文人文化对整个民族文化，其中包括民间文化也是一个大的提升。他以欧洲文艺复兴时期民间诙谐文化同正宗文化的关系深刻证明这个问题。在文艺复兴时期，整整一千年积淀起来的非官方的民间诙谐文化、狂欢文化闯入了正宗文学和主流意识形态领域之中，并使之充满创造力，这种作用表现在狂欢化文化对狂欢体裁形成的作用，更主要的表现在民间狂欢文化所形成的狂欢式的世界感受（自由平等的精神、交替更新的创造精神）对文艺复兴世界观的影响。正如巴赫金所说的："在狂欢式世界感受的基础上，还逐渐形成各种复杂形式的文艺复兴世界观，透过狂欢式的世界感受，在一定程度上反映出那一时代人道主义者所理解的古希腊罗马文化。"② 这里所指的民间狂欢化式世界感受对文艺复兴世界观的影响，对文艺复兴文学艺术的影响，主要在于"使人回到人自身"，在于对人的尊重，在于弘扬一种人道主义精神和生气勃勃的创造精神。反过来讲，在巴赫金看来，千年积淀起来的民间文化、民间诙谐文化也受到文艺

---

① 《巴赫金全集》第4卷，河北教育出版社1998年版，第365页。
② 《巴赫金全集》第5卷，河北教育出版社1998年版，第171页。

复兴时期人文精神的影响,本身也得到提升,也产生重要变化。这种变化,巴赫金认为表现在"它的全民、激进性、自由不羁、清醒和物质性已从自身近乎自发的存在阶段,转向艺术自觉和坚定性的阶段,换言之,中世纪的诙谐在其发展的文艺复兴阶段已成为新的时代的自由的、批判的历史意识的表现"①,这里说的是中世纪的民间文化在文艺复兴先进人文思想光照下,逐渐由感性的自发状态上升为自觉的状态,并成为文艺复兴时代精神和历史意识的表现形式。

巴赫金关于上、下层文化互动的思想,应当说是揭示了文化发展的重要现象和重要规律。多种文化的互动,在我国多个时期文化和文学发展中都可以看到。在中国古代,我们看到了民间故事、民间说书对文学经典《水浒传》、《三国演义》、《西游记》形成的作用,也可以看到这些文学经典走进民间,对整个民族文化、民间文化的提升作用。谈到"五四"时期,钟敬文先生认为,"五四"对中国传统文化并不是全盘否定的,它打击得更严厉的是上层文化。它对民族的通俗文化和下层文化,却是保护和提倡的。在他看来,"五四"时期对中层(市民文化)和下层文化(民间文化)的保护和提倡对"五四"新文化运动是起促进作用的,其中包括提倡白话文;赞扬口承文学,创办《歌谣》周刊;提高俗文学(通俗小说、戏曲)的地位;进行作为民族文化的民间风俗风尚的勘察等。他认为这些活动所提倡的反封建的民主精神同"五四"新文化活动的精神是完全一致的。从这个意义上讲,同民间文化对文艺复兴运动的支持一样,当年弘扬传统的中、下层文化也是对"五四"新文化运动的重大支持。

从巴赫金到钟敬文,他们关于文化转型期下层文化和上层文化互动的思想在当下仍有现实意义。今天我们面临文化转型,当代文化出现了众声喧哗的局面,有主流文化有非主流文化,有精英文化有大众文化,有雅文化有俗文化,多种文化如何在互动中发展,上层文化如何从下层文化中吸收营养,下层文化如何在上层文化影响下得到提升,特别是新文化的形成如何得到下层文化的激活和支持,我们都可以从他们的论述中得到有益的启示。

巴赫金关于文化互动性的思想,还有两点值得注意。一是巴赫金认为

---

① 《巴赫金全集》第 6 卷,河北教育出版社 1998 年版,第 84—85 页。

不同文化的相互影响和相互作用不仅是内容层面，而且涉及形式和体裁。就民间狂欢文化对文学的影响而言，不仅是狂欢节所体现的狂欢式世界感受影响正宗文学的内容，而且"狂欢化有构筑体裁的作用，亦即不仅决定着作品的内容，还决定着作品的体裁基础"。① 也就是说，在狂欢化的影响下，在欧洲形成了狂欢体文学，并且成为一种文学传统。二是巴赫金认为不同文化的互动是文化发展的动力。不仅如前所述，上层文化和下层文化的互动来带文化的发展，不同文化领域（哲学、历史、教育、文学）、不同艺术门类的互动（电影、音乐、戏剧、绘画、文学）的互动，也是文化发展的动力。

文化的开放性和边缘性。

巴赫金在解释一个时代各种文化的互动关系之时，特别指出要把文化看成是一个开放的统一体。从共时的角度看，要在同别人文化的对话和交流中，显示出自己文化的深厚底蕴，并使双方的文化都得到丰富和发展。从历时的角度看，要把文化放在历史发展的过程中，放在"长远时间"里，在同未来时代的对话中，揭示其蕴藏着的巨大潜能。巴赫金所说的文化开放性有宏大的视野，既有横向的开放，又有纵向的开放，既指向当代，也指向未来。

我们上面讲的文化的互动性，一个时代多种文化的相互影响和相互作用，就是文化的横向开放、文化的共时开放。在这个问题上，巴赫金富有独创性地提出了文化的边缘性问题。他认为不同文化领域之间不应当是封闭的、对立的，而应当是开放的、对话的。这种开放、对话往往是出现在不同文化的边缘，出现在不同文化的交界处，也就是文化的开放和对话往往是在各种文化的边缘和交界处进行的，而新的文化往往正是产生在不同文化的边缘和交界处。巴赫金早年在《文学作品的内容、材料与形成问题》中就指出："不应把文化领域看成既有边界又有内域疆土的某些空间整体。文化领域没有内域的疆土，因为它整个儿都分布在边界上，边界纵横交错，遍于各处，穿过文化的每一要素。文化具有系统的整体性，渗入到每个原子之中，就像阳光反映在每一滴文化生活的水珠上一样。每一起文化行为都在边界上显出充实的生命，因为这里才体现出文化行为的严肃

---

① 《巴赫金全集》第5卷，河北教育出版社1998年版，第173页。

性和重要性，离开了边界，它便丧失了生产的土壤，就要变得空洞傲慢，就要退化乃至灭亡。"① 到了 70 年代，他又进一步阐释了这个问题。他说："由于迷恋于专业化的结果，人们忽略了各种不同文化领域间的相互联系和相互依赖问题，往往忘记了这些领域的界限不是绝对的，在不同的时代有着不同的划分；没有注意到文化所经历的最紧张、最富成效的生活，恰恰出现在这些文化领域的交界处，而不是在这些文化的封闭的特性中。"② 为什么文化对话常在文化边缘和交界处进行，为什么在文化的边缘和交界处最能产生新的生命？可能是在这种地带，在多种文化的交汇处，多种文化在对话、交锋中往往处于一种混沌的、活跃、奇异的状态，于是就容易打破旧的思想、旧的形式，产生新的思想、新的形式。巴赫金这种文化边缘性的思想是符合文化发展的实际和文化发展的规律的。就当代艺术而言，电影是在文学、戏剧、音乐、绘画和现代技术的交汇处产生的。MTV 是音乐和影视的结合，小品是戏剧和相声的交合。可以说当代一切最紧张、最富活力、最富成效的文化现象，都是出现在多种艺术文化的交界处，而不是在这些文化艺术封闭的特性中。

从历时的角度看，巴赫金提出把文化放在长远的时间里，向多个时代开放，在开放和对话中，不断揭示其蕴藏着的巨大潜能。巴赫金说："文学作品要打破自己时代的界限而生活在世世代代之中，既生活在长远的时间里（大时代里），而且往往是（伟大作品则永远是）比自己当代更活跃更充实。"③ 这就是说各种文学作品和文化仿佛超越自己的时代，在自己身后的生存过程中不断充实新的意义。我们经常说的"说不尽的莎士比亚"指的就是这种现象。关于文学作品和文化现象的生命力和潜能问题，巴赫金是把它作为一种文化开放和文化对话来加以理解的。在他看来，任何一部文学作品，任何一种文化现象都存在一种对话关系，都要同不同时代开放和对话，要同前代对话，同本世代对话，同时还同后代对话。能够活在长久的时间里。除了它有现实的内容，还在于它有潜在的内容。前者是已经被同时代人理解和关注的内容，后者是潜藏其中后来被同时代人揭

---

① 《巴赫金全集》第 1 卷，河北教育出版社 1998 年版，第 323—324 页。
② 《巴赫金全集》第 4 卷，河北教育出版社 1998 年版，第 365 页。
③ 同上书，第 366 页。

示的内容，它要随着时代的推移，不断被激活，不断被揭示。

文化的主体性和创新性。

除了互动性、开放性、边缘性，在文化对话中，为了保证文化对话顺利进行，巴赫金特别关注主体性（文化对话的立场、前提）和创新性（文化对话的目的、旨归）这些大问题。

主体性是文化对话的前提问题和立场问题。所谓前提就是必须承认文化对话是两个主体而不是只有一个主体，对话双方的文化都是平等的，都是有其价值的，都应当受到尊重。所谓立场就是在文化对话中要保持自己文化的主体性，要坚持自己的主体立场。巴赫金认为，以往在文化交流和文化对话中，存在一种片面的，也是错误的观念，就是为了理解别人的文化，似乎应当融于其中。他指出："创造性的理解不排斥自身，不排斥自己在时间中所占的位置，不摒弃自己的文化，也不忘记任何东西。"[1]

在相当一个时期，我们在同外国文化交流中就是缺乏对话精神、缺乏主体性。新中国成立后在政治上我们向苏联"一边倒"，文化上也是倡导以俄为师，以苏为师，在文化学术领域，在文学艺术领域，完全照搬苏联的一套，缺乏自己独立的看法，缺乏主体意识，根本谈不上文化对话，也就不可能有自己文化的发展。改革开放后，我们向西方文化开放，引进了西方有价值的文化，促进文化的发展，但也存在硬搬硬套，缺乏分析和辨别，缺乏与其展开对话的倾向。

在这个问题上老一辈学者是有清醒的认识的，在坚持文化主体性问题上，钟敬文先生同巴赫金完全一致。在中国民俗学的建设中，他多次反复强调要有强烈的主体性，要有民族意识。他一方面提出要学习外国先进的学术思想和先进的理论，认为"现代中国民俗学能够从中国传统学术中独立出来，一个不可否认的因素，是借助了当时先进的外国理论的推动"。另一方面，他又尖锐指出，中国民俗学要自主，不要老跟着外国人描红格子，中国民俗学不能成为外国民俗学的派出所。他指出，我们经济虽然不发达，但"也有自己的历史，有自己文化独立性，尤其是有自己民俗文化的特点，这是我们应当牢记住的。在这个意义上说，中国民俗学

---

[1] 《巴赫金全集》第4卷，河北教育出版社1998年版，第370页。

是世界民俗学一个独立的组成部分,而不是别人学术的附庸"。[1]

除了立场,除了主体性,巴赫金在文化对话中关注的另一个重要问题是文化对话的目的问题,是文化的创新问题。在巴赫金看来,文化对话不是目的,我们不是为了交流而交流,为了对话而对话,而是要在对话和交锋中显示出双方深层的底蕴,使不同的文化在对话和交锋中互相得到丰富和充实。他指出:"文化的主要任务就是教会你尊重他人的思想,并且同时保留自己的思想。"这就是说,对话不仅仅是要相互尊重、相互学习,更重要的是要在这个基础上根据本国的文化特点,不断进行创新,建立具有本民族特色的文化。

要在对话中进行创新,建立具有本民族特色的文化,要在资料的掌握和深入研究方面下大功夫。文化对话、文化交流不等于介绍对方的文化,而是要有自己独立见解。真正的中国声音应当是在研究的基础上有自己独特的发现,自己独特的见解。其中最重要的是要从中国的文化语境出发,联系中国的实际,对问题做出富有民族特色的独特阐释,对理论问题的发展做出自己的贡献。钟敬文先生在研究巴赫金的狂欢化理论,在同他进行对话时,就为我们树立了榜样。作为一个具有国际声誉的民俗学家,他在狂欢文化研究问题上,并没有简单搬用巴赫金的狂欢化理论,而是在巴赫金的启发下,结合中国狂欢文化的实际,做出自己独特的阐释和理论概括。在《略谈巴赫金文学狂欢化思想》一文中[2],他在区分狂欢的不同概念的基础上,着重研究了狂欢文化现象的共性和个性,指出狂欢文化现象是人类的精神现象,是表现"心灵的缓和和激情",是对僵化专制的制度、秩序、规范的讽刺和抨击,这是共性;同时又指出各民族的狂欢文化现象又有自己的民族特点。他认为中国民间狂欢文化现象,例如民间社火和迎神赛会,在表现人的心灵的欢乐和生命的激情、反抗抨击僵化的制度和规范的同时,更突出表现出一种抗争精神,一种对扼杀人性的两性束缚的抗争,一种对官方欺压百姓的抗争。例如在中国的元宵节,在日本的樱花节,在纵情欢乐中,男子一些不太规矩的举动一般会得到宽容;而在中国农村的"骂社火"、"闹春官"中,百姓可以指责官方的贪赃枉法、欺

---

[1] 钟敬文《建立中国民俗学派》,黑龙江教育出版社1999年版,第13页。
[2] 同上书,第152—158页。

压百姓，甚至可以对其进行审判。在这短暂的特殊的狂欢时光中，老百姓表现了颠覆原有秩序、制度和规范，渴望自由平等生活的理想，如同巴赫金所说，"体现了几千年来全体民众一种伟大的世界感受"。除此之外，钟敬文先生指出中国民间狂欢文化的特殊性还表现在两个方面：一是中国民间狂欢"保存宗教法术性质，它们与现实的崇拜信仰，依然有比较密切的关系"，二是中国民间狂欢含有复杂的文化因素，"还带有民间娱乐、民间商业等种种其他因素，从而构成中国这类活动的复杂内容，有的学者把它概括为'神、艺、货、祀'"。钟敬文在文化对话中是有清醒和明确的独立意识和创新意识，他晚年明确提出建立中国民俗学派。他说："所谓建立民俗学的中国学派，指的是中国民俗学研究要从本民族的具体情况出发，进行符合民族民俗文化特点的学科理论和方法论建设。"显然，中国学派的旗帜就是学术自觉的旗帜，学术独立的旗帜，学术创新的旗帜，这也是文化对话的真正旨归。

三

一个学科的独立取决于它有独立的研究对象，一个学科的发展则取决于它有相应的学科研究方法和这种方法的不断改进和发展。在巴赫金看来，人文科学研究、文化研究不同于自然科学研究，它自然需要有自己独特的研究方法。他晚年在《人文科学方法论》等论文中，对人文学科的研究方法问题做了深刻的阐述，其中提到了"理解"和"外位性"这两种重要的方法论概念，它对跨文化研究有着直接和重要的意义。

先谈理解。巴赫金把理解视为人文科学方法论的基本问题，理解也可以说是文化研究方法论的基本问题。

理解的提出首先是同研究对象相关。自然科学和人文科学有不同的研究对象，由于自己研究对象的不同，也就相应有不同的研究方法。在巴赫金以前，这个问题就被许多思想家和哲学家注意到了。19世纪末狄尔泰试图汇集各门人文科学，建立"精神科学"。在他看来，自然科学的研究对象是物的世界，因此对自然的认识可以通过感觉、观察，最后得出因果关系。而精神科学的研究对象是人，是人的精神世界，对它的研究只能通过人自身的领悟、体验和经验的归纳、概括，最后达到对其本质的认识。

而这种研究方法就是解释和理解。如果说自然科学是通过计量认识事物的规律，那么精神领域与科学量化的方法不同，是通过体验和理解获得的。它必须从内在体验出发，以生命的体验、表达和理解作为基础。因此，理解是人文科学的有效认识方法和研究方法。狄尔泰的贡献就在于指出，人文科学和自然科学研究对象的不同以及研究方法的不同，确立了科学研究的方法论。

那么巴赫金所说的理解和狄尔泰所说的理解有何不同？巴赫金承认人文科学是精神学科，人文科学是研究人及其特性的科学，是需要使用理解的方法，这是他与狄尔泰看法的共同之处。他们两人的区别，或者说巴赫金对狄尔泰的发展，是在于巴赫金对阐释学中的理解和解释运用对话理论做出了新的论述。巴赫金在《文本问题》一文中摘录了法国学者瓦尔杰克尔的观点。这位学者说："人文科学对自然科学方法的责难，我可以概括如下：自然科学不知道'你'。这里指的是对精神现象需要的不是解释其因果，而是理解。"这就是说，自然科学不知道有"你"存在，总是把研究对象作为纯粹的实体"他"来对待，并不存在对话关系。巴赫金认为人文科学不同于自然科学，它不仅有"我"的存在，知道有"你"的存在，你我之间是存在对话关系的。① 巴赫金从这个角度来区分解释和理解的差别，自然学科是解释，人文学科是理解。他说："在解释的时候，只存在一个意识、一个主体；在理解的时候，则有两个意识、两个主体。对客体不可能有对话关系，所以解释不会有对话的因素。而理解在某种程度上总是对话性。"② 这就是巴赫金所强调的人文思维，人文学科研究方法的双主体性，交互主体性。巴赫金关于理解的思想是建立在对话思想的基础上，在他看来"任何一种理解都是对话的"③。第一，他把理解看成是应答性。它不是追求一个意识、一个声音而消除他人的意识，最后形成统一的意识。理解并不是单纯的认同或单纯的否定，不是融为一体也不是决然割裂，是相互尊重、相互理解，而是和而不同。第二，他又把理解看成是一个创新的过程，在双方对话过程中，不只是保留各自意见，并不只

---

① 《巴赫金全集》第4卷，河北教育出版社1998年版，第311页。
② 同上书，第314页。
③ 《巴赫金全集》第2卷，河北教育出版社1998年版，第456页。

是双方互存的理解，而是要通过对话把双方各自的特点、优点更加突出地显示出来，并且在对话交流中创造全新的思想。正如巴赫金所说："说者和理解者又绝非只为在各自的世界中，相反，它们相逢于第三世界，交际的世界里，相互交谈，进入积极的对话关系。"①

那么理解如何进行，如何推动呢？巴赫金提出了"外位性"的概念。他首先批评一种错误的观点，以为为了更好理解别人的文化，就必须融入其中。按照"移情说"，在审美活动中移情十分重要，你必须深入他人的内心，体验他人所体验过的立场，同他融为一体。他认为这种说法是有一定道理的，要理解别人的文化固然需要"在一定程度上融入到别人文化之中，可以用别人文化的眼睛观察世界"，但这是不够的，是片面的，这种做法只能是简单的重复，不会有其他的新意。他指出："创造性的理解不排斥自身，不排斥自己在时间中所占的位置，不摒弃自己的文化，也不忘记任何东西。理解者对针对他想创造性加以理解的东西而保持外位性，时间上、空间上、文化上的外位性，对理解来说是件了不起的事。"② 外位性，是一种超视，我能在他人身上看到他人看不懂的东西，他人能在我身上看到我看不到的东西。外位性从根本上来说也是一种对话，也就是说，理解别人的文化，要保持自己文化的主体性，要创造性地加以理解，而不是丢掉自己。

巴赫金指出："在文化领域中，外位性是理解的最强大的推动力。"③也可以说，不同文化的交锋和对话，是文化发展最强大的推动力。这个观点可以从两个方面加以理解。

第一，外位性和对话消除了文化的封闭性和文化交流的片面性，并能显现出不同文化的深层底蕴。巴赫金指出，"别人的文化只有在他人文化的眼中才能较为充分和深刻地揭示自己"④，同时，不同文化、不同涵义只有在比较交锋和对话中，才能显现出自己的特色和深层的底蕴。当局者迷，旁观者清，在西方人眼里，东方文化的特色和底蕴会显露得更加清

---

① 《巴赫金全集》第4卷，河北教育出版社1998年版，第191页。
② 同上书，第370页。
③ 同上。
④ 同上。

楚，反之，东方人眼里，西方文化的特色和底蕴也会显露得更加清楚。比如西方人的个体性在东方人看来显得扎眼，而东方人的群体性在西方人看来就显得很突出。

第二，外位性和对话使不同文化相互得到丰富和充实，并有可能创造出新的文化。一种文化如果没有自己的价值、自己的底蕴、自己的眼光、自己的问题，是无法创造性地理解别人的文化，也无法在对话中丰富和充实自己。巴赫金说："我们给别人文化提出它自己提不出的新问题，我们在别人文化中寻求对我们这些问题的答案；于是别人文化给我们予回答，在我们面前展现出自己的新层面、新的深层涵义。倘若不提出自己的问题，便不可创造性地理解他人和任何他人的东西（这当然应是严肃而认真的问题）。"① 这就是说，在文化对话中，要使自己的文化得到丰富和充实，就必须保持自己文化的立场，自己文化的主体性，保持自己的统一性和开放的完整性。② 在这里，文化的开放和完整是统一的，通过对别人文化的开放，同别人文化的对话，是为了充实和丰富自己，而不是融化掉自己的文化。

---

① 《巴赫金全集》第 4 卷，河北教育出版社 1998 年版，第 370—371 页。
② 同上书，第 371 页。

编后记

本书收入我研究巴赫金诗学的两部分成果。

专著《巴赫金的文化诗学》2001年由北京师范大学出版社出版。

《巴赫金的诗学》是文化诗学研究的扩展和深入，收入我研究巴赫金整体诗学、语言诗学、体裁诗学、小说诗学、历史诗学、社会学诗学等方面的论文。期望将来有《巴赫金的诗学》专著出版。

责任编辑罗莉工作认真、细致，为本书的编辑出版付出辛勤劳动，我向她表示衷心感谢。